KNAUR

Über den Autor:
Chris Knopf ist preisgekrönter Autor von bisher neun Kriminalromanen. Sein Werk *Head Shot* wurde von der Kritik gefeiert und u. a. von *Publishers Weekly* unter die zwölf besten US-Thriller des Jahres 2012 gewählt. Er lebt mit seiner Frau Mary in Avon, Connecticut, und Southampton, New York.

Chris Knopf

HEAD SHOT

Thriller

Aus dem Amerikanischen von
Frauke Czwikla

KNAUR

Die amerikanische Originalausgabe erschien 2012 unter dem Titel
»Dead Anyway« bei Permanent Press, Sag Harbor, NY, USA.

**Besuchen Sie uns im Internet:
www.knaur.de**

FSC
www.fsc.org
MIX
Papier aus verantwortungsvollen Quellen
FSC® C083411

Deutsche Erstausgabe Januar 2014

Published by arrangement with Second Chance
Press Inc., Sag Harbor, NY, USA

Redaktion: Johannes Engelke
Umschlaggestaltung: ZERO Werbeagentur, München
Umschlagabbildung: © David Ridley / Arcangel Images
Satz: Daniela Schulz, Puchheim
Druck und Bindung: CPI books GmbH, Leck
ISBN 978-3-426-51430-6

2 4 5 3 1

KAPITEL 1

Ich erinnere mich daran, wie Florencia sich an diesem Morgen ankleidete. Ich lag noch im Bett und tat so, als läse ich ein Buch. Nur Augenblicke zuvor waren wir so intim gewesen, wie zwei Menschen nur sein können, Verstand, Körper und Seele vollkommen miteinander verschmolzen.

Trotzdem wusste ich auch in jenem Moment, während ich zusah, wie sie ihre Haare bürstete und in ihren Slip schlüpfte, dass sie eine andere Person war, bereits in Gedanken mit dem vor ihr liegenden Tag beschäftigt. Auch auf mich wartete einiges, um mich in Anspruch zu nehmen, aber ich entfernte mich nie weit von diesem Schlafzimmer und diesem Moment. Körperlich würde ich mich im Stockwerk darunter aufhalten, im Wohnzimmer, an dem Eichentisch, den Florencia mir zu Weihnachten geschenkt hatte, während mein Verstand im Auftrag meiner Kunden auf der Suche nach verborgenen Informationen die Erde überflog – der Teil meines Verstandes, der nicht bei der Erinnerung an diesen Morgen verweilte, dem Geruch und Gefühl von Haut an Haut, von uneingeschränkter Anbetung.

Sie wandte sich mir zu, während sie im Stehen in ihre Pumps schlüpfte, eine irgendwie unbeholfene Haltung, die durch den Etuirock, der ihre Knie umschloss, noch verstärkt wurde. Durch den Vorhang schwarzer Haare, der ihr Gesicht umrahmte, lächelte sie mir zu, amüsiert von ihrer eigenen Ungeduld. Ich erwiderte ihr Lächeln und widerstand dem Drang, die Arme nach ihr auszustrecken, sie am Handgelenk zu packen und zurück ins Bett zu ziehen, wo ich den Prozess umkehren, die Uhr zurückstellen, den unvermeidlichen Tag aufschieben konnte. Ich hatte meine Chance, als sie sich vorbeugte, mir einen flüchtigen Kuss gab und meine Wange streichelte, doch ich ließ sie gehen, ohne dass sie etwas von meinem Verlangen ahnte.

Eine halbe Stunde später saß ich mit meiner zweiten Tasse Kaffee und einer Portion Knuspermüsli mit Erdbeeren und braunem Zucker angezogen vor meinem Computer und arbeitete. Die Arbeit, die ich mir für mich ausgedacht hatte, bezeichnete ich gewöhnlich als freiberufliche Recherche, doch in Momenten der Selbstbeweihräucherung beschrieb ich mich als Samurai des Informationszeitalters. Als Faktenjäger. Falls es etwas gab, das man unbedingt wissen wollte, und dieses Wissen auf normalem Weg nicht zu erwerben war, konnte man mich anheuern, damit ich es entweder zutage förderte oder die Nachricht überbrachte, dass es nichts zu wissen gab. Ich liebte diese Arbeit. Bei den meisten der gutbezahlten Aufträge handelte es sich um klassische Marktforschung – quantitative und qualitative Studien, zu denen Umfragen, Zielgruppen, Telefonanrufe und persönliche Interviews gehörten. Ich hatte mich auf nichts spezialisiert, die Themen konnten alles von Zahnpasta bis zu gesellschaftlichen Trends umfassen, doch hatte ich mir einen gewissen Ruf erworben, Antworten zu produzieren, die anderen entgingen.

Mir war aufgefallen, dass eine Wechselwirkung zwischen der Größe einer Firma und der Qualität der Ergebnisse zu bestehen schien. Vielleicht war das der Schlüssel meines Erfolgs: Meine Firma hatte nur einen Angestellten: mich. Und eine Firmenphilosophie, die großen Wert auf Hartnäckigkeit legte sowie auf die Bereitschaft, den bequemen Bildschirm zu verlassen und Antworten bis zu ihren Ursprüngen zu folgen.

Dies erforderte ziemlich viel Feldarbeit, eine weitere meiner Lieblingsbeschäftigungen. Ich kam nicht nur aus dem Haus, sondern kompensierte auch meine absolute Gleichgültigkeit gegenüber sportlicher Betätigung – sonst hätten sich die fünfzehn Kilo Übergewicht, die ich mit mir herumschleppte, wie fünfundzwanzig angefühlt. Oder schlimmer.

Aufträge, die nichts mit Marktforschung zu tun hatten, waren meistens lohnender, und sei es auch nur wegen der unterschiedlichen Anforderungen. An diesem Tag zum Beispiel arbeitete ich an den grundlegenden Informationen in einem Vermisstenfall. Eine Anwaltskanzlei, einer meiner regelmäßigen Kunden, versuchte, die Akten einer Sammelklage zu schließen, die sie vor Jahren gewonnen hatte. Ihre Buchhaltung hatte dazu geraten, ein Anderkonto aufzulösen, auf dem die Restsumme des Vergleichs lag, die für einen der Kläger vorgemerkt war, den sie allerdings noch finden mussten. Meine Aufgabe bestand darin, ihn oder seine Erben ausfindig zu machen und ihnen mitzuteilen, dass sie ein gewisser Geldsegen erwartete, oder aber aufzugeben, die Vergeblichkeit des Versuchs darzulegen und somit die Rechtfertigung dafür zu schaffen, dass man besagte Restsumme dem Staat überließ.

Ich begann stets damit, die Schritte früherer Rechercheure zu wiederholen, wozu Internetabfragen und Telefonanrufe bei den letzten bekannten Adressen gehörten. Ich wusste, dass ich damit auch ein paar Fakten von den Bäumen schütteln würde, die ihnen entgangen waren, weil sie nicht intensiv genug geforscht hatten. Diese frischen Spuren wollte ich als Erstes verfolgen.

Ich freute mich schon auf die nächste Stufe, wenn ich per Auto oder Flugzeug dorthin reisen würde, wo meine Zielperson zuletzt gesehen worden war. Dann würde ich an viele Türen klopfen, Bars und Clubs oder Kirchen und Krankenhäuser besuchen und so die Glieder einer Kette schmieden, die gewöhnlich zum Heim meiner Beute führte. Da nur wenige der Menschen, nach denen ich suchte, absichtlich untergetaucht waren – obwohl ich auch einmal den Flüchtling einer hässlichen Scheidung aufstöberte –, bedeutete das im Allgemeinen eine gute Nachricht.

Die Kanzlei beschäftigte Privatdetektive, die diesen Teil der Aufgabe gut hätten erledigen können, oder sogar besser, aber sie erteilte gern den Komplettauftrag, und ich freute mich über die Abwechslung.

Dieser Teil meiner Tätigkeit war nicht gerade lukrativ, weshalb es sehr angenehm war, mit einer verständnisvollen Frau verheiratet zu sein, die eine Versicherungsagentur besaß. Ich leistete meinen Beitrag zu unseren Ersparnissen und den Ausgaben für unser Haus in Stamford, Connecticut, aber der latente Wohlstand der Familie war eindeutig nicht mir zu verdanken. Mit achtundzwanzig Angestellten und festen Geschäftsbeziehungen zu Versicherungsträgern warf ihre Firma genug Geld ab, um uns ein Leben im Überfluss zu ermöglichen, so lange wir das wollten – was, soweit ich absehen konnte, noch ziemlich lange der Fall sein würde. Denn auch Florencia liebte ihre Arbeit. Sie pflegte zu sagen, dass nur Leute ohne jede Ahnung von Versicherungen das Versicherungsgeschäft langweilig fanden. Sie behauptete, Menschen, die sich damit auskannten, wüssten, dass sie mit Leben und Tod, Sicherheit und Katastrophen handelten. Hoffnungen, Träume, Erfolg und Enttäuschung waren ihr Handwerkszeug.

Sie glaubte nicht, dass die Reserviertheit der Leute in ihrer Branche von einem Mangel an Gefühlen herrührte. Eher waren sie so häufig Triumphen und Tragödien ausgesetzt, dass sie sich schützen mussten oder riskierten, unter der Bürde der Emotionen zusammenzubrechen.

Ich hatte ziemlich häufig Ermittlungen für Versicherungsgesellschaften übernommen, deshalb konnte ich ihre Sicht nachvollziehen. Auch wenn ich ihre Leidenschaft für Risikoübernahmen, Schadensregulierungen, Verlustquoten und versicherungsmathematische Tabellen nie wirklich teilen konnte. Das konnten nur wenige.

An jenem Tag arbeitete ich bis fünfzehn Uhr dreißig, dann begann trotz eines Sandwichs und ständigen Naschens wie immer ein Hungergefühl meine Konzentration zu beeinträchtigen. Ich konnte entweder weiter leere Kalorien in mich hineinstopfen – getoasteten Bagel oder Kartoffelchips zum Beispiel – oder kapitulieren und meinen Nachmittagslunch essen, gewöhnlich die vernünftigere Entscheidung.

Am Ende löffelte ich eine Portion von Florencias selbstgemachtem Hühnchensalat aus der großen Plastikschüssel, verteilte ihn auf einem getoasteten, gebutterten Bagel und verzierte das Ganze mit etwas Salat und Tomate. So war sowohl der Ernährung als auch dem Genuss Genüge getan. Wieder an meinem Schreibtisch war ich zwar satt, aber nicht zufrieden. Das Essen war nicht besonders verdauungsfreundlich, und zwei Stunden später hatte ich immer noch das Gefühl, als läge ein dicker Klumpen unveränderter Proteine und Triglyceride wie ein Stein in meinem Magen.

Es trieb mich aus dem Stuhl zu einem Spaziergang zur Poststelle, die ungefähr eine Meile von unserem Haus entfernt war. Gerade weit genug, um mir die Illusion zu vermitteln, ich würde die ganzen Kalorien abbauen.

Ich hatte eine gestörte Beziehung zu meinem Körper, besonders zu seinem hervorstechendsten Merkmal: einem ausgeprägten Rettungsring. Aus gesundheitlichen Gründen wünschte ich mir eine schlankere Silhouette, Eitelkeit spielte dabei keine Rolle. Ich wusste, dass ich nicht attraktiv war – definierte Bauchmuskeln hätten daran auch nichts geändert. Sie hätten weder die Haare auf meinem Kopf wachsen lassen noch meine fleischigen Züge in die Brad Pitts verwandelt. Dass Florencia, eine unumstritten schöne Frau, diese Defizite übersah, war für mich ein steter Quell der Überraschung. Und der Dankbarkeit.

Nichtsdestotrotz war ich ein energiegeladener Mann von zweiundvierzig Jahren. Ganz besonders dann, wenn ich mich auf eine Aufgabe wie die momentane Suche konzentrierte. Ich brauchte nur sehr wenig Schlaf, und im Notfall war ich in der Lage, stundenlang stramm zu marschieren (zu laufen stand absolut nicht zur Debatte). Kurz gesagt, unter den richtigen Umständen zählte ich zu den kraftstrotzendsten Typen, die Sie jemals gesehen haben.

Genau in diesem Modus befand ich mich, als ich durch die klare Frühlingsluft zur Poststelle marschierte, wo ich ein Postfach unterhielt. Häufig erforderten meine Recherchen eine Korrespondenz, die via Internet nicht möglich war, weshalb die vielgescholtene Schneckenpost zu meinen wichtigsten Hilfsmitteln gehörte, die ich beinah täglich in Anspruch nahm. Meine genaue Adresse zu verschweigen gehörte dabei zu den Sicherheitsmaßnahmen.

Von Natur aus war ich nicht sonderlich sentimental. Wäre die Poststelle in meinem Viertel für mich nutzlos geworden, hätte ich ohne jedes Bedauern nie wieder einen Fuß hineingesetzt. Was eine Schande gewesen wäre, weil es mir dort gefiel. Es war ein altmodischer Laden, der sich bis jetzt der Modernisierung entzogen hatte. Die Postangestellten waren sämtlich wesentlich älter als ich. Personen in Uniform saßen hinter gewölbten Schaltern, umgeben von zerschrammter Eichenholztäfelung. Der Fußboden bestand aus Marmor, die Stempelmaschinen aus solidem Messing. Nur die Poster und offiziellen Nachrichten am Schwarzen Brett bewiesen, dass man nicht in die Vergangenheit gereist war. Dies und die aggressive Ungeduld der Kunden, die zwischen roten Samtkordeln Spießruten liefen.

Am Schalter zeigte ich meine Postfachnummer und meinen Führerschein vor. Die Frau verschwand und kehrte nach wenigen Minuten mit einem Stapel von Briefen und gefütterten Transportumschlägen zurück.

Unter den Briefen befand sich ein Scheck eines meiner Lieblingskunden: Klimatologen, für die ich Regressionsanalysen durchgeführt hatte. Sie erhielten ihre Aufträge aus der akademischen Welt, von der Regierung und der Industrie – der perfekte Hattrick, den sie ihrer rücksichtslosen Objektivität zu verdanken hatten. Ihre Aufgabe war es, das Wetter vorherzusagen. Nicht den Regen von Morgen, sondern die durchschnittliche Temperatur und Höhe des Meeresspiegels in fünf Jahren. Diese Typen arbeiteten nicht mit Daten, sie waren Daten. Reine Empiriker. Ich betete zwar nicht an ihrem Altar, aber ich war mit der Liturgie vertraut. Und darum brauchten sie mich. Die Regressionsgleichungen, die sie entwickelt hatten, konnten nicht nur mit mathematischen Formeln kontrolliert werden. Es brauchte ein wenig Finesse – ein kleines Zupfen hier und dort, um die Ergebnisse zu stabilisieren und die Modelle in vernünftigem Gleichgewicht zu halten. Und dann eine Erklärung der Bedeutung, die jeder, vom Wissenschaftler bis zum Geschäftsführer, verstehen konnte. Sie verrieten mir nie, ob ich ihre Zielvorgaben erfüllte – ich habe mit keinem von ihnen jemals ein Wort gewechselt –, aber sie fuhren fort, mir stapelweise DVDs voller Variablen und Parameter zu schicken, zahlten ihre Rechnung stets innerhalb von zehn Tagen und baten mich nie, etwas noch einmal zu überarbeiten.

Mit dem ersten Auftrag erhielt ich von ihnen ein Programm, das meinen PC in ein kleines Terminal verwandelte, das über das Web mit ihren riesigen Rechnern verbunden war. Ein weiterer Grund, warum mir die Aufgabe zusagte: die Möglichkeit, von meinem bequemen Arbeitsplatz daheim mit gigantischen Rechnerkapazitäten zu arbeiten.
Auf dem Rückweg bekämpfte ich die heilende Wirkung des Spaziergangs mit zwei Kugeln Schokoeis in der Waffel. Mit dem Chef der Eisdielenmannschaft war ich per du, was ein bezeichnendes Licht auf meine Strategien der Selbstbelohnung warf.
Doch nicht ohne Buße. Den größten Teil meines Gesichts bedeckte seit meiner Collegezeit ein üppiger Elliott-Gould-Schnauzer. Mein einziges Merkmal, das mir jemals die Bewunderung des anderen Geschlechts eingetragen hatte, insbesondere die Florencias, was erklärt, warum ich ihn nie abrasiert hatte.
Die meisten Lebensmittel konnte man damit einigermaßen bewältigen, Eis jedoch kaum.

Zu Hause angekommen, stellte ich überrascht und erfreut fest, dass Florencias Auto in der Einfahrt stand, daneben ein dunkelbrauner SUV mit Anhängerkupplung, Dachgepäckträger und einer Parkerlaubnis für das Gelände der örtlichen Universität links unten an der Heckscheibe.
Ich rief nach ihr, als ich das Haus betrat. Sie antwortete aus dem Wohnzimmer. Die Sonne stand noch hoch am Himmel, aber dieser Teil des Hauses lag im Schatten zweier Ahorne, weshalb ich sie nicht sofort sah, als ich das Wohnzimmer betrat. In ihrem schwarzen Etuirock und der blauen Bluse verschmolz sie beinah mit der dunklen Ledercouch. Sie saß starr aufgerichtet, die Knie aneinandergepresst, die Hände unter

den Oberschenkeln. Sie starrte mich schweigend an, ohne auf meinen Gruß zu reagieren.
»Hinsetzen«, sagte eine Stimme hinter mir.
Ich wirbelte herum und erblickte einen Mann, der auf einem der Stühle saß. Er trug einen beinah komisch übergroßen Trenchcoat mit Gürtel und Raglanärmeln, eine schwarze Baseballkappe und eine Sonnenbrille.
Er hatte die Beine übereinandergeschlagen, und in der Hand hielt er eine Waffe mit langem Schalldämpfer.
In meinem Kopf schrillten Alarmsirenen, und das Dröhnen des Herzschlags in meinem Hals machte es mir fast unmöglich zu sprechen.
»Wer sind Sie?«, quetschte ich erstickt heraus.
»Hinsetzen«, kommandierte er wieder, stand auf und winkte mich zur Couch. Ich tat wie geheißen, und Florencia umklammerte meine Hand. Ihre war feucht und kalt.
Mein Herz raste, und ich atmete langsam ein und aus in dem Versuch, es unter Kontrolle zu bringen.
Der Mann ließ sich auf dem Sessel gegenüber nieder, die Waffe wieder im Schoß. Den grauen Haaren unter der Baseballkappe und dem Zustand seiner Haut nach zu urteilen, schien er ungefähr zehn Jahre älter als ich, also Anfang fünfzig. Seine Nase war lang und dünn, seine Lippen rot. Wie ich hatte er fleischige Wangen, doch seine hingen lockerer über seinem fliehenden Kinn. Die Farbe seiner Augen konnte ich nicht erkennen. Sie wurden von seiner Sonnenbrille verdeckt.
»Hübsches Haus«, bemerkte der Mann mit einem Blick in die Runde. »Haben Sie es selbst eingerichtet?«
Florencias Nicken entging mir, so fixiert war ich auf die Waffe, aber sie musste genickt haben, denn der Mann erwiderte es.

»Ich bewundere das«, sagte er. »Meine Frau drängt mich ständig, einen Innenausstatter zu beauftragen, obwohl ich ihr immer versichere, wie künstlerisch begabt sie ist. Wozu braucht man so kostspielige Albernheiten? Ich glaube, es liegt an diesen Fernsehsendungen, in denen irgendwelche Schwuchteln reinkommen und irgendein Drecksloch in ein Zimmer im Waldorf verwandeln. Das ist natürlich Beschiss, aber Frauen finden es toll.«

»Was wollen Sie?«, fragte ich ungeduldig.

»Nichts. Ich habe alles. Meine letzte Tasse Kaffee für heute habe ich vor dem Treffen mit Ihrer reizenden Frau getrunken.«

»Ich meine, was wollen Sie *hier*? Warum sind Sie hier?«

Er blickte hinunter auf seine Waffe, als wäre er überrascht, sie in seiner Hand zu sehen.

»Ach so, Sie möchten wissen, warum ich mit einer Waffe in Ihrem Wohnzimmer sitze? Tja, warum eigentlich?«

»Er hat mir gesagt, man würde dich umbringen, wenn ich nicht mit ihm zum Haus fahre«, sagte Florencia. »Er war einfach ein Termin. Eine Lebensversicherung.«

»Eine Lebensversicherung«, wiederholte der Mann. »Das nenne ich Ironie.«

Florencias Hand krampfte sich um meine. Ich fragte mich, ob ich schnell genug war, um seine Waffe zu packen, ehe er auf mich schießen konnte. Ob ich nicht nur schnell, sondern auch stark genug war, um ihn zu überwältigen. Der sackartige Trenchcoat verbarg seinen Körper, der womöglich wesentlich besser in Schuss war als meiner.

Wie um die Frage zu beantworten, hob er die Waffe und zielte auf meine Brust.

»Ich bin hier, um ein einfaches Geschäft abzuschließen. Sie sind beide Geschäftsleute. Sie wissen, dass man Geschäfte am effizientesten mit einem Minimum an Aufwand erledigt.«

Er griff in die Innentasche seines Mantels und zog ein Kuvert heraus.
»In diesem Fall gebe ich Ihnen einfach diesen Umschlag.« Er reichte ihn und einen Füller an Florencia weiter, die ihm beides mit ihren langen, schlanken Fingern widerstrebend aus der Hand nahm. »Sie lesen das und füllen die Lücken aus. Oder ich erschieße Sie. Eine der Antworten kenne ich bereits, wenn Sie also Ihr Leben mit einer Chance von eins zu fünf riskieren wollen, nur zu.«
»Was ist das?«, fragte ich.
Er schüttelte den Kopf.
»Das geht nur Ihre Frau was an«, sagte er. Er blickte Florencia an. »Wenn Sie es ihm verraten, schieß ich ihm in die Eier.« Er senkte die Waffe, um seiner Drohung Nachdruck zu verleihen.
Der Umschlag war nicht zugeklebt. Florencia zog ein Blatt Papier heraus, faltete es auseinander und begann zu lesen. Ich hätte gern hingeschaut, aber ich war gewarnt.
Florencia atmete heftig ein, dann fragte sie: »Und falls ich das nicht tue?«
»Das Übliche«, sagte er, streckte den Arm aus und richtete den Lauf auf ihre rechte Brust. »Vielleicht amüsieren wir zwei uns vorher noch ein bisschen. Du amüsierst dich doch gern, oder, meine Schöne?«
Wieder dachte ich darüber nach, wie wahrscheinlich es war, ihn aus sitzender Position angreifen zu können, ihm die Waffe zu entreißen und ihn festzuhalten, bis die Polizei eintraf. Ich muss meine Gedanken telepathisch übertragen haben, denn der Mann reagierte darauf, indem er mir ein Loch in den linken Oberschenkel schoss.
»Jesus Christus«, sagte er zu Florencia. »Muss ich den ganzen Tag warten, bis du endlich das gottverdammte Ding ausfüllst?«

Eine Sekunde später überwältigte mich ein ungeheurer Schmerz. Ich schrie auf und weinte, schluchzte vor Angst und Qual. Ich umklammerte die Wunde und sah zu, wie das Blut zwischen meinen Fingern hervorströmte. Florencias Hand krampfte sich in mein Bein, bis der Mann ihr den Lauf ins Gesicht stieß und ihr befahl, sich wieder richtig auf das Sofa zu setzen.

»Tu es, oder ich blase noch ein paar Löcher in dieses dämliche Arschloch«, sagte der Mann.

»Er ist nicht dämlich. Er ist brillant«, erwiderte Florencia. »Sie haben ja keine Ahnung, Sie blöder Mistkerl.« Ihre Hand mit dem Füller raste über das Blatt, das ich ohne Erfolg zu entziffern versuchte.

Schließlich reichte Florencia ihm die Unterlagen. Der Mann faltete das Blatt und steckte es in den Umschlag, den er wieder in seine Innentasche schob. All das sah ich durch einen wässrigen Schleier, mit tränenden Augen, mein Verstand nicht wirklich in der Lage zu begreifen, was vor sich ging.

Der Mann lehnte sich bequem im Sessel zurück.

»Wir müssen einen Krankenwagen rufen«, sagte Florencia mit kühler, ruhiger Stimme. »Ich habe getan, was Sie von mir verlangt haben.«

»Das hast du«, bestätigte der Mann. »Das muss ich zugeben.« Dann schoss er ihr in die Stirn.

Ich spürte, wie Blut und Hirnmasse in mein Gesicht spritzten. Ich glaube, ich schrie auf, aber ich bin mir nicht sicher.

»Nicht persönlich gemeint«, sagte der Mann. »Mal abgesehen von dem ›blöden Mistkerl‹.«

Dann schoss er mir ebenfalls in den Kopf.

KAPITEL 2

Gleichgültigkeit gegenüber dem Leben eröffnet neue Perspektiven.

Mir war egal, dass mir ständig die Realität entglitt. Tatsächlich begrüßte ich die wohlige Euphorie der Halbbewusstlosigkeit, während derer ich die erstaunliche Zerstörung zur Kenntnis nehmen konnte, die man mir angetan hatte, ohne ihre Auswirkungen zu spüren. Meine Schwester erklärte mir später, dass es sich um eine Begleiterscheinung der Morphine handelte, die sie mir vorsichtig verabreichte. Irrationale Seligkeit im Tausch gegen mögliche Abhängigkeit, innere Distanz gegen grauenhafte Schmerzen und niederschmetternde Trauer.

Ich erlangte das Bewusstsein, wie unvollkommen auch immer, erst wieder, als man mich zu ihr nach Hause verlegt hatte. Daher hatte ich keine Erinnerung an das Krankenhaus, die Operationen oder das Koma, in das ich monatelang immer wieder entweder fiel oder in das ich künstlich versetzt wurde, damit die Schwellung meines Hirns mich nicht töten konnte, ehe die Neurochirurgen eine Chance bekamen, den Schaden zu reparieren. So gut sie es vermochten.

Ich erinnere mich, wie jemand, kurz nachdem ich mir meiner Existenz wieder bewusst war, zu mir sagte, ich hätte Glück, noch am Leben zu sein. Die fragwürdigste Aussage des Jahrhunderts.

Die Bemerkung stammte nicht von meiner Schwester Evelyn, obwohl sie zu ihr gepasst hätte. Sie war Ärztin und außerdem Florencias beste Freundin. Das Erste, was sie sagte und

ein paarmal traurig wiederholte, bis es in meiner Erinnerung haften blieb, war, dass Florencia auf der Stelle tot gewesen war. Ich eigentlich auch, aber dank eines glücklichen – wieder dieses Wort – Umstands wurde die Kugel abgelenkt, als sie in meine rechte Schädelhälfte eindrang. Sie streifte den Frontallappen, grub einen schmalen Tunnel durch den Parietallappen und trat dann am Hinterkopf wieder aus.
Die beiden Löcher in meinem Kopf waren sehr sauber, was auf eine kleinkalibrige Patrone mit hoher Sprengkraft hinwies, eine 22.er zum Beispiel. Es gab unzählige andere Kombinationen aus Munition, Pulver und Waffe, die eine wesentlich katastrophalere Wirkung erzielt hätten.
Gefunden hatte uns eine Nachbarin, deren Katze ich fütterte, während sie und ihr Mann im Urlaub waren. Sie sah unsere Autos in der Einfahrt, und als auf ihr Klingeln hin niemand öffnete, ging sie ums Haus zur Terrasse. Sie schaute durch die Glastüren und konnte über das Sofa hinweg unsere Scheitel erkennen, und als wir auf ihr Klopfen nicht reagierten, rief sie die Polizei, die eintraf, ehe ich völlig ausgeblutet war.
Wieder dieses fragwürdige Glück.

Diese Bruchstücke erfuhr ich, während mein Bewusstsein, mein Gehör und eingeschränkte motorische Fähigkeiten allmählich wieder einsetzten.
Meine Augen öffneten sich anscheinend, ehe ich das Gesehene verarbeiten konnte, was bei der diensttuenden Schwester einen hysterischen Anfall auslöste. In null Komma nichts füllte sich der Raum mit ängstlichen, forschenden Mienen, sanftem Tasten und Zetteln mit handschriftlichen Nachrichten. Nichts davon ergab irgendeinen Sinn, und schließlich schloss ich, der Sache müde, wieder die Augen und wunderte mich über die Seufzer der Enttäuschung.

Einige Zeit danach kehrte eine Art Sehvermögen zurück, ausreichend, um Blickkontakt aufzunehmen und auf Signale zu reagieren. Jetzt weiß ich, wie bedeutend dieser Schritt war, aber damals war ich wegen der ganzen lächerlichen Aufregung verärgert.

Als Allerletztes kam meine Stimme zurück. Und die ersten Worte, die ich krächzte, lauteten: »Haben sie den Kerl erwischt?«

»Scheinbar im Ausland«, antwortete Evelyn, die an meinem Bett saß. »Man verrät mir nicht viel, aber das wüsste ich.«

»Irgendeine Ahnung, warum?«, fragte ich.

Sie schüttelte den Kopf. »Das wollte ich dich auch fragen.«

»Ich muss mit der Polizei reden«, sagte ich. »Ich kann den Mörder identifizieren.«

»Ich habe denen und allen anderen gesagt, du seist in einem permanenten vegetativen Stadium und so würde es vermutlich auch bleiben. Das stand auch in den Zeitungen. Die Einzigen, die wissen, dass es nicht stimmt, sind Dr. Selmer, der Neurologe, und Joan Bendleson, die ambulante Pflegerin, die hier war, als du die Augen geöffnet hast.«

»Warum die Täuschung?«, fragte ich.

»Hast du doch selbst gesagt. Du kannst den Mörder identifizieren.«

Ich versuchte, ihr weitere Fragen zu stellen, hatte aber Schwierigkeiten, die Worte zu artikulieren. Sie tätschelte meinen Arm und behielt unter Aufbietung all ihrer ärztlichen Professionalität am Krankenbett ihre leicht mitleidige Miene bei, um ihre Gefühle zu verbergen. Sie versicherte mir, ich würde mein Sprachvermögen wiedererlangen, aber ich sollte meinen Kehlkopf nicht zu sehr strapazieren. Sie bat mich, noch einen Tag Ruhe zu halten, dann würden wir einen weiteren Versuch

unternehmen. Sie musste zurück ins Krankenhaus, aber Joan würde ein Auge auf mich haben. Und dann ging sie.
Zwei Wochen später war meine Stimme noch immer beeinträchtigt, mein Verstand jedoch, beinah schmerzmittelfrei, wieder nahezu funktionstüchtig – zumindest glaubte ich das damals. Als Rechercheur war ich darauf trainiert, keine voreiligen Schlüsse zu ziehen, ohne belastbare Fakten zu haben. Doch gleichzeitig hatte ich auch gelernt, dass gewisse Schlüsse aus einer geringen Datenmenge gezogen werden konnten, wenn man davon ausging, dass diese belastbar und bedeutend waren. Bedeutende Fakten hatte ich, und einige wichtige Entscheidungen standen an.
Die erste betraf sein oder nicht sein. Ich hatte nie im Leben an Selbstmord gedacht, aber nun war mein Leben, das Leben, das ich geliebt hatte, definitiv vorüber. Deshalb war die Wahl, den kläglichen Rest zu beenden, eine vollkommen rationale Möglichkeit. Besonders wenn ich versuchte, mir eine Rückkehr zur Normalität vorzustellen. Ich spielte verschiedene Szenarien durch, aber sie waren alle gleichermaßen widerwärtig. Nichts würde je wieder normal sein.
Eine bodenlose Traurigkeit umnebelte meinen Verstand. Zum ersten Mal verstand ich, wie schwarz Schwarz sein konnte. Ich spürte, wie mein Herz in einem knurrenden Schacht unauslöschlicher Qual versank. Dort war es, wo ich mich von der Illusion trennte, ein hoffnungsvoller, verrückter Besitzer unvermeidlichen Glücks zu sein, die einst meine Weltsicht bestimmt hatte, und ich betrachtete, was übrig blieb.
Dann knurrte ich zurück und umarmte die Bestie.

Als mein Herz der Umklammerung der Gefühle entglitt, traten Logik und Vernunft an ihre Stelle. Der erste logische Schluss war, dass ich nicht in dieser Welt leben konnte, selbst wenn ich es gewollt hätte. Nicht, so lange ich sie mit dem Mann im Trenchcoat teilte. Dem Mann, der wahrscheinlich die Antwort auf die einzige Frage kannte, die es in dieser öden Realität, in der ich mich wiederfand, wert war, gestellt zu werden.

Warum?

Bis sie beantwortet war, mussten alle weiteren Überlegungen warten. Nachdem ich diesen Beschluss gefasst hatte, begann ich die notwenige Methodik zu entwickeln, indem ich Falls-dann-Szenarien durchspielte. Abgesehen von zwei Stunden unruhigen Schlafs arbeitete ich daran, bis Evelyn am nächsten Tag vorbeikam.

»Ich möchte tot sein«, sagte ich, als sie das Zimmer betrat.

»Ich weiß, Arthur«, antwortete sie, setzte sich auf die Bettkante und legte die Hand auf meinen Arm. »Ich verstehe das.«

»Nein, tust du nicht. Ich möchte für tot erklärt werden. Für andere tot sein. Du musst nur den Totenschein unterschreiben«, sagte ich. »Um alles Weitere kümmere ich mich selbst.«

»Kümmern um was? Du kannst nicht laufen.«

»Ich kann nicht sehr gut laufen. Noch nicht. Du sagst doch immer, mein Bein wird fast vollständig heilen.«

Am Tag zuvor hatte ich meinen ersten wackligen Gang zum Bad und zurück hinter mich gebracht, mit jeder Menge Unterstützung von Evelyn und der Pflegerin. Dank der Wunde in meinem Oberschenkel war meine linke Hälfte wesentlich schwächer als die rechte. Wie es in Zukunft um meine Beweglichkeit bestellt sein würde, stand noch nicht fest, doch instinktiv war ich überzeugt, dass ich vollkommen genesen würde. Auch meine Sehfähigkeit kehrte allmählich zurück, obwohl alles ein wenig fremd wirkte, als wäre ich in einem parallelen, doch leicht veränderten Universum erwacht.

Mein Bauch war verschwunden. Die lockere Haut hing um

meine Hüften, doch ich war vierzig Pfund weniger Mann als zuvor.

»Ich verstehe nicht, worauf du hinauswillst«, sagte Evelyn.

»Ich will eine psychiatrische Untersuchung«, sagte ich.

»Glaubst du, deine geistigen Fähigkeiten könnten gelitten haben?«

»Das will ich herausfinden. Ich will wissen, welche beeinträchtigt sind und welche nicht. Ich klinge zum Beispiel nicht wie ich selbst. Hat sich meine Stimme verändert, ist mein Gehör beschädigt, oder interpretiert mein Gehirn das, was es hört, anders?«

»Okay«, sagte sie. »Das kann ich arrangieren. Was deine Stimme betrifft, du nuschelst etwas, aber das wird sich meiner Meinung nach mit der Zeit legen. Die Kugel hat den somatosensiblen Kortex gestreift, deshalb könnte es sein, dass sich deine Sinneswahrnehmung insgesamt leicht geändert hat, was auch die andere Stimme erklären könnte.«

»Meine Augen funktionieren auch nicht richtig«, sagte ich. »Alles sieht anders aus.«

»Das bleibt vermutlich so. Aber du wirst dich daran gewöhnen, es sei denn, die räumliche Verzerrung ist größer, als wir bisher angenommen haben.«

Während unseres Gesprächs hatte ich versucht, sie direkt anzusehen, aber die Verzerrung am Rand meines Sichtfelds wurde unerträglich. Ich schaute zur Decke hoch.

»Ich muss darüber Bescheid wissen. Und ich brauche eine vollständige Aufstellung meiner Finanzen.«

»Die sehen gut aus«, sagte sie. »Damien Brandt, Florencias Finanzbuchhalter, führt das Alltagsgeschäft in der Agentur. Er berichtet an Bruce Finger, einen Freund von mir, der nach zwanzig Jahren als Justiziar eines großen Versicherungsträgers in Ruhestand gegangen ist. Bruce hat mir gesagt, dass die potenziellen Käufer bereits Schlange stehen, aber er will nicht mal darüber reden, wenn ich kein Interesse habe. Habe ich?«

»Klar, nur nicht jetzt. Aber eine Bewertung wäre nützlich. Könntest du mir außerdem bei Gelegenheit eine Aufstellung meines Besitzes machen, besonders der Bargeldbestände? Ich würde es selbst tun, aber ich kann nicht lesen.«

»Ich kann dir nicht mehr folgen, Arthur. Fang noch mal von vorn an und verrate mir, was du vorhast.«

Sätze wie diese sagte sie zu mir, seit wir Kinder waren. Evelyn war acht Jahre älter als ich und eindeutig intelligenter. Doch sie dachte eher linear, methodisch. Sie konzentrierte sich gern auf einzelne Fächer, wie ihr Spezialgebiet, die Kardiologie, während ich ein Allesfresser war, der wie ein Wasserläufer über die Oberfläche jedes Gegenstands sauste, der mir ins Auge fiel.

»Ich muss untertauchen.«

»Du bekommst die psychiatrische Untersuchung, so schnell es geht.«

»Deine Rolle dabei ist unentbehrlich«, sagte ich, »und ich entschuldige mich aus tiefstem Herzen für das, was du wegen mir durchmachen wirst. Sobald ich verschwinde, musst du mich für tot erklären. Ich denke an eine Hirnblutung, aber du bist die Kardiologin, dir wird sicher eine überzeugende Todesursache einfallen. Schwieriger wird es mit der Leiche, die sofort ins Krematorium muss, ehe die Polizei eine Autopsie veranlassen kann, die bei Mord vorgeschrieben ist. Sobald die Leiche zu Asche verbrannt ist, meldest du meinen plötzlichen Tod den Medien, dann erst der Polizei. Sie werden sauer sein. Stell dich einfach blöd. Die gute Ärztin, die brillante Kardiologin, aber völlig naiv in rechtlichen Angelegenheiten. Ich brauche das Original meiner Geburtsurkunde und den gültigen sowie alle abgelaufenen Pässe. Ich sage dir, wo du sie im Haus findest. Das Haus musst du verkaufen, wenn ich

offiziell tot bin, zusammen mit den Autos. Du musst die Lebensversicherung abrufen, eine weitere juristische Falle, deshalb schlage ich vor, dass du die Summe auf einem Anderkonto deponierst. Ich muss darüber noch nachdenken. Da Florencia keine Familie mehr hatte, bist du die Alleinerbin und bekommst das ganze Geld. Bis die Erbschaft rechtskräftig wird, musst du mir einen Vorschuss geben.«
Sie nahm all das mit einer Miene auf, die sie auch schon in unserer Kindheit gezeigt hatte. Einer Miene gereizter Ungläubigkeit.
»Das ist nicht komisch«, antwortete sie schließlich. »Dir ist Schreckliches passiert, aber deshalb kannst du doch nicht tun, was du gerade gesagt hast.«
»Siehst du mich lachen?«, sagte ich kälter, als ich sollte. Ich riss mich zusammen und erklärte es ihr sanft auf die lineare Weise, die sie am besten verstehen konnte. »Punkt eins: Da sie den Kerl nicht in den ersten achtundvierzig Stunden erwischt haben, stehen die Chancen, ihn zu finden, gleich null. Zweitens ist er meiner laienhaften Meinung nach ein professioneller Killer. Die werden fast nie erwischt. Meiner Überzeugung nach weiß er, dass ich überlebt habe, und nimmt an, dass ich ihn identifizieren kann. Drittens, auch wenn er davon ausgeht, dass ich nur noch vegetiere, ist es nur eine Frage der Zeit, bis er zurückkehrt und die Sache erledigt, einfach um ganz sicherzugehen. Er wartet nur auf eine günstige Gelegenheit. Der einzige Weg, mir Raum zu verschaffen, ist mein offizieller, zweifelsfreier Tod. Das entspricht übrigens deiner eigenen Logik. Deshalb hattest du überall verbreitet, dass ich im Koma liege, vermutlich für immer.«
»Was du vorhast, ist illegal. Du könntest ins Gefängnis kommen.«
»Nicht, wenn ich nicht erwischt werde. Und falls doch, wen kümmert's.«

»Mich«, sagte sie.
»Ich weiß. Du liebst mich. Ich liebe dich auch. Und ich bin dir zutiefst dankbar für alles, was du für mich getan hast. Aber ich muss hier verschwinden, weil jeder Tag die Gefahr für uns beide größer werden lässt.«
Evelyn liebte mich wirklich. Sie hatte mich praktisch aufgezogen, da unsere Eltern mich zeugten, als sie bereits mittleren Alters waren, erschöpft und vor der Zeit gealtert durch die Härten ihres ungebildeten Arbeiterlebens. Ernsthaft und gutherzig wie sie waren, wussten sie nie, was sie mit ihren beiden altklugen Kindern anfangen sollten, zumal wir auf beinah entgegengesetzte Weise altklug waren.
Evelyn war eine nachgiebige Fast-Mutter, und ich gab ihr selten Anlass, mich zu disziplinieren. Ich war ein pummeliges, verträumtes Kind, weshalb sie mich regelmäßig vor Schulhoftyrannen und umnachteten Autoritätspersonen wie Sportlehrerinnen, Übermüttern und Kassiererinnen beschützen musste. Das hier war ihre schwerste Prüfung.
»Was ist mit den Ermittlungen«, fragte sie. »Ohne deine Zeugenaussage hat die Polizei nichts in der Hand.«
»Sag ihnen, ich wäre soeben aus dem Koma erwacht, dann rede ich mit ihnen. Aber bitte darum, die Komageschichte um unserer Sicherheit willen aufrechtzuerhalten. Wie lange dauert es noch, bis ich selbständig gehen kann?«
»Mindestens vier Wochen.«
»Sagen wir zwei. Und sorg dafür, dass Besucher kommen. Wir wollen jede Menge Hin und Her auf der Einfahrt.«
»Du machst mir Angst.«
»Das tut mir leid. Kannst du mir dein Handy leihen?«
Reflexhaft klopfte sie ihre Taschen ab, dann hielt sie inne.
»Wozu? Wen willst du anrufen?«
»Gerry Charles. Er ist in Amsterdam. Ich mach es kurz. Seine

Nummer ist in meiner Brieftasche. Es wäre toll, wenn du sie mir holen könntest.«

Ich versicherte ihr, dass sie ruhig zuhören könnte, wenn ich telefonierte, aber sie zog es vor, mich allein zu lassen. Gerry meldete sich persönlich, was mich sehr freute. Ich wollte keine Nachricht hinterlassen.

»Hey, Gerry, hier ist Arthur Cathcart«, sagte ich. »Ich war längere Zeit nicht in deiner Werkstatt, ich habe flachgelegen, aber beim letzten Mal war alles in Ordnung.«

»Danke für das Update«, sagte Gerry. »Aber du klingst gar nicht wie du selbst. Alles okay?«

»Es ging schon besser, aber das wird schon wieder«, sagte ich. »Der andere Grund für meinen Anruf ist deine Gitarrensammlung. Willst du die immer noch verkaufen?«

»Ja, klar. Welche möchtest du?«

Gerry Charles entwarf und baute Studioeinrichtungen in einer Werkstatt, die er sich in einer alten Uhrenfabrik eingerichtet hatte. Er war ein paar Wochen, ehe auf mich geschossen wurde, nach Europa geflogen und hatte mir die Schlüssel überlassen, damit ich dort nach dem Rechten sehen konnte. Er hatte zwar einen Nachsendeantrag gestellt, aber trotzdem tauchten immer wieder Sendungen auf seiner Laderampe auf oder verstopften den Briefkasten draußen an der Mauer. Zu der Werkstatt gehörte auch ein kleiner Wohnbereich – komplett mit Einzelbett, Toilette und Küchenzeile –, den er nutzte, wenn er mitten in einer Schaffensperiode steckte. Und eine Garage mit Durchgang zur Werkstatt, groß genug für einen Chevy Astro, in dem er Bauholz heranschaffte und Möbel abtransportierte.

Zudem war Gerry Grafikdesigner, weshalb sich in der Werkstatt zusätzlich zu den Klampen, Hobeln und Elektrowerkzeugen auch ein leistungsstarker Mac mit angeschlossenem

Scanner und Vierfarbdrucker fand. Und als Krönung war Gerry ein ehemaliger professioneller Gitarrist mit einer Weltklasse-Sammlung alter Gitarren, die er in vierzig Jahren zusammengetragen hatte.

»Alle.«

»Im Ernst?«, fragte er.

»Du hast mal gesagt, du würdest alle zusammen für eine Viertelmillion verkaufen. Du könntest mehr bekommen, wenn du sie einzeln verkaufst, aber die Logistik würde dich entmutigen.«

»Das stimmt, Art.«

»Okay, heute ist dein Glückstag.«

»Seit damals sind die Preise mächtig gefallen«, sagte er. »Ich bin nicht sicher, ob du damit ein Geschäft machst.«

»Das riskier ich gern.«

»Cool. Aber warum so plötzlich?«

Ich erzählte ihm eine Kurzfassung der Ereignisse. Er hätte es selbst herausfinden können, weshalb ich keinen Vorteil darin sah, ihm etwas zu verschweigen. Außerdem hatte ich dadurch einen Grund für mein Angebot: Ich versicherte ihm, ich brauchte etwas, um mich während der Genesung zu beschäftigen.

»Heilige Scheiße, Mann, das ist ja grauenhaft. Es tut mir unglaublich leid, ehrlich.«

Wir legten die Einzelheiten fest. Evelyn würde ihre Vollmacht nutzen und ihm das Geld auf sein Konto in Amsterdam überweisen. Sobald das Geld dort eingegangen war, würde er die Sicherheitsfirma informieren, in deren Lager die Gitarren standen, und mir die Kombination für den Tresor geben. Außerdem wollte er eine verschlüsselte Beschreibung der Sammlung an Evelyns Adresse schicken, damit ich die Instrumente Gitarre für Gitarre herausholen konnte.

Nachdem wir den Handel abgeschlossen hatten, erzählte er mir ein wenig über seine Zeit in den Niederlanden, wo er für ein Jahr die Kunst des Möbelbaus lehrte. Er sagte, es wäre das erste Mal, dass er aus seinem verrückten Beruf Geld machte, ohne jeden Abend Sägespäne zu schneuzen. Er und seine Frau amüsierten sich prächtig, er wollte noch mindestens ein Jahr bleiben; wenn ich also in der Werkstatt herumbasteln wollte, sobald es mir besserging, sollte ich das doch einfach tun.

»Das ist eine super Therapie, Arthur, ganz ehrlich.«

Ich dankte ihm und beendete das Gespräch. Dann rief ich nach Evelyn.

»Kann ich deinen Computer benutzen«, bat ich sie.

»Es war einfacher mit dir, als du noch im Koma gelegen hast«, bemerkte sie, als sie ins Zimmer kam.

Ich begann mit dem ungelenken, schmerzhaften Prozess des Aufstehens. Sie sah zu, ohne einen Finger zu rühren. Sie war Ärztin, sie wusste, welche Art von Hilfe ich wirklich brauchte.

»Während du in mein Büro flitzt, fahr ich den PC hoch«, sagte sie und ließ mich allein.

Als ich dort mit Hilfe eines Rollators endlich eintraf, setzte ich mich vor den Bildschirm und rief unsere Aktiendepots und Rentenkonten auf. Ich verkaufte alles und überwies den Erlös, beinah 300 000 Dollar, auf ein unter Evelyns Namen laufendes Konto.

Zwei Tage später überwies Evelyn 250 000 Dollar an Gerry Charles, und am Tag danach schickte er alle Freigabe-Informationen, womit das Geschäft perfekt war.

Jetzt verfügte ich über eine ansehnliche Menge Geld, das absolut nicht zurückverfolgt werden konnte und mir im Bedarfsfall jederzeit zur Verfügung stand.

Die Sache war geritzt.

KAPITEL 3

Detective Mike Maddox war wesentlich jünger, als ich von einem Polizisten in Zivil erwartet hätte. Zu meiner Überraschung erfuhr ich, dass er einen College-Abschluss hatte und im Abendstudium im dritten Jahr Jura studierte. Der kleine, gepflegte Afroamerikaner im dreiteiligen Anzug, der seiner zierlichen Gestalt schmeichelte, wirkte eher wie einer von Florencias Versicherungsagenten als wie ein Detective des Stamford Police Departments.

Er stellte sich vor, gab mir die Hand und nahm auf dem Besucherstuhl Platz. Bei sich hatte er einen Block und ein kleines Aufnahmegerät. Er drückte auf Aufnahme und hielt es hoch.

»Haben Sie etwas dagegen?«, fragte er. »So kann mir nichts entgehen.«

»Nein, absolut nicht«, erwiderte ich.

»Vorab möchte ich Ihnen sagen, wie leid mir Ihr Verlust tut. Ich weiß, dass dies schwierig für Sie ist, und entschuldige mich schon jetzt für die emotionale Belastung, die das Gespräch bedeutet. Aber ich bin sicher, dass Ihnen an der Lösung des Falls ebenso gelegen ist wie mir.«

»Vermutlich mehr«, sagte ich.

»Selbstverständlich. Erzählen Sie mir, was passiert ist. Alles, woran Sie sich erinnern.«

Also tat ich, worum er mich bat. Seitdem ich wieder bei Bewusstsein war, hatte ich mir den Vorfall immer wieder durch den Kopf gehen lassen, mich bemüht, mir jedes einzelne Detail ins Gedächtnis zu rufen. Nicht dass ich meiner Erinnerung traute. Ich wusste aus unzähligen Recherchegesprächen, wie unzuverlässig das Gedächtnis ist. Der Verstand verfügt über eine Vielzahl von Speicher- und Aufrufmechanismen, die sämtlich auf ihre Weise unvollkommen sind, selbst wenn keine Kugel das Gehirn durchschlagen hat.

»Sie wissen demnach nicht, was auf dem Blatt stand, das der Verdächtige Ihrer Frau gab?«

»Nein. Aber ich glaube, es war eine Art Formular – fünf Fragen, die sie beantworten musste. Er sagte, er würde die Antwort auf eine der Fragen kennen und dass sie nur eine Chance von eins zu fünf hätte zu erraten, welche. Eine einfache Absicherung, damit sie korrekt antwortete.«

»Ist Ihre Frau vorher irgendwie verändert gewesen? War sie sie selbst, verhielt sie sich normal?«

»Ja. Ich hätte gewusst, wenn etwas Wichtiges sie beschäftigt hätte. Ich weiß, dass jeder meint, seinen Partner so gut zu kennen, aber ich bin fest davon überzeugt.«

»Sie haben also kein Motiv?«, hakte Maddox nach.

»Nein. Und Sie?«, fragte ich. »Wie lautet die offizielle Theorie? Kommt Ihnen der Kerl irgendwie bekannt vor?«

Maddox' Miene blieb unverändert freundlich und hilfsbereit, aber er zögerte, bevor er antwortete.

»Bei der Beschreibung des Verdächtigen klingelt nichts, zumindest nicht bei mir, aber er ist mit Sicherheit ein Auftragskiller. Kappe und Sonnenbrille, die Art der Waffe, der absolut saubere Tatort – Patronen und Hülsen wurden entfernt –, alle Anzeichen sprechen dafür. Der SUV wird auch keine Ergebnisse bringen. Er ist mit Sicherheit gestohlen worden und mittlerweile verschrottet. Ich glaube, dass Ihre Frau etwas wusste oder besaß, gesehen oder getan hat, was dazu führte. Es muss nicht einmal Absicht gewesen sein oder ungesetzlich, aber in den Augen von Menschen außerhalb des Gesetzes offensichtlich doch.«

»Und Sie haben keine Ahnung, was das sein könnte?«, fragte ich.
Er schüttelte den Kopf.
»Da Sie im Koma lagen, ist die Firma Ihrer Frau in der Obhut Ihrer Schwester. Miss Cathcart und ihr Rechtsbeistand sind äußerst kooperativ gewesen. Wir haben alle Angestellten und jeden außerhalb der Agentur, der etwas wissen könnte, intensiv befragt und absolut nichts herausgefunden. Buchprüfer der State Police haben die Unterlagen der letzten drei Jahre kontrolliert, nichts. Ihre Frau hat eine sehr saubere und professionelle Firma geführt.«
»Das überrascht mich nicht«, entgegnete ich.
»Über Ihr Geschäft wissen wir im Gegensatz dazu sehr wenig, weil Miss Cathcart uns den Zugang zu Ihren Unterlagen verweigert hat. Sie hat die Hoffnung nicht aufgegeben, dass Sie uns diese Erlaubnis irgendwann selbst erteilen könnten, und siehe da, hier sind Sie.«
»Nur zu«, sagte ich, ohne zu zögern. »Allerdings gibt es kein Papier. Es ist alles in meinem Computer. Geben Sie mir nur kurz die Chance, eine Sicherungskopie der Festplatte zu erstellen, dann können Sie ihn mitnehmen. Und selbstverständlich können Sie mein Haus und mein Büro durchsuchen, alles, was Sie wünschen.«
»Wir können Ihnen auch eine Kopie machen«, sagte er.
»Sie können zusehen, wenn Evelyn das nach meinen Anweisungen erledigt.«
Er nickte. »In Ordnung. Ihr Haus haben wir bereits durchsucht. Wir haben ein paar externe Festplatten gefunden, aber da der Durchsuchungsbeschluss sich nicht auf Computerdateien erstreckt, haben wir sie gelassen, wo sie waren.«
»Das sind Archive. Sie können sie haben, aber ich brauche Kopien.«

Wir handelten die nächsten Schritte aus. Er war damit einverstanden, die Koma-Lüge aufrechtzuerhalten, wies aber darauf hin, dass sie nicht ewig funktionieren würde.
»Sie müssen zum Beispiel mit unserem Polizeizeichner arbeiten. Es wäre ein wenig schwierig zu erklären, wie ein Koma-Patient den Verdächtigen beschreiben kann. Bestimmte Leute müssen Bescheid wissen, um die Ermittlungen weiterzuführen, und je mehr Menschen davon wissen, desto gefährdeter sind Sie. Insbesondere in einem hochkarätigen Fall wie diesem. Am Ende müssen Sie wieder unter die Lebenden treten, ob es Ihnen gefällt oder nicht.«
»Das ist auch meine Absicht, Detective.«

Leichter gesagt als getan. Die nächsten beiden Wochen waren eine Aneinanderreihung von Frustrationen. Geschlagen mit dem Fluch morphinfreien Bewusstseins, war ich ständig hin- und hergerissen zwischen existenziellem Zorn und Verzweiflung. Wie erhofft erlangte ich meine Beweglichkeit relativ rasch zurück, obgleich meine linke Gesichtshälfte, die von der verletzten rechten Gehirnhälfte gesteuert wurde, weiterhin leicht herabhing, wie man es häufig bei Schlaganfallpatienten sieht. Auch meine linke Körperhälfte hinkte der rechten hinterher. Das Loch in meinem Bein verheilte rascher, als irgendjemand für möglich gehalten hätte, aber die Schussverletzung würde meine Mobilität für immer einschränken. Mit anderen Worten, ich war lahm.
Im Gegensatz dazu wurde meine Sehfähigkeit wieder nahezu normal. Evelyn bestellte einen Optiker ins Haus, der mir eine Brille anpasste, die die kleineren Schwächen ausglich.
Ich begann mein verletztes Bein zu trainieren, angefangen mit den täglichen Gängen ins Bad, bis ich schließlich zwei Meilen ohne Unterbrechung auf dem Laufband schaffte, das Evelyn

im Keller aufgestellt hatte. Ich trainierte auf der niedrigsten Stufe und würde mich auch nie wesentlich schneller bewegen können, aber stetes Gehen war möglich.

Wie angekündigt, besuchte mich der Polizeizeichner, und wir verbrachten einige Stunden mit dem wohlbekannten Prozedere. Ich hatte eine freundliche Person mit Skizzenblock und Zeichenkohle erwartet. Was bei mir auftauchte, war ein mürrischer, grauhaariger Typ mit einem Laptop voller Zeichenprogramme.

Zuzusehen, wie der Mann im Trenchcoat auf dem Bildschirm Gestalt annahm, war seltsam beunruhigend. Schlimmer noch, ich hatte keine Ahnung, ob der Kerl wirklich so aussah. Es hat durchaus Gründe, dass Augenzeugenberichte häufig nicht zugelassen werden, obwohl der Augenzeuge keine Hirnverletzung erlitten hat. Ich sprach mit dem Zeichner über meine Gedanken und fragte ihn, ob er die Korrektheit seiner Porträts jemals im Nachhinein überprüft hatte. Er meinte, normalerweise wären sie ziemlich genau.

»Was entweder bedeutet, dass der Zeuge ein hervorragendes Gedächtnis hat oder die Polizei einfach einen armen Schlucker verhaftet, der dem Porträt ähnelt«, sagte er. »Was mir so oder so egal ist.«

Maddox mailte eine Kopie der Zeichnung an meinen Arbeits-PC, den Evelyn geholt und in meinem Schlafzimmer installiert hatte.

Danach spielte ich den Gastgeber für ein paar von Evelyns Krankenhausfreunden, die meinen körperlichen und mentalen Zustand klinisch untersuchten. Eine Psychiaterin, der Neurologe Dr. Selmer und ein Experte für den Bewegungsapparat taten ebenfalls ihre Meinung kund. Das Ergebnis war nicht eindeutig, was hauptsächlich am relativ frühen Stadium des Heilungsprozesses lag, obgleich alle bis auf die Psychiaterin der Ansicht waren, dass ich eine gute Chance hatte, fast vollständig zu genesen. Die Psychiaterin sagte mir und meiner Schwester, dass zwar meine kognitiven Fähigkeiten bemerkenswert intakt, die Faktoren für Gemütsbewegung, Gleichmut und Empathie jedoch praktisch nicht messbar waren. Sie schob das, ein wenig oberflächlich, wie ich fand, auf meine kürzlich erlittene Schussverletzung und die Tatsache, dass ich den brutalen Mord an meiner geliebten Frau hatte miterleben müssen. Ich sagte zu Evelyn, ich hoffte, wir hätten für die Diagnose nicht zu viel bezahlt.

Meine rechte Hand war steif, aber dennoch ruhig wie Stein, doch mein berühmtes Grinsen, das ich nur noch selten zeigte, wirkte wie ein höhnisches Feixen. Schlimmer war, dass meine Sinneswahrnehmung nicht richtig funktionierte. Selmer sagte, es läge an der Verletzung des Parietallappens, die eine sogenannte optische Ataxie verursachte, bei der Arme und Beine die visuelle Wahrnehmung nicht umsetzen können und ich häufig stürzte und räumliche Objekte nicht richtig einschätzen konnte, zum Beispiel Toiletten, Ottomanen, Serviertischchen und Haustiere.

Enttäuschend, aber nicht so erschütternd wie die Dyskalkulie. Ich hatte während des Genesungsprozesses keinen Anlass, mich mit Mathematik zu beschäftigen, weshalb ich völlig überrascht war, als ich nicht einmal fünf und fünf zusammenzählen konnte. In dem Glauben, es handele sich um Zufall, lachte ich und versuchte mich an anderen Aufgaben, die ich allesamt nicht lösen konnte. Ich erzählte dem Arzt, dass ich die Schule mit Bestnoten in Mathematik verlassen hatte und meinen Lebensunterhalt mit dem Jonglieren von Gleichungen verdiente. Er erklärte mir, dass der dafür zuständige Teil meines Hirns offensichtlich von der Kugel in Matsch verwandelt worden war.

Der Bewegungsapparat-Experte meinte, ich würde zwar nie den New-York-Marathon laufen, aber nach und nach einen akzeptablen Gang entwickeln, bis die Arthritis zuschlug, die mich, abhängig von genetischen Faktoren, ernsthaft behindern konnte. Ihn mochte ich am liebsten, weil er so direkt und aufrichtig war, was mir trotz meiner augenscheinlich eingeschränkten Affekte nicht entging.
In der Zwischenzeit hatte sich mein körperliches Erscheinungsbild vollkommen verändert. Durch den starken Gewichtsverlust, die neue Brille, den kahlrasierten Kopf (nach den Operationen war mir das zur Gewohnheit geworden), den nicht mehr vorhandenen Schnauzer und meinen traurigen, deprimierten Gesichtsausdruck sah ich meinem alten Ich überhaupt nicht mehr ähnlich.
Eigentlich sehr beunruhigend, wenn es mir strategisch nicht so gelegen gekommen wäre. Aber Strategie ist ein viel zu großes Wort. Es war mehr eine Skizze, in der nur die ersten Schritte klar definiert waren. Das war keineswegs mein bevorzugter Ansatz. Ich gehöre zu den Menschen, die gern jeden Zoll einer Reise festlegen, ehe sie den ersten Schritt tun. Aber meine Verletzungen und der Kampf mit den veränderten Lebensumständen kosteten Kraft. Am schlimmsten war die Trauer, die wie eine schwere Decke meinen Verstand erstickte, wie eine üble Droge mein Urteilsvermögen vernebelte und meine Gesundheit bedrohte.
Ich hatte mich nie in Meditation, Zen oder irgendeinem anderen mentalen Training versucht, das mir vielleicht geholfen hätte, meinen emotionalen Zustand zu kontrollieren. Stattdessen stürzte ich mich förmlich in meine Aufgabe. Ich wurde buchstäblich engstirnig. Äußerst konzentriert und unbeirrbar, verzehrt von einer unerschütterlichen Besessenheit.
Ich wusste genau, was zu tun war.

In Gerrys Werkstatt umzuziehen war keine perfekte Lösung, aber dadurch konnte ich fort von Evelyn und hatte einen idealen Standort für die nächste Phase. Ich musste nur lernen, weiter zu gehen als bis ins Bad oder zwei Meilen auf dem Laufband.

Deshalb übte ich weiter, strapazierte meine Ausdauer bis an die Grenze, die sich jeden Tag weiter nach hinten verschob. Ich war nicht wirklich bereit, aber fast, und ich beschloss, dass das reichte. Mein erster Ausflug nach draußen fand im Dunkeln statt. Es war früh am Abend, doch der Himmel war mondlos und verhangen. Ich trug einen langen Mantel und meinen leinenen Wanderhut von L. L. Bean, um Glatze, Operationsnarben und Einschusslöcher zu verbergen – mittlerweile kleine, rosafarbene Krater, deren auffälligster links oben auf meiner Stirn saß, in der Nähe meines früheren Haaransatzes. Ich benutzte meine Reha-Krücke, eine Aluminium-Angelegenheit mit dicker Gummispitze und gepolstertem Griff, die zur natürlichen Erweiterung meines Körpers geworden war.

Ich ging ungefähr einen Block und nahm den Bus in die Innenstadt, wo ich ausstieg und einen weiteren Block bis zu einem Internetcafé lief, das von einem jungen Anarchisten geführt wurde, der bis auf Pornographie nichts verbot.

»Leute, die nur herkommen, um sich einen Steifen zu holen, kann ich mir nicht leisten«, hatte er mir mal erklärt. Außerdem behauptete er, die Rückverfolgung von IP- und Mac-Adressen umgehen zu können, was, wie ich wusste, absolut unmöglich war. Für meine Zwecke jedoch war seine relative Anonymität ausreichend.

Ich bezahlte zwei Stunden Internet, die ich mit dem Lesen von Nachrufen verbrachte. Ich hatte folgende Grundparameter aufgestellt: männlich; vier Jahre plus oder minus mein Alter; geboren in Connecticut; in einem entfernten Staat verstorben; möglichst wenig Angehörige; ethnisch kompatibel mit meinem neuen Aussehen; ereignisloses Leben.

Dieselben Kriterien, die von Identitätsdieben genutzt werden, die ich erfolgreich nachzuahmen hoffte.

Einer meiner interessanteren Aufträge war einmal das Testen eines Schutzes gegen Identitätsdiebstahl gewesen, den einer meiner Versicherungskunden vermarktete. Man hatte mich beauftragt, die verschiedenen Funktionalitäten und Vorzüge des Programms zu bewerten, und dabei lernte ich eine Menge über die Taktik der Leute, vor denen es schützen sollte.

In meinen zwei Stunden im Café des Anarchisten registrierte ich Namen und nützliche Statistiken von zwei Dutzend kürzlich Verstorbenen und deren nächsten Verwandten. Ich notierte die Informationen in einem kleinen Notizheft und stopfte es in meine Jacke.

Dann ging ich nach Hause und gleich zu Bett, von der Anstrengung total erschöpft. Das ist etwas, das Menschen, die sich von Verletzungen erholen, besser kennen als jeder andere. Es ist nicht nur die Genesung, es ist die Zerstörung der früheren Vitalität, die so schwer zu akzeptieren ist. Aber man hat keine Wahl. Der Körper führt das Kommando.

Am nächsten Abend ging ich zu einem anderen Laden in Stamford, der Prepaid-Handys verkaufte. Die Dokumentation der An- und Verkäufe entsprach der des Anarchisten-Cafés: Sie gipfelte im Kassieren des Bargelds und der Übergabe des Handys – sehr beliebt bei Drogenhändlern.

Ich nahm Telefon, Füller, Papier und eine kleine Taschenlampe mit zu einer Bank im Park und begann zu telefonieren. Leute anzurufen und ihnen Informationen zu entlocken gehört zu meinem Alltag, in Tausenden von Gesprächen an jedem vorstellbaren Thema geübt, von denen einige emotional wesentlich schwieriger waren als der kürzliche Tod eines geliebten Menschen. Auf die richtigen Fragen, in der richtigen Reihenfolge und im richtigen Ton gestellt, werden fast alle Menschen alles erzählen, was man wissen will.

Die ersten fünf waren wie immer ein wenig holprig, aber dann hatte ich meinen Rhythmus gefunden, sowohl was die Form als auch den Inhalt meiner Fragestellung anging. Ich sagte ihnen, es wäre vollkommen in Ordnung, falls sie mir als Repräsentanten der Sozialversicherung erlaubten, die nötigen Formulare auszufüllen. Ich müsste nur die Sozialversicherungsnummer wissen und wie lange sie an der neuesten Adresse lebten, um mich zu vergewissern, dass ich mit der richtigen Person sprach. Innerhalb von drei Monaten würden sie dann einen Scheck erhalten, der den Anteil des Verstorbenen am Fonds spiegelte, sowie einen schriftlichen Bericht.

Die Klügeren legten auf, aber zwei Tage intensiven Fischens brachten sieben gute Namen samt Sozialversicherungsnummer und Dankesbekundungen für den schriftlichen Bericht, vom Scheck ganz zu schweigen.

Eine Woche später fühlte ich mich kräftig genug, um eine Reisetasche mit derber Alltagskleidung und Toilettenartikeln zu packen. Ich steckte 20 000 Dollar in großen und kleinen Scheinen in einen Lederbeutel, der in meinen Hosenbund eingenäht war.

Als Evelyn an diesem Abend nach Hause kam, erteilte ich ihr letzte Anweisungen.

»Bitte leg den Erlös aus Haus- und Autoverkauf extrem sicher an. Und so, dass man rasch herankommt, am besten die Hälfte in bar, die andere in Bundesanleihen. Das Geld von der Lebensversicherung legst du so an, dass es ein wenig Zinsen abwirft. Am besten als Einlagenzertifikat mit sechs Monaten

Laufzeit. Ich gebe dir Bescheid, sobald ich weiß, wie du mir etwas überweisen kannst.«

»Ich soll also einfach herumsitzen und abwarten.«

»Du wirst reichlich zu tun haben. Unsere persönlichen Sachen kannst du der Wohlfahrt spenden.«

»Hast du vor zu arbeiten?«, fragte sie, hob dann aber abwehrend die Hände. »Tut mir leid, ich weiß, keine Fragen.«

Das Schlimmste von all den Dingen, die ich ihr zumutete, war die Vereinbarung, meine Pläne für mich zu behalten. Das war keine Frage des Vertrauens, ich wollte sie nur nicht weiter hineinziehen als unbedingt nötig.

»Sobald alles geregelt ist, schicke ich dir eine Mail-Adresse, unter der du mich erreichen kannst. Ich brauche nur ein wenig Zeit, um die Details auszuarbeiten. Vielleicht muss ich dir zwischendurch einen Brief schreiben, deshalb öffne bitte deine gesamte Post, da du nicht weißt, welche Form er haben wird. Nachdem du ihn gelesen hast, nimmst du ihn mit nach Hause und verbrennst ihn.«

»Bist du sicher, dass du schon bereit bist? Was immer du auch vorhast?«

»Da ich es tue, muss ich wohl bereit sein.«

Die Reisetasche besaß einen Schulterriemen, an dem ich sie zur Garage schleifte. Ich kletterte nach hinten in Evelyns Jeep Cherokee, legte mich in den Fußraum, und Evelyn breitete eine Decke über mich. Sie fuhr mich zu einer Stelle, an der ich den Jeep unbeobachtet verlassen konnte und nur eine kurze Strecke bis zum nächsten Taxistand laufen musste.

»Bis morgen früh bist du tot«, sagte sie. »Dann kannst du mir erzählen, wie es auf der anderen Seite ist.«

»Hast du schon eine Leiche?«, fragte ich.

»Wenn ich keine Fragen stellen kann, darfst du das auch nicht.«

Ich bewunderte vieles an Evelyn, aber vor allen Dingen ihren völligen Mangel an Rührseligkeit. Ehe sie mich hinter einem Lebensmittelgeschäft neben einem Müllcontainer und einem Stapel zerdrückter Kartons allein ließ, drückte sie mir nur die Hand und sagte: »Ich hoffe, ich werde dir das Versicherungsgeld zurückgeben können. Wenn du irgendwas anstellst, wodurch die Auszahlung illegal wird, bring ich dich um.«

Trotz des Stocks schmerzte mein Bein vom Gewicht der Reisetasche, ebenso wie Hals, Kopf und Rücken. Aber wenigstens bewegte ich mich auf eigenen Füßen. Ich schaffte es bis zum Taxistand, und eine Stunde später setzte mich ein nervöser junger Inder eine knappe Viertelmeile von Gerrys Werkstatt entfernt ab. Ich konzentrierte mich auf mein Ziel und marschierte los.

Die Fabrik lag in einem Gewerbegebiet, in dem die Fertigung von Uhren schon vor rund fünfzig Jahren aufgegeben worden war. Niedrige Backsteinbauten erstreckten sich über ungefähr acht Hektar, und etwa die Hälfte davon war in Studios und Werkstätten für Künstler und Handwerker wie Gerry umgebaut worden. Seine Werkstatt befand sich an der Rückseite eines der kleineren Gebäude, dessen einziger Bewohner er war und das man durch eine schmale, fensterlose Gasse erreichte.

Als ich endlich eintraf, hatten mich Schmerzen und Erschöpfung fast erledigt, aber ich hielt durch, bis ich die Werkstatt bei voller Beleuchtung kontrolliert und mich vergewissert hatte, dass seit meinem letzten Besuch alles unberührt geblieben war. Erst dann legte ich mich aufs Bett, wo ich umgehend einschlief.

Ich schlief, vollständig bekleidet, bis zum nächsten Morgen durch. Mein Verstand lief bereits auf Hochtouren, ehe mein Körper auch nur das leiseste Interesse an irgendeiner Bewegung zeigte. Ich ging Schritt für Schritt meinen Plan durch, arrangierte den Ablauf, identifizierte die Risiken, bewertete sie und konzentrierte mich dann auf die nächste Aufgabe, die darin bestand, Kaffee zu kochen und die Namen in meinem Notizbuch anzustarren. Einer gefiel mir besonders: Alex Rimes. Alex hatte Connecticut im Alter von fünf Jahren verlassen und den Rest seines kurzen Lebens in Alaska verbracht. Nach meinen Kriterien der klare Sieger.

Nur um absolut sicherzugehen, dass keine Internetverbindung bestand, zog ich das Ethernetkabel, mit dem Gerrys Mac angeschlossen war, und machte mich wieder mit dem Computer vertraut. Ich hatte für Florencia ein ähnliches System installiert. Das wichtigste Programm für meine Zwecke war Photoshop. Gerry hatte die neueste Version, aber ich tat mich nicht sonderlich schwer, deren Funktionen zu begreifen. Komplexe Systeme zu durchschauen gehörte zu meinen Talenten oder war zumindest eine Spielart meiner wichtigsten Begabung – die sture Fähigkeit, Mist auszuwerten.

Aus einem Umschlag, der in der Innentasche meiner Jacke gesteckt hatte, zog ich meine Geburtsurkunde. Es handelte sich um ein rechteckiges Blatt weichen, gelblichen Papiers mit scharfen Falzkanten, das jahrelang zusammengefaltet in der Familienbibel gelegen hatte. Evelyn hatte sie aus meinem Haus geholt, und nach gründlicher Prüfung hatte ich sie auf eine weitere Mission geschickt: einen flexiblen Prägestempel zu besorgen und bar zu bezahlen. Sie brauchte eine Woche, aber schließlich wurde sie in einem Bastelladen fündig: »Hey, Leute, kreiert euer eigenes offizielles Siegel!«

Außerdem kaufte sie eine Papierauswahl, die dem Original in Haptik und Konsistenz möglichst ähnlich war. Dabei übertraf sie sich selbst, als sie eine fünfzig Jahre alte Papierprobe in einem Sammlergeschäft entdeckte.

Ich scannte meine Geburtsurkunde mit der größtmöglichen Auflösung ein. Zehn Minuten später hatte ich sie auf dem Monitor. Die nächsten beiden Tage verbrachte ich mit die Augen ruinierender, pedantischer Bildschirmarbeit, wobei ich methodisch Arthur Hemple Cathcart in Alex Bryson Rimes, Sohn von Timothy und Sarah Louise Rimes, verwandelte.
Das Drucken gestaltete sich schwieriger, als ich angenommen hatte, hauptsächlich, weil das alte Papier häufig im Drucker hängenblieb, der für moderne Schreibpapiere optimiert war. Glücklicherweise hatte ich genug, um zu experimentieren, und schließlich besaß ich ein halbes Dutzend Kopien, die ich im nächsten Schritt verwenden konnte.
Ich nahm eine der Ersatzurkunden und bearbeitete sie mit schwarzem Staub aus einem von Gerrys Elektrowerkzeugen und Sägespänen von einem mit der Bandsäge zugeschnittenen Stück virginischer Zeder, um dem Dokument das Aussehen eines jahrelang in einer alten Bibel verwahrten Blatts zu verleihen. Dann schnitt ich sie auf die korrekte Größe und glättete die Kanten und rauhte sie anschließend wieder leicht auf. Nachdem das erledigt war, nahm ich meinen Spielzeug-Prägestempel und duplizierte das offizielle Siegel. Es war vielleicht einen Millimeter schmaler, aber ansonsten eine exakte Replik.
Dann wagte ich mich an den letzten Schritt: das Dokument so zu falten und zu knicken, wie meine Mutter es zweiundvierzig Jahre zuvor mit dem Original getan hatte. Diesen Prozess wiederholte ich, bis die Falzen brüchig wurden. Schließlich legte ich mein Werk unter eine grelle Arbeitslampe neben das Original.
Perfektion ist jeglichem Streben versagt, aber mein kritischer Blick konnte keinen echten Unterschied erkennen. Ich schloss die Augen und betastete beide Blätter, vergewisserte mich, dass auch die Haptik identisch war.

Es hatte drei Tage gedauert, aber am Ende war ich im Besitz des Grundsteins, auf dem mein gesamter Plan basierte.

Ich wartete bis zum Abend, ehe ich mich hinauswagte. Ich brauchte Lebensmittel und Zeitungen der letzten Tage. Im Lebensmittelgeschäft versorgte ich mich mit so viel Dosen und Tiefkühlkost, wie ich bequem in dem Kinderrucksack transportieren konnte, den ich im Sonderangebot erstand. Die Zeitungen ergatterte ich in einem Deli, wo der Verkäufer mir großzügig anbot, nach hinten zu gehen und nachzuschauen, ob dort noch neuere Exemplare des Lokalblatts lagen.

Ich verweilte nicht besonders lang bei meinem Nachruf, registrierte aber die grundlegenden Informationen, die dem entsprachen, was Evelyn und ich vereinbart hatten.

Bald war ich wieder zu Hause, wo ich eine dringend notwendige Dusche nahm, genug aß, um meinen Hunger zu stillen, und wieder schlief, immer noch hundemüde, aber vage zufrieden mit meinen Fortschritten.

KAPITEL 4

Auch den Rest der Woche betätigte ich mich als Fälscher. Dazu benötigte ich meinen abgelaufenen Pass, der von 1987 bis 1997 gültig gewesen war und in dem zwei Seiten mit Photoshop bearbeitet werden mussten, um Namen und Adressen zu ändern. Der schwierigste Teil war die Passnummer, die man nicht ändern konnte, da sie in die ersten vier Seiten einschließlich des Einbands geprägt war. Das andere offensichtliche Problem bestand in der Nummer, die Arthur Cathcart gehörte – nicht Alex Rimes. Deshalb durfte ich die Fälschung nur in Situationen einsetzen, in der die Nummer entweder ignoriert wurde oder es unwahrscheinlich war, dass jemand sich die Mühe machte, sie zu überprüfen.

Was die letzte Fälschung, Alex' Sozialversicherungsnachweis, zu einer Riesenherausforderung machte. Glücklicherweise besaß ich noch meinen allerersten von 1983, aus den Tagen vor Photoshop, Heimatschutz und internationalen Datenbanken. Es handelte sich um einen bizarren schmalen Streifen Papier, der in die Brieftasche passte, was heute blödsinnig erscheint, aber so machte man es damals.

Diesmal benötigte ich nur einen Tag und eine Nacht, um einen neuen Nachweis mit Alex' Nummer zu produzieren. Die Aufgabe war wesentlich leichter, und außerdem hatte ich mehr Erfahrung mit dem Computer.

Am nächsten Tag nahm ich den Zug nach Hartford und dann ein Taxi zur Kfz-Stelle in Wethersfield. Es gab Stellen, die näher an Stamford lagen, aber ich wollte nicht riskieren, dass jemand Gerrys Adresse in dem alten Fabrikgelände erkannte.

Ich hatte den Stock nicht mitgenommen, um lästigen Fragen nach meiner Fahrtüchtigkeit zu entgehen, weshalb der Ausflug nicht eben schmerzfrei verlief, doch war Schmerz ein guter Bekannter, ob mit oder ohne Stock.
Die Zugfahrt gab mir Gelegenheit, mich zu sammeln und damit zu beschäftigen, wie die Angelegenheit laufen würde. Es war unmöglich, jedwede Eventualität vorherzusehen, doch vertraute ich der Qualität meiner Fälschungen. Da es sich um Dokumente handelte, die vor dem 11. September 2001 ausgegeben worden waren, konnte man sie relativ einfach manipulieren. Ich respektierte die vielgeschmähten Menschen hinter den Schaltern der Kfz-Stelle, die unter einem Berg von Akten begraben wurden, die sie unter gnadenlosem Zeitdruck abarbeiten mussten. Man konnte von ihnen keine kriminaltechnischen Wunderdinge erwarten. Die größte Gefahr lag in den Sicherheitskontrollen, über die ich nichts wusste. Warnhinweise, die bei automatischen Datenscans ausgegeben wurden. Weshalb ich beschloss, es bei Geburtsurkunde und Sozialversicherungsnachweis zu belassen und den Pass nicht vorzuzeigen. Laut der Hinweise der Kfz-Stelle reichte beides vollkommen, um einen Ersatzführerschein zu beantragen. Ob die Passnummer nun einfach zu überprüfen war oder nicht, ich konnte es nicht riskieren, auch wenn er mir bei dem Betrug sehr gelegen gekommen wäre.
Und dann bestand noch die Möglichkeit, dass Alex' Verwandte in Alaska oder irgendein schlauer Freund den Betrug bereits gewittert und die Sozialversicherungsbehörden alarmiert hatten. Das war ein echtes Risiko, und es gab nichts, was ich tun konnte, außer mir Gedanken darüber zu machen, wie ich Prozess und Haftstrafe überstehen würde.
Ich musste mich sowohl vor der Verbrecherwelt als auch der legalen Welt verbergen. Entdeckte mich die erstgenannte,

würde man mich einfach töten. Flog ich in der legalen Welt auf, würde man mich vermutlich im Gefängnis umbringen, oder meine Freiheit wäre so stark eingeschränkt, dass der Tod mir willkommen wäre.

Mein großer Vorteil bestand darin, dass keiner meiner potenziellen Verfolger glaubte, ich müsse gejagt werden. Mit ein bisschen Glück hielten mich alle für tot. Was die Strafverfolgungsbehörden betraf, würde sich das umgehend ändern, falls mir ein Fehler unterlief, insbesondere wenn ich ihn online beging. Aber mit diesem Risiko musste ich leben. Ich hätte versuchen können, komplett vom Radar zu verschwinden, aber das hätte bedeutet, dass mir außer reinem Überleben nichts geblieben wäre.

Ich verfolgte größere Ziele.

Solange niemand mich verfolgte, war ich relativ sicher. Ich würde jede erdenkliche Vorsichtsmaßnahme treffen, jede Deckung nutzen und so wenig Spuren wie möglich hinterlassen. Doch nach dem Anschlag auf das World Trade Center war niemand, der das Internet durchstreifte, vor einem entschlossenen Jäger sicher, der dabei für sein Opfer unsichtbar blieb. Und selbst die schwächste Spur blieb unauslöschlich. Jeder Tastenanschlag, ob gut oder böse, wurde irgendwo aufgezeichnet.

Mehrere Stunden ließ ich solchen Gedanken freien Lauf, dann verstaute ich sie wieder in der Schublade, aus der sie stammten. Ich bin sowieso tot, beschloss ich. Tote haben nicht die Muße, über Dinge zu spekulieren, die sie ohnehin nicht ändern können.

Die Schlange vor den Schaltern war vorhersehbar lang, aber die Abfertigung erfolgte zügig, weshalb bereits nach einer halben Stunde meine Nummer aufgerufen wurde.

»Hi«, grüßte ich, während ich Freundlichkeit und äußerste Beflissenheit verströmte. »Ich stecke ein bisschen in der Tinte.«
Die Frau lächelte leicht und sagte, sie würde ihr Bestes tun, um die Flecken zu entfernen.
»Ich bin gerade von Alaska zurück nach Connecticut gezogen. Ich habe auf Ihrer Website nachgesehen, welche Unterlagen ich brauche, um hier einen Führerschein zu beantragen, aber als ich die Sachen zusammengesucht habe, konnte ich meinen Führerschein aus Alaska nicht finden. Und jetzt frage ich mich, ob ich mir erst dort einen Ersatz besorgen muss, oder ob ich hier einen Ersatzführerschein bekommen kann.«
»Sie benötigen zumindest einen grundlegenden Identifikationsnachweis und einen nachrangigen«, sagte sie und schob mir eine kleine Broschüre über den Tresen.
»Ich weiß«, sagte ich ohne einen Blick auf das Heftchen. »Das habe ich auf Ihrer Website gelesen. Deshalb habe ich alles mitgebracht, was ich hatte.«
Ich entfaltete die Geburtsurkunde und zeigte sie zusammen mit meinem Sozialversicherungsnachweis vor.
Ihr Gesichtsausdruck wirkte zuversichtlich, als sie die zerfledderten Dokumente vorsichtig an sich nahm und sich zu einem Labyrinth aus Tischen im Hintergrund begab. Nachdem sie einem abteilungsleiterartigen Typ einige Fragen gestellt hatte, setzte sie sich an einen Computer. Ich schaute mich beiläufig um und zählte drei Sicherheitsleute.
Nach fast zehn Minuten kehrte sie zum Schalter zurück.
»Ich habe gerade bei der Zulassungsstelle in Alaska angefragt«, sagte sie. Mein Herz, das bis jetzt regelmäßig geschlagen hatte, stürmte los wie ein Greyhound.
»Und?«
»Ihr Führerschein ist ohne Einschränkung gültig. Sie senden

mir eine Bestätigung, und zusammen mit Ihren Unterlagen bekommen wir das heute noch hin.«

»Mann, das ist echt nett von Ihnen«, sagte ich mit leichtem Zittern in der Stimme, das sie vermutlich als tiefe Dankbarkeit interpretierte – was es auch war, aber nicht aus den Gründen, die sie vermutete.

Sie antwortete nicht, bereits damit beschäftigt, die nächsten Schritte für mich vorzubereiten, die darin bestanden, eine Gebühr zu bezahlen und ein Foto machen zu lassen.

»Alles Gute, Alex«, sagte sie zehn Minuten später, als ich an ihrem Schalter vorbeiging, in der Hand einen Umschlag mit meinen gefälschten Dokumenten und einem offiziell in Connecticut ausgestellten Führerschein. »Ist bestimmt schön, wieder zu Hause zu sein.«

Beinah hätte ich gesagt: »Als wäre ich gestorben und im Himmel gelandet«, aber ich dankte ihr nur und ging.

Die Welt ist ein wesentlich größerer und erfreulicherer Aufenthaltsort, wenn man einen Führerschein besitzt. Es liegt ein großer Unterschied dazwischen, ein Teil der Gesellschaft oder ein Geist zu sein, unsichtbar für alle offiziellen und inoffiziellen Verfahren, ob zivil- oder wirtschaftsrechtlich. Innerhalb von zwei Tagen hatte ich drei Girokonten samt Kreditkarten, eine Ersatzgeburtsurkunde, ausgestellt vom Standesamt Norwalk, und ein Auto.

Die letzte Erwerbung erfolgte nach meinem ersten Ausflug zu Gerrys Gitarrenlagerhaus. Es stand in Danbury, Connecticut, was für mich erst Bus und dann Taxi zu einem gigantischen verrosteten Metallbau bedeutete, der mitten in einem Gewerbegebiet nördlich der Stadt stand. Ich bezahlte den äthiopischen Fahrer dafür, auf mich zu warten, während ich im Büro, wo ich mich mit meinem wirklichen Namen Arthur Cathcart ausweisen musste, die Sicherheitskontrollen durchlief. Ich hoffte, die Frau am Schalter würde mich nicht durch die Datenbank laufen lassen, wobei mir die Ironie keineswegs entging.

Die Gitarren standen in drei Meter hohen Regalen, die an den Wänden eines großen offenen Bereichs entlangliefen. Anhand von Gerrys Auflistung wählte ich drei Gitarren aus, die nach den Ergebnissen meiner Internetrecherche meinen Kriterien weitestgehend entsprachen. Ich packte sie in einen Karren, den ich mit schmerzhafter Langsamkeit zurück zum Büro schob, wo mir der Taxifahrer half, sie im Wagen zu verstauen.

Ich zahlte dem Taxifahrer hundert Dollar dafür, dass er mich direkt zur Uhrenfabrik fuhr und mir half, die klingende Beute in Gerrys Studio zu verfrachten. Bei unserer Ankunft war ich so erschöpft, meine Hände zitterten so stark, dass ich kaum die Geldscheine aus der Klammer ziehen konnte, in der ich normalerweise mein Bargeld verwahrte. Der Taxifahrer wartete geduldig, ohne sich zu beschweren. Das trieb sein Trinkgeld in astronomische Höhen.

Er nahm das Geld und reichte mir seine Karte.

»Falls Sie wieder mal jemanden brauchen, rufen Sie mich an, Sir. Ich komme sofort, egal wo ich bin.«

Die nächsten Stunden lag ich auf Gerrys Bett und versuchte, wieder zu Kräften zu kommen. Als ich glaubte, wieder sprechen zu können, ohne dass es klang, als hätte ich einen Lappen im Mund, nahm ich mein Wegwerfhandy und rief ein anderes Wegwerfhandy an, das ich Evelyn in der Woche zuvor geschickt hatte.

»Gott sei Dank«, meldete sie sich.

»Wofür?«

»Für deinen Anruf. Ich hatte schon Angst, ich würde nie wieder von dir hören.«

»So viel Glück hast du nicht. Wie lief die Beerdigung?«

»Alle haben meinen Wunsch respektiert, die Beerdigung zu überspringen. Ich habe in deinem Namen eine Liste für Spenden an Wohltätigkeitsorganisationen verschickt. Ich denke, dein Hinscheiden wurde allgemein zur Kenntnis genommen. Und du hattest recht, die Polizei war stinksauer, aber sie haben die Naive-Ärztin-Masche geschluckt.«

»Ich habe den Nachruf in der *Stamford Advocate* gesehen.«

»Es kam auch in den Abendnachrichten. Wie geht es dir?«, fragte sie.

»Mit der Zeit immer besser«, antwortete ich.

»Schön zu hören, aber noch lieber wäre mir, du könntest mir etwas sagen, was mich ein bisschen beruhigt.«

Ich versuchte, mir etwas einfallen zu lassen.

»Als ich damals zum College ging, hast du gesagt, ich könnte tun, was ich wollte. Du hast das nicht im Sinn von ›Wir leben in Amerika, wo jeder seinen Traum leben kann‹ gemeint. Du wolltest damit sagen, dass meine Interessen und Fähigkeiten so breit gefächert waren, dass ich alles erreichen konnte, was ich erreichen wollte. Erinnerst du dich?«

»Ich wollte nur, dass du dich auf etwas konzentrierst«, sagte sie.

»Tja, das tue ich jetzt.«

»Danke«, meinte sie nach einem Augenblick nachdenklichen Schweigens.

»Gern geschehen.«

Am nächsten Tag fuhr ich zu Wally's Wall of Music in Bridgeport und verkaufte ihm eine erstklassig erhaltene 1960er Gibson ES-335 Sunburst mit Rosewood-Hals, Kluson-Mechaniken, PAF Humbucker, Stop Tailpiece, zu hundert Prozent Originalzustand, für 32 567 Dollar.

Das waren ungefähr zweitausend Dollar weniger, als ich dafür hätte erzielen können, aber zu den Verkaufsbedingungen gehörte die Zahlung mit Barscheck, den ich auf eines meiner neuen Konten einzahlte, abgesehen von 7000 Dollar, die ich zu den 15 000 in meiner Geldklammer steckte. Dann machte ich mich daran, ein Auto aufzutreiben.

Beim Durchackern der Kleinanzeigen entdeckte ich rasch einen neuen Subaru Outback, den ein Typ in Darien, Connecticut, für 21 000 Dollar anbot. Ich mochte den Outback wegen seiner Robustheit und Vielseitigkeit, deshalb rief ich den Verkäufer mit meinem Wegwerfhandy an und verabredete ein Treffen zwei Stunden später. Ich machte eine Probefahrt, dann bot ich ihm neunzig Prozent des Kaufpreises in bar. Zwei Stunden später war der Wagen zugelassen und parkte in Gerrys Garage, wo er seinen weißen Lieferwagen ersetzte, den ich in der Gasse abgestellt hatte.

Ganz wohl war mir nicht dabei, aber sein Lieferwagen war rund um das Fabrikgelände ein vertrauter Anblick, und er würde nur wenige Tage dort stehen.

Am nächsten Tag zahlte ich 2 635 Dollar auf eines meiner Konten ein – eine vollkommen unverdächtige Summe, sehr weit unter der Schwelle zur Meldepflicht. Im Verlauf der nächsten Tage überwies ich auf alle meine Konten diverse Beträge, stets auf sehr unterschiedliche Höhen bedacht. Dem vorausgegangen waren qualvolle Stunden, in denen ich einen Kontenplan ausarbeitete, der einen steten Geldfluss garantierte, ohne irgendein Misstrauen zu erregen. Etwas, das ich früher in der Zeit erledigt hätte, die es dauerte, die Zahlen zu notieren.

Inzwischen hatte sich mein körperlicher Zustand so weit verbessert, dass ich den ganzen Tag überstand, ohne mich ausruhen oder nach Luft schnappen zu müssen. Mein rechtes Bein, noch immer wund, war wieder gelenkig genug, um mir einen beinah normalen Gang zu erlauben, obwohl ich für den Fall eines plötzlichen Zusammenbruchs immer noch gern den Stock dabeihatte. Ich hatte mich noch nicht vollständig an die neue Gestalt der Welt gewöhnt, aber normalerweise schaffte ich es, mich zurechtzufinden, ohne irgendwo anzustoßen und ohne dass mir übel wurde.

Meine mathematischen Kenntnisse hatten sich bis zu einem Punkt entwickelt, an dem ich auf dem Niveau eines Drittklässlers addieren, subtrahieren, dividieren und multiplizieren konnte. Nicht schlecht für einen Kerl, der sich früher damit entspannt hatte, Gleichungen zur Unterstützung von Einsteins Relativitätstheorie zu entwickeln.

Ich blieb lange genug in Gerrys Werkstatt, um zu Kräften zu kommen und eine Lieferung entscheidender Ausrüstungsgegenstände entgegenzunehmen, die ich im Anarchisten-Café online bestellt hatte: einen leistungsstarken Laptop, ausgerüstet für kabellosen Empfang, Scanner, Drucker, Router und zwei externe Festplatten mit einem Terabyte Speicherkapazität pro Stück.

Nachdem ich den Laptop eingerichtet und den Internetempfang konfiguriert hatte, nahm ich ihn mit in den Outback und suchte auf der Fahrt durch Stamford nach Hot Spots. Ich testete ein halbes Dutzend Verbindungen, während ich vor diversen Hotels, Restaurants und Cafés parkte, dann war ich zuversichtlich, alles für einen optimalen Empfang eingerichtet zu haben.

Vor einem auftauchenden Starbucks parkend, eröffnete ich mit der Identität eines meiner toten Kameraden ein Mail-Konto bei einem der großen Provider und nannte mich »MrPbody«. Ich hoffte, dass Evelyn den professoralen Hund Mr. Peabody aus *Rocky & Bullwinkle* erkennen würde, wenn

er unerwartet in ihrem Mail-Eingang auftauchte, schließlich hatte sie mich während meiner Kindheit häufig so genannt.
Danach begann ich zu surfen und tippte »organisiertes Verbrechen, Connecticut« in die Google-Suchmaske. Natürlich erwartete ich nicht, dass sofort eine Bildergalerie von Killern aus Connecticut aufpoppte, aber ich wusste nur sehr wenig über Verbrechen, organisiert oder nicht, und irgendwo musste ich anfangen.
Eine der Gefahren, denen Rechercheure ausgesetzt sind, ist die natürliche Neigung, die vielfältigen vom Kino in die Welt gesetzten Vorurteile für bare Münze zu nehmen. Ich hatte mich darauf trainiert, alle vorgefassten Annahmen zu jedem Thema, über das ich minimales empirisches Wissen besaß, auszublenden. Ich tat immer so, als sei ich ein Marsmensch, ein vor kurzer Zeit eingetroffener Außerirdischer, der gesandt worden war, um die seltsamen Verhaltensweisen der Erdlinge zu untersuchen.
Meine jetzige Rolle war noch besser – ein Mann, der gerade aus einem hundert Jahre währenden Koma erwacht und eine Menge aufholen muss.
Die ersten drei Google-Seiten enthielten reichlich Informationen, die zu lesen oder für zukünftige Studien herunterzuladen fast eine Stunde dauerte, danach wurden sie spärlicher. Ich klickte mich trotzdem durch die Seiten, da ich gelernt hatte, dass sich lohnendes Material manchmal erst nach zwanzig, dreißig oder gar hundert Seiten fand. Der Suchalgorithmus von Google war ein Wunder an Geschwindigkeit und Effizienz, aber nicht allwissend. Der beste Stoff verbarg sich häufig tief im Innern der Suche, wo die weniger Besessenen sich gar nicht erst die Mühe machten nachzusehen.
Und dieses Mal war keine Ausnahme.
Auf Seite dreiundsechzig entdeckte ich einen Artikel des Ehe-

maligenmagazins der University of Michigan, der von der Pensionierung eines FBI-Agenten namens Shelly Gross berichtete. Er hatte seine letzten zehn Berufsjahre dem Aufbau von Spezialeinheiten gegen das organisierte Verbrechen gewidmet, zuletzt in Connecticut, wo er beschloss, sich in Rocky Hill niederzulassen, eine Tatsache, die von einem Nachruf auf seine Frau in der *Rocky Hill Post* untermauert wurde. Der einzigartige Erfolg des Connecticut-Projekts wurde von mehreren Quellen bestätigt. Shelly war nicht namentlich erwähnt, aber ich fand ziemlich viel über die Art der Verbrechen, die diese Spezialeinheit im Visier hatte, und die Methoden, mit denen sie kriminelle Vorhaben ernsthaft behinderte. Von dort ging ich zur Personensuche über, die innerhalb kurzer Zeit Resultate zum einzigen in Connecticut lebenden Shelly Gross ausspuckte. Außerdem versuchte ich, drei der Bandenchefs zu lokalisieren, die nach meiner ursprünglichen Recherche über einen langen Zeitraum tief in staatliche Unternehmen verstrickt gewesen waren, doch wenig überraschend enthüllten die der Öffentlichkeit zugänglichen Seiten nur wenig. Es gab andere legale professionelle Suchprogramme, um Personen ausfindig zu machen, aber es hatte mich nie gereizt, sie zu verwenden, weil ich davon ausging, dass die Kosten niemals den verbesserten Nutzen rechtfertigen würden.

Jetzt schob ich diese Bedenken beiseite, was mich sehr rasch zu einer Liste mit drei überambitionierten Dreckskerlen führte: Ronny DeSuzio, Ekrem Boyanov und meinem Liebling Sebbie »The Eyeball« Frondutti. Er war ein unternehmungslustiger Unterboss, der in Connecticut eine Zweigstelle für eine der führenden New Yorker Mafiafamilien aufgebaut hatte. Er besaß eine Vorliebe für das Nachtleben und hatte durch Akquisition und Einschüchterung eine Kette von Restaurants, Strip-Lokalen, Nachtclubs und anderen Amüsierbetrieben im ganzen Staat sowie in Massachusetts und Rhode Island übernommen.

Dadurch verfügte Sebbie über unterschiedliche Einkommensströme, sowohl legale als auch illegale – einschließlich unkontrolliertem Glücksspiel, Prostitution, Drogenhandel und Zigarettenschmuggel –, die so miteinander verwoben waren, dass die örtlichen Behörden vor einem Rätsel standen. Bis Shelly in die Stadt ritt. Mit Unterstützung der staatlichen Behörden und ausreichenden Mitteln ausgestattet, hatte er rasch einen grundsoliden Fall gegen Sebbie aufgebaut, der zu einer Anklageerhebung wegen organisierten Verbrechens führte.

Sebbie stand unmittelbar davor, verhaftet zu werden, als er untertauchte. Die Medien spekulierten darüber, ob seinem Verschwinden ein Tipp von jemandem aus dem Ermittlungsteam vorausgegangen war. Dieses Team wurde zwar von Shelly Gross geleitet, doch gehörten auch Undercover-Polizisten der State Police dazu. Wie vorherzusehen war, beschuldigten die FBI-Leute die Staties und umgekehrt. Nicht einmal die Verurteilung sämtlicher in Sebbies kleines Reich Involvierten – bis auf Sebbie – half, die verbitterte Stimmung innerhalb der Anklage aufzuhellen.

Bevor ich weiterzog, fiel mir noch der Name eines Reporters ins Auge, Henry Eichenbach, der für die *Connecticut Post* einen ausführlichen Enthüllungsbericht über Sebbie geschrieben hatte. Ich suchte auf der Website der *Post* nach ihm, aber er gehörte nicht zur Redaktion, weshalb ich wieder Google einsetzte und seinen Blog fand. Das war zu erwarten gewesen, da jeder Reporter, der noch einen Puls hatte, in Erwartung eines wilden Ansturms der Online-Medien einen Blog betrieb. Beim Lesen seiner Website stellte ich fest, dass er an einem Buch über die geheime Verbrechensbekämpfungseinheit des FBI in Connecticut gearbeitet hatte. Das Datum dieses Beitrags lag schon beinah drei Jahre zurück, und eine Suche nach dem Buch bei Amazon blieb erfolglos.

Voller Dankbarkeit sah ich, dass Henry eine Kontaktadresse statt der üblichen Kommentarfunktion eingestellt hatte.

MrPbody schrieb ihm folgende Nachricht:

»Interessiert am Eyeball?«

Dann lud ich alles herunter, was nach wertvollen Informationen aussah, und klinkte mich aus dem Netz des Starbucks' aus, nervös, dass mehr als zwei Stunden online Aufmerksamkeit erregen könnten. Ich fuhr zurück zu Gerrys Werkstatt und verbrachte den Rest des Tages mit Packen und dem Abwischen von Fingerabdrücken, Aufsaugen von Fasern und Abschrubben von Körperflüssigkeit und Hautzellen von allen verfügbaren Flächen, Polstern und Winkeln. Zwar war ich kein Kriminaltechniker, aber zumindest gründlich.

KAPITEL 5

Ich fühlte mich ziemlich sicher in Gerrys Werkstatt und wäre gern ewig dortgeblieben, doch praktische Erwägungen zwangen mich weiterzuziehen, ehe anderen in der Uhrenfabrik meine Anwesenheit auffiel.

Den nächsten Zwischenstopp hatte ich bereits ausgesucht: ein winziges, möbliertes Haus in Wilton, einer Stadt nordwestlich von Stamford, mit schöner Aussicht auf ein verlassenes Baustofflager und deswegen eine der weniger begehrenswerten Immobilien Wiltons. Ich hatte das Haus via Internet gefunden, was mir den Kontakt mit den Besitzern ersparte und einzig mein persönliches Erscheinen bei einer Angestellten des Maklerbüros erforderte. Nachdem ich meinen Führerschein vorgezeigt, den Vertrag unterschrieben und drei Monatsmieten plus Kaution im Voraus bezahlt hatte, gab sie mir die Schlüssel.

Von der Straße nicht sichtbar und weit entfernt von anderen Häusern, erfüllte es ein Maximum an Ungestörtheit zu einem erschwinglichen Preis. Trotzdem wartete ich bis Anbruch der Nacht, ehe ich mit Reisetasche und Computer einzog. Das Haus bot eine Küche mit Essecke, ein Wohnzimmer, zwei Schlafzimmer und ein Duschbad. Der Kieferntisch in der Küche ließ sich zu einer vernünftigen Arbeitsfläche ausklappen, und so erkor ich ihn zu meiner Operationsbasis.

Nachdem ich den Computer samt Zubehör aufgestellt und eingerichtet hatte, legte ich eine Einkaufsliste an – Hardware, Software, Lebensmittel –, ehe ich mir eines der Schlafzimmer aussuchte, in dem ich, vollständig bekleidet, auf einer nackten Matratze schlief. Handtücher und Bettwäsche fehlten auch noch.

Am nächsten Tag mietete ich ein Postfach in der Post von Wilton, dann fuhr ich nach Hause zurück und eröffnete einen Mail-Account. Ich war zu der Erkenntnis gelangt, dass eine Reihe von Hot Spots abzufahren – einige davon gesichert, andere nicht – zu zeitraubend und ineffizient war. Eine rückverfolgbare IP-Adresse bedeutete zwar ein Risiko, aber das war nicht zu ändern.

Ich fuhr fort, Informationen über die Unterwelt New Englands und äußere Einflussnehmer in New York und anderswo zu sammeln. Alle relevanten Daten kopierte ich auf einen 10-GB-USB-Stick und löschte dann die Datei auf meinem PC so gründlich es ging, ohne ihn tatsächlich in einen Schmelzofen zu werfen.

Meine letzte Amtshandlung an diesem Tag war ein Blick in mein Mail-Konto, wo ich eine Nachricht in MrPbodys Posteingang fand, von »EichenWrite«:

»Ja.«

Ich antwortete mit der Beschreibung einer Parkbank in Norwalk mit Aussicht auf den Long-Island-Sund und bot ihm mit dem Kommentar »Suchen Sie sich einen aus« drei verschiedene Termine zur Auswahl an.

Er schickte mir den Termin seiner Wahl umgehend zurück, begleitet von der Bitte um weitere Informationen. Ich schrieb: »Bis dann.«

Dann brach ich auf und tat etwas, von dem ich eigentlich nicht wusste, wie man das machte: eine Perücke kaufen. Den Laden hatte ich gefunden, indem ich nach Perücken für Chemotherapie-Patienten suchte in der Annahme, dass diese eher praktisch denn glamourös sein würden. Im Prinzip erfüllte

die Auswahl meine Erwartungen, weshalb ich ein Dutzend in verschiedenen Schnitten und Farben kaufte.
Wieder zu Hause, probierte ich eine Art Michael-Landon-Feudel, der nur ein leichtes Nachbessern der Säume erforderte. Dazu setzte ich meinen L. L. Bean-Hut und eine klobige Sonnenbrille auf. Ein bisschen zu albern. Ohne Hut war es auch nicht viel besser. Deshalb versuchte ich es mit einer Baseballkappe, die Haare nach hinten gestrichen und am Nacken herausschauend, was den Zweck zu erfüllen schien.
Meine Verabredung mit Henry Eichenbach sollte am nächsten Morgen um zehn Uhr stattfinden, deshalb verbrachte ich den Rest des Tages damit, neue Geräte zu installieren, das Haus mit diversen Notwendigkeiten auszustatten und mit der Ausarbeitung eines möglichst effizienten häuslichen Arbeitsplans. Da ich jahrelang von zu Hause aus gearbeitet hatte, während meine Frau ihrem zeitraubenden Bürojob nachging, war die Haushaltsführung mir zugefallen. Florencia war eine ordentliche Person, aber sie hätte nie mein Niveau an Pedanterie erreicht, mit der ich diese Aufgabe anging.
Sie spottete immer, sie wäre Julia Roberts in *Der Feind in meinem Bett,* aber sie hatte es gern sauber, ordentlich und effizient, ohne sich selbst darum kümmern zu müssen. Wir passten in allen Bereichen der Arbeitsteilung geradezu absurd gut zusammen, quälend gut, dachte ich, als ich in dieser Nacht im Bett lag, trotz all meiner Anstrengung, nicht an solche Dinge zu denken.

Ich hatte die Parkbank am Strand von Norwalk gewählt, weil es dort unmöglich war, mein Gesicht von vorn zu fotografieren, es sei denn, der Fotograf befand sich draußen auf einem Boot. Weiter im Meer lagen die Thimble Islands, Erhebungen am Horizont, aber zu weit entfernt für alles außer einer Satelliten-Überwachungskamera.

Die Bank war nach Westen ausgerichtet, östlich davon stand ein fensterloser Backsteinbau, in dem sich Toiletten befanden. Vor dem vereinbarten Zeitpunkt wartete ich im Outback – verschmolzen mit der Menge der Autos und Lastwagen, deren Fahrer hier parkten, um aufs Wasser zu schauen, während sie eine rauchten, etwas aßen oder einen Kaffee tranken – und hielt nach Henry Ausschau.

Bemerkenswerterweise war er pünktlich. Er sah sich nicht nach einer Rückendeckung um, ebenfalls bemerkenswert. Selbstverständlich bin ich kein Überwachungsexperte, aber ich besitze einige Erfahrung, wie Menschen denken und sich verhalten. Es ist beinah unmöglich, nicht verstohlen in die Richtung einer Person zu schauen, von der man glaubt, dass sie einen beobachtet. Henry schaute sich ganz offen um, auf der Suche nach dem Typ, der ihn bei der Parkbank treffen sollte.

Seine Erscheinung enttäuschte mich. Volles lockiges, aber kurz geschnittenes graues Haar, dicke schwarze Brille und ein grusliges graues Ziegenbärtchen. Gesicht und Körper waren füllig, besonders an Wangen und Hintern. Nichts davon hatte irgendetwas mit seinen Fähigkeiten oder seiner Integrität als Journalist zu tun, deshalb schüttelte ich meinen ersten Eindruck ab und schlenderte hinüber zur Parkbank.

Ich trug einen leichten Mantel, den breiten Kragen am Hals hochgeschlagen, die untere Gesichtshälfte von einem Schal verdeckt, Kappe, Perücke und Sonnenbrille verbargen den Rest. Nicht gerade die einfallsreichste Verkleidung, aber sie erfüllte ihren Zweck.

»Entweder geben Sie mir das Aufnahmegerät, oder ich muss Sie filzen«, sagte ich, als ich mich neben ihn setzte. Ich sprach

heiser und langsam, wie Clint Eastwood, den ich zu Florencias Begeisterung häufig nachgeahmt hatte.
»Ich habe kein Aufnahmegerät«, sagte er nach kurzem Zögern. »Und Sie werden mich scheißsicher nicht anrühren.«
»Okay«, sagte ich und stand auf, um zu gehen.
»Warten Sie«, sagte er.
Ich blieb stehen. Er griff in seine Jacke und zog einen kleinen Digitalrekorder heraus. Ich befahl ihm, ihn abzustellen, zurückzuspulen und unsere kurze Konversation zu löschen. Ich sah ihm dabei zu, dann setzte ich mich wieder.
»Wir sind ein bisschen paranoid, oder?«, meinte er.
»Vorsichtig«, erwiderte ich.
»Gehören Sie zu Sebbies Jungs?«
»Das kann ich Ihnen nicht sagen.«
»Was können Sie dann?«
»Sie sind hier, weil Sie nicht wissen, wo er steckt. Aber Sie möchten es unbedingt wissen«, erklärte ich, während ich meinen Blick über den Strand und das Meer schweifen ließ.
»Stimmt«, sagte Henry. »Der alte Soziopath fehlt mir. Ohne ihn macht es nur halb so viel Spaß.«
»Arbeiten Sie als Freelancer oder sind Sie fest angestellt?«, fragte ich.
Henry zog ein kleines Notizbuch aus der Tasche.
»Es macht Ihnen doch nichts aus?«, fragte er irgendwie sarkastisch.
»Nein.«
»Gut.« Er klickte mit dem Kugelschreiber. »Fangen wir mit Ihrem Namen an.«
»Der bleibt Ihnen überlassen.«
»Hä?«
»Sie können mich nennen, wie Sie wollen.«
Er schwieg einen Moment.

»Sie sind in einem Zeugenschutzprogramm. Interessant«, sagte er. »Wir müssen uns schon mal getroffen haben, aber ich kann Sie zugegebenermaßen nicht unterbringen. Gut gemacht. Sie müssen nichts bestätigen. Ich kenne die Regeln.«

»Wie geht es mit dem Buch voran?«, erkundigte ich mich.

»Langsam. Wer hat Ihnen davon erzählt?«

»Es steht auf Ihrer Website. Sie sollten sich hin und wieder darum kümmern. Aber das ist verständlich. Sie sind seit einer Reihe von Jahren an einer großen Story. Sie wollen unbedingt eine Schlüsselfigur aufspüren. Als freier Journalist haben Sie es nicht leicht, seit man Sie bei der *Post* geschasst hat. Warum sollten Sie kein Buch schreiben?«

»Hey, nicht geschasst. Man hat mir die Möglichkeit gegeben, mich neuen Herausforderungen zuzuwenden.«

Henry war nicht mehr jung. Die grauen Haare, der Bauch, die Baby-Boomer-Allüren, die Schäden, die die Sonne seiner blassen Haut zugefügt hatte, all das verriet seine ungefähr sechzig Jahre. Seine Augen standen weit auseinander und traten etwas vor, doch funkelten sie in einer Mischung aus Trotz und Selbstironie.

Ich kannte diesen Typ. Ich hatte immer Beziehungen zu den Reportern von Zeitungen und Handelsmagazinen gepflegt, Print und online. Wenn ich mich in ein neues Ermittlungsgebiet stürzte, begann ich am liebsten bei ihnen, und in der Abschlussphase waren sie meine favorisierten Quellen. Mir gefiel ihre Neugier, die so sehr der meinen ähnelte. Und ihre Begeisterung für das Kreuzen rhetorischer Schwerter. Ihre Arroganz und ihre durch den ersten Verfassungszusatz garantierte Unverletzlichkeit gefielen mir nicht, aber niemand ist vollkommen.

»Ich hätte ein Angebot«, sagte ich. »Ich glaube nicht, dass es Ihnen gefallen wird. Aber ich mache es trotzdem.«

»O…kay«, sagte Henry, unsicher jede Silbe dehnend.

»Ich weiß nicht, wo Sebbie ist. Aber wenn Sie mir einige Schlüsselinformationen geben, finde ich ihn.«
Henry hatte seitlich auf der Bank gehockt. Jetzt drehte er sich um und starrte aufs Meer. Er schlug sich auf die Oberschenkel und schnaubte vor sich hin.
»Sie haben recht. Das gefällt mir absolut nicht. Halten Sie mich für blöd? Für wen arbeiten Sie? Sebbie ist nicht gerade mein Liebling, charakterlich gesehen, aber ich werde Ihnen nicht dabei helfen, ihn umzubringen.«
»Ich will ihn nicht umbringen. Nur mit ihm reden. Und ich arbeite für niemanden, nur für mich selbst. So wie Sie.«
»Ich nehme nicht an, dass Sie das beweisen können?«
»Nein. Sollten Sie beschließen, mir zu helfen, dann aus blindem Vertrauen«, sagte ich. »Sie werden nicht sofort erfahren, ob Ihr Vertrauen gerechtfertigt war. Aber wenn alles läuft wie gehofft, wird Ihr Arbeitspensum so anschwellen, dass es die Rettung Ihres Buchprojekt bedeuten könnte.« Ich drehte mich um und sah ihn direkt an. »Falls Sie mir helfen, wird Ihr Wissen über die Welt exponentiell anwachsen. Falls Sie sich dagegen entscheiden, mache ich einfach mit dem nächsten Namen auf meiner Liste weiter und er oder sie wird dieses Privilegs teilhaftig.«
Ich erhob mich und ging davon. Er rief mir hinterher, zu warten, aber ich ging weiter.
»Okay, okay«, brüllte Henry. »Kommen Sie zurück. Wir können darüber reden.«
Ich ging noch ein paar Schritte, aber langsamer, dann drehte ich mich zögerlich um, widerstrebend, wie ich es mir bei Steve McQueen abgeschaut hatte. Ich kehrte zur Bank zurück, und nachdem ich meinem lädierten Hirn einen Moment Zeit gelassen hatte, deren genauen Standort zu lokalisieren, setzte ich mich.

»Was wollen Sie eigentlich? Ich kapier das nicht.«
»Was ich will, ist meine Angelegenheit. Ihre Angelegenheit ist Ihr Buch. Unsere Schnittmenge ist der Wunsch, mit Sebbie zu sprechen. Sie müssen mir nur den Namen seines engsten Vertrauten nennen. Ausgehend von Ihren Artikeln würde ich meinen, dass es sich um Wayne Frankenfelder handelt, den Besitzer der Miss Kitty Lounge. Sebbie scheint in ihm eine Art Sohn-Ersatz zu sehen. Zumindest erwecken Sie in Ihrem Bericht diesen Eindruck.«
»Wen interessiert, wer seine Freunde sind?«
»Menschliche Beziehungen sind unwiderstehlich. Ob Journalist oder Straßenräuber, Sie würden alles riskieren, damit die intakt bleiben, die Ihnen wichtig sind. Insbesondere ein hochgradig geselliger Typ wie Sebbie, der es liebt, in seinen Restaurants und Clubs herumzulungern. Was meine Theorie untermauert, dass er Connecticut nie verlassen hat.«
»Mann, das ist bizarr.«
Ich sah ihn an, und wieder fiel mir auf, dass seine Iriden, leuchtendblau, vom Weiß seiner Augen vollständig umgeben waren, was ihm einen Hauch von Wahnsinn verlieh. Er schnaubte erneut und lehnte sich zurück.
»Wenn Sie die Wahrheit wissen wollen, es geht nicht darum, ob Sebbie umgebracht wird. Ich will nur nicht als Trottel behandelt werden.«
»Verständlich.«
»Frankenfelder ist wichtig, aber nicht so wichtig wie Madame Francine de la Croix, vollendete Handleserin und Betreiberin illegaler Werkstätten«, sagte Henry. »Es heißt, Sebbie würde nicht mal pinkeln, ohne sich vorher ihr Okay zu holen. Ich habe versucht, an sie und Frankenfelder ranzukommen, aber sie wissen, wer ich bin. Ich stimme Ihrer Logik zu. Ich glaube nicht, dass er den Kontakt zu seinen hiesigen Unterstützern

vollständig abbrechen will. Das passt nicht zu seinem Persönlichkeitsprofil. Er muss mit ihnen in Verbindung bleiben. Abgesehen von einer Tochter, die mit ihm zusammengewohnt hat und das vielleicht immer noch tut, sind diese beiden seine engsten Vertrauten. Was Ihnen verrät, mit was für einer Sorte Gesindel wir es zu tun haben.«

»Ich dachte, er fehlt Ihnen«, sagte ich.

»Stimmt. Mir fehlen die ermutigenden Gespräche mit meinem Verleger. Das Buch ist mausetot, wenn ich Sebbie nicht dazu bringe, einiges von dem Stoff zu bestätigen.«

»Okay«, meinte ich, stand auf und ging ein paar Schritte. »Danke.«

»Das war alles?«

»Das war alles.«

Ich lief zurück zum Parkplatz, am Subaru vorbei über die Straße zu einer anderen Bank an einer überdachten Bushaltestelle. Von dort konnte ich beobachten, wie Henry in sein Auto stieg, einen verbeulten, durchhängenden Ford Taurus, und davonfuhr. Ich wartete noch eine halbe Stunde, dann ließ ich den Outback per Fernbedienung an, die ich tags zuvor installiert hatte, wartete ein paar Minuten, ging dann hinüber, stieg ein und fuhr nach Hause.

Francine, die Handleserin. Eine professionelle Wahrsagerin. Ich hatte selbst ein wenig Futurismus betrieben. Auf dieser gemeinsamen Grundlage konnten wir bestimmt etwas aufbauen.

KAPITEL 6

Ich wünschte, du würdest dich öfter melden«, sagte Evelyn, als ich sie mit dem Wegwerfhandy anrief. »Die Sorge um dich beeinträchtigt meine Konzentration.«
»Entschuldige, du hast recht. Die verzerrte räumliche Wahrnehmung scheint sich auch auf mein Zeitgefühl auszudehnen. Hätte Einstein wohl kaum überrascht.«
»Wie geht es dir sonst?«, fragte sie.
»Als Person?«
»Nein, als Giraffe!«
»Ich kann mich ziemlich gut bewegen, trotz des Humpelns«, erwiderte ich. »Mal ist alles okay, dann wieder nicht. Ich schlafe. Ich esse. Meine emotionale Bandbreite ist begrenzt. Ich scheine keine Furcht zu empfinden. Der Zorn ist immer gegenwärtig, obwohl ich keinen Drang verspüre, ihm Ausdruck zu verleihen. Ebenso wie die Trauer. Ich spüre sie abgrundtief, aber das scheint in einer Isolationszelle zu passieren, ohne jeden Einfluss auf meine täglichen Handlungen. Es ist wirklich seltsam.«
Sie hatte den Anstand, nicht zu fragen, was meine täglichen Handlungen waren.
»Wir brauchen noch ein psychiatrisches Gutachten«, sagte sie.
»Das glaube ich auch. Aber im Moment geht das nicht. Es ist zu viel los.«
»Okay, in Ordnung. Aber ich muss mit dir über die Agentur reden. Du hast gesagt, du wüsstest gern, was sie wert ist. Bruce hat einen potenziellen Käufer an der Hand. Elliot, den Vater des Rechnungsprüfers Damien Brandt. Ein milliarden-

schwerer Investor aus Westport. Bruce kennt ihn schon lange und mag ihn. Der Vater will die Belegschaft behalten und mit ihr so weiterarbeiten wie bisher.«

»Warum?«

»Falls eine Konkurrenzagentur übernähme, würden sie den Laden schlucken und Leute entlassen, um Kosten einzusparen, und davon wäre wahrscheinlich auch Damien betroffen. Außerdem würden sie auf einer Preisanpassungsklausel bestehen, was den Verkaufspreis beeinträchtigen könnte. Brandt ist bereit, das komplette Paket zu übernehmen, und fertig.«

»Seinem Sohn den Arbeitsplatz kaufen.«

»Im Wesentlichen. Es gibt schlimmere Arten, seine Kinder zu unterstützen. Er will außerdem das Gebäude kaufen und noch wichtiger: den Namen weiterführen. Ich dachte, das könnte dir gefallen.«

»Du glaubst, Gefühle sollten ein Teil der Gleichung sein?«, fragte ich.

»Ein kleiner Teil nur, aber ja.«

Ich musste ihr beipflichten. Ohne Florencia bedeutete mir die Agentur nichts mehr, aber was sollte falsch daran sein, ein wenig von ihrem Erbe zu bewahren?

»Okay, klar. Was machen wir also?«, fragte ich.

»Wir geben Brandts Leuten das Recht zur Kaufprüfung. Wir lassen sie Einblick nehmen und das Unternehmen bewerten. Bruce wird ein Auge darauf haben. Er hat für seine alte Firma andere millionenschwere Unternehmen aufgekauft. Das hier ist für ihn kein Problem. Nach all dem Mist, der uns passiert ist, können wir doch mal einen Moment innehalten und uns über eine gute Sache freuen, oder?«

Sie hatte recht.

»Probieren wir's«, erwiderte ich. »Kann nicht so schwer sein.«

Wir redeten noch ein bisschen. Evelyn löcherte mich, ob ich

auch auf mich aufpasste, und ich wich ihr aus und konterte mit Fragen nach den polizeilichen Ermittlungen.
»Es passiert nichts«, sagte sie. »Maddox hat verschiedene Theorien. Auftragsmord. Florencia muss sich, ohne es zu wissen, exponiert haben. Oder es war einer deiner Vermisstenfälle. Ich schätze, der Junge strengt sich wirklich an, aber die Chancen stehen schlecht.«
»Aber wir geben nicht auf«, sagte ich.
»Nein, Arthur, wir geben nicht auf.«

Es macht mir keinen Spaß, mich zu verkleiden. Als Kind verabscheute ich Halloween. Mein einziges Kostüm bestand aus einem Jackett, einem Schlips und einer Maske, die schon mein Vater als Kind getragen hatte. Es erfüllte seinen Zweck, vom ersten Tragen im Alter von zehn Jahren bis zum College. Danach ging ich nicht mehr auf Halloween-Partys.
Diese Abneigung erstreckte sich auch auf meine Alltagskleidung, die immer nur zwischen Khakis und Jeans, T-Shirts und Oxfordhemden mit Button-down-Kragen wechselte.
Deshalb machte es mir auch keinen Spaß, ein Kostüm für meinen Besuch bei Francine de la Croix zusammenzustellen. Nicht einmal die logische Notwendigkeit überzeugte mich wirklich, aber ich hörte auf meinen Verstand. Dieser Besuch war das erste echte Eindringen in feindliches Territorium. Eine Enttarnung zu riskieren, wie unwahrscheinlich auch immer, war sinnlos, wenn man sie durch simple Vorsichtsmaßnahmen vermeiden konnte.
Die Sonnenbrille, Perücke, Hut und den hochgeschlagenen Kragen hatte ich bereits bei Henry Eichenbach eingesetzt. Ich stand vor dem Badezimmerspiegel in meinem gemieteten Haus, betrachtete mein Gesicht und dachte: Und was jetzt?
Die Narbe auf meiner Stirn war mehr als ein rosiger Streifen,

sie war eine Kerbe, die normalerweise nicht auf einer menschlichen Stirn vorkam. Ich konnte die Deformation unter einer Mütze verstecken, solange ich sie aufbehielt. Aber das würde meine Züge nicht verbergen, die mir immer noch ähnlich sahen, egal wie abgezehrt und erschöpft ich wirkte. Mir wurde sehr mulmig, als ich das Unausweichliche akzeptierte: Ich brauchte eine Verkleidung.

Als Erstes informierte ich mich im Internet über Theaterschminke. Wenig überraschend boten viele Seiten alle erdenklichen Mittel zur Veränderung des Gesichts an, einschließlich Nasen-, Kinn- und Wangenknochenprothesen. Ich wappnete mich und bestellte alles, was irgendwie wirkte, als könnte auch ein ungeübter Maskenbildner damit umgehen. Die Ware sollte am nächsten Tag eintreffen.

In der Zwischenzeit ermittelte ich Francines Adresse, eine Ladenfront in Stamford, die ich von einem Donut-Laden auf der anderen Straßenseite aus inspizierte. Auf dem plump gemalten Schild über dem geschwärzten Schaufenster stand: »Francines Vorhersagen – erfahr dein Schicksal, wenn du dich traust«. Die Tür, ehemals schwarz, war jetzt eher schlammgrau. In der Mitte befand sich eine riesige Messingklingel, deren Glanz sie allerdings nicht ständiger Nutzung verdankte.

Ich beobachtete den Laden die ganze Woche über, während mein Herz vom reichlichen Kaffeegenuss zu rasen begann, und erblickte nur ein halbes Dutzend Wagemutige, die Francines Dienste in Anspruch nahmen.

Mir fiel auf, dass jeden Morgen um zehn ein weißer Cadillac DeVille erschien, ein Oldtimer mit goldenen Zierleisten und exklusivem Vinyldach, der jeweils gegen neunzehn Uhr wieder verschwand. Ich nahm an, dass es sich um Francines Wagen handelte. Die Scheiben waren getönt, so dass ich nur eine üppige blonde Haarmähne erkennen konnte, aber keine Gesichtszüge.

Am nächsten Tag trafen meine Pakete ein. Das Wichtigste, das ich in meinen Jahren als Forscher gelernt habe, ist, dass sich nichts, was man im Voraus annimmt, hinterher bestätigt. Das bedeutet, dass viele Menschen, die keine Forscher sind, ihr Leben lang Dinge annehmen, die nicht stimmen, und ihren Irrtum nie bemerken.

Im Fall des Make-up-Projekts erwies sich dieses Prinzip als nur allzu wahr. Es stellte sich heraus, dass ich nicht der Erste war, den der Vorgang einschüchterte, weshalb sich die Produzenten Mühe gegeben hatten, alles so einfach wie möglich zu gestalten. Die Prothesen waren so lebensecht, dass mir der Verdacht kam, es könnte sich um plastiniertes Gewebe handeln. Die Bindemasse, mit der man Gummi und Haut verband, ließ sich mühelos auftragen und wirkte völlig natürlich, so man sich Zeit nahm und akribisch den Anweisungen folgte.

Vorübergehend überwältigt von den Möglichkeiten, hätte ich mich beinah in einen Afroamerikaner verwandelt, aber Besonnenheit führte zu einem weißen Knaben mit hübscher Kalifornienbräune, einem Schopf sonnengebleichter blonder Haare, die unter einer Schirmmütze hervorquollen, und einer scharfen Adlernase. Es dauerte fast vier Stunden, bis ich zufrieden war, aber das Ergebnis war die Zeit und Mühe wert.

Am meisten überraschte mich, dass ich mich nicht unbehaglich fühlte. Ich hatte angenommen, dass ein dickes Make-up unerträglich sein würde, aber ich spürte den ganzen Kunststoff in meinem Gesicht kaum.

Wer hätte das gedacht.

Francine ließ sich reichlich Zeit, ehe sie auf mein Drücken der großen Messingklingel die Tür öffnete. Es war später Nachmittag, und das kalte, gedämpfte Licht trug wenig dazu bei, ihr Gesicht zu erhellen, doch genug, um zu erkennen, dass sie weder jung noch attraktiv war, trotz der Anstrengungen ihres Friseurs und ihres Schönheitschirurgen, den gegenteiligen Eindruck zu erzeugen.

»Ich ziehe es vor, Termine zu vereinbaren«, sagte sie, während sie an mir hochblinzelte.

»Okay. Wann kann ich wiederkommen?«

»Haben Sie kein Telefon?«, fragte sie. Ihrem Akzent nach stammte sie aus einem der fünf New Yorker Stadtteile, aber sie war schon zu lange fort, als dass ich hätte erkennen können, aus welchem. Ich schätzte Brooklyn, war aber nicht sicher.

»Nein.«

Ich tastete meine Jacke ab, als könnte sich so eins auf magische Weise materialisieren.

Francine seufzte hörbar.

»Ich schätze, es ginge jetzt.«

»Das wäre toll«, sagte ich.

Sie wandte sich ab und kehrte in die Düsternis ihres Salons zurück. Ich schloss die Tür hinter mir und folgte ihr. Das Innere wirkte wie die Karikatur einer Zaubererhöhle, als wäre es von einem Innendekorateur entworfen worden, der nichts anderes kannte als melodramatische Klischees. Von innen erleuchtete Schädel, Wandbehänge aus mit Runen bedrucktem Tuch, eine Shisha auf einem Jugendstil-Lacktischchen und in der Mitte des Raums, unter der überladenen Deckenleuchte, ein runder Tisch mit Kristallkugel. Das Ambiente wurde allerdings von Francines Kleidung leicht beeinträchtigt, einem rosa Trainingsanzug, den ihre üppige Figur bis zum äußersten strapazierte, und weißen abgewetzten Turnschuhen, die ihre winzigen Plattfüße umschlossen. Ihre einzigen Zugeständnisse an ihre Rolle waren eine Halskette aus mehreren Perlensträngen und lange Fingernägel, um gekonnt über die milchige Kugel zu streichen.

»Setzen Sie sich«, sagte sie und warf sich in den Sessel auf der anderen Seite. »Fünfzig Dollar für die erste Viertelstunde.« Sie starrte in die Kugel, als würden ihre Preise darin herumschweben. »Weitere fünfzig, wenn Sie die ganze halbe Stunde wollen. Für Wahrsagen ist das viel Zeit. Bei den meisten können Sie von Glück reden, wenn Sie zehn Minuten kriegen. Wobei die Bestimmung von Glück eines der Dinge ist, auf die wir uns spezialisiert haben.«

Ich schälte einen Hunderter aus einem Bündel, das ich in meiner Hemdtasche bei mir trug.

»Ich will die ganzen hundert«, sagte ich. »Knausern wär doch Blödsinn, wenn's ums eigene Leben geht.«

Ich konnte nicht wissen, wie wichtig es für sie war, ob sie bei diesem Geschäft fünfzig, hundert oder tausend Dollar verdiente, aber das Upgrade schien größeres Interesse auszulösen. Sie zog den ausgeleierten Bund ihrer Trainingshose über die tiefe Falte unter ihrem Bauch und ruckelte ihren Hintern bequemer im Sessel zurecht. Dann umschloss sie die unecht wirkende Kugel mit beiden Händen und schloss die Augen.

Zehn nahezu unerträgliche Minuten saßen wir schweigend da. Dann ergriff sie meine Hände und rieb sie zwischen Daumen und Zeigefinger.

Endlich machte sie den Mund auf. »Es war eine sehr schmerzhafte Genesung, aber Sie haben beeindruckende Fortschritte gemacht. Sie besitzen einen starken Willen. Was war es, ein Autounfall?«

Die unerwartet genaue Deutung glitt wegen ihres Akzents leicht ins Komische ab, aber nicht so weit, dass es den Schock gedämpft hätte.

»Fahrerflucht«, sagte ich. »Woher wissen Sie das?«

Sie feixte.

»Glauben Sie, wir wären Amateure?«

Das war das zweite Mal, dass sie im Plural sprach. Ich fragte mich, ob es sich um den Pluralis majestatis handelte oder jemand uns in der Nähe beobachtete.
»Nein, Ma'am. Was sehen Sie denn nun in der Zukunft?«
»Für mich einen neuen Wasserkessel, falls die Pfütze im Keller ein Zeichen ist. Aber das meinen Sie nicht. Bei Ihnen bin ich nicht so sicher. Sie sind nicht besonders nervös, deshalb frage ich mich, warum Sie Ihre Zukunft deuten lassen wollen. Die meisten Menschen zittern vor ihrem Schicksal. Haben Sie einen Puls?«
Sie tastete nach meinem Handgelenk und presste zwei Finger zwischen Sehnen und Adern.
»Sehr kräftig und regelmäßig«, sagte sie. »Aber zu langsam. Was ist mit Ihrem Kopf passiert?«
Unfreiwillig fuhr meine andere Hand hoch und berührte die Stelle, wo meine Mütze, wie ich glaubte, den kleinen Krater in meiner Stirn verbarg. Alles, was ich fühlte, war der Stoff der Mütze.
»Nicht außen«, sagte Francine. »Innen. Ich habe noch nie so eine ruhige Landschaft gespürt. Nicht unfruchtbar, aber leblos.«
Ich hätte beinah meine Hand weggezogen, aber ich riss mich zusammen. Francine musste es dennoch bemerkt haben. Sie sah mich an.
»Keine Sorge, ich kann nicht wirklich Gedanken lesen. Nicht genau. Insbesondere nicht Ihre. Ihr Geist ist wie ein Banktresor. Sie planen nicht zufällig, eine Bank auszurauben, oder?«
»Was, wenn doch? Könnten Sie mir sagen, wie ich das Geld waschen kann?«
Sie funkelte mich an.
»Ich kann Ihnen sagen, wie man Hemden wäscht, Freundchen, und das war's auch schon.«

»Ich weiß, dass das nicht stimmt«, sagte ich.
»Wer ist hier der Gedankenleser?«
Sie packte mein Gelenk ein wenig fester und schloss die Augen. Ihre Finger waren warm und ein wenig glitschig, als wäre die Handcreme nicht richtig eingezogen. Als sie die Augen wieder aufschlug, starrte sie mich an.
»Ich bin bei Ihnen nicht sicher«, sagte sie gelassen. »Woher kommen Sie?«
»Kalifornien.«
»Das meine ich nicht. Ich meine Ihr Inneres. Hinter Ihnen liegt Kälte, Dunkelheit und ein bisschen Wahnsinn. Aber mittlerweile sind Sie wieder ziemlich gesund, richtig?«
»Absolut.«
»Nein. Nicht absolut. Das glauben Sie nur.« Sie ließ mein Gelenk los, und ich zog die Hand weg. »Sie sind nicht wegen Ihrer Zukunft hier. Sie wollen etwas anderes von mir.«
»Ich will ein Gespräch«, sagte ich. »Aber nicht mit Ihnen.«
Sie trommelte mit den Fingern einen kurzen Rhythmus auf dem Tisch, eine Reihe ungeduldiger Triolen.
»Das wird Sie erheblich mehr als hundert Dollar kosten«, sagte sie.
»Aber nicht so viel wie Sie, falls Sie mir nicht helfen.«
Sie wich in ihrem Sessel zurück, verschränkte die Arme und presste sie an sich.
»Das habe ich nicht kommen sehen, ich werde wohl allmählich senil.«
Ich legte meine Hand wieder auf den Tisch, die Handfläche nach oben.
»Machen Sie es noch einmal«, forderte ich sie auf.
Sie beugte sich vor und ergriff sie, bohrte den Daumen in mein Gelenk.
»Meine ich, was ich sage?«, fragte ich.

Nach kurzem Zögern nickte sie.
»Das tun Sie.«
»Ich will mit Mr. Frondutti sprechen. Hier ist eine Telefonnummer. Ich will, dass er mich heute um punkt achtzehn Uhr anruft. Tut er das nicht, kann ich Ihnen Ihre Zukunft mit absoluter Präzision vorhersagen.«
Sie zuckte und ließ meine Hand fallen, als hätte sie sich in glühende Kohlen verwandelt.
»Ich sage dem Mann nicht, was er zu tun hat«, sagte sie.
»Umso schlimmer für ihn.«
»Für ihn? Was ist mit mir? Was wollen Sie tun, mein Haus in die Luft jagen? Wissen Sie eigentlich, mit wem Sie es zu tun haben? Glauben Sie wirklich, Sie könnten mir etwas Schlimmeres antun als er?«
»Ja«, erwiderte ich ohne Zögern.
Sie presste die Hand auf den Mund und riss die Augen auf. Dann nickte sie, die Botschaft war angekommen.
Ich erhob mich ohne ein weiteres Wort und ging. Draußen vor der Tür bog ich scharf rechts in eine Gasse ab, die zu dem Parkplatz einer großen Drogerie führte. Ich ließ den Subaru mit der Fernbedienung an. Wartete eine knappe Minute und fuhr zu dem Donut-Laden gegenüber von Francine.
Falls Francine regelmäßig Kontakt zu Sebbie hatte, dann nicht auf konventionellem Weg, aus Angst vor abgefangenen Mails, Wanzen und anderen elektronischen Abhörmethoden. Sie mussten eine andere Methode haben. Und angesichts des kurzfristigen Termins musste es schnell gehen.
Keine schlechte Theorie, dachte ich, während ich zusah, wie Francine aus der Tür ihres Geschäfts stürmte und in den DeVille sprang. Einfach so.
Wie bei den meisten Stunts, die man im Kino sieht, ist auch die Verfolgung eines Wagens durch den dichten Stadtverkehr

am helllichten Tag, ohne entdeckt zu werden, kaum eine einfache Aufgabe. Insbesondere, wenn der Verfolger nur ein einziges Auto hat. Profis machen das mit mehreren Wagen, die sich abwechseln, auftauchen und verschwinden, vorweg fahren, ja sogar dicht auffahren, wenn die Situation es erfordert. Es bestand wenig Hoffnung, dass ein einsamer Subaru Outback all das nachahmen konnte, aber mehr hatte ich nicht.
Francine erschwerte die Lage durch ihre planlose Fahrweise und ihre Ignoranz der Verkehrsregeln. Regelmäßig bremste der Cadillac vor gelben Ampeln ab, um dann wieder zu beschleunigen und punktgenau bei Rot über die Kreuzung zu fahren. Ich konnte wählen, ob ich hinter ihr herrasen und einen Strafzettel und ihre Aufmerksamkeit riskieren oder sie einfach ruhig davonfahren lassen wollte.
Meistens tat ich Letzteres und betrachtete es als reine Glückssache, wenn ich sie erfolgreich wieder einholte.
Schließlich entkam sie mir, wie ich glaubte, aber als ich um eine Ecke bog, erblickte ich hocherfreut den Cadillac, der sich soeben in eine Parklücke am Bürgersteig zwängte. Ich fuhr vorbei und entdeckte eine weitere, auf dessen Parkuhr sogar noch ein Restbetrag stand. Ich überquerte die Straße und traf rechtzeitig ein, um Francine dabei zu beobachten, wie sie mit der flachen Hand auf die Parkuhr einschlug, während sie sie mit Münzen fütterte. Ich zog mich zu einem Schaufenster zurück und versuchte, sie im Auge zu behalten, ohne direkt in ihre Richtung zu blicken.
Sie lief mit raschen Schritten in einen Drugstore. Ich wartete auf der anderen Straßenseite und wünschte mir, sehen zu können, was sie tat. Nach kurzer Zeit kam sie wieder heraus, ein Magazin in der Hand. Ich war zu weit entfernt, um den Schriftzug lesen zu können, aber anhand der Aufmachung schloss ich auf *Time* oder *Newsweek.* Ich ließ ihr einen klei-

nen Vorsprung und lief dann im gleichen Tempo hinter ihr her, das für mich unangenehm zügig und nur schwer zu halten war.
Vor einem Zeitungskiosk blieb sie stehen. Der Mann hinter dem Tresen sah sie mit einem wiedererkennenden Lächeln an. Sie sprachen einen Moment miteinander, dann ging sie weiter, ohne etwas zu kaufen. Der Mann bückte sich nach etwas unter dem Tresen, dann richtete er sich wieder auf.
Perfekt, dachte ich. Einer der ältesten Tricks der Welt. Und warum auch nicht? Sebbie war schließlich selbst ein alter Trickser. Ich schaute mich um und entdeckte ein Café mit einem akzeptablen Blick auf den Kiosk. Ich ging hinein, bestellte Kaffee und Orangensaft und wartete.
Eine Stunde später tauchte vor dem Kiosk ein kleiner, adretter Mann auf, der einen schmalkrempigen Hut und eine Sonnenbrille trug. Der Mann hinter dem Tresen wählte diesen Moment, um einige Waren aufzufüllen. Und was sagte man dazu, der adrette Mann blieb stehen und beschloss, eine der neu einsortierten Waren zu kaufen. Ein Nachrichtenmagazin. Als er mit wesentlich humanerer Geschwindigkeit als Francine davonschlenderte, verließ ich das Café und folgte ihm. An der nächsten Kreuzung überquerte ich die Straße und hängte mich an ihn.
Die Verfolgung Francines, gefolgt von einer Stunde des Nichtstuns, hatte meiner schwächeren linken Körperhälfte furchtbar zugesetzt, die jetzt von oben bis unten schmerzte. Aber da ich nicht vorhatte, die Verfolgung des Mannes aufzugeben, tat ich das Einzige, was mir übrigblieb. Ich ignorierte es.
Drei Blocks weiter blieb er vor einem Eingang zwischen zwei Geschäften stehen. Ich sah, wie er etwas eintippte, dann öffnete er die Tür. Er war bereits im Inneren verschwunden, als

ich die Stelle erreichte, an der er gestanden hatte, und feststellte, dass es sich um den Eingang zu einem Apartment handelte, vermutlich im ersten Stock gelegen, den man öffnete, indem man den korrekten Code in eine Tastatur tippte.

Ich ging bis zum Ende des Blocks, über die Straße und wieder zurück. Es gab drei Läden mit adäquater Sicht auf den Hauseingang des adretten Manns. Eine Wäscherei, einen Geschenkartikelladen und ein Schuhgeschäft. Ich sah auf und betrat zweiteren. Eine blasse junge Frau mit schwarzem Lippenstift, die in etwas steckte, das wie ein Lederkorsett wirkte, saß auf einem Hocker hinter dem gläsernen Verkaufstresen. Ich erkundigte mich bei ihr, ob sich im ersten Stock Büros oder Wohnungen befanden. Sie war nicht sicher, gab mir aber die Adresse des Besitzers, die sie nach ausgedehnter Suche auf einem Schreibtisch im hinteren Teil des Ladens fand. Ich sagte, das mindeste, was ich im Gegenzug tun könnte, wäre, etwas zu kaufen, aber sie meinte, ich solle mir keine Gedanken machen, das ganze Zeug sei sowieso Müll.

Ich schaffte es kurz vor Ablauf der Parkzeit zurück zu meinem Auto und fuhr zu meinem Haus in Wilton, wo ich auf dem Bett zusammenbrach, nachdem ich den Wecker auf siebzehn Uhr dreißig gestellt hatte. Dann schlief ich ein, von unermesslicher Erschöpfung betäubt.

KAPITEL 7

Der Wecker klingelte wie vorgesehen, aber ich war noch zu erschöpft, um mich zu rühren. Deshalb blieb ich liegen und versuchte zu schätzen, wie wahrscheinlich es war, dass Sebbie mich wie gefordert punkt achtzehn Uhr anrief. Ich hatte Schwierigkeiten bei der Berechnung, aber mein Bauchgefühl sagte mir, dass er es tun würde.

Mein Bauchgefühl behielt recht.

Ich drückte den grünen Knopf des Digitalrekorders, um das Gespräch aufzuzeichnen.

»Sind Sie lebensmüde?«, fragte ein Mann mit wesentlich stärkerem New Yorker Akzent als Francine. Eindeutig Bronx.

»Ich brauche Informationen von Ihnen«, erwiderte ich mit meiner Clint-Eastwood-Stimme.

»Ziemlich unwahrscheinlich, dass Sie die kriegen. Ich geb mir ja nicht mal selbst welche, wenn es nicht unbedingt sein muss.«

»Es muss sein, andernfalls werden die Konsequenzen furchtbar sein.«

Das Telefon blieb stumm.

Dann sagte er: »Drohungen beeindrucken mich nicht besonders. Dafür bin ich schon zu lange im Geschäft.«

»Dann macht es Ihnen ja sicher nichts aus, nicht mehr im Geschäft zu sein.«

»Sie können mir nichts«, sagte er. Seine Stimme klang jetzt etwas höher, der Stress wurde allmählich hörbar.

»Nicht, bevor ich fertig bin«, sagte ich. »Mit Frankenfelder fange ich an, aber ich werde mir Zeit mit ihm lassen, ehe ich mit Francine weitermache.«

Dann unterbrach ich die Verbindung.
Die Zeit reichte gerade aus, mir die Nummer des Anschlusses zu notieren, von dem er anrief, ehe es wieder klingelte.
»Was wollen Sie?«, fragte er, nach wie vor wütend, aber in verändertem Ton.
»Ich muss eine Person eliminieren«, antwortete ich. »Ich brauche eine Liste mit Leuten, die den Job erledigen können.«
»Sie sind nicht von hier«, sagte er; es war eher eine Herausforderung als eine Frage.
»Stimmt. Deshalb wende ich mich an Sie. Ich brauche fünf Kandidaten. Namen und Kontaktdaten. Woher ich sie habe, bleibt vertraulich. Ich ziehe weiter, und Sie und Ihre Freunde bleiben am Leben.«
»Vergiss es. Scheiß auf Freunde und scheiß auf dich«, sagte er und legte auf.

Ich nutzte die Information, die mir das Mädchen in dem Laden gegeben hatte, um mich mit dem Makler des Gebäudes in Verbindung zu setzen. Drei Büros waren verfügbar, und zu meiner Erleichterung befand sich der Eingang zum ersten Stock an einem Parkplatz auf der Rückseite. Das Geschäft lief ausschließlich über das Internet. Ich nannte Namen und Sozialversicherungsnummer von einem meiner toten Typen und mietete die Einheit über dem Schuhgeschäft neben dem Geschenkartikelladen. Ich vereinbarte die Zahlung einer Monatsmiete im Voraus und dieselbe Summe als Kaution.
Ich schickte dem Maklerbüro zwei Zahlungsanweisungen über jeweils 850 Dollar, und sie schickten mir den Schlüssel, der am nächsten Tag als Expresssendung an mein Postfach geliefert wurde. Den ersten Teil des Tages verbrachte ich damit, das Schloss auszutauschen, den Rest mit dem Kauf von weiterem elektronischen Rüstzeug: eine HD-Digitalkamera mit

Teleobjektiv, ein Stativ und ein Aufnahmegerät, von dem ich Daten auf eine meiner Festplatten überspielen konnte. Die Barzahlung bescherte mir einen hübschen Rabatt.

Ich schleppte die Ausrüstung hoch ins Büro, den Prototyp eines trübseligen, anonymen Lochs mit Schreibtisch, Stuhl, Aktenschrank und Hutständer. Ich maß das untere Schiebefenster aus und ließ die Blende hinunter. Dann ging ich los und kaufte ein zugeschnittenes Stück Einwegspiegel und die passende Aufhängung. Der Händler wickelte es in Luftpolsterfolie und legte es in einen Karton mit Griff, an dem ich ihn hoch ins Büro trug. Während ich auf den Anbruch der Nacht wartete, montierte ich die Kamera auf das Stativ und verlegte die Kabel. Eine Stunde später war es dunkel.

Ich schaltete das Deckenlicht aus und stellte den Einwegspiegel auf das Fensterbrett, dann zog ich die Blende hoch und drückte gleichzeitig den Spiegel gegen die Scheibe. Ich benutzte einen Akkubohrer, um die Eckhalterungen mit Schrauben zu befestigen, damit er nicht verrutschte.

Ich stellte die Kamera an die richtige Stelle und schaltete sie ein, die Kontrollleuchten flammten LED-rot auf. Die Dämmerung war vorüber, aber durch den Spiegel konnte ich mühelos aufzeichnen. Ich filmte die umgebenden Gebäude, um den Kontext herzustellen, dann stellte ich das Objektiv ein, bis ich den Eingang auf der anderen Seite glasklar erkennen konnte.

Da ich keinen Grund hatte, noch länger zu bleiben, drückte ich auf »Aufnahme« und ging.

Am nächsten Tag brannte ich mein Gespräch mit Sebbie auf DVDs und schickte sie an Wayne Frankenfelder und Francine. Danach begab ich mich zu einem anderen Elektronikhändler und erstand ein Navi. Es war nur handtellergroß und erstaunlich leistungsfähig. Ich befestigte es innen an der Windschutzscheibe des Outback und gab die Adresse von Shelly Gross ein.

Eine Stunde später war ich kurz vor Hartford und fuhr an seinem nichtssagenden, unscheinbaren Haus in einem langweiligen Stadtteil der Mittelklasse-Schlafstadt Rocky Hill vorbei. In der Einfahrt stand ein alter brauner Chevy Blazer. Im Vorbeifahren hielt ich eine digitale Spiegelreflexkamera aus dem Beifahrerfenster und schoss eine Reihe Fotos.

Dann machte ich mich auf den Rückweg über Danbury, wo ich eine weitere Gitarre holte, die ich gegen Barzahlung an einen Mann in Westport verkaufte, der bei Craig's List eine Suchanzeige zu exakt diesem Modell aufgegeben hatte. Er hätte die Übergabe gern auf dem Parkplatz seiner Bank abgewickelt, aber ich dirigierte ihn zum Uferpark in Norwalk, weit entfernt von irgendwelchen Sicherheitskameras. Ich stellte den Koffer auf einen Picknicktisch und sah zu, wie er ihn öffnete, ein bisschen an den Wirbeln und Mechaniken fingerte und mit einem kleinen batteriegetriebenen Verstärker, den ich zu diesem Zweck mitgebracht hatte, die Pickups testete.

Ehe er die Gitarre im Kofferraum seines 5er BMW verstaute, gab er mir einen Umschlag. Ich zählte die 24000 Dollar, und zufrieden schieden wir voneinander.

An diesem Abend nahm ich meinen Laptop mit ins Büro. Ich ließ die Kamera weiterlaufen, während ich die Datei mit der Aufnahme der letzten vierundzwanzig Stunden von der externen Festplatte lud. Unter Verwendung eines Programms, das zur Bearbeitung langer Videos geschrieben worden war, scannte ich rasch durch die Nachtstunden. Als der Tag anbrach, verlangsamte ich die Geschwindigkeit, was der Soft-

ware erlaubte, ohne große Schwierigkeiten Musterveränderungen herauszufiltern.
Die erste fand sich rasch. Die Tür öffnete sich, und eine junge Frau trat heraus. Obwohl die Aufnahme vom ersten Stock aus gefilmt worden war, konnte man ihr Gesicht deutlich erkennen. Ich kopierte einige Frames in ein weiteres Programm und suchte den besten Winkel aus.
Sie war klein und stämmig, ungefähr Mitte zwanzig, mit schwarzem, welligem Haar, das sie in der Mitte scheitelte und über der Stirn mit Haarspangen zurückhielt. Ihre Nase war groß und ein bisschen krumm, ihre schwerlidrigen Augen standen weit auseinander. Sie trug einen einfachen Regenmantel und eine Aktentasche.
Vermutlich seine Tochter.
Ich vermerkte den Zeitpunkt der Aufnahme und filmte weiter. Sebbie erschien eine Stunde später in ungefähr derselben Aufmachung wie am Tag zuvor. Zwei Stunden später kehrte er zurück. Ohne Magazin.
Ich filmte in Zeitlupe, wie er den Schlosscode eingab. Die Schärfe der HD-Kamera und die Manipulation der Software machten es beinah zu einfach. Fünf Ziffern: fünf, vier, neun, eins, null.
Das war das letzte Ereignis des Tages. Ergo war die Frau noch draußen. Nach einem raschen Blick auf die neuesten Aufnahmen filmte ich weiter und beobachtete das Ganze auf meinem Laptop, der als Monitor fungierte.
Ich bin überzeugt, dass es langweiligere Dinge gibt, als stundenlang eine geschlossene Tür zu beobachten, allerdings kenne ich sie nicht aus eigener Erfahrung. Um einundzwanzig Uhr kehrte sie endlich nach Hause zurück, beladen mit einigen Einkaufstüten und der Aktentasche.
Erleichtert fuhr ich nach Hause und ging früh zu Bett, damit

ich am nächsten Morgen zeitig aufstehen und mich der Überwachung des Frondutti-Apartments widmen konnte. Diesmal nahm ich meine große Kamera mit dem Teleobjektiv mit.

In einer überdachten Bushaltestelle fand ich den idealen Überwachungsposten. Ich musste zwar durch eine schmutzige Plexiglasscheibe schauen, hatte dafür aber direkte Sicht auf den Eingang. Ich kaufte mir eine Zeitung und gab vor zu lesen, während ich alle paar Sekunden über den Rand spähte, die Augen hinter meiner Sonnenbrille verborgen.

Um ungefähr dieselbe Zeit wie am Vortag öffnete sich die Tür, und die Tochter trat mit ihrer Aktentasche heraus. Ich faltete die Zeitung, klemmte sie unter den Arm und folgte ihr, wie ich nur wenige Tage zuvor ihrem Vater gefolgt war.

Es war so warm geworden, dass ein Restaurant sich bemüßigt gefühlt hatte, Tische und Stühle auf dem Bürgersteig aufzustellen, um die morgendlichen Kaffeetrinker abzufangen. Die Tochter blieb stehen, ignorierte das »Bitte warten Sie, bis Ihnen ein Platz zugewiesen wird«-Schild und setzte sich an einen der Tische. Ich weiß nicht, was der Kellner dazu sagte, aber er nahm ihre Bestellung auf. Ich schlenderte (kann man humpelnd schlendern?) über die Straße und gab mir den Anschein eines Menschen, der etwas weit über den Köpfen der Cafébesucher Befindliches fotografieren will. Lässig schoss ich eine Reihe von Fotos, scheinbar zufällig, bis ich ein halbes Dutzend deutliche Aufnahmen der jungen dunkelhaarigen Frau im Kasten hatte, wie sie etwas trank und ein Stückchen Plunder verzehrte.

Danach hielt ich mich von der Straße möglichst fern, schaute nur einmal täglich vorbei, um die Tagesaufnahmen herunterzuladen und die Gewohnheiten Sebbies und der Frau aufzuzeichnen, die von einmaliger Beständigkeit waren. Die einzige Variable schien das Eintreffen am Abend zu ein, doch erschienen sie nie vor achtzehn Uhr.

Ich ließ eine Woche verstreichen. Dann stand ich eines Morgens um halb fünf auf und verbrachte die letzten Nachtstunden damit, mein Gesicht mittels Theaterschminke zu verändern. Ich zog einen Pullover über eine Fleece-Weste, die ich mit in die Taschen gestopften Socken noch weiter ausgebeult hatte. Der Eindruck eines dicken Mannes war zwar nicht völlig überzeugend, aber zumindest sah ich nicht nach mir aus. Nicht mehr.

Ich schlüpfte in Latexhandschuhe und zog ein Paar aus Leder darüber. Sie waren zwar der Jahreszeit definitiv nicht angemessen, aber ich konnte schließlich nicht die ganze Zeit die Hände in den Taschen behalten.

Diesmal ging ich nicht ins Büro, sondern lungerte auf der Straße herum, bis ich die Frau aufbrechen sah. Sechzig Minuten später verließ Sebbie das Haus für die üblichen zwei Stunden. Ich wartete noch eine halbe Stunde, ehe ich mich so flüssig wie möglich zum Eingang bewegte und den Code eingab. Die Tür sprang auf, und ich ging hinein. Vor mir sah ich eine Treppe, die oben vor einer weiteren Tür endete. Ich erklomm die Stufen und drehte probehalber den Knauf, woraufhin sie sich in einen mit Möbeln vollgestellten Raum öffnete, dessen Wände mit Bildern und Fotografien überladen waren, die buchstäblich keinen Zentimeter Platz ließen. Rasch durchquerte ich das Apartment und fand am Ende eines schmalen Flurs die Schlafzimmer.

Die Betten waren ordentlich gemacht, und in der Luft lag frischer Zitronenduft, der vom reichlichen Gebrauch von Möbelpolitur zeugte. Sebbies Zimmer war leicht zu erkennen. Ich nahm den zwanzig mal dreißig Zentimeter großen Farbabzug seiner Tochter aus dem Umschlag, der hinten in

meinem Hosenbund steckte. Auf die Rückseite hatte ich mit der linken Hand die Nummer eines weiteren Wegwerfhandys notiert.
Ich legte ihn auf sein Kopfkissen und ging. Als ich die Treppe hinunterstieg, hielt ich den Blick starr auf die Tür gerichtet und flehte sie an, geschlossen zu bleiben, wie es den Angewohnheiten der Fronduttis entsprach.
Unten angekommen, lief ich zu meinem Outback und fuhr ihn auf den Parkplatz hinter dem Büro. Dort entfernte ich die externe Festplatte, ließ den Rest der Anlage aber stehen. Ich kontrollierte den Raum auf mögliche Spuren meiner Anwesenheit, dann verließ ich das Büro zum letzten Mal.
Erst als ich mich wieder sicher in meinem Haus in Wilton befand, bemerkte ich, wie schnell mein Puls ging, wie trocken mein Mund war und dass meine Hände leicht zitterten. Ich legte mich aufs Bett und lauschte dem Dröhnen des Herzschlags in meinen Ohren, den ich mit langsamen, tiefen Atemzügen zu beruhigen suchte.
Es war nicht das erste Mal, dass ich mich in eine gefährliche Situation gebracht hatte. Obwohl es nicht mit den melodramatischen Tätigkeiten eines Krimi-Detektivs zu vergleichen war, hatten mich Ermittlungsarbeiten für legale Mandanten gelegentlich mit Leuten zusammengebracht, die durchaus zu mehr in der Lage waren als zu wüsten Schimpfworten. Damals hatte ich schon gespürt, wie sich das anfühlt. Ich wusste, dass ich nervös, ängstlich oder geradezu panisch war, während ich diese Gefühle erlebte. Das hier war eine seltsam verzögerte Reaktion, als ob die normalen körperlichen Reaktionen in der Schwebe geblieben wären, bis ich das Ding durchgezogen hatte.
Falls das zutraf, handelte es sich wahrscheinlich um eine Folge meiner Kopfverletzung. Und einen eindeutigen Vorteil.

Unter der Voraussetzung, dass ich die nachgelagerten Symptome unter Kontrolle bekam, ehe ich einem Herzinfarkt erlag.

Nachdem ich mein Nervensystem wieder im Griff hatte, legte ich die weitere Vorgehensweise fest. Falls Sebbie wirklich der Soziopath war, für den Henry Eichenbach ihn hielt, und ihm Folter und Tod seiner engsten Freunde und die Gefahr für seine Tochter gleichgültig waren, musste ich ihn streichen und mit einem anderen vielversprechenden Gangster weitermachen. Was immer die Kugel meinen sozialen Affekten, meiner Empathie und Gelassenheit angetan hatte, ich war nicht bereit, irgendeins der Dinge zu tun, mit denen ich gedroht hatte.

Zwei Stunden später klingelte das Telefon.

»Du beschissener Schwanzlutscher«, sagte Sebbie.

Ich legte auf, und er rief umgehend wieder an.

»Anstand, Mr. Frondutti, oder der Deal ist geplatzt«, sagte ich.

»Das nennen Sie anständig? Meine Frau zu bedrohen?« Ich schwieg in die Leitung, während ich verdaute, dass die Frau, die ich für seine Tochter gehalten hatte, seine Gattin war. »Und wie hört das jetzt auf?«, brach er schließlich das lange Schweigen.

»Haben Sie einen Computer?«

»Nein, aber meine Frau.«

»Wissen Sie, wie man damit umgeht?«

»Klar. Übler Scheiß, diese Geräte.«

»Ich brauche die Kontaktdaten dieser fünf Leute, um die ich gebeten hatte. Niemand von außerhalb des Drei-Staaten-Bereichs. Ich werde Ihnen eine Verschlüsselung diktieren. Haben Sie was zum Schreiben?«

Er fluchte noch eine Runde, sagte dann aber, er sei bereit. Ich ersetzte jedes Zeichen des Alphabets durch eine Zahl und Symbole wie @ durch ϖ. Der Code war äußerst simpel, aber ich durfte Sebbie nicht überfordern, selbst wenn ich einen komplizierteren zur Hand gehabt hätte.

Nachdem er sich alles aufgeschrieben hatte, sagte ich: »Benutzen Sie keinesfalls den Computer Ihrer Frau. Nehmen Sie den in der Bücherei. Gehen Sie auf eine Seite namens wallbox.com.« Ich nannte ihm Login-Namen und Passwort. »Das ist eine Art Internet-Briefkasten. Verschlüsseln Sie die geforderten Informationen mit dem Code, den ich Ihnen diktiert habe. In spätestens vier Stunden müssen sie vorliegen. Nach diesem Gespräch werden Sie nie wieder von mir hören, es sei denn, ich bekomme die Daten nicht. In diesem Fall werden die Konsequenzen umgehend erfolgen.«

Zwei Stunden später kontrollierte ich das Postfach, und die Nachricht war da. Ich kopierte sie in ein Worddokument, das ich ausdruckte, dann löschte ich die Nachricht und schloss den Account, den ich unter falschem Namen eröffnet hatte, da mehr nicht erforderlich gewesen war.

Daraufhin konvertierte ich mit der Suchen-und-ersetzen-Funktion von Word die Zahlen und Symbole zu Telefonnummern, Mail-Adressen und Namen:

Omar Rankin
Pally Buttons
Jack Hammer
Fred Tootsie
Austin Ott der Dritte

Zum ersten Mal seit der Sitzung mit dem Polizeizeichner hatte ich das Gefühl, der Mann im Trenchcoat wäre in greifbare Nähe gerückt, obwohl nicht einmal feststand, dass er sich auf dieser Liste fand. Aber so oder so, es war ein Schritt in die richtige Richtung.

Ich studierte die Namen, mit Sicherheit *noms de guerre,* und wartete darauf, dass mir eine unbewusste Wahrnehmung das wahrscheinlichste Ziel signalisierte.

Die qualvollen Stressreaktionen der jüngsten Vergangenheit waren vergessen, an ihre Stelle trat eine neue Reihe von Empfindungen. Meine Hände waren ruhig, meine Sicht scharf. In meinem tiefsten Inneren herrschte Gelassenheit, und an Stelle meines rasenden Herzens schwebte eine Kristallkugel aus silbrigem Eis. Du magst Omar sein oder auch Fred, wer immer du bist, ich werde dich finden.

Dessen bin ich mir sicher.

Jetzt.

KAPITEL 8

Es war grausam: Je besser es mir körperlich ging, desto mehr fehlte mir Florencia. Nein, sie fehlte mir nicht nur, ich sehnte mich verzweifelt nach ihr, in einem solchen Ausmaß, dass ich oft glaubte, es nicht ertragen zu können, und überzeugt war, dass ihre Abwesenheit letzten Endes meine geistige Gesundheit zerstören würde.

Die Tatsache, dass ich Zeuge des Mordes an ihr gewesen war, dass die hoffnungslose Endgültigkeit des Todes für mich kein abstraktes Konzept bedeutete, half nicht. Ich kannte die letzte, die unwiderrufliche Wahrheit.

Sie kam nie wieder.

Obgleich ich nie zuvor eine solche Traurigkeit empfunden hatte, war es bisher mein Allheilmittel gegen Schwierigkeiten gewesen, meinen Kopf zu beschäftigen und mich in die Arbeit zu stürzen. Es war die einzige Linderung, die ich kannte, der einzige Mechanismus, der mir half, morgens aus dem Bett zu kommen und mich den Anforderungen des Tages zu stellen.

Ich fuhr zurück zum Büro gegenüber von Sebbies Apartment. Dort kontrollierte ich die Digitalaufzeichnungen, die mir verrieten, dass Sebbie und die Frau, die sich als seine Ehefrau herausgestellt hatte, zu ihrer Routine zurückgefunden hatten. Ich lud die neuen Dateien herunter und löschte dann die Festplatte im Aufnahmegerät, wonach es bereit war für die nächsten achtundvierzig Stunden. Zurück in meinem Haus, packte ich ein kleines Päckchen mit einem Zweitschlüssel zum Büro, einer DVD mit ausgewählten Videosequenzen und Fotos von Sebbie, seiner Nachbarschaft, der jungen Frau und einer bearbeiteten Aufnahme unseres Telefongesprächs (bei der ich mit einem Programm meine Stimme verzerrt hatte). All das packte ich in einen FedEx-Karton, den ich an Henry Eichenbach adressierte. Ich legte einen Zettel dazu: »Sie haben eine Woche, sich alles zu beschaffen, was möglich ist. Danach endet Ihr Exklusivrecht. Danke für Ihre Hilfe.«

Danach stellte ich ein identisches Paket zusammen, adressierte es an Shelly Gross in Rocky Hill und warf es in den Outback, um es demnächst zu versenden.

Die Aufgabe eines Detektivs oder Kopfgeldjägers, das Aufspüren von Vermissten, ist in gewisser Weise geradezu absurd einfach geworden. Gegen Zahlung einer nominellen Gebühr hat man Zugriff auf vollkommen legale, universell zugängliche Datenbanken, die Details wie Name, Telefonnummer und Mail-Adresse abgleichen und eine physische Adresse ausspucken. Und zusätzlich häufig noch spezifischere Informationen wie Alter, Wohndauer an der Adresse, Beruf, schulische Ausbildung usw. Gelegentlich sogar ein Foto.

So konnte ich Omar Rankin, einen distinguiert wirkenden Afroamerikaner, innerhalb von fünf Minuten ausschließen.

Obgleich das Ergebnis negativ ausfiel, gab mir die Geschwindigkeit, in der ich es erzielte, Selbstvertrauen und half, den Schmerz meines Totalversagens im Fall von Jack Hammer zu lindern: Weder die Mail-Adresse noch die Telefonnummer, die ich von Sebbie erhalten hatte, waren gültig. Als FBI-Agent oder auch nur regulärer Polizeibeamter hätte ich trotzdem den mit diesen Konten verbundenen Namen und die Postadresse herausfinden können, aber leider war ich das nicht. Schlimmer noch, es lebten überraschend wenige Jack Hammers im

Nordosten der USA, was ein überraschendes Widerstreben der Menschen namens Hammer verriet, ihre Kinder lebenslangem Spott auszusetzen.

Ich entdeckte einen Sledge Hammer, aber der war professioneller Wrestler und lebte in Atlantic City.

Ich legte meine Liste mit drei Jack Hammers beiseite und suchte nach Austin Ott. Von ihm hatte Sebbie mir nur die Mail-Adresse zugeschickt. Die Datenbank konnte mir keine Verbindung anzeigen, obwohl sie mehrere Austin Otts aufführte.

Ich machte mit Fred Tootsie weiter, von dem ich nur eine Telefonnummer mit der Vorwahl 516 hatte, die für Nassau County, Long Island, stand. Ich ließ sie durch die Suchmaschine laufen und fand eine Verbindung: Frederico DiDemenico, 23 Hartsfield Drive, Apt 3D, Jericho, NY. Alter dreiundfünfzig. Beruf unbekannt. Familiäre Verhältnisse unbekannt. Ich rief ihn an.

»Ja«, meldete er sich.

»Hallo, Fred, ich habe Ihre Nummer von einem Geschäftsfreund. Er hat gesagt, ich solle Sie wegen eines Projekts anrufen.«

»Wer ist da?«

»Mr. Jones.«

»Sicher. Und hier ist Mr. Smith.«

»Mir hat man gesagt, Mr. Tootsie.«

Einen Moment herrschte Schweigen in der Leitung.

»Wer ist der Freund?«, fragte er.

»Kann ich nicht sagen, das verstehen Sie doch.«

»Ich bin nicht ganz sicher. Worum geht es bei dem Projekt?«

Ich lauschte angestrengt auf einen vertrauten Klang in seiner Stimme, merkte aber bald, dass dies unmöglich war. Ich erinnerte mich an vieles, was der Mann im Trenchcoat gesagt hatte, aber auch ohne Hirnverletzung sind Dinge wie Ton und Timbre einer menschlichen Stimme nur sehr schwer heraufzubeschwören.

»Darüber würde ich lieber bei einem persönlichen Treffen reden«, sagte ich. »Die Sache ist sensibel.«

»Sie wollen 'ne ganze Menge.«

»Reden Sie normalerweise am Telefon über Ihre Geschäfte?«, fragte ich.

Ich sagte es beiläufig, versuchte, es eher wie eine vorsichtige Nachfrage als eine spöttische oder kritische Bemerkung klingen zu lassen. Er nahm es wie beabsichtigt auf.

»Ich höre«, sagte er.

»Ich schlage ein Treffen vor«, sagte ich. »Ich nenne verschiedene Termine.«

»Wann?«

»Bald.«

»Okay«, sagte er und legte auf.

Ich suchte nach dem letzten Namen auf meiner Liste, Pally Buttons, und lief erneut vor die Wand. Die Telefonnummer, die Sebbie mir genannt hatte, war ungültig, und aus der Vorwahl schloss ich, dass es sich um ein Wegwerfhandy wie meines handelte. Absolut nicht zurückzuverfolgen, nicht einmal für die Ermittlungsbehörden. Das würde eine verdammt harte Nuss, deshalb setzte ich den Namen erst einmal auf meine Zu-erledigen-Liste und konzentrierte mich auf Fred.

Ich tippte ein paar Daten und Örtlichkeiten am South Shore von Long Island in geringer Fahrweite von Jericho in eine Datei, druckte die Aufstellung aus und steckte sie in einen Umschlag. Dann fuhr ich zu einer FedEx-Annahmestelle und schickte sie in einem von den Umschlägen, die man nicht öffnen konnte, ohne sie zu zerstören, an Fred. Außerdem konnte ich die Sendung auf diese Weise online verfolgen, wofür

immer das gut sein mochte. Falls Freds Post von den Behörden überwacht wurde, würde ich es wie immer sowieso erst wissen, wenn es zu spät war.
Ich instruierte Fred, seine Antwort als Nachricht an ein neues wallbox.com-Konto zu schicken, das ich zu diesem Zweck eingerichtet hatte. Ich fügte eine Schritt-für-Schritt-Anleitung bei, da ich nichts über Freds Computerkenntnisse wusste und sie für minimal hielt.
Die nächsten Tage verbrachte ich mit der Suche nach den anderen Namen bei Google und weiteren bezahlpflichtigen Suchmaschinen. Fred tauchte in einer Gerichtsakte auf, als Angeklagter im Fall einer Schlägerei in Jones Beach zwischen »rivalisierenden italienischen Banden, bei denen man eine Verbindung zum organisierten Verbrechen vermutete«. Fred war in einem nahegelegenen Krankenhaus von der Polizei vernommen worden, demnach war die Schlägerei zumindest für ihn nicht besonders glücklich gelaufen. Die einzigen Informationen, die ihm die Ermittler entlocken konnten, waren, dass er ein weißer Mann und Mitglied mit gutem Ruf bei den Jericho Knights of Columbus war. Was nicht stimmte.
Verglichen mit den anderen auf der Liste war Omar Rankin geradezu profilneurotisch. Nicht nur fanden sich überall im Internet seine persönlichen Statements, man entdeckte ihn außerdem auf Zeitungsbildern, wie er das Band zu einem neuen Basketballplatz in Harlem durchtrennte, mit Anwohnern und der Kirche gegen die Mittelkürzung für ein Anti-Drogenprogramm protestierte, in der Jury eines Tanzwettbewerbs bei einem Straßenfest saß und ganz allgemein seine Qualifikation als vielgestaltiger, unermüdlicher Gemeinde-Aktivist seines Upper-Upper-West-Side-Viertels unter Beweis stellte.
Absolute Öffentlichkeit als Tarnung? Ich konnte es nicht be-

urteilen, katalogisierte die Informationen aber, nur für alle Fälle.
Dann, eines Morgens, verkündete ein leises *Ping* meines Computers, dass bei wallbox.com eine Nachricht für mich eingegangen war. Ich sah nach und notierte Freds gewähltes Datum und den Ort. Danach löschte ich das Konto und begann mit den Vorbereitungen.
Fred hatte sich eine schäbige Bar an Freeports Nautical Mile ausgesucht, deren Kundschaft aus den älteren und konsequent dreckigeren Vierteln im Norden stammte. Mein letzter Besuch dort lag einige Jahre zurück, es konnte also durchaus sein, dass das Ambiente gewonnen hatte, aber ihre Website schien darauf hinzudeuten, dass dies nicht der Fall war.
Ich hatte mit der Theaterschminke geübt, um die größtmögliche Veränderung mit dem geringstmöglichen Aufwand zu erzielen. An diesem Tag verwendete ich nur eine falsche Nase und zog eine Baseballmütze über eine Perücke, dazu eine Brille mit aufgesteckten Sonnenschutzgläsern. Einfach, überzeugend und bequem.
Ich fuhr über die Throgs Neck Bridge nach Long Island und traf zwei Stunden vor dem vereinbarten Zeitpunkt in Freeport ein. Die Bar hieß Donny Brooks, was sich sowohl auf ihre irischen Wurzeln als auch die angebotenen Aktivitäten bezog. Ich parkte einen halben Block entfernt auf einem Parkplatz hinter einem alten Ramschladen.
Ich wünschte, ich hätte in der Zeit, in der ich für Anwaltskanzleien Personen aufspürte, mehr Fachwissen erworben. Zu meiner Verteidigung kann ich anführen, dass es nicht wirklich notwendig war, da ich in fünfundneunzig Prozent aller Fälle Geld überbrachte – nicht gerade eine furchterregende Mission. Aber ich hatte keine Ahnung, wie ich echte Undercover-Agenten erkennen sollte. Mir blieb nur, mich in

eine sichere Nische mit guter Sicht auf den Schankraum zu setzen und abzuwarten.
Es war mitten am Nachmittag, und die vereinzelten Gäste auf den Barhockern sahen aus wie Stammkundschaft, eine Einschätzung, die durch ihr zielloses Geplauder mit dem Barkeeper bestätigt wurde. Die einzige andere Nische beherbergte eine verlotterte ältere Frau, die gemeinsam mit der Kellnerin zu Mittag aß. Falls es sich dabei um modernste Überwachungsmethoden handelte, hatte die Verbrecherwelt nicht die geringste Chance.
Ich bestellte ein Sandwich und Eistee, an denen ich mich in den nächsten zwei Stunden unbehelligt festhielt, während derer weitere Männer hereinkamen, bessere Kandidaten für Undercover-Agenten, aber woher sollte ich das wissen? Da ich sowieso nichts tun konnte, selbst wenn sie es waren, beschloss ich, keinen Gedanken mehr daran zu verschwenden, und begann, das *Time Magazine* zu lesen, das ich als Erkennungszeichen für Fred mitgebracht hatte.
Er traf eine Viertelstunde zu früh ein. In der Hand hatte er sein Erkennungszeichen, eine zur Röhre gerollte Ausgabe der *Sports Illustrated.* Ich sah sein Gesicht, ehe mir die Zeitung auffiel, deshalb wusste ich bereits, dass er nicht der Mann im Trenchcoat war. Der Neurologe, der mich untersucht hatte, war ziemlich sicher gewesen, dass mein visuelles Gedächtnis nicht gelitten hatte, und ich hatte versucht, das Gesicht des Mannes in meiner Erinnerung lebendig zu halten, indem ich mich immer wieder mit der Skizze des Polizeizeichners beschäftigte. Falls diese Darstellung falsch war, war das ein weiterer Faktor, auf den ich keinen Einfluss hatte, und somit ein weiterer Gedanke, mit dem ich mich nicht herumschlagen musste.
Fred sah aus wie ein Handelsvertreter im Ruhestand. Sein

Gesicht war rund und fleischig, wogegen auch sein ungepflegtes graues Haar nicht half, das sich bereits lichtete; ebenso wenig wie die Kunststoffbrille mit den dicken Gläsern. Über einem gestreiften Hemd trug er eine Windjacke, die sich am Bauch ausbeulte, und dazu eine Polyesterhose. Er ließ sich mir gegenüber auf die Sitzbank fallen und klatschte das Magazin auf den Tisch.

»Wie lange sind Sie schon hier?«, fragte er.

»Zwei Stunden.«

»Sie sind ein geduldiges Arschloch.«

»Nur vorsichtig«, erwiderte ich.

»War es das wert?«

»Das weiß ich nicht.«

»Man kann nicht ewig vorsichtig sein«, sagte er. »Nach einer Weile sagt man sich einfach: Scheiß drauf.«

»Das lerne ich gerade.«

Er musterte mich.

»Nehmen Sie die Mütze ab«, befahl er.

»Warum?«

»Reine Vorsichtsmaßnahme.« Ich tat es. »Jetzt Ihr Hemd.« Auch das tat ich, und er bedeutete mir, ihm die Sachen zu geben. Er schüttelte das Hemd aus und tastete die Säume ab, dann gab er es mir zusammen mit der Mütze, die er ebenso gründlich untersuchte, zurück. Niemand in der Bar schien Notiz davon zu nehmen.

»Was ist Ihre Masche?«, fragte er.

»Suchen und entdecken.«

»Was zum Teufel das auch immer bedeuten mag.«

»Ich suche jemanden«, sagte ich. »Mir wurde gesagt, Sie könnten mir vielleicht helfen.«

Er nahm sein Magazin und blätterte mit dem Daumen durch die Seiten.

»Und falls ja, was kommt dann als Nächstes?«
»Ich brauche nur einen echten Namen und eine Adresse. Ab da mache ich allein weiter.«
Seine dunklen Augen hinter den Brillengläsern fuhren fort, mich zu mustern, während seine Miene nichts von seinen Gedanken verriet.
»Ich arbeite nicht umsonst«, sagte er.
»Das erwarte ich auch nicht. Schreiben Sie auf, wie viel Sie wollen.«
Ich nahm ein Blatt Papier aus meinem Magazin und schob es zusammen mit einem Stift über den Tisch. Er nahm den Stift und betrachtete das Blatt, als stünde bereits etwas darauf. Dann kritzelte er eine Zahl. Eintausend Dollar.
Ich nahm die Seite und steckte sie zusammengefaltet in meine Brusttasche. Dann zeigte ich ihm das Blatt mit den Namen Pally Buttons, Jack Hammer und Austin Ott. Er beugte sich über den Tisch und studierte es einen Moment, ehe er sich wieder zurücklehnte.
»Wer zur Hölle hat Ihnen das gegeben?«, fragte er. »Haben Sie mich auf diese Weise gefunden?«
Ich zog mein letztes Blatt heraus, die Polizeiskizze des Manns im Trenchcoat. Fred nahm es mir ab und betrachtete es mit offensichtlicher Konzentration, warf einen Blick auf die drei Namen und wandte sich dann wieder dem Porträt zu. Dann legte er es zurück auf den Tisch.
»Schieben Sie mir einen Riesen rüber, dann haben wir vielleicht was zu besprechen«, sagte er.
»Ich hab das Geld dabei«, erwiderte ich.
»Ehrlich?«, sagte Fred. »Sie haben bestimmt noch mehr mit. Scheint, ich hab den Preis nicht hoch genug angesetzt.«
»Wenn mir gefällt, was Sie zu sagen haben, lasse ich noch mal fünfhundert springen.«

Er zeigte sein erstes Lächeln, eine eisige Angelegenheit, die nicht bis zu seinen Augen reichte.
»Wenn ich die tausendfünfhundert in der Tasche hab, wird Ihnen bestimmt gefallen, was ich zu sagen habe.«
»Das würde mich freuen«, sagte ich. »Aber es sollte Sie nicht dazu verleiten, mir etwas Falsches zu erzählen.«
Das Lächeln auf seinem Gesicht verrutschte etwas.
»So was sollte ein vorsichtiger Typ lieber nicht sagen.«
Ich beugte mich über den Tisch und senkte die Stimme.
»Ich verspreche, Ihnen zu glauben, aber falls sich herausstellt, dass Sie lügen, wird das Konsequenzen haben.« Während ich sprach, sah ich mich um, als hielte ich Ausschau nach Lauschern.
Dann lehnte ich mich wieder zurück und gab ihm Zeit zum Verdauen. Ziemlich gut, wie ich dachte, angesichts der Umstände.
»Sie reißen ganz schön das Maul auf«, sagte er.
Ich nahm einen mit Bargeld vollgestopften Umschlag und steckte ihn in das *Time Magazine*, das ich über den Tisch schob. Fred behielt mich im Blick und seine Hände bei sich.
»Darauf können Sie Gift nehmen«, sagte ich. »Sie könnten auch einfach das Geld nehmen und nicht mehr daran denken.«
Mein Wissen über Auftragskiller war bestenfalls dürftig, aber ich wusste einiges über Profis im Allgemeinen, was bereits der halbe Sieg war. Profis waren häufig Pragmatiker, die Vor- und Nachteile abwogen und von rationalem Eigennutz geleitet wurden. Ich ging davon aus, dass Fred beschließen würde, er hätte nichts zu verlieren, aber alles zu gewinnen, wenn er das Spiel exakt nach den Regeln spielte, die ich aufgestellt hatte.
»Okay«, sagte er und benutzte meinen Stift, um den Namen

Jack Hammer einzukreisen. »Der ist es nicht. Ich hab ihn schon mal gesehen. Die anderen beiden nicht, also könnte es jeder der beiden sein.«

»Können Sie mir sagen, wo sie wohnen?«, fragte ich.

Er dachte darüber nach.

»Als Letztes habe ich gehört, dass Pally beim Sicherheitsdienst von Clear Water in Connecticut arbeitet.«

»Wie heißt er richtig?«

Fred schüttelte den Kopf.

»Ich wollte schon Chipmunk sagen, aber das stimmt nicht. Chalupnik. So heißt er. Ich weiß nicht, welche Nationalität das ist. Bulgarisch oder irgend so 'n Scheiß.«

»Vorname?«

»Pally? Ich hab keine Ahnung.«

»Was ist mit Ott?«

Seine Miene verzog sich vor Konzentration.

»Definitiv New England. Der Größte von den Unabhängigen. Sogar die Mafia hat Angst vor ihm. Ursprünglich aus Boston, aber ich glaube, da lebt er nicht mehr. Er hat mir über die Jahre ein paar Jobs rübergeschoben. Aufträge untervergeben. Macht sich die Hände nicht schmutzig. Höflicher Typ. Sehr ruhig. Lief alles nach Plan, kann ich echt nicht meckern.«

»Irgendeine Idee?«

Er dachte nach.

»Beide Jobs liefen oben in Connecticut. Also wohnt er vielleicht da. Aber Sie haben ja gesagt ›Idee‹, und mehr habe ich nicht.«

»Haben Sie eine Möglichkeit, mit ihm Kontakt aufzunehmen?«, fragte ich.

Er feixte.

»Ausgeschlossen. Er setzt sich mit Ihnen in Verbindung!«

Er lehnte sich zurück, legte beide Hände in den Schoß und

ignorierte angelegentlich das *Time Magazine* mit dem Geld. Ich schob es näher zu ihm.

»Danke für alles«, sagte ich.

»Ich kann nicht garantieren, dass ich mich richtig an alles erinnert habe.«

»Schon gut«, sagte ich.

»Es sei denn, ich habe gelogen.«

»Es sei denn, Sie haben gelogen.«

»Vielleicht habe ich auch irgendwas verwechselt. Und Sie denken dann, ich hätte gelogen.« Er zeigte mir kurz den Lauf einer Waffe, dann ließ er sie wieder sinken. »Weshalb ich Ihnen gleich jetzt eine Kugel in den Bauch jage und abhaue«, sagte er mit einem Blick auf seine Hände unter dem Tisch.

»Lärm«, sagte ich. »Und alles voller Augenzeugen.«

»Das Risiko geh ich ein. Und die Leute hier sind Säufer. Außerdem ist das Schätzchen leiser als ein feuchter Furz.«

Ich war ein wenig enttäuscht, dass ich diese Möglichkeit angesichts der Natur meines Nischengesellen nicht vorhergesehen hatte, hatte aber keine Schuldgefühle.

»Und doch zögern Sie«, sagte ich, »offenbaren Ihre Absichten und verschwenden das wertvolle Element der Überraschung. Sie sind nicht hundertprozentig sicher, dass es so eine gute Idee ist.«

Eigentlich wirkte er vollkommen sicher, dass seine Idee gut war, und ihn trieb vermutlich eher Neugier als Angst.

»Ich lass mir nicht gern drohen.«

»Ich auch nicht«, sagte ich.

»Das ist keine Drohung, das ist bombensicher.« Seine Miene wurde hart, und ich konnte spüren, wie sich die Waffe unter dem Tisch bewegte.

»Bombensicher ist«, sagte ich, »dass Sie nichts über mich wissen, ich aber sehr viel über Sie. Ich weiß, wo Sie wohnen, was

Sie tagsüber machen, kenne die Namen Ihrer Freunde und Ihrer Familie und deren Adressen. Sie sind nicht der einzige Profi, mit dem ich geredet habe. Ich habe alles arrangiert, falls Sie mich umbringen, werden Sie und die Personen, die Ihnen am nächsten stehen, innerhalb einer Woche sterben.« Ich lehnte mich zurück und wies mit offenen Händen auf meine Brust. »Na los doch. Im Endeffekt wird die Welt dadurch ein besserer Ort.«

An Stelle der Überzeugung trat ein berechnender Ausdruck in sein Gesicht. Er hielt weiterhin Blickkontakt, aber die Starre wich aus seiner Haltung.

»Wer zum Teufel sind Sie eigentlich?«, fragte er.

Eine gute Frage.

»Um ganz offen zu sein, ich bin nicht sicher. Das Konzept von Identität ist für mich abstrakt geworden. Ich bin nicht einmal sicher, ob ich noch über das verfüge, was Sie einen normalen Geisteszustand nennen. Und mein Verhalten scheint eher auf verborgenen Zwängen zu beruhen als auf bewussten Entscheidungen.«

»Das ist doch Bullshit.«

»Sie haben gefragt«, sagte ich, stand auf, ging durch die Küche, wo ich die Rufe der plumpen Männer in schmierigen Schürzen ignorierte, und verschwand durch die Hintertür zu meinem Auto.

Eine Minute später hatte ich mich erneut im zwielichtigen Reich vergeblicher Hoffnung, Unstetigkeit und Schmerzen verloren.

KAPITEL 9

Zurück in meinem kleinen Haus, fuhr ich meinen Computer hoch und fand eine Nachricht von Evelyn an MrPbody. Eine schlichte Botschaft: »Ruf an.«

»Wie geht es dir?«, fragte sie, als ich sie auf ihrem Wegwerfhandy erreichte.

»Schwer zu sagen.«

»Was macht deine räumliche Wahrnehmung?«

»Unverändert, aber ich gewöhne mich allmählich daran. Die Erschöpfung macht mir nach wie vor zu schaffen. Hast du was von Maddox gehört?«

»Nichts«, sagte sie. »Aber deswegen habe ich mich nicht gemeldet. Du erinnerst dich, wir lassen doch die Agentur schätzen. Mr. Brandts Rechnungsprüfer waren die ganze Woche da.«

»Wie läuft es denn?«

»Großartig. Sie waren sehr angetan von Florencias Management. Mr. Brandt meint, sie wären ganz wild darauf, ein Angebot auf den Tisch zu legen, aber erst, wenn alle Bücher gründlich geprüft sind.«

Was unsere wechselseitigen beruflichen Aktivitäten anging, hatten Florencia und ich ein fast vollkommenes Arrangement getroffen. Ich unterhielt sie mit Anekdoten über meine Projekte und gelegentlichen Feldexkursionen. Sie erzählte mir so gut wie nichts über ihren Büroalltag, weil sie meinte, die täglichen Schwierigkeiten und Mühen noch einmal zu erleben, wäre für sie das Allerletzte. Sie liebte ihre Arbeit, sagte sie, aber nur, weil sie nicht zur Besessenheit wurde. Meine Arbeit hingegen war für sie eine herrliche Ablenkung, vorgetragen mit so viel erzählerischem Schwung, dass es bald zu ihrer liebsten Form der Unterhaltung wurde. Und so hatten wir uns in guten wie in schlechten Zeiten auf dieses Muster geeinigt.

»Wie sähe das Angebot denn aus?«

»Großzügig, glaube ich. Mr. Brandt will die Firma für seinen Sohn, er hat Geld, und ihnen gefällt, was sie sehen. Vermutlich kommt bald eine Entscheidung auf uns zu.«

»Darauf kann ich mich jetzt nicht konzentrieren«, sagte ich. »Ich muss mich um andere Dinge kümmern.«

»Deshalb gebe ich dir ja Bescheid.«

»Was passiert als Nächstes?«

»Sie werden die Kaufprüfung bald abschließen. Das ist ein Vorgang, den Brandt mir zu erklären versucht hat, aber ich habe es nicht wirklich verstanden. Diese Finanzsachen gehen über meinen Verstand.«

»Du kannst eben nichts anderes, als Leuten die Brust aufzuschneiden und vierfache Bypässe zu legen. Da kann man wohl kaum erwarten, dass du in der Lage bist, ein Konto zu führen.«

»Wo wir gerade darüber sprechen, ich glaube, ich habe das Haus verkauft.«

»Wirklich? Wie kam das denn?«

»Ich hab den Preis um fünfzehntausend Dollar gesenkt. Daraufhin hagelte es Angebote. Dann konnte ich wieder auf zweitausend hochgehen. Nur ein Scherz. Ich hab noch ein bisschen gefeilscht. Die Käufer sind echte Wall-Street-Yuppies und scheinen sich auf fünfundachtzigtausend einzulassen.«

»Das ist prima. Sieh nur zu, dass der Erlös flüssig bleibt«, sagte ich. »Die Lage hier draußen ist ein bisschen kompliziert.«

»Wenn ich nur wüsste, was ›hier‹ bedeutet.«

»Nein, das willst du nicht wissen. Ganz bestimmt nicht.«

Ich verbrachte den Rest des Abends mit dem Versuch, den Namen Chalupnik mit irgendjemandem beim Clear Water Resort und Kasino in Verbindung zu bringen, einem erstaunlich großen Spieler- und Unterhaltungsparadies in der südöstlichen Ecke des Staates. Ich fand drei Chalupniks, die in der Nähe wohnten, eine erstaunlich hohe Zahl bei einem so ungewöhnlichen Namen. Verwandte, nahm ich an.

Als ich die Suche endlich einstellte, war es schon spät, meine Augen brannten so sehr, dass ich den Bildschirm kaum noch erkennen konnte, und meine schwache linke Körperhälfte war verkrampft und steif. Ich putzte mir die Zähne und legte mich schwer atmend aufs Bett, wo ich triefäugig an die Decke starrte. Ich hatte mich als lebhaften Menschen in Erinnerung, der von einem Jazztrio aus Neugier, natürlicher Spannkraft und guter Laune angetrieben wurde. Große Teile dieser Persönlichkeit und Energie hatte ich verloren, und an ihre Stelle war eine bösartige Kraft getreten, die diese Lebensfreude ersetzte. Es war nicht nur so, als hätte das Leben seinen Sinn verloren. Bedeutung an sich war ein vergessenes Konzept.

Obwohl aktiv, neigte ich zu Momenten absoluter Erschöpfung, in denen ich mich fragte, ob ich mich je wieder würde erheben können. Selbst der unablässige Schmerz in meinem Oberschenkel schien dann so nebensächlich, dass er keine Beachtung verdiente. Amputierte erleben die schlimmste Form der Folter – Schmerzen in einem Arm oder Bein, das nicht länger existiert. Bei mir handelte es sich nicht um ein Phantomglied, sondern um die zerstörten Elemente meines Ichs, die diese Qual verursachten.

Als endlich der Schlaf kam, war er deshalb kein Trost, sondern ein Aussetzen der Zeit, eine Brücke vom Dunkel der Nacht in die ewige Finsternis, die meine Seele umhüllte.

Das Clear-Water-Kasino erhob sich aus dem Wald wie das jenseitige Trugbild, als das es gedacht war. Es stand im Reservat seiner indianischen Besitzer. Die Abgeschiedenheit abseits städtischer Zentren steigerte die traumähnliche Atmosphäre, gleichzeitig erschreckend und verführerisch.
Meine Verkleidung an diesem Tag bestand aus meiner gegenwärtigen Erscheinung, die meinem früheren Ich absolut nicht mehr glich. Fahle Haut, die über einem rasierten Schädel spannte. Der üppige Schnurrbart nur noch eine ferne Erinnerung. Eine schwere Brille mit dicken Gläsern. Unregelmäßiges Essen und andauernde Erschöpfung hatten meinen Körper aus der einstigen Speckschicht geschält, und an den harten Kanten wirkte meine Kleidung eher aufgehängt als getragen. Ich war nicht mehr ständig auf den Stock angewiesen, aber jetzt hatte ich ihn mitgenommen in dem Bewusstsein, dass die schiere Größe des Kasinos lange Märsche über häufig harten Untergrund erfordern würde.
Zweck des Ausflugs war reine Aufklärung. Ich hatte nichts geplant noch hegte ich Erwartungen. Ich wusste nicht einmal, ob der Besuch notwendig war, aber der Ort reizte mich, einen Blick zu riskieren. Selbstverständlich war ich so vorsichtig, mich umzusehen, ohne dass auffiel, dass ich mich umsah. An einem Ort wie diesem wurde alles registriert, entweder von elektronischen oder menschlichen Augen. Das waren sozusagen die Spielregeln, und jeder kannte sie.
Ich spielte an den Automaten und an einem der Black-Jack-Tische, kaufte mir eine Baseballmütze und dann etwas zu essen in der Pianobar, wo ich dem Klavierspieler trotz der Unverschämtheit eines Barry-Manilow-Medleys ein Trinkgeld gab. Der Barkeeper arbeitete für die Besitzer des Unternehmens, die das Lokal gepachtet hatten, aber früher war er Croupier an den Roulettetischen gewesen.

»Klingt romantisch«, sagte er über seinen ehemaligen Job. »Nach Abendkleidern und Smokings und französischem Geplauder. In Wirklichkeit sind das Leute wie Sie und ich, und man wird es leid, die kleine gottverdammte Kugel im Auge zu behalten.«
»Ist aber trotzdem gute Arbeit, oder?«, fragte ich. »Ich spiele mit dem Gedanken, mich zu bewerben.«
Er gab mir recht.
»Ja, stimmt. Die sorgen für ihre Leute. Was wollen Sie denn machen?«
»Sicherheitsdienst«, sagte ich. »Ich war früher bei der Militärpolizei. Computerfachmann. Bin nie aus dem kleinen dunklen Raum rausgekommen, aber einer musste es ja machen.«
»Und das da, eine Verwundung?«, fragte er mit Blick auf meine Beine.
»So in der Art«, erwiderte ich, leicht beschämt, weil ich so tat, als wäre ich im Einsatz gewesen. »Wen müsste ich denn ansprechen, um mich zu bewerben? Wissen Sie das?«
Er holte ein zerfleddertes Buch unter dem Tresen hervor und blätterte herum, bis er die richtige Seite fand. Dann kritzelte er einen Namen auf eine Cocktailserviette. »Ron Irving, Direktionsassistenz, Personalleiter/Sicherheitsdienst.«
»Netter Typ«, meinte der Barkeeper. »Eigentlich müssten Sie ihn von mir grüßen, aber der hat keine Ahnung, wer ich bin. Ich bin nicht so berühmt, wie ich sein sollte.«
»Die Klage hört man oft«, sagte ich.

Auf meinem Gang durch die breiten Flure und offenen Säle mit ihren glitzernden, lärmenden Automaten musterte ich die Gesichter aller Männer in Uniform, denen ich begegnete. Da jeder zum Sicherheitsdienst gehören konnte, musterte ich auch die Männer in billiger Freizeitkleidung wie der von Fred

Tootsie, in schlichten Anzügen, Arbeitskleidung und Polohemden. Als mir bewusst wurde, dass ich jeden und alles anstarrte, hörte ich aus Angst, Aufmerksamkeit zu erregen, sofort damit auf.

Ich spazierte in einen großen Bereich mit Black-Jack-Tischen und nahm an einem Platz, der von einer jungen, attraktiven Asiatin geführt wurde. Zwei Männer saßen bereits, aber sie integrierte mich mühelos.

»Wie viele Punkte zählt ein König?«, fragte ich. Die beiden anderen Typen starrten mich an, als hätte ich eine Ladung Dung auf den Tisch gekippt.

»Zehn«, antwortete die Kartengeberin deutlich und akzentfrei. »Genau wie die Damen und Buben.«

Dann gewann ich mein erstes Spiel. Meine Beliebtheit bei meinen Tischgefährten sank rapide. In meiner Jugend hatte ich Black Jack toll gefunden, da mir Karten zu merken für mich absolut natürlich war, bis mein Vater mich darauf hinwies, dass dieses Talent zu gebrochenen Beinen führen konnte, wenn ich es am falschen Ort praktizierte. Eigentlich hätte das nicht länger ein Problem sein dürfen, da ich mittlerweile kaum meine Finger und Zehen zählen konnte, und dennoch schien ich die Abfolge der Karten spüren zu können. Ich verbrachte die nächste Stunde damit, bis ich rund 400 Dollar reicher war.

Die beiden anderen Burschen verschwanden kommentarlos.

»Anfängerglück«, sagte ich zu der Kartengeberin.

»Wann haben Sie angefangen?«, erwiderte sie. »Als Kind?«

»Früher war ich gut«, gab ich zu. »Aber ich wusste nicht, dass ich es immer noch kann.«

»Möchten Sie noch ein paar Runden spielen? Ich glaube, das Haus kann es sich leisten.«

Ich sagte »Klar«, und wir spielten weiter.

»Ein paar alte Freunde von mir arbeiten hier«, sagte ich mitten in unserem harmlosen Geplauder. »Ich hab schon überlegt, sie zu suchen.«
»Wissen Sie, als was die hier arbeiten?«, fragte sie.
»Einer ist beim Sicherheitsdienst. Bei dem anderen weiß ich es nicht. Sie haben nicht zufällig ein Angestelltenverzeichnis oder so was?«
Die nächsten fünf Runden verlor ich, dann legte ich eine Kreuz-Fünf auf eine Herz-Sechs und Pik-Zehn.
»So was gibt es hier nicht«, sagte sie. »Aber die Leute an der Information wissen alles. Fragen Sie dort nach.«
In der nächsten Stunde spielte ich so gut, dass ich das Gefühl bekam, ich könnte den restlichen Abend am Rande der Perfektion spielen, was eine sehr schlechte Idee gewesen wäre. Deshalb verlor ich ein paar Runden, um die Versuchung im Zaum zu halten.
Die Kartengeberin nahm es mir nicht ab.
»Sie zählen die Karten«, sagte sie ganz leise.
Mir fiel auf, dass sie lächelte. »Nein, tue ich nicht«, erwiderte ich genauso leise. »Nicht bewusst. Es passiert einfach. Wohl so eine Art unheimliche Berechnung auf unterbewusster Ebene. Früher hat mein Verstand mathematisch gearbeitet, aber dann habe ich eine Verletzung erlitten und bin davon ausgegangen, dass ich dieses Talent verloren habe.«
Ich weiß auch nicht, warum ich das einer vollkommen Fremden erzählte, aber das Bekenntnis oder die Enthüllung fühlte sich eigenartig gut an. Sie war eine zierliche Person mit tiefblasser Haut und dunklen Augen, aus denen fröhliche Intelligenz funkelte. Vielleicht lag es daran.
»Ich sollte aufhören«, sagte ich. »Ich will keinen Ärger.«
»Von mir haben Sie keinen zu erwarten«, sagte sie, immer noch munter. »Mir ist egal, was Sie tun. Aber Sie sollten sich

an einen anderen Tisch setzen. Zu viel Erfolg an einem Tisch ist nicht so gut.«

»Werden wir gefilmt?«, fragte ich.

»Selbstverständlich. Das ist okay, die denken, ich würde mit Ihnen flirten«, erwiderte sie mit einem strahlenden Lächeln. »Sie könnten zurückflirten. Das würde die Glaubwürdigkeit steigern.«

»Tut mir leid«, sagte ich. »Ich erhole mich noch immer von einem schweren Unfall. Die Maschinerie läuft noch nicht richtig rund.«

Sie betrachtete mich mit zur Seite geneigtem Kopf, dann teilte sie zwei Karten aus.

»Wir müssen spielen, oder Sie müssen sich woanders hinsetzen.«

Ich verlor die nächsten drei Runden, gespielt in gemächlichem Tempo.

»Hatten Sie einen Autounfall?«, fragte sie, während sie meine abgelegten Karten einsammelte.

»Jemand hat mich gerammt. Gibt es hier eine Bar für Angestellte? Einen Feierabend-Treff?« Das fand sie amüsant.

»Ein Lokal, wo Kunden die Croupiers kennenlernen können? Ihnen einen ausgeben? Freunde werden? Das würde dem Sicherheitsdienst bestimmt gefallen.«

Ich schob ihr ein weiteres Verliererblatt zu.

»Nicht hier. Irgendwo in der Nähe. In der Stadt. Ich habe während meines Studiums in einer Bar gearbeitet. Es gibt immer so einen Treffpunkt.«

Sie teilte wieder aus. Ich hatte ein gutes Gefühl, was die beiden nächsten Karten betraf. Ich vertraute dem Gefühl und gewann.

»Es könnte ein Lokal in New London geben, wo sich die Kasino-Leute treffen«, sagte sie. »Nicht offiziell oder so.«

Ich gab ihr zweihundert Dollar von meinem Gewinn und widerstand ihrer sanften Aufforderung, einen Cocktail zu bestellen. Oder zwei.
»Ich darf nicht.« Ich berührte meinen Kopf. »Ärztliche Anordnung. Wie finde ich den Namen von dem Lokal heraus?«
»Sie fragen mich. Oder folgen mir nach Dienstschluss, wenn ich dorthin fahre.«
Ich fragte sie, weil ich fürchtete, der andere Ansatz könnte mich vor logistische Probleme stellen. Sie nannte mir den Namen, das Sail Inn, und die Adresse, die ich in einem kleinen Notizbuch aufschrieb, das ich aus der Gesäßtasche gezogen hatte. Ich bedankte mich.
»Keine Ursache«, sagte sie. »Ein neues Blatt?«
Ich gewann noch ein wenig, dann fand ich es angeraten, weiterzuziehen. Als ich aufstand, streckte ich den Arm aus, um ihr die Hand zu geben. Sie schüttelte den Kopf, und ich ließ den Arm fallen.
»John«, sagte ich und fühlte mich seltsamerweise wie ein Verräter, weil ich ihr nicht meinen wirklichen Namen nannte, nicht einmal den neuen, Alex. Gleichzeitig war mir bewusst, wie lächerlich das war.
»Natsumi. Seien Sie vorsichtig im Sail. Die Leute dort verdienen ihren Lebensunterhalt damit, Betrug zu wittern.«
»Welchen Betrug?«, fragte ich.
Sie sah mich einen Moment nachdenklich an.
»Das weiß ich nicht. Aber irgendwas stimmt nicht. Sie passen einfach nicht hierher.«
Das fand ich beunruhigend. Was man mir ansah.
»Es ist nicht so offensichtlich«, sagte sie beruhigend. »Ich gebe lieber noch eine Runde.« Was sie tat, um das Gespräch zu tarnen. Ich nahm wieder Platz. »Ich sollte den Mund halten, oder? Ich bin eine Quasselstrippe. Meine Mutter sagt mir

das andauernd auf Japanisch, was man nicht einmal ansatzweise übersetzen kann, aber ich weiß genau, was sie meint.«

Ich wollte unbedingt das Gegenteil von dem ausstrahlen, was sie gespürt hatte, hatte aber keine Ahnung, wie ich das machen sollte. Ich fühlte mich wie ein Versager.

»Ich lag einige Zeit im Koma«, erzählte ich. »Seit ich wieder aufgewacht bin, habe ich Probleme, mit anderen Menschen zu kommunizieren. Es tut mir leid, wenn ich ein bisschen seltsam erscheine. Ich finde mich selbst merkwürdig. Das ist alles.«

Sie sah nicht von den Karten auf, die sie über den grünen Filz gleiten ließ.

»Wie mies«, sagte sie. »Das tut mir leid.«

Ich bedankte mich noch einmal und ging, wobei ich das Bedürfnis bezwingen musste, noch eine Weile sitzen zu bleiben. Gleichzeitig hatte ich das Gefühl, als hätte sich eine Naht in dem Unsichtbarkeitsmantel, mit dem ich mich umgab, geöffnet. Ich sah es als einen Moment der Warnung, sorgfältiger auf mein Verhalten zu achten. Das Gefühl trieb mich aus dem Kasino in den Outback, mit dem ich nach New London fuhr. Dort fand ich ein Café mit WLAN, wo ich bis zum Besuch des Sail Inn die Zeit totschlug.

Ich sah nach meinen beiden Mail-Konten, dann begab ich mich wieder auf die Suche nach Austin Ott. Davon gab es überraschend viele. Ich filterte die Liste bis auf diejenigen, die in und um Boston und Connecticut lebten. Das Alter schätzte ich zwischen dreißig und achtundfünfzig. Ich entdeckte drei Austin Otts, selbstbewusst genug, ein »der Dritte« anzufügen. Sie verteilten sich gleichmäßig zwischen Boston, Connecticut und Rhode Island. Ich fragte mich, ob sie sich wohl zu Gin Tonic und Krocket trafen.

Gerade als ich begann, angesichts der Menge undifferenzierter Daten den Mut zu verlieren, kam mir ein einfacher Gedanke.

Mein Austin Ott der Dritte war keiner von ihnen. Weil das nicht sein echter Name war. Diese Suche war nutzlos. Trotzdem speicherte ich die Informationen und machte weiter.

Eine junge Frau in T-Shirt und Shorts, nachlässig in eine lockere Schürze geschnürt, erkundigte sich, ob ich noch einen schwarzen Kaffee ohne alles wollte. Ich sagte ja, obwohl es eigentlich nicht stimmte. Ihre strahlende Reaktion war es wert.

In den verbleibenden Minuten würgte ich meine zweite Tasse Kaffee hinunter und ortete mit Hilfe von Google und Yahoo Maps das Sail Inn. Es lag um die Ecke, in müheloser Humpeldistanz.

Ich habe nie viel getrunken. Ich habe es versucht, schlafe aber normalerweise ein, ehe ich eine Chance habe, betrunken zu werden. Florencia behauptete immer, ich wäre der einzige Mensch, der mit jedem Schluck langweiliger würde. Trotzdem habe ich eine feine Antenne für die Dynamik des Barlebens, deren Bedeutung für die Informationsbeschaffung mir schon zu Beginn meiner Karriere als Vermisstensucher bewusst war.

Die erste Regel beim Betreten einer neuen Bar lautet, sich direkt zum Tresen zu begeben und eifrig auf die Bedienung zu warten. Das kennzeichnet einen als alltäglichen Säufer, der keine genauere Betrachtung verdient. Ich bestellte ein Bier, definitiv die obere Grenze meiner Aufnahmefähigkeit.

Meine Säuferdarstellung litt ein wenig, während ich an dem Bier nippte, aber niemand schien es zu bemerken. Ich fuhr fort, unsichtbar zu wirken – mit Erfolg, glaube ich. Bis ich eine Hand auf meiner Schulter spürte.

»Nanu, hallo«, sagte Natsumi.

»Auch hallo«, erwiderte ich. »Ich bin gerade gekommen. Meine Freunde sind nicht hier, was mich ehrlich gesagt erleichtert. Sie sind keine besonders engen Freunde.«

Das machte sie unglücklich.
»Was wäre denn das Schlimmste, was passieren kann?«, fragte sie.
»Ich würde mir wie ein Idiot vorkommen. Ich beherrsche praktisch kein Sozialverhalten. Darf ich Ihnen etwas zu trinken bestellen?«
Sie legte mir wieder die Hand auf die Schulter.
»Gerade haben Sie bewiesen, dass Sie die erste und wichtigste Regel sozialen Verhaltens beherrschen. Ich nehme einen Jim Beam. Pur.« Ich muss überrascht und beeindruckt gewirkt haben. »Hab ich von meiner Mutter. Die es von dem Matrosen hat, der uns mit nach Amerika nahm.«
Sie kletterte auf den Barhocker. Ich winkte dem Barkeeper und gab die Bestellung auf. Er warf einen Blick auf mein fast leeres Bier, aber ich sagte nur: »Später.«
Er verschwand in einer Woge kompletter Gleichgültigkeit.
»So«, wandte ich mich an Natsumi, »sind viele von Ihrer Truppe hier?«
Sie sah sich um.
»Ein paar. Niemand, den ich persönlich kenne. Im Clear Water arbeiten Tausende. Es ist eins der größten Kasinos der Welt, ob Sie's glauben oder nicht.«
»Dann kennen Sie vermutlich niemanden namens Chalupnik. Das ist der, der beim Sicherheitsdienst arbeitet.«
Sie schüttelte den Kopf.
»Beim Sicherheitsdienst kenne ich nur einen. Die meisten sind ziemlich furchteinflößend, aber das macht mir nichts aus. Sie sollen doch furchteinflößend sein, wenn sie auf einen aufpassen. Ich kann eine Freundin bei der Information fragen, wenn Sie möchten.«
Ich musste meine Dankbarkeit nicht spielen.
»Junge, das wär großartig. Ehrlich gesagt ist es mein Ziel,

einen Job bei der Überwachung zu kriegen. Das habe ich früher gemacht, vor dem Unfall.«
Sie schien mich zu mustern.
»Ich dachte, Sie dürfen nichts trinken«, sagte sie.
»Ich trinke nur ein einziges Bier. Verraten Sie es nicht meinem Neurologen. Oder dem Barkeeper.«
»Sie könnten mir noch einen Beam bestellen. Dann ist er zufrieden.«
»Ich war schon mal in Japan«, sagte ich ohne besonderen Grund. »In Kyoto. Ich war zwei Wochen dort und habe festgestellt, dass ich dort den Rest meines Lebens verbringen könnte. Sind Sie mal wieder dort gewesen?«
Sie musterte mich erneut mit diesem durchdringenden Blick.
»Nein, aber ich war schon mal in Philadelphia. Da könnte ich es auch aushalten. Warum glaube ich Ihnen alles und nichts von dem, was Sie sagen?«
Wieder begannen meine Nerven zu flattern, aus Angst, die Kontrolle über mein Verhalten zu verlieren. Mir blieb nur ein entschuldigendes Lächeln.
»Das geht mir genauso«, sagte ich. »Kopfverletzungen lösen so was aus. Obwohl, ich glaube, Sie können ziemlich sicher sein, dass ich das meiste von dem, was ich Ihnen erzähle, grundsätzlich selbst für die Wahrheit halte. Es sei denn, ich lüge absichtlich.«
Ihre Miene wurde heiterer.
»Falls Sie ein Dummschwätzer sind, dann der beste, den ich je getroffen habe.«
Auch ein kurzes stummes Selbstgespräch erbrachte keinen Grund, ihr zu widersprechen.
»Sie dagegen scheinen eine erschreckende Vorliebe für psychologische Analysen zu haben, wie falsch auch immer«,

sagte ich und spielte den Ball zurück. »Ist das eine Voraussetzung, um als Black-Jack-Dealer zu arbeiten?«

»Nein. Aber für eine Psychologiestudentin. Was ich bin. Am Connecticut College. Tagsüber. Die Straße hoch gegenüber der Coast Guard Academy, die eine erstaunliche Anzahl aufgegeilter, patriotischer Kadetten produziert.«

An diesem Punkt fühlte ich mich sicher genug, um mich in der Bar umzusehen, getarnt durch meine Nähe zu Natsumi, mit der ich mich für alle eindeutig unterhielt. Ich sah nichts, das zu beobachten sich gelohnt hätte. Keine bekannten, Trenchcoat tragenden Auftragsmörder.

»Sie scheinen ein bisschen zu alt zum Studieren«, sagte ich.

»Ah ja, dieser Mangel an sozialem Verhalten, den Sie bereits erwähnt haben. Stimmt, ich bin achtunddreißig. Glauben Sie, das ist zu alt für einen Abschluss?«

»Absolut nicht«, antwortete ich. »Das war nur eine Beobachtung. Lernen ist in jedem Alter das Beste, was man tun kann. Daran glaube ich wie sonst an nichts auf der Welt. Ich habe das Gefühl, eine scharfsinnige Frau wie Sie wird mir da zustimmen.«

»Gute Antwort. Bestellen Sie mir noch was zu trinken.«

Das tat ich. Als der Barkeeper kam und sie ihre Bestellung aufgab, hatte ich eine weitere Chance, mir die Kundschaft der Bar näher anzusehen. Natsumi bemerkte es und tippte mir auf den Arm.

»Der Typ da drüben mit den Koteletten«, sagte sie und deutete mit dem Kopf auf eine Nische gegenüber. »Er gehört zum Sicherheitsdienst. Die Frau neben ihm arbeitet in einem der Klamottenläden. Ich geh da gern rein und tu so, als ob ich es mir leisten könnte. Das nervt sie.«

»Dann macht es Ihnen sicher nichts aus, sie noch ein bisschen mehr zu nerven.«

Sie lächelte.
»Ich stell Sie dem Wachmann gern vor. Sie müssen mir nur Ihren Nachnamen verraten.«
»Oswald«, antwortete ich. »Wie der Mörder. Nicht verwandt.«
Ihr Lächeln wurde breiter.
»Natsumi Fitzgerald. Passt so gut zu mir wie Ihrer zu Ihnen.«
»Der Matrose?«
»Mein Adoptivvater. Er ist tot. Mochte Jim Beam ein bisschen zu gern.«
»Mein Beileid.«
»Kommen Sie«, sagte sie und zerrte an meinem Ärmel. »Gehen wir Leute nerven.«
Natsumi ging mir voran zu der Nische. Ich schrumpfte zusammen, versuchte, so unbedrohlich wie möglich zu wirken. Natsumi ignorierte die Frau und streckte dem Mann die Hand entgegen.
»Hi, ich bin Natsumi. Ich hab einen Black-Jack-Tisch im Kasino. Ich hab dich da gesehen.« Der Mann gab ihr vorsichtig die Hand. »Mein Freund John Oswald würde gern beim Sicherheitsdienst arbeiten, deshalb dachte ich, du könntest ihm erzählen, wie er da reinkommt. Komm her, John«, sagte sie zu mir und griff wieder nach meinem Ärmel. Ich reichte dem Mann die Hand, und er drückte sie.
»Ich habe einige Erfahrung in Videoüberwachung«, erzählte ich ihm. »Ich dachte, vielleicht könnte man mich im Kasino brauchen.«
Der Mann nickte. Sein Gesicht, zu klein für seinen Kopf, verschmolz nahtlos mit seinem Hals. Ein spärlicher Schnurrbart tat wenig, um die Situation zu verbessern.
»Könnte sein. Gehört nicht zu meinen Aufgaben, kann aber nicht schaden, sich zu bewerben.«

»Er geht also einfach zur Personalabteilung?«, fragte Natsumi.
Ich kramte die zerknüllte Cocktailserviette aus meiner Tasche.
»Ron Irving?«, fragte ich.
»Ja«, sagte der Typ in dieser abgehackten Art, die man häufig auf Long Island hört, in Connecticut dagegen nicht so oft. »Das ist der Mann. Pensionierter Staatspolizist. Du hast doch keine Vorstrafen, oder? Alles, was über ein Knöllchen rausgeht, disqualifiziert dich automatisch.«
»Kein Problem«, sagte ich. »Ich fahr wie ein Rentner.«
Der Mann und seine Begleiterin, die einen Ehering trug, der nicht zu seinem passte, wirkten, als warteten sie darauf, dass wir wieder zur Bar zurückkehrten. Ich bedankte mich, und er sah sehr zufrieden aus, weil er einem Mitmenschen geholfen hatte.
»Dein Freund?«, drängte Natsumi.
»Ach ja, ich glaube, ein Freund von mir arbeitet bei euch. Hab ihn vor Jahren aus den Augen verloren. Er heißt Chalupnik mit Nachnamen.«
Die Augen des Manns wurden schmal.
»Bei uns sind drei davon. Ich kenne keinen persönlich«, antwortete er. »Wie heißt er mit Vornamen?«
»Wir haben ihn immer Munk genannt, wie Chipmunk«, sagte ich in dem Versuch, Zeit zu gewinnen, während ich mein lädiertes Hirn nach den Namen durchforstete, die ich im Internet gefunden hatte. »Es war ein komischer Name, Bela oder so.«
Eine Eins-zu-drei-Chance.
»Wir haben einen Bela«, sagte er. »Und einen Radek und einen Dano, wie in *Hawaii Fünf-Null.* Bela ist der Vater. Hat die Kinder im Familienunternehmen untergebracht.«

Am liebsten hätte ich ihm die Polizeiskizze von dem Mann im Trenchcoat gezeigt, aber meine Selbstdisziplin siegte.
»Großartig«, sagte ich. »Danke. Ich werde Mr. Irving nach ihm fragen.«
Damit zog ich mit Natsumi im Gefolge ab. Wir kletterten wieder auf unsere Barhocker, die wegen der halbleeren Getränke auf der Bar frei geblieben waren.
»Siehst du, das war einfach«, sagte ich. »Und nur wenig störend.«
»Munk? Das hast du dir ausgedacht!«
»Habt ihr keine Spitznamen in Japan?«
»Weiß ich nicht. Ich war drei Jahre alt, als wir hierhergekommen sind. Die Kinder hier haben mich Schlitzauge gerufen. Aber das hast du vermutlich nicht gemeint.«
»Glaubst du, deine Freundin von der Information könnte mir ein Foto von Bela besorgen?«, fragte ich. »Dann wüsste ich Bescheid.«
Ihre Augen wurden so schmal wie die des Wachmanns. Vermutlich aus demselben Grund.
»Du willst diesen Freund von dir aber unbedingt finden«, sagte sie.
Ich versuchte, lässig zu wirken.
»Eigentlich nicht. Ich bin einfach so. Setze mir ein Ziel und kann einfach nicht aufhören. Außerdem ist da diese Angst, sozial zu versagen. Schlimmer als der Schlag auf den Kopf. Es war sehr großzügig von dir, mir zu helfen. Eine gute Tat.«
»Ich versuche, jeden Tag eine zu tun. Ich besorg dir sein Bild. Wie kann ich dich dann erreichen?«
Ich zog eine Cocktailserviette aus dem Ständer auf der Bar und schrieb eine Mail-Adresse darauf.
»Schick es hierhin. Dann habe ich deine Mail-Adresse, und wir können in Kontakt bleiben. Es sei denn, du willst nicht.«

»Ich glaube schon. Die Geschworenen beraten noch. Meine Mutter sagt immer, ich würde zu viel nachdenken. Hältst du das für möglich? Was meint sie wohl damit?«
»Mich hat man derselben Sache bezichtigt. Ich habe es immer Hyper-Analyse-Syndrom genannt. Sag deiner Mutter, dass du sie liebst und dass sie sich über etwas anderes Gedanken machen soll, die Zinsstrukturkurve zum Beispiel, oder über invasive Arten.«
Natsumi war sehr ausdrucksvoll, aber ich konnte ihre Miene nur schwer deuten. Zum Teil lag es an der Natur ihrer Gesichtszüge, anders als meine und jenseits meiner Erfahrung. Ich dachte, dass es vermutlich einfach war, ihren fröhlichen Charme zu überschätzen oder die gelegentliche Verwirrung oder das Staunen in ihrem Gesicht falsch zu deuten. Ich fragte mich, ob ich sie dazu bringen konnte, mit mir ein tiefschürfendes Eins-zu-eins-Gespräch zu führen, damit ich ihr Mienenspiel besser verstehen konnte.
»Was?«, fragte sie.
»Was meinst du mit ›was‹?«
»Warum siehst du mich so an?«
»Weil ich nichts Ergiebigeres sehe.«
»Ist das nun ein Kompliment? Ich bin nicht sicher«, sagte sie.
»Da du schon zugegeben hast, dass du zu viel nachdenkst, habe ich versucht, anhand deines Mienenspiels und deiner Gesten zu ergründen, worüber du nachdenkst. Ich glaube, erfolglos.«
»Das versuche ich bei dir auch, mit ebenso wenig Erfolg«, sagte sie.
Ich spürte, wie der Raum sich um mich schloss, nicht zum ersten Mal an diesem Abend. Ich fühlte mich bloßgestellt und war gleichzeitig fasziniert. Es fiel mir schwer, den Grund für diese räumliche Desorientierung zu benennen; die potenzielle

Enttarnung des Mannes im Trenchcoat oder diese sympathische Asiatin, die ein einzigartiges Talent zu besitzen schien, meine reflexartigen Selbstschutzmechanismen zu unterlaufen.

»Ich gehe lieber nach Hause«, sagte ich. »Ich bin wirklich müde.«

»Ich hoffe, das liegt nicht an der Gesellschaft.«

»Kaum. Du bist äußerst hilfreich und freundlich gewesen. Es ist nur einfach ziemlich spät für mich, und das Bier fordert seinen Tribut.«

»Die billigste Ausrede der Welt.«

Ich zahlte die Rechnung und brach auf. Wir gaben uns die Hand, und sie wiederholte ihre Absicht, mir die Information zu beschaffen, nach der ich suchte.

»Nicht nur für dich«, sagte sie. »Es könnte interessant sein, dich zu kennen. Ich mag meine Arbeitskollegen, aber ich langweile mich schnell.«

»Ich könnte wesentlich langweiliger sein, als du annimmst«, sagte ich.

»Zu spät, John. Du hast bereits das Gegenteil bewiesen.«

KAPITEL 10

Auf der Fahrt zu meinem gemieteten Haus dachte ich über ein Paradox nach. Im Gegensatz zu meiner Behauptung, gesellschaftlich untalentiert zu sein, verfügte ich in diesem Bereich über außergewöhnliche Begabung. Doch nur im Einsatz als professionelles Werkzeug, um den Nichtsahnenden Informationen zu entlocken, das natürliche Bedürfnis von Menschen ausnutzend, Verwirrten und Orientierungslosen zu helfen. In einem Satz, im Ausbeuten der Güte anderer.

Das ethische Problem war leicht zu erkennen, aber wenn es darum ging, die Beliebtheit von Zahnpastasorten oder Kabelfernsehen festzustellen, nicht sonderlich wichtig. Das hier war etwas anderes. Diesmal ging es um Mord, und der Fragesteller neigte selbst dazu.

Komplizierend hinzu kam eine grundsätzliche Wahrheit. Ich war im Umgang unbeholfen, wenn der Anlass rein gesellschaftlicher Natur war. Mit Freundschaften, Netzwerken und diesen Dingen kam ich nie sonderlich gut zurecht, war stets der reizbare, hyperaktive Sonderling und wie Natsumi schnell gelangweilt von den Gruppen, in denen ich mich befand.

Florencia rettete mich. Nahm mich in ihre Obhut, nicht so sehr, um mich zu lehren, sondern um mich vor den Wechselfällen beiläufiger Plaudereien zu schützen.

Noch ein Grund, sie zu lieben; als hätte ich noch einen gebraucht.

Am nächsten Morgen wurde ich vom leisen Ping meines Computers geweckt. Schlaftrunken, benommener als üblich nach meinen Erfahrungen im Kasino und dem Sail Inn, brauchte ich eine Weile, bis ich die Bedeutung begriff.

Durch einen verschwommenen Nebel starrte ich auf den Bildschirm. Ein Dialogfenster hatte sich geöffnet. Ich setzte meine Brille auf und erkannte, dass eine Mail auf MrPbody wartete. Ich öffnete das Programm. Der Absender war EichenWrite.

»Danke, eine Woche war ziemlich knapp, aber Sie haben ihn weichgeklopft. Er war sicher, dass Sie ihn fertigmachen würden. Hat eine gewisse Bekennerwut ausgelöst. Als die Polizei auftauchte, war er genauso erleichtert wie verärgert, glaubte, er hätte zu viel ausgeplaudert. Ich habe das meiste von dem, was ich brauche, und jetzt wird ein neues Verfahren eröffnet. Mein Verleger hat mir den Vorschuss zurückgeschickt, den ich ihm wiedergeben musste, also schulde ich Ihnen vermutlich was, weshalb ich dem pensionierten Bullen Ihre Kontaktdaten verschwiegen habe, insbesondere diese Mail-Adresse. Er ist SEHR, SEHR interessiert an Ihnen. Versuchte, mich unter Druck zu setzen. Ich sagte: ›Hallo? Schon mal was von Informantenschutz gehört? Los doch, verklagen Sie mich. Erster Verfassungszusatz ist mein zweiter Vorname. Die Nummer der Bürgerrechtsbewegung ist in meinem Kurzwahlspeicher‹. Zu Ihrer Information, der Polizist heißt Shelly Gross, aber das wissen Sie vermutlich schon. Ich sagte ihm, alles, was ich tun könnte, sei, eine Nachricht weiterzuleiten. Keine Garantien, und das ist die Wahrheit. Apropos, wer zum Teufel SIND Sie?«

Nachdem ich die Mail gelesen hatte, fiel ich wieder ins Bett. Ich werde antworten, dachte ich. Aber nicht jetzt. Ich musste mir erst überlegen, was ich schreiben sollte, und außerdem war es immer gut, nicht zu eifrig zu erscheinen. Zudem kämpfte ich mit lähmender Erschöpfung. Ich musste mindestens noch eine

Stunde im Bett bleiben und mich sammeln. Die Situation betrachten.

Zehn Minuten später klingelte es erneut. Diesmal war es Evelyn.

»In der Agentur geht es rasch voran. Du solltest dich so bald wie möglich melden. Ruf mich an. Zu kompliziert für eine Mail. Von Maddox nichts Neues. Man wird dich wohl unter ungelöste Fälle ablegen. Ein bisschen voreilig, wenn du mich fragst, aber er versprach mir, ein Auge darauf zu haben, was gar nichts heißt, soweit ich weiß, aber der Gedanke gefällt mir. Ich hoffe, es geht dir einigermaßen, obwohl ich wette, dass das nicht der Fall ist. Übertreib's nicht. Das behindert den Genesungsprozess. Nach offiziellen Standards ist das Trauma noch ziemlich frisch. Ich weiß, ich weiß, wen interessieren schon Experten.«

Ich stellte das Tonsignal ab und fiel wieder ins Bett. Evelyns Warnung war wie immer direkt formuliert und kam zur rechten Zeit. Und ich würde sie bestimmt ignorieren, nachdem ich Gelegenheit hatte, mich ein bisschen auszuruhen und zu sammeln.

Ich redete mir ein, dass es einen Unterschied gab zwischen sich absolut scheiße fühlen und nicht mehr handlungsfähig sein. Solange ich noch einigermaßen handlungsfähig war, musste der Sich-beschissen-fühlen-Teil eben warten.

Das einzige Mittel gegen Müdigkeit, das bei mir wirkt, ist, meine Aktivitäten zu steigern. Deshalb zwang ich mich in die Dusche, versah mich mit einem Satz neuer Kleidung und setzte mich in den Subaru. Das Projekt, das ich im Kopf hatte, mochte noch nicht ausgereift sein, aber in meinem Kopf stand es in erster Reihe und war somit leicht in Angriff zu nehmen. Mein erstes Ziel war das Holzlager, wo ich mehrere Planken halbzolldickes Birkenholz kaufte, die ich passgenau zuschneiden ließ. Außerdem erstand ich dreiviertel Zoll dickes Pappelholz, Scharniere und schweren Maschendraht. Ich verstaute alles im Outback und fuhr zu Gerrys Werkstatt in der Uhrenfabrik, wo ich nachschaute, was an Werkzeug und Verbundmaterial wie Holzschrauben und Klammern vorhanden war. Ich fuhr zu einem Baumarkt, füllte die Vorräte auf und kehrte zur Werkstatt zurück.

Ich war kein großartiger Heimwerker, aber ich hatte mit dem Werkzeug umzugehen gelernt, als ich für eine Herstellerfirma, die die Qualität senken wollte, um Kosten zu sparen, eine Marktanalyse durchgeführt hatte. Sie machten damals einen furchtbaren Fehler, mir aber eröffnete es die Gelegenheit, eine Menge Sägespäne zu produzieren und eine weitere Fertigkeit zu erlangen, ohne mich allzu schwer zu verletzen.

Den Rest des Tages verbrachte ich mit dem Zeichnen von Plänen und der Berechnung des optimalen Zuschnitts. Meine Hände und mathematischen Fähigkeiten einzusetzen – die sich von Arithmetik zu primitiver Geometrie weiterentwickelt zu haben schienen – war sehr befriedigend, genau wie Gerry mir prophezeit hatte. Allerdings musste ich viele Linien einzeichnen und Modelle aus Pappe bauen, um Grundform und Dimensionen umsetzen zu können.

Zum Glück war der Entwurf nicht sonderlich komplex, er entsprach den Fähigkeiten eines ehrgeizigen Dreizehnjährigen.

Innerhalb weniger Stunden hatte ich eine rechteckige Kiste, ungefähr vierzig Zentimeter breit, fünfzig Zentimeter tief und ein Meter zwanzig hoch gebaut. In der Mitte waren zwei Türen angebracht, eine aus Holz, die andere aus Plexiglas, die man öffnete und schloss, indem man sie hochzog oder herunterließ. Die Kiste hatte ich auf ein gut einen Meter hohes Gerüst aus Kanthölzern montiert. Alles ziemlich primitiv, doch eine komplexere Ausstattung war nicht nötig.

Mittlerweile war es Nachmittag. Ich hatte noch etwas zu erledigen, war aber unschlüssig, ob ich es am helllichten Tag versuchen sollte. Auf der Fahrt zu meinem Haus entschloss ich mich dazu und bog auf die Zufahrt zur Kiesgrube ab. Was ich sah, schien wie die perfekte Kulisse für einen Weltuntergangsfilm. Verrostete Wellblechbaracken, vergammelnde, zum Teil ausgeschlachtete Lkws, eine Mondlandschaft ohne jedes Leben. Ich entdeckte ein Gebäude, von dem ich annahm, dass ehemals die Verwaltung dort untergebracht gewesen war, und versuchte, durch die lichtdurchlässigen, verschmutzten Scheiben zu spähen. Erfolglos.
Ich streifte ein Paar Latexhandschuhe über und bahnte mir einen Weg um das Gebäude, wobei ich an Türen und Fenstern rüttelte, bis ich eine Tür mit eingeschlagener Verglasung entdeckte. Die Tür führte in einen dunklen Flur, den ich mit einer kleinen Taschenlampe ausleuchtete. Eine staubige Abfallschicht bedeckte den Boden. Ich folgte dem Flur bis zu einem großen offenen Bereich, der meiner Meinung nach früher als Empfang gedient hatte. Jetzt war der fensterlose Raum bis auf eine Matratze, herumliegende Bierdosen und Pornohefte leer und so stockfinster, dass die kleine Taschenlampe ihrer Aufgabe kaum gewachsen war. Nachdem ich mich zu meiner Zufriedenheit umgesehen hatte, verließ ich das Gelände und kehrte zum Haus zurück.
Ich fuhr den Computer hoch und bestellte per Eillieferung mehrere Komponenten von verschiedenen Anbietern. Auf diese Weise beschäftigt, hatte ich ganz vergessen, dass Evelyn mich gebeten hatte, sie anzurufen. Als ich es endlich tat, war das Erste, was sie mich fragte, wie es mir ging.
»Beschissen, aber ich komme klar. Gestern Abend habe ich ein Bier getrunken.«
»Säufer.«

»Wenn du mal echte Realitätsverzerrung erleben willst, empfehle ich einen Kopfschuss. Was ist mit der Agentur?«
»Ich glaube, sie werden nächste Woche ein Angebot machen. Bruce weiß, dass ich mich nicht sonderlich wohl dabei fühle, aber er war großartig. Er nimmt an, dass mir alles über den Kopf wächst, und er hat recht. Er weiß nicht, dass es nicht wirklich meine Entscheidung ist. Ich mache mir schon Sorgen, dass mein Zögern verdächtig wirkt. Ich weiß, wie paranoid das klingt, aber ich kann es nicht ändern.«
»Ich werde dich auch weiterhin in unvertretbare Situationen bringen«, sagte ich.
»Glaubst du?«
»Ich muss noch ein bisschen Hausarbeit erledigen. Ich beeile mich und geb dir Bescheid, wenn ich fertig bin. Behalt deine Mails im Auge.«
Nachdem ich aufgelegt hatte, setzte ich mich wieder an den Computer und fuhr mit meiner Online-Jagd fort, bis ich zu müde wurde und so endlich mein zittriges Hirn erfolgreich in selige Bewusstlosigkeit beförderte.

In der Nacht weckte mich wieder ein Ping des Computers. Die Mail war von Natsumi Fitzgerald und hatte einen Anhang namens »Chalupnik.Bela.jpeg«. Ehe ich ihre Nachricht las, öffnete ich den Anhang.
Konnte ich sicher sein?, fragte ich mich. Vermutlich nicht. Fühlte es sich richtig an? Definitiv.
Ich kannte die Forschungsergebnisse zu Augenzeugenberichten, trügerischer Erinnerung, die ungewisse Zuverlässigkeit von Gewissheit. Dennoch wusste ich ohne jeden Zweifel, dass dies der Mann im Trenchcoat war.
Ich zog die Polizeiskizze heran. Eine andere Person hätte die Ähnlichkeit vielleicht nicht erkannt, was mich aus irgend-

einem Grund ermutigte. Was ich sah, waren die essenziellen Dinge – die Form des Kiefers, starr und leicht nach links verzogen. Der Ton seiner Haut und die Flecken auf seinen Wangen. Als Forscher war mir die Macht des Unterbewussten bekannt, Informationen zuverlässiger als der bewusste Verstand aufzunehmen und zu speichern, unbeeinträchtigt von verzerrter Wahrnehmung, Vorurteilen und Vorlieben. Es waren Informationen, die man eher fühlte als dachte, ein Gefühl, das mich noch selten im Stich gelassen hatte.

Ich gab den Namen in die Suchmaschinen ein und sammelte alle wichtigen Daten – Alter (52), Wohnort, Telefonnummer, Vorstrafen (keine) und Berufslaufbahn. Er war seit zehn Jahren beim Sicherheitsdienst von Clear Water beschäftigt. Davor hatte er in ähnlichen Stellen bei Electric Boat, dem U-Boot-Hersteller in Groton auf der anderen Seite des Flusses gegenüber von New York und davor bei der Küstenwache der U.S. Army gearbeitet.

Ich kopierte alle Informationen in eine Mail und schickte sie an mich selbst, um sie auch vom Smartphone abrufen zu können. Dann wandte ich mich wieder meinem Projekt zu, verlor mich in den Details des Plans, einem unaufhörlichen Fluss von wenn/danns, der durch meinen Verstand strömte und dabei jegliche wie auch immer geartete Ablenkung überschwemmte, die aus diesem hilfreichen, aber häufig irritierenden Unterbewusstsein aufzusteigen drohte.

Ich begann einige Tage später mit der Überwachung, nachdem alle anderen Vorbereitungen abgeschlossen waren. Ich ging davon aus, dass Chalupnik, seit zehn langen Jahren Veteran des Kasinos, eine Schicht arbeitete, in der der Aktivitätspegel immer wieder anstieg, also vom Nachmittag bis gegen zweiundzwanzig Uhr. Ich fing an, an seinem weißen Haus im

Stil der sechziger Jahre in der Nähe von Waterford vorbeizufahren, immer kurz vor und nach zweiundzwanzig Uhr dreißig. Dieser Ansatz war grob und unpräzise, aber ich wagte nicht, Natsumi um weitere Nachforschungen zu bitten, wie mitfühlend sie auch immer sein mochte. Ich hatte ihr geantwortet und mich bedankt, und sie hatte sehr direkt ihrer Hoffnung Ausdruck verliehen, dass ich wieder einmal an ihrem Tisch stehen blieb, und das war's.

Am dritten Abend fuhr ich gerade rechtzeitig die Straße entlang, um zu sehen, wie die Rücklichter einer in Belas Einfahrt parkenden japanischen Limousine erloschen. Er stieg aus, und als ich vorbeifuhr, konnte ich ihn im Licht der schummrigen Außenbeleuchtung mit fast absoluter Sicherheit identifizieren. Ich notierte mir die Uhrzeit und machte weiter.

Erst am übernächsten Abend landete ich einen weiteren Treffer, diesmal überzeugender. Dennoch machte ich noch eine Woche weiter, um zu bestätigen, dass ich das Grundmuster erkannt hatte.

Am gewählten Abend ergriff ich die Gelegenheit und parkte am Bordstein, wo ich darauf wartete, dass das japanische Auto vorbeifuhr und in die Einfahrt bog. Ich setzte mich mit abgeschalteten Scheinwerfern dahinter, gerade als Chalupnik zur Haustür ging.

Er wirbelte zu mir herum, und ich schoss ihm mit einem Elektroschocker direkt in den Bauch. Er brach zusammen, und ich stieg aus und erreichte seinen sich windenden Körper innerhalb des zehn Sekunden-Limits des elektrischen Schlags. In dem Moment, in dem die Krämpfe aufhörten, stach ich ihm eine Spritze seitlich in den Hals und drückte zu. Man hörte einen leises Plop und eine Art gurgelndes Stöhnen, ehe sein Körper Sekunden später leblos dalag.

Ich packte ihn am Kragen seines Jacketts und am Gürtel und

halb trug ich, halb schleifte ich das tote Gewicht hinüber zum Outback. Unter Aufbietung meiner letzten Kraftreserven hievte ich den größten Teil seines Körpers auf die Ladefläche. Dann zerrte ich den Rest von vorn hinein.

Ich legte eine Decke über ihn und drückte sanft die Klappe zu, bis der Riegel einrastete. Dann setzte ich aus der Einfahrt und fuhr davon, wobei ich die Scheinwerfer erst am Ende des Blocks einschaltete.

KAPITEL 11

Als Chalupnik das Bewusstsein wiedererlangte, sah er das Innere einer Holzkiste. Die Holzwände wurden von einem in der Decke versenkten Halogenstrahler schwach erleuchtet. Seine Arme und Beine waren mit Paketband an einen Stuhl gefesselt, der mit Stahlschrauben am Boden fixiert war. Die Luftzufuhr der Kiste reichte gerade eben zum Atmen. Die Beleuchtung, wenngleich gedimmt, heizte den begrenzten Raum auf.

Aus seinem eingeschränkten Blickwinkel konnte er die Gegensprechanlage, die neben seinem rechten Ohr angebracht war, nicht sehen, aber er konnte mich deutlich hören, trotz des Filters, der meine Betonung unterdrückte und meine Stimme mechanisch und monoton klingen ließ.

»Sie sind wach«, sagte ich. »Können Sie sehen?«

»Was zur Hölle *ist* das?«, antwortete er im nasalen Tonfall des Manns im Trenchcoat.

»Können Sie sehen?«

»Meine Eingeweide brennen. Sie haben auf mich geschossen.«

»Mit einem Elektroschocker. Sonst wären Sie längst tot. Sagen Sie mir, ob Sie sehen können.«

»Ich kann sehen.«

»Ihr Name?«

»Den kennen Sie nicht? Sie wollen mich verarschen.«

»Ich kenne ihn. Deshalb will ich, dass Sie ihn mir nennen.«

»Bela Chalupnik. Wie lange war ich weg? Meine Frau hat bestimmt schon die Nationalgarde alarmiert. Ich komme fast nie zu spät, von gar nicht ganz zu schweigen.«

»Man wird Sie nicht finden. Es sei denn, ich will es. Ich habe eine Reihe von Fragen an Sie. Ich kenne die Antworten. Falls Sie lügen, werde ich das wissen.«

»Wer sind Sie?«

»Nennen Sie mich George O. Wo arbeiten Sie?«

»Warum sollte ich Ihnen irgendwas sagen?«, fragte er.

»Weil es sonst Konsequenzen haben wird.«

»Was für Konsequenzen?«

»Das merken Sie, wenn es so weit ist. Wo arbeiten Sie?«, wiederholte ich.

»Beim Clear Water Resort und Kasino.«

Wir gingen ein Dutzend dieser leichten Fragen und Antworten durch, und er antwortete korrekt. Dann fragte ich, ob die Arbeit für den Sicherheitsdienst des Kasinos seine einzige Tätigkeit war. Er bejahte.

»Sie lügen«, sagte ich.

»Was zum Teufel soll das heißen?«

»Sie haben noch einen weiteren Beruf, den Sie seit geraumer Zeit ausüben. Er ist illegal. Sagen Sie, um was es sich handelt.«

Er leugnete. Ich versicherte ihm, dass er log. In den nächsten zwei Stunden wiederholten wir unsere Positionen in unterschiedlichen Formulierungen. Ich steigerte die Intensität des Lichts, was die schale Luft in der Kiste zusätzlich aufheizte, doch nicht bis zur Unerträglichkeit.

Schließlich sagte ich: »Dann ist es wohl an der Zeit für Konsequenzen.«

»Welche denn?«, fragte er.

»Warten Sie ab, dann finden Sie es heraus. Sie können mir aber auch den Namen verraten, unter dem Sie Ihre andere Tätigkeit ausüben. Sie haben fünf Minuten, um sich zu entscheiden.«

»Sagen Sie mir gottverdammt noch mal, für wen Sie mich halten«, brüllte er in das kleine Mikrophon.

»Nein. Das müssen *Sie* tun. Sonst glaube ich Ihnen nicht.«
Wir beide schwiegen in den nächsten zwei Minuten, die ich für ihn herunterzählte. Als ich »drei« sagte, versuchte er, sich auf dem Sitz zu verdrehen, und knallte mit dem Kopf gegen die Kistenwände.
»Was haben Sie vor?«, kreischte er.
Ich schwieg und beobachtete die Stoppuhr meines Smartphones, bis sie auf vier Minuten sprang.
»Vier.«
»Du Scheißkerl, du bist absolut tot«, kreischte er wieder, beinah hysterisch.
»Die Zeit ist um«, sagte ich ruhig. »Name?«
»Pally!«, brüllte er. »Pally Buttons, du elendes Stück Scheiße. Gott ist mein Zeuge, ich werde dich umbringen.«
Ich hielt das Schweigen weitere fünf Minuten aufrecht. Ich war enttäuscht, dass auch er schwieg, sich gegen das angsteinflößende Unbekannte wappnete, dabei aber seine Würde behauptete. Ich hatte mir weniger Courage gewünscht.
»Gute Antwort«, sagte ich. »Wenngleich ich nicht sicher bin, ob Sie Gott wirklich das sehen lassen wollen, womit Sie mir drohen. Da wir schon über Konsequenzen reden.«
Leute dazu zu bringen, mir ihr Herz auszuschütten, war Grundlage meines Berufs. Ich hatte professionelle Interviewer studiert und war mit der für ihren Erfolg verantwortlichen Psychologie bestens vertraut. Statt die Wahrheit mit Gewalt zu erzwingen, schufen sie eine Situation, in der das Objekt sie nach und nach äußerte. Außer den engagiertesten und talentiertesten Lügnern hat jeder das Bedürfnis, selbst wenn er sich dessen nicht bewusst ist, zu erzählen, was er weiß. Zu prahlen, zu gestehen, sich den Freuden der Verführung hinzugeben.
Die Konstante in diesen Verhören war Zeit. Wochen, Monate,

Jahre – was für mich ausgeschlossen war. Nicht bei dieser Person. Mein Hass und mein Ekel waren zu groß, zu persönlich, um die notwendige Disziplin aufzubringen.

Körperliche Gewalt ist, wie man seit langem weiß, das beste Mittel, um Fehlinformationen zu erzeugen. Oder Märtyrer zu schaffen oder Menschen, die vor Schmerz so verwirrt sind, dass sie nicht mehr wissen, welche Wahrheiten sie besitzen.

Ich brauchte eine bessere Motivation.

»Pally Buttons ist in gewissen Kreisen sehr bekannt«, sagte ich. »Was macht er?«

»Wenn du schon alles weißt, warum stellst du mir dann diese Fragen?«

»Das habe ich Ihnen gesagt. Ich muss mich vergewissern, dass Sie die Wahrheit sagen.«

»Er ist ein Killer. Und ein Ausputzer. Übernimmt Spezialaufträge. Wann kann ich hier raus?«

»Wenn alle Fragen zu meiner Zufriedenheit beantwortet sind.«

»Woher weiß ich, dass *du* die Wahrheit sagst?«, fragte er.

»Durch das Nichteintreten negativer Konsequenzen.«

Das war eine der Methoden, mit denen Evelyn die beginnende Widerspenstigkeit ihres kleinen Bruders unter Kontrolle gehalten hatte. Mit dunklen Andeutungen möglicher negativer Konsequenzen.

»Findest du gefesselt in einer Kiste zu sitzen nicht negativ?«

»Im Vergleich? Nein. Im Vergleich ist das ein Strandspaziergang.«

Ich ließ das eine Weile sacken, ehe ich ihn fragte. »Was sind die Aufgaben eines Ausputzers?«

»Himmel, das ist ja wie in der beschissenen Schule. Er räumt nach einem Mord auf oder wenn Mist gebaut wird, der dazu führen kann, dass die falschen Leute ins Visier geraten. Pally bietet eine Pauschale an. Senkt die Fixkosten.«

»Demnach muss Pally ziemlich gut sein in dem, was er tut. Die Erfahrungen bei der Küstenwache und dem Sicherheitsdienst zahlen sich wirklich aus.«

Ich mochte die Art, wie Chalupnik über sein Alter Ego in der dritten Person sprach. Das machte es leichter, Dinge zuzugeben, solange er die Illusion aufrechterhielt, er spräche nicht über sich selbst.

»War das eine Frage?«

»Nein, es sei denn, Sie möchten widersprechen.«

»Definitiv nicht. Die Bilanz spricht für sich. Wer zum Teufel bist du überhaupt?«

Ich wünschte, ich wäre noch zur Regressionsanalyse fähig gewesen. Sie ist ein unglaublich nützliches Werkzeug bei der Vorhersage von Ergebnissen und basiert auf einem Tanz zwischen abhängigen und unabhängigen Variablen. Man lernt, wann es geraten ist, eine neue analytische Richtung einzuschlagen. Kurz gesagt, die kritischen Gabelungen des Wegs zu erkennen.

»Das habe ich Ihnen gesagt. Ich bin George. Ich vertrete einen Ihrer Kunden. Dort ist man ein bisschen unglücklich über eine Situation.«

»Unglücklich? Um Himmels willen, warum dann das hier?«

»Sie sind sehr unglücklich.«

»Kein Grund für das hier. Überhaupt kein Grund. Pally ist Mr. Perfection. Gab noch nie eine Beschwerde. Nie.«

»Tatsächlich. Dann würde es Sie also überraschen, dass Pally, der professionelle Ausputzer, selbst einen Ausputzer braucht?«

Seine Gedanken konnte ich nach wie vor nicht lesen, aber mittlerweile erkannte ich, wenn er mit dem Formulieren einer Antwort rang.

»Bockmist. Das ist noch nie passiert.«
»Die Namen der Frauen, die Pally im letzten Kalenderjahr erledigt hat.«
»Nein«, antwortete er, ohne zu zögern. »Keine Chance. Her mit den Konsequenzen.«
Ich steckte einen Strohhalm durch ein kleines Loch in der Kiste, das sich auf Höhe seines Munds befand.
»Möchten Sie etwas Wasser? Sie werden heiser.«
»Was ist das, Gift? Irgendeine Scheißdroge? Nein danke.«
»Nein. Nur Wasser. Ich habe bis jetzt nicht alle Ihre Antworten gehört. Ich habe nichts zu gewinnen, wenn ich Sie töte oder Ihnen Schmerzen zufüge.«
»Wie tröstlich«, sagte er, aber nach einer kurzen Pause saugte er das halbe Glas leer, das ich für ihn hielt.
»Folgendes sollten Sie bedenken«, sagte ich. »Ich muss den Rahmen festlegen, in dem der nächste Teil unseres Gesprächs stattfinden wird. Falls ich das nicht tun kann, bleibt Ihnen keine Möglichkeit, sich aus einer vermutlich sehr unangenehmen Situation zu befreien.«
»Das hast du mir vorher nicht gesagt.«
»Dazu bestand kein Anlass«, sagte ich. »Sie haben in jedem Stadium die Wahrheit gesagt, deshalb habe ich Ihren Worten vertraut. Aber jetzt geben Sie sich widerspenstig. Es ist nur fair, wenn Sie die Risiken kennen.«
Er dachte nach.
»Nur um sicherzugehen«, sagte er. »Irgendjemand hat eines der Projekte versaut, und zwar einige Zeit danach. Ich könnte deswegen in der Scheiße stecken, aber vielleicht auch nicht, je nachdem, wie die Fakten aussehen. Ist es das, was du gesagt hast?«
Das war ein kritischer Moment. Ich musste das Risiko eingehen, dass er mich betrog, wenn ich ihm Hoffnung machte, da

ich keine Fragen mehr hatte, deren Antworten ich verifizieren konnte.
»Das ist korrekt. Die Namen der Frauen, letzte Chance.«
»Nur eine Frau. Florencia Cathcart. Hübsches Mädel, aber Pally ist ein Profi.«
Aus meinem Inneren stieg etwas empor, trieb mir die Hitze ins Gesicht und knisterte in meinen Ohren. Meine Hand glitt in meine Tasche, wo zwei weitere Spritzen warteten. Ich griff nach der mit der tödlichen Dosis. Ich stellte mir vor, wie ich sie in seinen Nacken rammte und die Angelegenheit hier und jetzt beendete. Dann erlangte ich die Kontrolle über meine Atmung zurück und ließ einen Moment verstreichen, bis mein Herzschlag zu seinem ruhigen Rhythmus zurückgefunden hatte.
»Sie zeigen nach wie vor einen bewundernswerten Pragmatismus«, sagte ich. »Weshalb wir jetzt vielleicht zum Ende des Verfahrens kommen können, um dann unsere eigenen Leben wieder aufzunehmen.«
»Ich bin dabei. Ich fühl mich wie gequirlte Scheiße.«
»Sehr gut. Doch noch sind wir in der Bestätigungsphase. Wie viele Lücken sollte Mrs. Cathcart auf dem Formular ausfüllen, das Sie ihr gaben?«
»O Mann, das ist so lange her. So was kann ich mir nicht merken. Ich versuche nicht, der Frage auszuweichen. Ich weiß es einfach nicht mehr. Wenn ich mich irre, denkst du, ich lüge.«
»Versuchen Sie es.«
Das tat er. »Fünf? Ich glaube fünf.«
»Wie lauteten die Antworten?«
»Jesus Christus, Barmherziger, ich hab keine Ahnung. Echt nicht. Nur Zahlen, oder Zahlen und Buchstaben. Das gehörte nicht zu meinem Job. Ich sollte ihr nur das Formular geben und eine der Antworten prüfen. Ich hab sie im selben

Moment vergessen, und das ist ein Jahr her. Ich lüge nicht. Ich kann die Frage nicht beantworten.«
Der Stress in seiner Stimme war unverkennbar. Das bisschen Muskulatur, das er bewegen konnte, wurde steif in Erwartung des Schlags.
»Das erwartet man auch nicht von Ihnen«, sagte ich.
Sein Körper sank so weit in sich zusammen, wie das Paketband erlaubte.
»Du hast mir nicht gesagt, was schiefgelaufen ist«, sagte er mit vor Anspannung heiserer Stimme. »Ich kann dir nicht helfen, wenn du's mir nicht sagst.«
»Es fehlt Geld«, sagte ich.
»Wo? Das hat nichts mit mir zu tun. Ich hab nur das Projekt mit den beiden Leuten gefahren, basta. Ich habe keine Ahnung, worum es dabei ging, und es ist mir auch egal. Geht mich nichts an. Glauben die, ich hätte was damit zu tun? Ich hab nichts davon gehört. Keinen einzigen Piep in all den Monaten. Können die nicht mit mir reden? Arbeitest du für die?«
»Für wen?«
»Meine Kunden bei der Cathcart-Nummer. Arbeitest du nicht für die?«
»Sie kennen die Regeln. Sie nennen mir die Namen, und ich verrate Ihnen die Antwort.«
Selbst in seiner wachsenden Panik war er noch geistesgegenwärtig genug, um nachzudenken, ehe er sprach.
»Was, wenn nicht?«, fragte er. »Was, wenn das hier eine Falle für die ist? Weißt du, wie lange ich mich in meinem Geschäft halten kann, wenn ich meine Kunden verpfeife? Es gibt keine Konsequenzen, die so furchtbar wären wie das, was die mir antun würden.«
»Darauf sollten Sie lieber nicht wetten. Die Namen?«
»Nein, das war's. Das ist Bockmist. Ich hab schon viel zu viel

gesagt. Hol mich hier raus. Wenn du mich verletzt, bist du ein toter Mann. Ich habe Söhne, die dich bis zu den Pforten der Hölle hetzen werden.«

So ging es eine Zeitlang weiter und hörte erst auf, als ihm bewusst wurde, dass ich nicht reagierte. Ich ließ das Schweigen fünf Minuten andauern, ehe ich sprach.

»Okay«, sagte ich. »In Ordnung. Sie haben sich entschieden, und das respektiere ich. Ich möchte sowieso allmählich nach Hause. Ich zeige Ihnen nur noch kurz, wie es weitergeht.«

»Heilige Mutter Gottes, das tust du doch nicht wirklich«, stöhnte er.

»Ich hoffe nur für den Ausputzer, dass die Schweinerei nicht allzu heftig ausfällt. Anders als Sie beschäftige ich Subunternehmer. Erstaunlich, wozu manche Menschen bereit sind, um ihren Lebensunterhalt zu verdienen. Schönen Abend noch.«

Ich zog das Plexiglas hoch. Ich musste den Ohrstöpsel, der mit seinem Mikro verbunden war, herausziehen, weil es in der Kiste so laut wurde. Dennoch konnte ich es hören, überrascht, wie kurze Zeit die Ratten brauchten, um gegen die durchsichtige, gehärtete Scheibe zu rennen, die ich als letztes Hindernis wenige Zentimeter vor seinem Gesicht angebracht hatte. Man konnte das panische Kratzen hören, während sie versuchten, sich einen Weg zu ihrer überfälligen Mahlzeit zu bahnen.

»Ach, richtig«, sagte ich ins Mikro. »Ich habe ganz vergessen, dass das Ding noch eine Öffnung hat. Tut mir leid.«

»Ott«, kreischte Chalupnik. »Jason Three Sticks. Und noch ein anderer Mistkerl, den er am Telefon hatte. Hat sich nicht vorgestellt. Bitte, tu das nicht.«

»Erzählen Sie mir von dem Projekt.«

»Sie haben mir einen Brief mit dem Zeug geschickt, das ich der Frau zeigen sollte«, keuchte er abgehackt. »Nannten mir ein Zeitfenster, haben die Hälfte im Voraus, die andere Hälfte danach gelöhnt. Das war alles. Mehr haben sie mir nicht gesagt, und so soll es auch sein. Je weniger ich weiß, desto besser. Schaff die Ratten raus. Sie brechen durch die Scheibe. Barmherzige Mutter.«

»Interessant, dass ein Mann, der so gar nicht barmherzig ist, dieses Privileg für sich einfordert«, sagte ich.

»Scheiß auf Barmherzigkeit. Gib mir 'ne Waffe, George. Ich mach es selbst. Die Scheibe bewegt sich. Ich kann sehen, wie sie sich bewegt. Sie brechen durch.«

Ich wusste, dass sie das nicht konnten, deshalb wartete ich noch ein paar Minuten, ehe ich in meine Jackentasche griff, die Spritze mit der nicht tödlichen Dosis herausholte und in seine Schulter stach. Ich benutzte eine Kombination aus Jagdmesser und Industrieschere, um das Paketband loszuschneiden. Danach musste ich nur noch seine schlaffe Gestalt mit demselben Karren aus dem Gebäude schaffen, mit dem ich ihn hineingefahren hatte, und ihn in den Outback kippen. Ich ging wieder hinein, um die Ratten zu befreien und die Kiste zur späteren Entsorgung abzumontieren und zu verstecken. Dann fuhr ich zu dem kleinen Park in Norwalk, in dem ich mich mit Henry Eichenbach getroffen hatte. Auf dem Parkplatz warf ich Chalupnik ab und fuhr nach Hause. Während der Fahrt konzentrierte ich mich bereits auf die Berechnungen für die nächste Phase des »Projekts«, wie ich es nun dank Pally Buttons nannte.

KAPITEL 12

Den nächsten Vormittag verbrachte ich in der Bibliothek von Bridgeport, wo ich versuchte, das Buchhaltungssystem von Florencias Versicherungsagentur zu hacken. Meine Erfolgsaussichten standen gar nicht schlecht, da ich derjenige gewesen war, der das System vor fünf Jahren erworben und konfiguriert hatte. Es handelte sich um eine webbasierte Anwendung, so dass ich viel meiner Arbeit von meinem Heimbüro über Fernzugriff erledigen konnte. Innerhalb der ersten fünf Sekunden erlebte ich die erste Enttäuschung: Mein Passwort war gelöscht oder ausgetauscht worden. Da ich damals so vorsichtig gewesen war, das System mit den besten, damals erhältlichen Sicherheitsprogrammen zu schützen, war das keine Kleinigkeit.

Ich befand mich auf unbekanntem Terrain. In all den Jahren meiner Suche nach Personen und Informationen hatte ich niemals einen Ausweg suchen müssen, der auch nur im Entferntesten mit Hacken zu tun hatte. Ich hatte nie die Notwendigkeit gesehen noch die Erregung der Jagd gesucht, die so viele ansonsten anständige Menschen zu illegalen Cyber-Angriffen trieb. Daher starrte ich nach dem ersten Fehlversuch lange Zeit grübelnd den Bildschirm mit der Login-Maske an. Soweit ich mich erinnerte, verfügte das System über keinerlei Möglichkeit, einer fehlgeschlagenen Anmeldung nachzuspüren. Nach drei Fehlversuchen jedoch konnte es weitere Versuche ablehnen, was bedeutete, dass die IP-Adresse des potenziellen Eindringlings irgendwo innerhalb der Anwendung gespeichert wurde. Darum agierte ich auch von der Bibliothek aus, wo die einzige Beschränkung des anonymen Zugangs zum Internet in der Nichtverfügbarkeit eines freien Stuhls bestand. Die Aufzeichnung der anstößigen IP-Adresse wurde für immer gespeichert. Der Datenblock konnte zwar gelöscht werden, allerdings nur vom Administrator. Der ich früher gewesen war. Damals hatte ich gewusst, wie man die Sicherheitsprotokolle und -mechanismen umging, aber das war schon eine Weile her, und in der Zwischenzeit war der Teil meines Hirns, der sich mit quantitativen Aktivitäten wie zum Beispiel Computerautomation beschäftigte, von einer Kugel durchschlagen worden.

Das ist keine Entschuldigung, sagte ich mir. Die Erinnerung war da, und man konnte sie anzapfen.

Vor meinem inneren Auge beschwor ich mein altes Ich herauf: wie ich Möglichkeiten durchging, Tabellen mit Direktvergleichen entwickelte, über Hardware-Katalogen brütete, mühelos ganze Ströme wirbelnder Daten auswertete und die ultimative Lösung fand.

Das ist zu viel, dachte ich. Dahin komme ich nie wieder.

Aber das ist okay, versicherte ich mir. Ich muss das auch nicht alles wieder können. Ich muss mich nur daran erinnern, wie ich die Sicherheitsmaßnahmen durchbrechen kann, um die Daten aus dem System abzuschöpfen. Ich war überzeugt, dass dies möglich war, und hoffte, dass mich die Erinnerung nicht trog.

Da ich ohnehin gerade an einem sicheren PC saß, verfolgte ich mein neu entfachtes Interesse an Austin Ott dem Dritten, den Chalupnik auch als »Jason Three Sticks« bezeichnet hatte. Ich fand nicht viel, aber mehr als zuvor.

Ich begann mit Google und ging mehr als fünfhundert Seiten durch, ehe ich aufgab. Dann versuchte ich, gesperrte Daten über bekannte Kriminelle aufzurufen, doch wurde mir rasch

bewusst, wie fruchtlos die Suche nach dem Vorstrafenregister des Pseudonyms eines Mannes war, der wahrscheinlich überhaupt keine Vorstrafen hatte.
Ich heftete den Versuch ab und rief Word auf, um etwas zu schreiben.

> Mr. Gross: Das Geschenk Sebbie Frondutti habe ich Ihnen, wenngleich ungebeten, ohne Vorbehalt gemacht, um zu beweisen, dass ich eine zuverlässige Mittelsperson bin. Ich hoffe, dass Sie diese Geste erwidern möchten. Ich suche nach Informationen über einen professionellen Killer, der unter dem Pseudonym »Austin Ott der Dritte« operiert, auch bekannt als »Jason Three Sticks«. Jede Information, die Sie nach eigenem Ermessen weitergeben können, ist mir sehr willkommen. Sollten Sie und Ihre ehemaligen Kollegen an Mr. Ott interessiert sein, so wird dieser Wunsch umso eher erfüllt, je mehr Informationen Sie mir zur Verfügung stellen können. (Finden werde ich ihn letztendlich ohnehin, aber Ihre Hilfe würde den Prozess beschleunigen und sicherstellen, dass auch Sie davon profitieren.) Falls dies für Sie annehmbar ist, setzen Sie eine Anzeige in die Druckausgabe der Sonntagsausgabe der *New York Times* mit folgendem Wortlaut: »Biete Mustang Cabriolet, Bj. 1965, 289, 4 Zylinder, irrsinnig sauber und peinlich gepflegt. VP höchstes Angebot, mit Garantie, dass er Ihre Frau so ärgern wird wie meine.« Weitere Instruktionen folgen.

Nachdem ich ein Paar Latexhandschuhe übergestreift hatte, druckte ich das Schreiben aus und verließ mit vom stundenlangen Starren auf den Bildschirm geröteten Augen die Bibliothek. Ich fuhr in Bridgeport herum, bis ich eine Bodega entdeckte, wo ich – mit Handschuhen – eine kleine Glasflasche Tonic mit Drehverschluss kaufte. Ich leerte sie aus und benutzte mein Taschenmesser, um das Etikett abzukratzen. Dann warf ich die leere Flasche auf den Rücksitz und fuhr nach Norden. Eine Stunde später war ich in Rocky Hill. Mittlerweile war es fast dunkel, die Dämmerung brach jetzt im Spätherbst früh an, deshalb legte ich eine Pause ein, um etwas zu essen – und die Zeit am Laptop totzuschlagen –, und fuhr dann die restliche Strecke bis zu Shellys Wohngegend.

Ehe ich ankam, hielt ich unter den geisterhaft fluoreszierenden Lichtern eines kleinen Einkaufszentrums, streifte frische Latexhandschuhe über, rollte die Nachricht zusammen und steckte sie in die Flasche. Als ich an Shellys Haus vorbeifuhr, warf ich die Flasche auf seinen Rasen.

Nach der ermüdenden Heimfahrt fuhr ich den Computer hoch, um vor dem Schlafengehen noch einmal meine Mails abzurufen. Die einzige ungelesene Nachricht stammte von Natsumi Fitzgerald.

»Was ich damit sagen wollte, ich würde es wirklich *gut* finden, wenn du mal wieder an meinem Tisch auftauchst. Dann könnten wir vielleicht noch mal eine wilde Sauftour veranstalten. Ich meinen Schnaps, du dein Bier. Ich zahle für dich, du für mich. Hast du deinen Freund eigentlich getroffen?«

Aus irgendeinem Grund las ich ihre Mail mehrmals und verfasste dann eine bejahende Antwort, ehe ich der üblichen spätabendlichen Erschöpfung nachgab, die mich ins Bett zu einem weiteren Nachtschlaf trieb, seltsamerweise weder unruhig noch geplagt von hässlichen, knurrenden Phantomen oder flüchtigen Erinnerungen an unersetzliche Verluste.

Hirnforscher werden Ihnen versichern, dass es keinen besseren Weg gibt, ein Problem zu lösen, als eine Nacht darüber zu schlafen. Während das Tageslicht auf mein erwachendes Bewusstsein stieß, schlich sich der Beginn einer Lösung heimlich in meinen Verstand.

Ich sah mich selbst am Arbeitsplatz eines von Florencias Angestellten. Der Computer war abgestürzt, und sie musste seine Dateien herunterladen. Normalerweise wäre das kein Problem gewesen, weil ich mich als Systemadministrator einfach hätte einloggen und übernehmen können, aber aus irgendeinem blöden Grund hatte der Typ unsere Sicherheitsmaßnahmen mit einem eigenen Programm überschrieben, das mich abwies. Auch das wäre kein Problem gewesen, wenn der Typ im Haus gewesen wäre, aber er schnorchelte auf den Virgin Islands und hatte die nötigen Passwörter nicht hinterlassen. Florencia war nicht amüsiert. Ich bot an, vorbeizukommen und zu sehen, was ich tun konnte, vermutlich aus unangebrachtem Mitgefühl mit ihrem schwachköpfigen Angestellten.

Ich hatte Erfolg, aber wie hatte ich das gemacht?

Ich schlug die Augen auf und sah das Licht außerhalb und innerhalb meines lädierten Hirns. Auf einmal wusste ich, wie ich in das Versicherungssystem eindringen konnte. Der einzige Haken daran war, dass ich dazu in die Agentur selbst musste.

Ich rief Evelyn an.

»Hat die Agentur noch immer ein Sicherheitssystem?«, fragte ich.

»Ja, warum fragst du?«

»Ich muss rein. Kennst du das Passwort? Und hast du einen Schlüssel?«

»Ja und ja«, antwortete sie. »Warum musst du rein, und was hoffst du zu finden?«

»Ich brauche Zugang zum Betriebssystem. Ich weiß nicht, welche Rolle die Agentur bei der Katastrophe gespielt haben könnte, und ich würde sie nur ungern verkaufen, ohne wenigstens Aufzeichnungen zu haben, auf die ich mich später beziehen kann.«

»Was für Aufzeichnungen?«, fragte sie.

»Alles. Ich brauche Zugang zu sämtlichen Firmendaten. Aktuelle und archivierte.«

»Ich weiß nicht, wie das geht, und ich kann niemanden fragen, ohne Verdacht zu erregen«, sagte sie.

»Das sollst du auch nicht. Ich muss einfach an einen der PCs. Am besten an den von Bruce Finger. Benutzt er Florencias Büro?«

»Weiß ich nicht. An den Büros sind Namensschilder. Wann willst du rein?«

»Heute Nacht. Gegen zwei Uhr morgens. Fahr rüber und leg einen Schlüssel unter die Matte, ehe du schlafen gehst.«

»Du bist verrückt.«

»Ich brauche nur ein paar Stunden.«

»Woher willst du ohne mathematische Kenntnisse wissen, was du brauchst?«

»Mein Smartphone hat einen Taschenrechner. Mehr benötige ich nicht. Wie lautet der Sicherheitscode?«

Nachdem ich aufgelegt hatte, setzte ich mich an den Computer und tippte »boot disk« in die Suchmaske. Ich konnte mich nicht deutlich an das Prozedere erinnern, aber diese beiden Wörter reichten, um anzufangen. Ursprünglich geschaffen, um Technikern bei der Rettung korrupter Dateien zu helfen oder Daten aus beschädigten Geräten zu bergen, übernahm die Boot Disk den Platz des installierten »boot up«-Programms, indem sie ihr eigenes kleines Betriebssystem und einen Nutzerzugang aufspielte. Im Kern erlaubte dies dem

Techniker, das System zu kapern, weil er auf diese Weise alle denkbaren Sicherheitsmaßnahmen umging. Man konnte alles Mögliche mit dem Computer anstellen, doch sobald man ihn herunterfuhr und die Boot Disk entnahm, war es, als wäre nichts passiert.
Wie bei jeder Anwendung, die zu redlichen und unredlichen Zwecken eingesetzt werden konnte, gab es offiziell zugelassene und illegale Versionen. Die illegalen waren natürlich die besten.
Es war jedoch nichts, was ich aus der Ferne erledigen konnte, ich brauchte direkten, körperlichen Zugang zu einem Computer.
Es dauerte den restlichen Vormittag, aber ich fand ein Programm namens MattBD, das zu Hardware und System der Agentur passte, deren präzise Beschreibung ich in meinem Archiv vergraben hatte. Ich lud das Programm herunter, was nur wenige Minuten dauerte, und brannte es auf CD.
Der einfache Teil war erledigt. Für den Rest musste ich warten, bis es dunkel wurde.

Florencias Agentur befand sich in einem der vielen gesichtslosen kleinen Bürogebäude, die eine der beiden Hauptverkehrsstraßen säumten, die von Norden durch Stamford führte. Ich parkte mehrere Türen weiter und nutzte eine Reihe verbundener Parkplätze, um mich von der Rückseite zu nähern. Ich trug einen falschen Bart und eine Mütze über einer der Langhaarperücken. Falls mich eine der Überwachungskameras erwischte, filmte sie den Prototyp eines Manns in Verkleidung.
Obwohl ich nicht wusste, welche zusätzlichen Sicherheitsmaßnahmen zum ursprünglichen System das neue Management installiert hatte, hielt ich es für unwahrscheinlich, dass

etwas geändert worden war. Versicherungsagenturen gehörten nicht zu der Art Firmen, in die eingebrochen wurde. Zwar flossen Millionen Dollar durch die Computer, aber das herumliegende Bargeld reichte kaum für eine Pizzabestellung.

Der Eingang zum Gebäude, bequemerweise an der von der Straße abgewandten Seite, war dunkel. Ich bückte mich, hob die große Matte an, die immer noch in Benutzung war, und nahm zwei Schlüssel an mich. Einer für das Gebäude, der andere für die Agentur. Ohne Zögern ging ich durch beide Türen, bepackt mit Laptop und einigen anderen nützlichen Ausrüstungsgegenständen.

Die Heizung war automatisch auf Nachtbetrieb heruntergefahren. Deshalb war die Luft kühl und roch nach Teppichboden und Büroalltag. Geleitet von unpräzisen Erinnerungen und einer Stiftlampe, tastete ich mich einen Flur hinunter, bis ich Florencias Büro erreichte. Die Halterung, in der früher ihr Namenschild gesteckt hatte, war leer. Ich ging zur nächsten Tür und fand Bruce Fingers Namen. Ich trat ein.

In Missachtung des Stereotyps vom ordentlichen, pedantischen Finanzexperten war Bruce ein unverbesserlicher Chaot. Papier- und Zeitschriftenstapel bedeckten nicht nur seinen Schreibtisch, sondern fluteten auch den Boden und einen kleinen Konferenztisch. Seine Tastatur und der Bildschirm hatten einen sicheren Hafen auf einer kleinen Ausziehplatte an seinem Schreibtisch gefunden. Der Rechner stand dort auf dem Boden, wo ich ihn fünf Jahre zuvor hingestellt hatte. Ich schaltete ihn ein und legte die CD in den Schacht. Wenige Augenblicke später erschien auf dem Bildschirm das MattBD-Logo und ein kleines Fenster, in dem »Press any key« stand.

Ich drückte auf Z und wartete. Nach wenigen Minuten war der Geist in der Maschine. Das Menü sah anders aus als bei

der offiziellen Software, aber die Ordner und Dateien waren da.
Als Erstes kopierte ich die Programme des Buchhaltungs- und Finanzsystems sowie alle Vorgänge und Mails auf eine externe Festplatte. Dann öffnete ich Bruce' Ordner und kopierte deren Inhalte. Es waren eine Menge Daten, aber das Terabyte Speicherkapazität, das ich zur Verfügung hatte, reichte aus. Es dauerte nur lange und kam mir noch länger vor, weil ich mit einer Stiftlampe im Dunklen kauerte und die Ohren nach jedem Geräusch spitzte.
Auf einmal hörte ich, wie sich jemand durch das Büro bewegte, ehe ich den Lichtstreifen unter Bruce' Tür sah. Ich schaute zum Fenster hinüber, aber ich wusste, dass das nichts nützte, weil es sich um eine dicke Glasscheibe mit Lüftungsschlitz handelte, zu klein, um sich hindurchzuquetschen. Es gab keinen Schrank, in dem ich mich hätte verstecken können. Keine Vorhänge, kein Sofa, um dahinterzuschlüpfen. Ich saß in der Falle.
Einen Moment war ich versucht, den Monitor auszuschalten, aber ich wusste nicht, ob das Auswirkungen auf den Download hatte. Ich hörte, wie sich Türen öffneten und schlossen, und ein klirrendes Geräusch bewies, dass der Eindringling keine Angst vor Entdeckung hatte. Während ich angestrengt lauschte, stellte ich beinah die Atmung ein, aber das Klopfen meines Herzens war das einzige Geräusch, das lauter wurde.
Bis der Staubsauger eingeschaltet wurde, die Verkörperung guter Nachrichten, schlechter Nachrichten. Ich rückte den Papierkorb vor den Schreibtisch und stellte einen Karton an seinen alten Platz, damit die putzende Person ihn nicht dahinter zurückstellte.
Ich hörte, wie die Tür zum Büro gegenüber geöffnet wurde und das verklingende Brummen des Staubsaugers, der hinein-

geschoben wurde. Dann zwängte ich mich unter den Tisch und betete um eine müde, faule oder nachlässige Person am oberen Ende des Staubsaugers.

Der Türriegel klirrte, und plötzlich war der Raum erfüllt von Licht und Lärm. Meine Sicht beschränkte sich auf die Schubladen in Bruce' Anrichte und den unteren Teil des Stuhls. Ich stieß ein kurzes Dankeswort für sein schlampiges Naturell aus, das, wie ich hoffte, einen schnellen Vorstoß ins Zimmer vereiteln würde.

Der Tisch wackelte, als der Staubsauger gegen eines der dicken Beine prallte. Mein Herz tat einen unfreiwilligen Satz. Ein weiteres Bollern an der anderen Seite des Tischs. Es war eine Frau, und ich konnte hören, wie sie etwas vor sich hin murmelte, aber nicht deutlich genug, um die einzelnen Worte zu verstehen. Ich stellte mir vor, dass es ihr übliches Lamentieren wegen des Saugens rund um Bruce' Stapel war.

Plötzlich erschien das Gerät direkt vor mir, schob den Stuhl aus dem Weg, während es immer wieder auf die Fläche hinter dem Tisch vorstieß. Ich sah ein dickes weibliches Bein, das in einer Stützstrumpfhose über schwarzen hochgeschnürten Turnschuhen steckte. Ich zog die Beine an und kämpfte gegen die qualvolle Angst.

Die Frau grunzte etwas in einer unbekannten Sprache, und der Staubsauger begann sich zurückzuziehen. Er wanderte in den Flur. Dann schepperte der geleerte Papierkorb auf den Boden, der Stuhl wurde an seine alte Stelle gerückt, und eine Sekunde später war es dunkel.

Ich verharrte unter dem Tisch, spürte, wie meine Beine wegen des abgeschnürten Blutkreislaufs taub wurden, und wartete, bis das Licht unter der Tür erlosch.

Erst dann begann ich wieder normal zu atmen und wahrzunehmen, wie würdelos meine Position war. Ich lächelte innerlich, nicht weil ich mich über mich lustig machte, sondern weil mir völlig egal war, wie ich wirken musste.

Das Zwischenspiel half, mich von der Langeweile des Downloads abzulenken, der unterdessen abgeschlossen war. Ich kontrollierte die Ordner auf der externen Festplatte, um mich zu vergewissern, dass ich alles hatte, und ging dann zur letzten Aufgabe dieser Nacht über.

Es war reine Spekulation, aber falls Finger den meisten Managern ähnelte, achtete er im persönlichen Bereich kaum auf angemessene Sicherheitsmaßnahmen. Ich öffnete Word und begann die Suche mit dem Begriff »Passwort«. Der Begriff selbst tauchte in Dutzenden von Dokumenten auf, aber ohne spezifischen Code. Ich machte mit anderen Wörtern wie »Systemadministrator« und »Administrator« weiter. Jede Menge Treffer in Dokumenten, aber keine Passwörter. Ich wollte Bruce gerade für seine Artigkeit loben, als die Suche nach »wichtige Nummern Agentur« ein bemerkenswertes Dokument zutage förderte. Es war eine einzige zweispaltige Seite, die alle Zugangscodes und Test-Fragen für sämtliche Online-Konten, die Gehaltsabrechnung, Krankenversicherung, das Premium-Treuhandkonto (ein Sammelkonto, um den Strom der Kundengelder durch die Agentur und dann zu den Versicherungsträgern zu verwalten) und zwei Investmentkonten bei Börsenmaklern auflistete. Und direkt dort, unten auf der Seite, unter der Überschrift »Falls Ethan vom Bus überfahren wird«, standen der Benutzername des Administrators und sein Passwort.

Die Schlüssel zum Königreich.

Ich druckte die Seite auf Bruce' Drucker aus, fuhr den Computer herunter und entfernte Boot Disk und externe Festplatte. Ich folgte dem dunklen Flur zu den Servern, die das Herz des Systems der Agentur bildeten. Wie erhofft, war der

Arbeitsplatz des Administrators, den ich dort selbst eingerichtet hatte, noch vorhanden und vermutlich nach wie vor Ziel täglicher Besuche. Ich fuhr den Computer hoch, loggte mich ein und rief das Netzwerkverzeichnis auf. Dort war jeder Angestellte, Laptop oder externe Computer, der autorisiert war, sich von außen einzuloggen, aufgeführt und mit einem eigenen Sicherheitscode versehen. Erfreut sah ich, dass Administrator eins und Administrator zwei gelistet waren, ich als Administrator eins, dessen Zugriffsrechte erloschen waren. Ich musste nichts weiter tun, als sie zu erneuern und ein neues Passwort einzugeben. Es schien unwahrscheinlich, dass ein Typ wie Ethan, faul genug, das meiste meiner ursprünglichen ID stehen zu lassen und einen neuen Benutzernamen zu installieren, so geistesgegenwärtig sein würde, die subtile Änderung innerhalb dieser Datenmengen zu bemerken.

Ich nahm noch eine Änderung vor, ebenso gut versteckt zwischen den Reihen von Namen und Zahlen – die Registrierung meines Laptops als zertifiziertem Arbeitsplatz. Dadurch erhielt er einen Namen und einen Sicherheitscode, was mir erlaubte, mich jederzeit von außen in das Netzwerk und jeden seiner Computer einzuloggen.

Nach diesem letzten Eingriff in das aktive Dateiverzeichnis steckte ich einen USB-Stick in den Schacht und spielte ein weiteres kleines Spionageprogramm auf.

Unter der geradezu banalen Bezeichnung »Kontrollprogramm« zeichnete die Anwendung alles auf, was der Administrator tat, jeden Tastenanschlag, jede Mail, die ein- oder hinausging, jedes Programm, das geöffnet wurde, und jeden Serverzugriff. Und am wichtigsten: jedes Passwort, das in jedwede Maske getippt wurde. Und zwar, ohne dass er das Geringste davon merkte.

Eher wie ein Spionagevirus lebte dieses Programm tief in den unteren Regionen des Betriebsprogramms, wo es leise und unauffällig seiner Aufgabe nachging, alles an den PC in meinem Haus zu senden. Buchstäblich unauffindbar, solange niemand einen bösartigen Virus im System vermutete und auf die Suche ging.

Nachdem das Programm installiert und ausgeführt war, zog ich den USB-Stick und fuhr den Computer herunter.

Ich verließ die Agentur mit der gesamten Firma in der Brusttasche, Vergangenheit und Gegenwart, mit direktem Zugriff auf alles, was in der Zukunft passieren mochte. Eine schöne Informationsernte, nur mein Nervensystem war ein wenig lädiert.

KAPITEL 13

Am nächsten Morgen weckte mich, wie so häufig, der Signalton meines Computers. Er verriet mir, dass sich der Systemadministrator der Agentur eingeloggt hatte. Ich beobachtete mit seltsamer Befriedigung, wie er eine Reihe von Kontrollen in den Agenturservern durchführte. Ich wandte mich ab und überließ die Spionagesoftware ihrer unermüdlichen Überwachung.

Nach dem Duschen und einem Frühstück aus Joghurt und Granola ging ich Kleidung kaufen. Das gehörte zu den Dingen, mit denen ich mich absolut nicht auskannte, da ich mein ganzes Leben als unbeholfener Nerd verbracht hatte, ein Zustand, der jegliche modische Eleganz ausschloss.

Ich suchte nach zwei Ausstattungen in unterschiedlichem Stil. Die eine lässig-elegant, die andere prahlerisch und draufgängerisch, außergewöhnlich teuer, aber auf eine Weise, die nur echten Modekennern auffiel.

Deshalb war es für mich keine Kleinigkeit, ein winziges Geschäft in Woolford zu betreten, das nach Wolle, Seide und Leder stank, und mich vollkommen der räuberischen Aufmerksamkeit eines winzigen weißhaarigen Manns namens Preston Nestor zu überlassen.

»Stellen Sie sich einen Saal voller Investmentbanker vor, die gleichzeitig akademische Abschlüsse in klassischen Sprachen besitzen und ihre Vorfahren bis zur Mayflower zurückverfolgen können. Keiner ist besser oder angemessener gekleidet als ich«, lautete meine Bestellung in der Kurzfassung. »Zwei Versionen.«

»Das liefe auf zwei verschiedene Grautöne hinaus«, sagte Nestor.
»Wie Sie meinen.«
Nachdem die Kriterien eindeutig festgelegt waren, verlief der Vorgang ziemlich rasch und effizient, besonders nachdem ich ihn aufgefordert hatte, mir die Beschreibung der physikalischen Eigenschaften und Herkunft der Kleidungsstücke zu ersparen. Er war nicht beleidigt. Gerüstet mit den präzisen Maßen meines Körpers bewegten wir uns von Maßanzügen zu konfektionierter Freizeitkleidung und Accessoires. Ich akzeptierte jede Empfehlung und Begründung samt und sonders, wenn man so will, mit Ausnahme eines gelben Kaschmirpullovers.
»Der ist zu auffällig«, versicherte ich ihm. »Und vermutlich werde ich am Ende noch Jakobsmuscheln darüberkleckern.«
Nur wenig mehr als zwei Stunden später verließ ich das Geschäft mit den einzigen Einkäufen, die nicht angepasst und geändert werden mussten, und einer neuen Bewunderung für die Macht des Scheins, die sich in den ausbeuterischen Preisen für Luxusgüter zeigte.
Es war Zeit, noch ein paar Gitarren zu verkaufen.
Ich fuhr zu einem Instrumentenladen in South Norwalk, der mir bei der Verfolgung von Madame Francine de la Croix aufgefallen war. Das Geschäft war zwar klein, aber sein Schaufenster stand voller Vintage-Instrumente, und deshalb war es der ideale Geschäftspartner. Ich trug ständig die Inventarliste der Gitarren mit mir herum, nur für den Fall, dass sich eine Gelegenheit ergab, weshalb ich den Laden gut vorbereitet betrat.
Ein Mann mit beginnender Glatze und einem lockigen graumelierten Bart schien in einen tödlichen Kampf mit einem Ständer für eine Art Keyboard verwickelt zu sein.

»Die perfekte Bank für den klavierspielenden Diplomingenieur«, bemerkte er, ohne von dem Gewirr schwarzer Metallstangen aufzublicken.
»Aus diesem Grund meide ich das Lesen von Aufbauanleitungen«, sagte ich.
Er sah zu mir hoch.
»Was kann ich sonst noch für Sie tun?«, fragte er.
»Vintage-Gitarren. Meine Frau verlangt, dass ich die Sammlung auflöse.«
Er griff nach einem Stück von dem Ständer, dann warf er es beidhändig wieder weg.
»Bau dich selbst auf«, sagte er zu dem schwarzen Haufen.
Wir zogen uns zu einem Tisch im Hintergrund des Geschäfts zurück. Er rückte mir einen Stuhl zurecht und stellte sich vor.
»Aloysius Cooper«, sagte er. »Ich ziehe Al vor. Nicht den berühmten.«
Ich reichte ihm das Blatt mit der Beschreibung von fünf sehr unterschiedlichen Gitarren, von einer exotischen Kunststoff-Danelectro bis hin zu einer Martin Akustik aus dem frühen zwanzigsten Jahrhundert.
»Ziemlich eklektisch«, meinte er. »Wollen Sie auf Kommission verkaufen?«
»Nein, direkt«, sagte ich.
»Ich führe ein Geschäft«, sagte er. »Ich muss Gewinn machen.«
»Großzügige Bedingungen«, sagte ich. »Insbesondere bei Barzahlung. Bin ja nicht blöd.«
Auf dem Tisch lag ein vielgelesener Elderly-Instruments-Katalog. Ich wartete, während er die aktuellen Preisspannen für jede der Gitarren nachschlug.
»Warten Sie hier«, sagte er, stand auf und verschwand im Hinterzimmer. Es fiel nicht schwer, sich den Anruf bei einem

Sammler vorzustellen, dem er einen Vorverkauf vorschlug. Ich hatte das schon erlebt. Zehn Minuten später war er wieder da.
»Die Les Paul und die Vorkriegs-Martin«, sagte er und meinte die beiden teuersten Gitarren der Liste. »Beginnen wir mit dem Feilschen.«
Nach der Versicherung, mich nicht mit einem unterirdischen Angebot beleidigen zu wollen, machte er eines, das nur knapp die Oberfläche schrammte. Ich erklärte, mir stünden andere Gelegenheiten offen und ich wäre nur hier, weil ich gerade in der Gegend war und mir dachte, er könne Interesse haben. Er wies auf den schwächelnden Markt für Vintage-Gitarren hin, woraufhin ich mein Mitgefühl äußerte, aber dann darauf aufmerksam machte, dass wir gerade erst den Gipfel überwunden hätten. Dieses geniale Hin und Her ging noch zehn Minuten weiter, bis ich bereit war, mich mit Handschlag zu verabschieden und als Freund zu scheiden, als er ein respektables Angebot für jedes der Instrumente unterbreitete.
»Abhängig vom Zustand«, fügte er hinzu.
»Ich komme heute Nachmittag wieder«, versprach ich und ging.

Die Fahrt nach Danbury und zurück verlief ereignislos und ging beinah spurlos an mir vorüber, da ich tief in Gedanken versunken war, die sich mit zunehmender Sorge um Austin Ott III. drehten. Er lehrte mich meine Grenzen, was meinem übermäßigen Selbstvertrauen nach meinen Begegnungen mit Sebbie Frondutti, Fred Tootsie und Pally Buttons Einhalt geboten. Verstärkt wurde dieses Gefühl durch seinen Modus operandi – Vermittler zwischen Auftraggeber und Killer, eher Makler als Ausführender. Das wies auf exzessive Vorsicht hin, oder Paranoia, oder beides. Und damit auf eine schwer zu fassende Beute.

Dies bestärkte mich in meinem Entschluss, Shelly Gross hineinzuziehen. Riskant, aber unverzichtbar für den Fortgang. Shelly konnte Dinge tun, die mir verwehrt waren, selbst im Ruhestand. Er verfügte nach wie vor über Verbindungen, die ihm Zugang zu offiziellen Kanälen und Polizeiprivilegien verschafften, und wenn ich seinen Charakter richtig einschätzte, langweilte er sich und war reif, ins Spiel zurückzukehren.

Als ich den Musikladen wieder betrat, waren das Keyboard und der widerspenstige Ständer verschwunden. An deren Stelle standen zwei Hocker und zwei Gitarrenständer, als warteten sie auf das Eintreffen von Gitarristen.

Ich hievte die Gitarrenkoffer auf den Tisch und klappte sie auf. Er griff sich die Martin und spähte ins Schallloch.

»Verdammte Scheiße!«, fluchte er. »Willkommen daheim.« Er sah mich an. »Das ist meine Gitarre. War meine Gitarre.«

»Echt?«

»Ich hab sie an Gerry Charles verkauft. Wie geht's dem alten Holzfreak?«

Ich wusste, dass ich besser als die meisten darin war, meinen emotionalen Zustand nicht sichtbar werden zu lassen, aber dieses eine Mal war meine erschrockene Überraschung deutlich zu erkennen.

»Was ist los?«, fragte Cooper. »Ist er okay?«

»Ich kenne ihn nicht«, antwortete ich. »Ich hab sie online gekauft, ohne die Herkunft zu prüfen.«

»Machen Sie sich deswegen keine Gedanken«, sagte er und legte mir die Hand auf die Schulter. »Das mache ich auch nie. Es ist nicht das erste Mal, dass eins meiner Küken nach Hause auf die Stange flattert.«

Selbstbezichtigung trat an die Stelle des Schrecks. So etwas hätte ich vorhersehen müssen. Gerry war in dieser Gegend seit Jahrzehnten als ernsthafter Sammler unterwegs. Wahrscheinlich kannte er jeden Händler. Ein schwindelerregendes Gefühl der Verwundbarkeit wallte in mir auf, verschmolz mit meinen Ängsten wegen Jason Three Sticks. Der Raum schwankte, und ich setzte mich auf einen der Gitarrenhocker, ehe ich hinfiel. Mein Herz begann zu rasen, und beinah hätte ich Cooper um eine Papiertüte gebeten, um hineinzuatmen.

»Tut mir leid, ich erhole mich noch von einem Unfall«, sagte ich, die einfachste und am wenigsten verdächtige Erklärung nutzend.

»Sicher. Lassen Sie sich Zeit.«

Während ich frustriert über mein plötzliches Versagen nachsann, wandte Cooper sich wieder den beiden Gitarren zu, spielte ein lebhaftes Bluegrass-Riff auf der Martin und die Eröffnungstakte von »Smoke on the Water« auf der Les Paul.

»Mit den Klassikern macht man nie was verkehrt«, bemerkte er, ehe er mir eine Summe für beide nannte. Ich erhöhte auf einen angemessenen Preis. »Okay«, sagte Cooper. »Aber versuchen kann man es ja mal.«

Er machte sich auf den Weg zur einen Block weiter gelegenen Bank und überließ mir die Aufsicht über den Laden. Glücklicherweise kam kein Kunde, was mir Zeit gab, mich zu fassen. Evelyn hatte mir Wahrnehmungsstörungen und plötzliche Stimmungsschwankungen prophezeit, die ich meistens hatte vermeiden können, besonders in den vergangenen Wochen. Es war eine Erinnerung daran, dass ich nach wie vor ein funktionierendes Hirn besaß, wenn auch nicht dasselbe wie früher.

Als Cooper wiederkam, gab er mir einen dicken weißen Umschlag und bestand darauf, dass ich nachzählte, während er zusah. Es war alles vorhanden.

»Ich liebe diese alte Martin einfach«, sagte er. »Vielleicht ist sie darum zu mir zurückgekommen. Das alte Schlachtschiff.«
Erst als ich im Subaru saß, begann die Welt allmählich in ihrer früheren, leicht verzerrten Form zurückzukehren. Ich atmete langsam und tief, senkte meinen Puls und entspannte die verkrampften Muskeln in Nacken und Schultern.
»Du bist keine Maschine«, hörte ich Evelyn am Tag vor meinem Abschied aus ihrem Haus mahnen. »Du bist ein Mensch. Man braucht Stärke, um die eigenen Schwächen zu akzeptieren. Nicht um zu kapitulieren, sondern um damit umzugehen.«
Erneut spürte ich die Dankbarkeit und den Trotz, den ihre Worte hervorgerufen hatten, und dann ging ich auf die einzige Weise damit um, die mir möglich war.
Ich stürzte mich in die Arbeit.

Ehe ich Norwalk verließ, hielt ich an einem Imbiss und kaufte mir die *New York Times:* Es war der erste Tag, an dem Shelly eine Anzeige plaziert haben konnte. Und dort war sie.
»Biete Mustang Cabriolet, Bj. 1965, 289, 4 Zylinder, irrsinnig sauber und peinlich gepflegt. VP höchstes Angebot, mit Garantie, dass er Ihre Frau so ärgern wird wie meine. Rufen Sie an. Wagen wird in zwei Tagen vom Markt genommen.«
Er hatte seine Telefonnummer in Rocky Hill hinzugefügt. Ich kaufte ein neues Wegwerfhandy und fuhr die I-95 in Richtung New Haven. Als ich Bridgeport durchquerte, rief ich ihn an.
»Shelly Gross«, meldete er sich.
»Ich habe null Interesse an dem Mustang«, sagte ich mit meiner Clint-Eastwood-Stimme.

»Deshalb rufen Sie also nicht an.«
»Ich möchte mit Ihnen reden, aber ich weiß nicht, wie ich meine Sicherheit garantieren soll.«
Ich verließ den Highway und fuhr zum Hafen, kurvte durch die Docks, wo die Eisbrecher und Megajachten gebaut wurden.
»Sie können mir vertrauen«, versicherte er.
»Nein. Noch nicht.«
»Wir sind sehr dankbar für den Tipp über Sebbie. Ich wüsste gern, wie Sie das gemacht haben.«
»Manche Menschen können Gedanken lesen. Kennen Sie Austin Ott den Dritten?«
»Nicht persönlich. Kenne ich Sie?«
»Könnte sein«, sagte ich. »Wie stehen die Chancen, dass Sie mir einfach sagen, wo er wohnt?«
»So hoch wie die, dass Sie mich zum Essen einladen.«
»Ich brauche nur einen Hinweis. Zeigen Sie mir die richtige Richtung.«
»Was bekomme ich dafür?«
»Sie kriegen ihn und die Beweise für eine Verurteilung. Und vielleicht sind noch ein paar seiner Rattenkumpel mit drin.«
»Warum tun wir uns nicht zusammen?«, fragte er. »Warum diese ganze Geheimnistuerei?«
»Persönliche Vorlieben. Ich hatte gehofft, wir könnten ein Patt vermeiden.«
»Das kann ich nicht am Telefon diskutieren.«
»Okay«, sagte ich und legte auf. Inzwischen stand ich auf einer Mole, in der Hand einen Ziegel, den ich am Straßenrand aufgelesen hatte. Ich benutzte Paketband, um ihn mit dem Handy zu verschnüren, dann warf ich es in das Hafenbecken.

Als eine Art Feier meines unwillkommenen Anfalls von verwirrender Paranoia beschloss ich, etwas zu tun, was mir garantiert mehr davon bescherte. Ich fuhr hinüber zum Clear-Water-Kasino, um Natsumi Fitzgerald an ihrem Black-Jack-Tisch zu besuchen.

»He, Mister«, sagte sie, als ich mich setzte. »Du bist wieder da.«

»Das bin ich«, antwortete ich, und das war unser ganzes Gespräch, bis ich so viel gewonnen hatte, dass meine Tischnachbarn es vorzogen, ihr Glück woanders zu versuchen.

»Und, war der Typ dein alter Freund?«, fragte sie.

Ich schüttelte den Kopf.

»Sah ihm überhaupt nicht ähnlich. Tut mir leid wegen der Umstände.«

»Keine Ursache.«

»Ich bin sowieso noch nicht so weit, wieder zu arbeiten«, sagte ich. »Ich bin noch einen Monat krankgeschrieben, ich kann mir Zeit lassen.«

»Immer noch das Bier? Du hast es komplett ausgetrunken.«

»Der Lohn der Sünde. Ich denke darüber nach, heute Abend noch eins zu trinken. Mich zu immunisieren.«

»Ich muss lernen«, sagte sie.

»Selbstverständlich. Das solltest du auch.«

»Ich muss *irgendwann* lernen. Nicht unbedingt heute Abend. Was weißt du über das Münchhausen-Stellvertreter-Syndrom?«

»Klingt kompliziert.«

»Das ist Thema meiner Hausarbeit. Wenn wir darüber sprechen, kann ich die Zeit unter Lernpensum verbuchen.«

»Im Sail Inn waren wir schon mal. Was würdest du vorschlagen?«

Sie wählte ein Lokal in Groton, das vorzugsweise von den

Werftarbeitern von Electric Boat und selten von Kasinoleuten besucht wurde.
»Sie verdienen wesentlich mehr Geld, deshalb sind die Trinkgelder höher und der Service besser«, meinte sie. Sie nannte mir Namen und Adresse. »Wir treffen uns in ungefähr einer Stunde dort, okay?«
Zum ersten Mal seit meinem Erwachen aus dem Koma befand ich mich auf einer Reise, die keinesfalls dem Erreichen meiner Ziele diente. Tatsächlich konnte sie sogar die ganze Aktion selbst gefährden. Es gab absolut keinen logischen oder vernünftigen Grund, der diesen Impuls rechtfertigte.
Außer dass ich so einsam war.
Das bedarf keiner komplexen Analyse, sagte ich mir. Sie ist eine attraktive junge Frau. Sie flirtet mit dir. Du bist keine Maschine, konnte ich Evelyn sagen hören, du bist ein Mensch. Akzeptiere deine Menschlichkeit.
Was nicht bedeutete, dass mir meine verstorbene Frau das geringste bisschen weniger fehlte. Wenn überhaupt hatte die Zeit mit Natsumi diesen unterdrückten Schmerz an die Oberfläche geholt. Als ob Schmerz und Linderungsmittel ein und dasselbe wären.
Diese Gedanken beschäftigten mich noch immer, als Natsumi mir gegenüber in die Nische des Restaurants in Groton glitt, was vermutlich meine ersten Worte erklärte.
»An dem Tag, an dem ich verwundet worden bin«, sagte ich zu ihr, »wurde meine Frau ermordet.«
Sie verschränkte die Hände auf dem Tisch und senkte den Kopf.
»Ich habe mir schon so was gedacht«, sagte sie. »Mein Beileid.«
»Ich bin immer noch nicht wieder ich selbst. Ich bin nicht mal sicher, was ich mit ›ich‹ meine. Ich bin anders als früher, aber

ich weiß nicht genau, auf welche Weise. Ich entdecke es erst nach und nach. Deshalb ist es nicht überraschend, dass du mich ein bisschen seltsam findest.«

»Nicht seltsam. Nur undurchschaubar.«

Von dort an ließen wir uns durch ein mäanderndes Gespräch treiben, das nichts mit unserer jeweiligen Vergangenheit zu tun hatte. Doch obwohl wir potenziell empfindliche Bereiche ausklammerten, hatte ich das Gefühl, dass trotz meiner Vorbehalte die Basis für eine ernsthafte Freundschaft gelegt wurde – aus dem Verlangen nach Kameradschaft mit einer verwandten Seele, deren einziges Motiv genau dasselbe war.

Am nächsten Tag begann ich mit der Beschattung von Shelly Gross. Ich war beim Auskundschaften des Viertels sehr vorsichtig gewesen, aber ich ging davon aus, dass Shelly äußerst wachsam und argwöhnisch war. Ein gerissener alter Agent, mit Augen im Hinterkopf und Vorahnungen, die in seinem Nervensystem knisterten. Ich hatte keinen besonderen Grund für diese Romantisierung, aber es war eine gute Übung, so zu tun, insbesondere angesichts meiner kürzlichen Fehler und abschreckenden Erlebnisse.

Deshalb fuhr ich nur zwei Mal an seinem Haus vorbei – einmal bei Tag, um ein Foto des Nachbarhauses gegenüber zu machen, und ein zweites Mal bei Nacht, um eine ferngesteuerte, batteriebetriebene Webcam in der Eibe des Nachbarn anzubringen.

Ursprünglich war diese Kamera für Naturaufnahmen gebaut worden. Man kontrollierte sie mittels Fernbedienung, und sie sprang nur an, wenn ein vorüberlaufendes Lebewesen einen Bewegungsmelder auslöste. Getarnt, wetterfest und mit Solarbatterie. Ich hoffte, dass sie lange genug überdauern würde, um Shellys Bewegungsmuster festzuhalten, ehe der Nachbar unter den Busch spähte oder ein verirrter Sonnenstrahl sich in der Linse spiegelte.

Das Funksignal der Kamera wurde von einem Videoempfänger aufgezeichnet, den ich in einem Gebüsch am Straßenrand ein paar Blocks weiter versteckt hatte. Der Receiver lud die Daten bei einem Internetanbieter hoch, der zur Identifizierung nur wenig mehr verlangte als die Kreditkartennummer. Die Karte lief auf den Namen Alex Rimes, und die Adresse gehörte zu einem leerstehenden Geschäft in Bridgeport, Connecticut. Auch dies nicht perfekt, aber wahrscheinlich ausreichend.

Die nächsten beiden Wochen herrschte erfreuliche Langeweile. Den größten Teil der Tage und Nächte verbrachte ich damit, mich wieder mit den Finanzen und Vorgängen der Agentur vertraut zu machen. Es half, dass ich derjenige gewesen war, der die Ordnerstrukturen und Dateien und die tägliche Buchhaltung angelegt hatte, einschließlich des Wegs, wie jede Transaktion mit dem Hauptbuch verknüpft wurde. Letzten Endes stellte ich fest, dass ich einige wichtige Datensätze von Bruce Fingers Computer nicht kopiert hatte, aber dem konnte ich rasch abhelfen, indem ich mich als Administrator eins einloggte und im System bediente. Aus Vorsicht tat ich dies erst spät nachts, wenn die Auslastungsprotokolle selten jemand anderen im Netzwerk anzeigten. Viele würden diese Tätigkeiten als brutale Schinderei empfinden, aber selbst mit meinen eingeschränkten rechnerischen Fähigkeiten fühlte ich mich in Gegenwart langer Zahlenkolonnen und der rätsellösenden Kontenabstimmung, die zur doppelten Buchhaltung gehörten, äußerst wohl.

Ich war nicht überrascht, dass Elliot Brandt so versessen auf dieses Geschäft war. Florencia hatte ein wenig aufregendes, aber profitables kleines Schiff gesteuert – diszipliniert, ordentlich und in absoluter Übereinstimmung mit der konservativsten Auslegung der allgemein akzeptierten Buchhaltungsregeln.

»Mein Ziel ist es, die Steuerprüfer bis zum Gähnen zu langweilen«, erinnerte ich mich an ihre Worte.

Diese zufriedenstellende Arbeit wurde häufig von Alarmsignalen der Webcam unterbrochen, die Aktivitäten bei Shellys Haus meldete. Ich konnte mir dann die Aufzeichnung anschauen, die mit Zeitangabe versehen war, um entweder auf Livebetrieb umzuschalten oder sie wieder in den Standby-Modus zu versetzen. Nach zwei Wochen hatte ich eine Menge Informationen über Shellys Kommen und Gehen zusammengetragen.

Ebenso wichtig war, dass ich mir Shelly selbst genau hatte ansehen können, einen kleinen, sportlichen, weißhaarigen Mann, der sich für einen Achtundsechzigjährigen sehr energisch bewegte. Er trug immer Laufschuhe und leichtere Kleidung, als die stetig kühler werdende Witterung verlangte. Er fuhr einen neuen, silbernen Chevy Malibu. Jeden Abend um achtzehn Uhr dreißig verließ er mit einer Sporttasche das Haus und kehrte nach exakt dreieinhalb Stunden zurück. Ich überprüfte die Fitnessstudios der Gegend und wählte eines, das Einwohnern von Rocky Hill Rabatte anbot, gut ausgestattet war und in Autoreichweite lag. Ich fuhr hinüber, stellte mich auf einen Parkplatz in der Nähe des Eingangs und wartete, eine Zeitung auffällig über dem Lenkrad aufgeschlagen. Zum vorbestimmten Zeitpunkt traf Shelly ein und parkte in Sichtweite meiner Position. Ich zeichnete seinen Standort auf und verließ den Parkplatz, nachdem er ausgestiegen war. Eine halbe Stunde vor seinem geschätzten Aufbruch kehrte ich zurück, aber er war bereits fort.

Am nächsten Abend wiederholte ich das Prozedere und kehrte mit einer Stunde Vorlauf zurück. Shellys Auto stand noch dort, deshalb wartete ich wieder. Bald darauf kam er heraus und fuhr los. Ich verfolgte ihn, solange ich es wagte, bis ich schließlich in eine Einkaufsstraße abbog und so tat, als wollte ich zu einem Drive-in-Bankautomaten.

An den nächsten Abenden benutzte ich Mietwagen, um seiner Spur jedes Mal ein Stück weiter zu folgen, bis er mich schließlich zu seinem Ziel führte – einem anheimelnd wirkenden Bar-Restaurant in Old Weathersfield namens Powder Keg.

Ich fuhr zu weiteren Buchhaltungsstudien nach Hause und wartete zwei Tage ab, ehe ich den nächsten Schritt machte. Außerdem nutzte ich die Zeit, um mein Äußeres so zu verändern, dass die Tarnung einerseits ganz natürlich wirkte und einfach aufrechtzuerhalten war, andererseits aber leicht zu verändern. Ich begann mir einen Bart wachsen zu lassen, dessen viele graue Haare mich überraschten. Ich musste mir eine neue, dazu passende Perücke kaufen, lang genug, um unter der Baseballkappe hervorzuschauen. Zudem verbrachte ich einige Zeit im Sonnenstudio und dunkelte meinen Teint mit Theaterschminke nach.

Den krönenden Abschluss bildeten farbige Kontaktlinsen in dunklem Braun, die mein natürliches Haselnussbraun vollständig verbargen.

Selbst unter Einbeziehung meiner Überschätzung von Shellys Wahrnehmungsfähigkeit hielt ich mich für gründlich getarnt und nicht nur für eine dunklere, haarigere Version meiner selbst.

Ich wählte einen Dienstagabend, an dem Restaurants weder besonders voll noch besonders leer sind. Old Weathersfield war eine sehr alte amerikanische Kleinstadt, und das Innere des Powder Keg gab sich alle Mühe, diesem Status gerecht zu werden, mit Waffen aus dem Unabhängigkeitskrieg als

Dekorationsmotiv, einschließlich Musketen und einer originalgroßen Kanone an den Wänden. Im Einklang damit war das Lokal dunkel, mit jeder Menge verwittertem Holz und nachgemachten Laternen, die kaum die Düsternis durchdrangen. Der hellste Ort war die Bar, diskret in einem separaten Raum untergebracht. Er war gerade groß genug für den Bartresen, einen schmalen Gang und eine Reihe hölzerner Nischen mit hohen Rückenlehnen. In einer davon saß Shelly Gross, verzehrte sein Abendessen und trank dazu ein großes gezapftes Bier.

Ich nahm ihm gegenüber Platz.

»Haben Sie den Mustang noch?«, fragte ich.

Er schaute von seinem Teller auf, säbelte aber weiter an seinem Cheeseburger, den er ohne die Annehmlichkeit eines Brötchens bestellt hatte.

»Sie haben die Anzeige nicht gründlich gelesen«, sagte er. »Er ist vom Markt.«

Shelly hatte ein schmales, rosiges Gesicht mit Adlernase und eng zusammenstehenden Augen. Sein voller weißer Haarschopf war ein wenig zu lang, ein Hinweis auf Eitelkeit. Seine Augen waren graugolden, ähnlich meiner eigenen Augenfarbe, und ebenfalls mit Kontaktlinsen ausgestattet, da er keine Brille trug.

»Dafür gibt es Verhandlungen«, sagte ich.

»Worüber verhandeln wir?«

»Fortgesetzter Erfolg trotz Rente für Shelly Gross.«

»Ich hatte schon viel Erfolg.«

»Den Sie zum Teil mir verdanken. Und falls Ihnen das gleichgültig ist, tun Sie es wegen des allgemeinen Wohlergehens der Gesellschaft.«

»Bürgerwehren sind nicht gut für die Gesellschaft«, erwiderte er. »Das gehört zu den ersten Dingen, die man lernt.«

»Dann nennen Sie es eben eine öffentlich-private Partnerschaft. Sie stellen die Regeln auf.«

»Woher weiß ich, dass Sie sich daran halten?«, fragte er.

»Die Basis jeder erfolgreichen Partnerschaft ist Vertrauen. Ich hätte Ihnen Frondutti nicht ausliefern müssen.«

»Das war Ihre Entscheidung, nicht meine Forderung.«

»Das ist keine gute Verhandlungstechnik«, sagte ich. »Sie erzielt keine Erfolge.«

»Welche Technik?«

»Desinteresse. So zu tun, als ob Sie an meinem Angebot nicht interessiert wären, in dem Glauben, es würde mich veranlassen, als Bittsteller aufzutreten, mehr zu verraten, als ich eigentlich wollte, um Ihre Akzeptanz zu erringen. Ihre Akzeptanz schert mich nicht besonders, und Sie sind nicht meine einzige Option. Ich habe Sie wegen Ihrer Arbeit in Connecticut ausgesucht, aber Sie haben Nachfolger, und die stehen noch im Berufsleben.«

Er aß einen Happen von seinem Burger.

»Welche Technik würden Sie vorschlagen?«

»Geben Sie mir etwas. Einen Krümel. Ich brauche nicht viel.«

»Warum ich?«, fragte er. »Wie Sie gesagt haben, bin ich im Ruhestand.«

»Richtig. Was bedeutet, dass Sie mehr Zeit haben, sich auf das Projekt zu konzentrieren. Und vermutlich wissen Sie mehr über die Leute, die ich suche, als jeder aktive Agent. Und Sie sind durch Ihren Sport in hervorragender körperlicher Verfassung. Warum? Damit Sie beim Knöpfedrücken auf der Fernbedienung allein im Wohnzimmer nicht müde werden?«

Er zeigte mit der Gabel auf mich.

»Werden Sie nicht beleidigend«, sagte er. »*Darauf* reagiere *ich* nicht.«

»Doch, tun Sie. Das war der erste aufrichtige Satz, den Sie geäußert haben.«
Er wandte sich wieder seinem Essen zu, diesmal mit auf den Teller gesenktem Blick. Endlich fiel einer Kellnerin auf, dass er einen Tischnachbarn hatte, und sie kam herüber, um meine Bestellung aufzunehmen. Ich bat sie, mir zu bringen, was immer er da trank.
»Sie machen mir sicher keinen Vorwurf, dass ich mich frage, wer zum Teufel Sie eigentlich sind«, sagte er schließlich.
»Ich mache Ihnen auch keinen Vorwurf, dass Sie wie verrückt versuchen, es herauszufinden. Aber mir wäre lieber, Sie würden Ihre Zeit und Energie in die Suche nach Jason Three Sticks stecken. Er ist vielleicht nicht der meistgesuchte Mann der Gegend, aber ich wette, er ist der am schwersten zu fassende. Was haben Sie zu verlieren?«
Er trank gerade sein Bier aus, als meins serviert wurde, aber er bestellte kein zweites.
»Er lebt in Connecticut«, sagte er. »Irgendwo in Fairfield County, obgleich seine Operationen den gesamten Nordosten abdecken. Er hatte im Lauf der Jahre verschiedene Pseudonyme, Austin Ott ist nur das neueste. Auftragsmord ist ein genau umrissenes Produkt, aber er hat auch einige andere Dinge laufen, die das FBI sehr originell als kriminelle Machenschaften bezeichnet. Entführung, Prostitution, Internetbetrug, Geldwäsche. Nicht als Anführer, sondern als Hintermann. Der Typ steht an der Spitze des regionalen Verbrechersyndikats, und zwischen ihm und einer Aktion sind zwei oder drei Sicherheitsebenen eingezogen. Der Unterhalt dieses Systems ist teuer und zeitraubend, aber für ihn lohnt es sich. Lassen Sie sich von dem albernen Namen nicht täuschen. Der Mann ist so bösartig und gnadenlos wie die schlimmsten Vertreter des Gesindels, mit dem er arbeitet.«

Er winkte die Kellnerin heran und bat um die Rechnung für uns beide.
»Mehr wissen Sie nicht?«, fragte ich.
»Nein. Mehr erzähle ich Ihnen nicht. Liefern Sie mir etwas, das ich noch nicht weiß, dann sehen wir weiter.«
Schweigend blieben wir sitzen, während die Kellnerin den Tisch abräumte und das Kreditkartenritual vollzog. Ich trank gemächlich mein Bier. Er zog eine Zeitung aus der Tasche, die beim Kreuzworträtsel aufgefaltet war.
»Das mache ich normalerweise, ehe ich heimfahre. Trinken Sie in Ruhe Ihr Bier aus.«
»Nein, das stimmt nicht. Sie lösen es immer erst zu Hause«, sagte ich, stand auf und verließ das Restaurant mit dem Bier in der Hand, meine Fingerabdrücke und meine DNS nach wie vor in meinem Besitz.

Auf dem Heimweg holte ich den Videoreceiver, da ich davon ausging, dass Shelly nur wenig Zeit brauchen würde, die Kamera auf der anderen Straßenseite zu finden, deren Seriennummer ich weggekratzt hatte. Ich stellte mir vor, wie er eine eigene Kamera installierte, um mich zu filmen, wenn ich meine aus dem Gebüsch barg. Seine Freunde beim FBI würden ihm von dem Empfänger erzählen und vermutlich versuchen, ihn aufzuspüren, indem sie das Signal bis zu mir zurückverfolgten. Aber vielleicht nahm er auch an, dass ich clever genug war, ihnen einen Schritt voraus zu sein, mich mit nichts davon aufzuhalten.
»Tolle Annahme«, sagte ich laut. »Fang gar nicht erst damit an.«

KAPITEL 14

Sie wollen uns 8,6 Millionen zahlen, zwanzig Prozent davon für ein Jahr auf ein Anderkonto, als Reserve für offene Verbindlichkeiten, die Ihnen bei der Kaufprüfung eventuell nicht aufgefallen sind«, berichtete mir Evelyn am nächsten Tag am Telefon. »Das ist eine Menge Geld, Arthur.«

»Was meint Bruce?«

»Er hat mir einen vierstündigen Vortrag über alle Pros und Contras, Erwägungen und Auswirkungen gehalten. Er ist mein Berater, das ist sein Job. Alles in allem meint er, ich wäre verrückt, wenn ich nicht annähme.«

»Das wärst du auch.«

»Aber die Agentur gehört dir«, sagte sie. »Das ist nicht meine Entscheidung.«

Die Agentur war für mich nie etwas anderes gewesen als der Ort, an den Florencia täglich zur Arbeit ging. Rechtlich gemeinsames Eigentum, aber nicht in meiner Vorstellung. Sie gehörte ihr, und sie konnte damit tun und lassen, was sie wollte. Die endgültige Veräußerung war nur eine entfernte Möglichkeit, das Thema wurde von uns nie auch nur andeutungsweise angerissen. Selbst jetzt, im Bewusstsein der Tatsache, dass Florencia nie zurückkehren würde, konnte ich ihre Firma nicht von ihrem physischen Dasein trennen, als ob ein Teil von ihr darin weiterlebte.

»Es fällt mir überraschend schwer, loszulassen«, sagte ich.

»Sie möchten die Antwort innerhalb einer Woche. Ich weiß nicht, ob ich mehr Zeit herausschinden kann, aber ich tue, was immer du möchtest.«

Ich blickte hinüber zu meinem Computer. Das Signal informierte mich, dass Ethan, der Systemadministrator der Versicherung, sich gerade ins System einloggte. Ich stand vor einem interessanten Dilemma. Einerseits gehörte mir die Firma, weshalb das Stehlen der Daten und die Überwachung der Vorgänge nicht illegal waren. Das würde sich allerdings ändern, sobald der Besitz in andere Hände überging. Zumindest was die Spionagesoftware betraf. Andererseits, würde man sich mit dem Vorwurf der Industriespionage aufhalten, wenn die Anklage auf Identitätsdiebstahl und Dokumentenfälschung, ganz zu schweigen von Entführung und Folter, lautete? Ich hatte mich längst entschieden. Haarspalterei war sinnlos.
»Warte noch einen Tag und sag dann ja. Aber sorg dafür, dass Bruce einen erfahrenen Wirtschaftsanwalt beauftragt. Brandt ist nicht naiv. Er bietet dir so viel Geld, um das Geschäft garantiert abschließen zu können. Zum Wohl seines Jungen.«
»Das Geld wird auf dich warten«, sagte Evelyn. »Und sag nicht, du kämst nicht zurück. Ich glaube nicht, dass ich so weitermachen könnte, wenn ich das glauben müsste.«
Darauf wusste ich keine Antwort, deshalb beendete ich das Telefonat mit einem alten Kalauer aus unserer Kindheit, und ihr Lachen machte sie zur Mitverschwörerin dieses Ablenkungsmanövers. Es gab nichts, was wir sonst tun konnten.

Ich wollte Henry Eichenbach genauso ausspähen wie Shelly Gross, aber das stellte sich als Herausforderung heraus. Es fand sich weder eine vergangene noch eine aktuelle Adresse Henrys noch waren Telefonnummern in irgendeiner öffentlichen Datenbank gespeichert. Google spuckte Dutzende von Artikeln mit seinem Verfassernamen aus, aber das war es auch. Die meisten Artikel, darunter die neuesten, stammten aus der *Connecticut Post,* seinem ehemaligen Arbeitgeber. Die

Herausgeberin war eine Frau namens Marion Bertz, die diese Stelle seit Mitte der neunziger Jahre innehatte.
Ich kaufte zwei Wegwerfhandys und schickte eines an Mrs. Bertz mit der Bitte, es an Henry weiterzuleiten. Ich unterschrieb die Nachricht mit »eine vertrauliche Quelle«. Die Nummer des zweiten Handys hatte ich einprogrammiert. Es dauerte nur wenige Stunden, bis er anrief.
»Ich würde gern noch einmal mit Ihnen reden«, erklärte ich.
»Klar. Es war in letzter Zeit recht einsam. Ich vermisse unsere alten Zeiten auf der Bank am Long-Island-Sund.«
»Das ist keine gute Idee. Ich sag Ihnen, was wir machen«, erwiderte ich und erläuterte ihm dann den Plan.
»Ganz schön James-Bondig«, meinte er, als ich fertig war.
»Interessante Aussage von einem Mann, der jeden Beweis seiner Existenz aus dem Internet gelöscht hat.«
»Meine Privatsphäre ist mir eben wichtig.«
»Benutzen Sie die Uhr des Handys. Sie läuft höchstwahrscheinlich synchron mit meiner.«
Nachdem ich aufgelegt hatte, verbrachte ich den Rest des Tages mit Grundlagenforschung und meinem Äußeren, wobei ich versuchte, genauso auszusehen wie bei meinem Treffen mit Henry, das unglücklicherweise mein erster Versuch und deshalb ziemlich laienhaft gewesen war.
Nach Anbruch der Dunkelheit verließ ich das Haus in einem Mietwagen, der noch von der Beschattung von Shelly Gross übrig war. Er war so unauffällig, dass ich einen Blick auf die Quittung des Verleihs werfen musste, um zu erfahren, dass es sich um einen Hyundai handelte. Nicht dass es darauf ankam. Er fuhr sich angenehm und erfüllte seinen Zweck.
Während einer meiner allgemeinen Erkundungsfahrten hatte ich die Restaurants und Bars in der Nähe ausgemacht, deren Toiletten dicht an den Hinterausgängen lagen. Das Lokal, das

ich an diesem Abend wählte, war bei weitem das beste, eine Kneipe, deren Herrentoilette nur wenige Meter von einer Tür entfernt lag, die zu einem Parkplatz an der Straße dahinter führte. Es schien wenig wahrscheinlich, dass die Polizei oder das FBI Henry nur auf Basis einer wenig glaubhaften Geschichte über einen anonymen Charakter, der ganz allein einen berüchtigten Flüchtling aufgespürt hatte, beschattete. Aber ich konnte nicht alles wissen, und es gab keinen Grund, dieses Risiko einzugehen, wenn ich einfache Vorsichtsmaßnahmen ergreifen konnte.

Aber keine Vorsichtsmaßnahme konnte mich schützen, falls Henry beschloss, mich an die Bullen zu verraten; dagegen war ich machtlos. Ich traute ihm nicht sonderlich, aber ich vertraute auf seinen professionellen Ehrgeiz und seinen journalistischen Stolz.

Weit genug, um die Chance zu ergreifen.

Während ich auf dem Parkplatz wartete, stellte ich mir vor, wie Henry vom Barhocker glitt, wobei er ein halbleeres Bier und genug Bargeld auf der Theke zurückließ, um seine Zeche zu begleichen. Ich sah, wie er den engen Flur an der Damentoilette vorüber zu den Herren ging, die Tür öffnete, um die Sicht ans Ende des Flurs zu versperren, und dann auf den hinteren Parkplatz schlenderte. Ich war schon unterwegs, als sich die Tür öffnete und er heraustrat, deshalb dauerte es nur ein paar Sekunden, ihn einzusammeln und in der Nacht zu verschwinden.

»Ich werde sehr ärgerlich, wenn das ein Überfall ist«, sagte er, während er sich anschnallte.

»War ich noch gar nicht drauf gekommen. Sollte es?«

»Haha. Sie geb ich auf gar keinen Fall auf, Kumpel. Macht viel zu viel Spaß. Aber ein Name wäre trotzdem nett.«

»Peabody muss reichen.«

Am Ende des Blocks schaltete ich die Scheinwerfer ein und tauchte tief in das labyrinthische Straßensystem Stamfords ein. Soweit ich erkennen konnte, wurden wir nicht verfolgt.

»Ich bin immer noch völlig begeistert von der großen Nummer über Frondutti. Ich bin dankbar, das gebe ich zu. Ich habe Shelly versprochen, dass ich sie unter Verschluss halte, bis seine alte Firma mit der Befragung des unheimlichen alten Mistkerls durch ist, aber wenigstens vier Wochen, was immer zuerst kommt. Ich brauche sowieso Zeit, um den Artikel unterzubringen. Ich hoffe, dass die *Times* anbeißt, obwohl die was gegen Sachen aus Connecticut haben. Haben sich auf dem College wohl zu oft einen auf John Cheever runtergeholt. Meine Interpretation lautet Häuserneid, obwohl, wenn sie ihre kostbaren Ärsche jemals aus der Stadt schaffen würden, könnte ich ihnen einige der Rattenlöcher von Bridgeport zeigen, neben denen Bed-Stuy wie der Botanische Garten wirkt.«

»Was wissen Sie über Austin Ott den Dritten?«, fragte ich.

»Wow, schnell nach links, ohne zu blinken. Three Sticks? Was wollen Sie wissen?«

»Alles.«

»Das ist aber schade, weil niemand etwas weiß. Verglichen mit Three Sticks hat Sebbie geradezu im Schaufenster von Macy's gewohnt. Ehrlich gesagt bin ich nicht mal ganz sicher, ob er eine echte Person ist. Kriminelle stricken genauso gern Legenden wie gewöhnliche Sterbliche. Vielleicht noch lieber.«

»Das ist okay. Ich muss es wissen, so oder so.«

Henry wuchtete seinen Hintern auf dem Beifahrersitz herum, wodurch das Fahrzeug leicht ins Schwanken geriet. Ich benutzte das Navi in meinem Smartphone, um zurück auf eine große Einkaufsstraße entlang der Route One zu gelangen, wo ich nach einer Stelle zum Halten suchte.

»Was machen wir jetzt?«, fragte er.
»Burger und Bier.«
»Das sind die beiden Dinge auf der Welt, von denen ich am meisten verstehe. Wenn dann noch ein Spiel läuft, wär es der absolute Hattrick.«
Nicht lange danach fanden wir alle drei vor uns, und Henry glühte geradezu vor Zufriedenheit.
»Ich darf Ihnen ohne Einschränkung versichern«, sagte er, während er von seinem gigantischen Burger abbiss, aus dem die Beilagen zurück auf den Teller purzelten, »dass noch keine meiner vertraulichen Quellen ein ähnliches Niveau der Großzügigkeit erreicht hat. Aber erwarten Sie keine Sonderbehandlung. Okay, vielleicht ein bisschen.«
Ich ließ ihn eine Weile schwelgen, dann fragte ich: »Wer ist der nächste Sebbie?«
»Wie bitte?«
»Wer ist wichtigste Figur im organisierten Verbrechen Connecticuts, die gegenwärtig nicht im Gefängnis sitzt?«
»Das fragen Sie mich? Das sollte ich Sie fragen.«
»Ich kenne die Antwort nicht. Ich habe mit Google Nachforschungen angestellt, aber ich brauche größere Gewissheit.«
Er behielt mich im Blick, während er den letzten Bissen seines Burgers mit dem Bier herunterspülte.
»Ich würde wirklich zu gern Ihre Geschichte kennen«, sagte er.
»Nennen Sie mir einen Namen«, sagte ich. »Das hat beim letzten Mal funktioniert, vielleicht tut es das wieder.«
»Wenn Sie nicht an Märchen wie diesen Ott glauben, wäre der beste Kandidat meiner unbescheidenen Meinung nach Ekrem Boyanov. Während des Krieges wurde er mit seiner Organisation aus Bosnien vertrieben. Man nennt ihn Little Boy. Er arbeitet vom South End in Hartford aus, wo er und seine Bosnier

passenderweise die alten italienischen Viertel übernehmen. Ich habe nicht viel über ihn gearbeitet, was vermutlich ziemlich klug war. Ich glaube nicht, dass Typen aus diesem Teil der Erde denselben Respekt vor der vierten Macht haben, den uns unsere traditionellen südländischen Profis entgegenbringen.«

Ich konnte mich an den Namen von meiner Suche nach Sebbie Frondutti erinnern. In der Presse stand nur wenig über ihn, was für seinen Erfolg im Vermeiden unerwünschter Aufmerksamkeit sprach. Ich machte eine dementsprechende Bemerkung.

»Sicher, er ist nicht nur furchteinflößend, er ist auch gut. Die Bande beschäftigt sich mit dem ganzen üblichen Kram: Drogen, Mädchen, Blumentöpfe. War ein Scherz. Erpressung, Körperverletzung, schwerer Diebstahl – Ausräumen von Lagerhäusern, Kapern von Schnaps- und Zigarettentransporten. Ich weiß nicht, ob sie technisch versiert genug für Cyberkriminalität sind, aber es würde mich nicht wundern. Sie müssen es hier einfach toll finden. Das Land der unbegrenzten Möglichkeiten.«

Ich gab ihm noch ein Bier aus und erzählte ihm von meiner Begegnung mit Shelly, allerdings ohne ins Detail zu gehen.

»Er wird vermutlich wieder mit Ihnen reden wollen«, sagte ich. »Und es liegt durchaus im Bereich des Möglichen, dass man Sie im Auge behält.«

»Deshalb die Nummer mit der Hintertür.«

»Sollte einem Paranoiker wie Ihnen doch einleuchten.«

»Nur weil man paranoid ist, bedeutet das nicht, dass man keine Feinde hat«, sagte er und stieß mit seinem Bierkrug an meinem Wasserglas an.

Eine Stunde später ließ ich ihn an einem anderen Parkplatz in der Nähe der Bar aussteigen, von der ich ihn abgeholt hatte. Ich dankte ihm für den Tipp.

»Ich würde echt verdammt gern Ihre Geschichte kennen«, sagte er, nachdem er die Beifahrertür geöffnet hatte.
»Ganz natürlich für einen Reporter«, antwortete ich. »Aber tun Sie uns beiden einen Gefallen und konzentrieren Sie sich auf jemand anderen.«
»Solche Sprüche bringen mich immer dazu, mir noch mehr Mühe zu geben«, sagte er und stieg aus.
Ich wartete, bis er die Straße erreicht hatte und um die Ecke verschwunden war, ehe ich zurück nach Hause fuhr. Auf der Fahrt widerstand ich dem Drang, alle dreißig Sekunden in den Rückspiegel zu schauen, und grübelte über eines der Themen des Abends nach: Wo verläuft die Grenze zwischen Paranoia und Vorsicht?

Falls man von einer Suchmaschine nicht gefunden werden will, sollte man sich einen Namen wie John Smith zulegen, nicht Ekrem Boyanov. Innerhalb weniger Sekunden hatte ich seine Adresse in der Franklin Avenue in South End in Hartford und eine private Telefonnummer. Als sein Beruf war Steinmetz angegeben, und er hatte eine Frau und zwei Kinder. Sonst fand sich nicht viel. Er hatte einmal wegen angeblichen Diebstahls schwerer Maschinen von einer Baustelle vor Gericht gestanden, aber das Verfahren war aus Mangel an Beweisen eingestellt worden. Als er verhaftet wurde, sprach man in der bosnischen Gemeinde voller Schrecken von polizeilicher Verfolgung, eine Anklage, die von der Führung und der Polizei vehement zurückgewiesen wurde.
Dennoch erschien Little Boys Name ein paarmal auf Listen bedeutender Gestalten der Unterwelt Connecticuts sowie in einem Memo aus Shellys alter Firma, das dem *Hartford Courant* zugespielt wurde. Die Frage war, ob sie genug gegen Boyanov hatten, um ein Ausweisungsverfahren anzustrengen,

was später verneint wurde, insbesondere angesichts seines Status als politischer Flüchtling. Wieder spielte bei dieser Entscheidung eine robuste Verteidigung durch die Sprecher der Gemeinde eine Rolle, da der Staatsanwalt negative Presse befürchtete. Der Autor des Memos notierte, dass Little Boy seine illegalen Aktivitäten niemals gegen andere Bosnier richtete, eine Ansicht, die im Endeffekt genau die negative Presse verursachte, die man zu vermeiden gehofft hatte.

Die nächsten drei Tage verbrachte ich tief im fröhlichen Reich der Internetrecherche. Und obgleich ich nahezu überzeugt war, dass es nichts gab, was man nicht online erfahren konnte, dauerte es bis zum dritten Tag, das richtige strategische Vehikel zu finden.

Ein fahrender Imbiss namens »Futter auf Rädern«.

Er gehörte Billy Romero, einem Mann, der reges Interesse äußerte, sein Geschäft zu verkaufen, damit er nach Florida ziehen und so seiner Frau und nicht zuletzt sich selbst einen lebenslangen Traum erfüllen konnte. Er wies ausdrücklich darauf hin, dass der vernünftige Preis für den Truck und den nicht verderblichen Warenbestand nur der Anfang war. Der echte Wert lag in der Strecke, die er in vielen Jahren intensiven Wettbewerbs und Verhandlungen mit den größten Betrieben im Großbereich Hartford aufgebaut hatte.

Ich stimmte ihm zu, obgleich ich nicht auf den ersten Preis einging, den er bei meinem Anruf auf seinem Handy nannte.

»Tut mir leid, Mann«, sagte er, nachdem ich ihm eine Summe genannt hatte. »Da muss mehr für uns drin sein. Häuser in Florida sind nicht billig.«

»Ich hab den Truck noch nicht gesehen«, sagte ich.

»Der Truck ist wie neu. Aber darauf kommt es sowieso nicht an. Du kaufst die Strecke.«

Wir spielten den Ball noch ein paarmal hin und her, bis ich mich schließlich auf einen vom Zustand des Trucks abhängigen Preis einließ. Wir verabredeten Zeit und Ort eines Treffens.

Ich schrieb Evelyn und bat sie, das Geld auf eines meiner Konten zu überweisen, wobei ich versprach, ihr alles zu erklären, sobald ich Gelegenheit dazu hatte. Dann packte ich eine Reisetasche, füllte den Outback mit Kartons voller Elektronik und fuhr nach Hartford.

Ich war häufig genug in Hartford gewesen, um mich einigermaßen orientieren zu können. Die Stadt selbst war eine Ansammlung dicht zusammengedrängter Bürogebäude, umgeben von größtenteils armen afro- und hispanischamerikanischen Siedlungen. Am anderen Ufer des Connecticut River stand das Arbeiterviertel East Hartford. West Hartford war vorwiegend wohlhabend, obwohl entlang der Grenze zur Innenstadt mehrere Blocks mit Mietwohnungen standen.

Dorthin fuhr ich als Erstes.

Zwei der Wohnungen hatten entweder zu viele Treppen oder nicht genug Parkplätze für Outback und Truck. Eine dritte war abgeschlossen, aber ein Kind im Erdgeschoss jaulte sich durch eine furchtbare Wiedergabe von »Foxy Lady«. Die Wohnungsmaklerin quälte sich ein Lächeln ab, und wir zogen weiter.

Der vierte Halt war ein gewöhnliches Haus mit einer Altenwohnung über der Garage. Es gab jede Menge Parkplätze und einen kleinen, privat geführten Lebensmittelladen – was man in New York eine Bodega nannte – in Laufweite. Die Wohnung hatte zwei Schlafzimmer, von denen ich eines für den Computer nutzen konnte. Die Maklerin warnte mich, dass die Miete ein wenig über meinem Budget liege, aber sie hatte gewusst, dass sie mir gefallen würde. Deshalb hatten wir sie auch als letzte besichtigt.

Sie bestätigte, dass einer der Garagenplätze verfügbar wäre, allerdings für weitere hundert Dollar pro Monat. Ich schrieb ihr einen Scheck über die Kaution und sechs Monatsmieten im Voraus aus. Sie sah mich an, als hätte ich sie betrogen.

»Auf der anderen Seite der Farmington Avenue sind noch ein paar schönere Wohnungen«, sagte sie hoffnungsvoll.

»Diese reicht.«

Ich hatte bereits meinen Computer samt der kompletten Ausstattung aufgebaut, meine wachsende Garderobe ausgepackt und eine Einkaufsliste erstellt, als jemand an die Tür klopfte. Es war eine kleine Frau, dunkelhäutig und drahtig. Sie streckte mir die Hand entgegen.

»Ich bin Louisa Colon-Cordero, die Besitzerin dieses kleinen Hauses.«

»Ich heiße Alex Rimes«, sagte ich und gab ihr die Hand. »Der glückliche Mieter dieses kleinen Hauses.«

»Ich wünsche keinen Lärm, keine verrückten Partys, keinen Ärger, bei dem die Polizei kommen muss«, sagte sie. »Die Leute von der Maklerfirma wollten nicht, dass ich das sage, aber ich finde, man sollte die Regeln gleich von Anfang an festlegen.«

»Das wünsche ich auch. Ich hoffe, Sie nehmen Rücksicht auf meine Wünsche«, erwiderte ich auf Spanisch.

Sie wirkte verwirrt, aber dann blitzte ein Lächeln auf, das zu breit für ihr Gesicht schien.

»Guter Witz«, sagte sie auf Englisch. »Wir werden uns gut vertragen.«

»Ich spreche nur Kastilisch.«

»Mein Vater war Biologieprofessor«, sagte sie in kastilischem Spanisch und rang um die richtigen Wörter und deren Betonung. »Zu uns nach Hause kamen oft Leute aus Spanien. Mein Großvater ritt während der mexikanischen Revolution ein weißes Pferd«, fügte sie, vermutlich aus Gewohnheit, hinzu. »Er hat es aus Spanien mitgebracht. Auf einem Schiff. Er besaß eine Ranch, aber er hat sie dem Volk geschenkt. Solche Leute gehören zu meiner Familie. Zu schade, dass Marcelino, mein Mann, so eifersüchtig auf sie war. Er ist unglücklich gestorben. Hat mir das Haus hinterlassen.« Sie machte eine ausholende Geste, als wollte sie damit ihr Glück umschreiben und feiern, das sie trotz des Eintritts schwerer Schicksalsschläge hatte.

Ich dankte ihr erneut für das Privileg, ihr kleines Haus mieten zu dürfen, dessen Charme und Sauberkeit sie nicht genug rühmen konnte, und dann verließ sie mich, widerstrebend, wie es schien, ungeachtet ihrer verkündeten Achtung vor meiner Privatsphäre.

Señora Colon-Corderos Stolz auf ihre Wohnung war gerechtfertigt: Sie war wirklich bezaubernd und gemütlich. Nach den Monaten in diversen Unterkünften fiel mir das besonders auf. Ich fragte mich, was es bedeutete – ob sich meine Gesundheit besserte oder ich einfach stärker auf meine Umgebung achtete.

Wie auch immer, es war mir egal. Ich hatte zu tun.

Billy Romero stand zu seinem Wort. Der Truck und die Ausstattung waren in perfektem Zustand. Jede Oberfläche funkelte vor Sauberkeit, und die Kabine war wie ein gemütliches Wohnzimmer.

Billy selbst war genauso ordentlich. Klein, gut beieinander und rotzig.

»Und, was hattest du gedacht?«, sagte er ohne ersichtlichen Grund. »Dass es eine Scheißkarre ist, oder?«

»Das habe ich nie gedacht«, erwiderte ich. »Und das denke ich auch jetzt nicht.«

Meine Antwort stellte ihn nicht völlig zufrieden. Billys Vertrauen musste man sich anscheinend schwer verdienen.
»Okay, was musst du sonst noch wissen?«
Ich fragte nach der Strecke und den Genehmigungen der verschiedenen Betriebe und Baustellen. Er zog ein iPad aus dem Gürtel und wischte mit den Fingern über den Bildschirm. Dann streckte er mir eine Excel-Datei entgegen.
»Alles hier drin«, sagte er. »Lies es in Ruhe durch.«
Alle Routen, Adressen, Ankunfts- und Abfahrtszeiten, die Namen und Geburtstage der Wachleute – ein komplettes Dossier, elegant angelegt in einer Reihe von Formularen, genau wie angekündigt.
»Haste bei einem Blödmann nicht vermutet, eh?«, knurrte er. »Ich hab einen Abschluss in Rechnungswesen. Hab's ein paar Jahre probiert, aber ich hasse die Schreibtischhockerei. Außerdem bin ich ein geselliger Typ. Die Interaktion mit Leuten, deren Bücher ich prüfe, ist nicht ganz das, was ich mir vorstelle.«
»Ich stelle niemals Vermutungen über Leute an. Anders als Sie jetzt gerade«, sagte ich so leichthin wie möglich.
Er lächelte.
»Touché. Was mich, wenn du gestattest, zu der Frage führt, warum du dich für dieses Geschäft interessierst?«
»Ich kann der Schreibtischhockerei auch nichts abgewinnen. Ich bin nicht besonders gesellig, aber sehr höflich.«
Von da an feilschten wir noch ein wenig sinnlos herum und einigten uns schließlich auf eine Summe, mit der wir beide leben konnten. Obwohl er versuchte, es zu verbergen, wirkte Billy mit jedem Schritt glücklicher.
»Es ist harte Arbeit«, sagte er. »Nur damit du das weißt. Rein und raus aus dem Truck, Donuts und Sandwichs herumwuchten, Kaffee ausschenken. Und die ganze Zeit mit den Kunden plauschen. Es gibt eine Menge Baustellen, und du konkur-

rierst mit anderen Imbisstrucks. Da darfst du kein verkniffenes Arschloch sein und die Leute wegekeln, egal wie dir gerade zumute ist.«

Eine weitere Stunde brachte er damit zu, mich mit den Kniffen des Geschäfts vertraut zu machen, bis er sich schließlich in oft erzählten Anekdoten verlor, denen ich genauso aufmerksam lauschte. Als Forscher wusste ich, dass darin einige der wertvollsten Informationen enthüllt wurden.

»So, Collingsworth Mashine Tools & Metals. Die Wachleute müssen ziemlich scharf sein«, sagte ich.

Er verzog das Gesicht.

»Scharf? Die horten mehr Gold als Fort Knox. Aber sobald du drin bist, ist es keine große Sache.«

»Der Hintergrund wird nicht durchleuchtet?«

Er sah mich wachsam an.

»Hast du denn Leichen im Keller?«, fragte er.

»So in der Art.«

Er zuckte die Achseln.

»Haben wir das nicht alle. Nein, Fritteusenjockeys werden nicht durchleuchtet. Wir kommen ja nie weiter als bis zum Parkplatz.«

Nicht lange danach verabredeten wir Ort und Zeitpunkt der Übergabe. Billy hatte inzwischen seine Feindseligkeit überwunden und gab sich geradezu jovial.

»He, willst du was trinken gehen?«, fragte er. »Den Beginn deines neuen Lebens feiern?«

Ich zitierte den Eid der Anonymen Alkoholiker, verwies auf meine frühe Schlafenszeit und lehnte ab. Er respektierte meine Entscheidung.

»Das respektiere ich, Mann. Du bist integer. Das wird dir in der Imbissbranche nützen.«

Wir trennten uns in einer Wolke gegenseitigen Wohlwollens.

KAPITEL 15

Den größten Teil dieses Abends arbeitete ich mit Evelyn zusammen an Geldtransfers, recherchierte die verschiedenen Industriebetriebe, die von »Futter auf Rädern« angefahren wurden, und las Rezepte für fahrende Imbissbuden. Ich war nie ein großer Koch gewesen, das hatte ich Florencia überlassen, der Tochter politischer Flüchtlinge aus Chile, die außerdem leidenschaftliche Feinschmecker waren. Aber das hier wirkte nicht besonders schwer. Strategische Vorratshaltung war die Hauptzutat und Kaffee die treibende Kraft.

Wie abgemacht, fuhr Billy Romero ein paar Tage mit mir herum, zeigte mir, wo ich parken sollte, und stellte mich den Leuten vor. Die Arbeit war anstrengend, aber zu bewältigen. Das größte Problem war das Wechselgeld, das ich mit einem Taschenrechner ausrechnete, was mir Romeros leichte Verachtung eintrug. Ich versicherte ihm, ich würde durch die Übung bald besser, was stimmte, da mein Hirn fortfuhr, sich neu zu verdrahten.

Als ich erst einmal allein war, entwickelte ich rasch eine stetige Routine, die nur vom Wetter unterbrochen wurde, das mich mit einer Reihe von Schneestürmen überraschte. Das war ein Anzeichen für meine vollkommene Gleichgültigkeit gegenüber äußeren Umständen. Ich erkannte den geistigen Zustand wieder: Damals, in meinem früheren Leben, hatte ich mich oft selbst vergessen, wenn ich mit einem Projekt oder einer geistigen Übung beschäftigt war. In diesem Leben nahm ich so wenig von meiner Umwelt wahr, dass ein Vulkan in der

Innenstadt von Hartford hätte ausbrechen können, ohne dass es mir aufgefallen wäre. Trotz der Minustemperaturen machte ich mich häufig in Hemdsärmeln auf den Weg oder fand mich plötzlich im Regen wieder, ohne Mütze und bis auf die Knochen durchnässt.

Ich hatte keine Ahnung, was in der Welt vor sich ging. Weder las noch hörte ich Nachrichten, achtete auf Werbung oder blieb jemals auf einer Website hängen, die nichts mit meiner momentanen Aufgabe zu tun hatte.

Dass ich nicht vollkommen in meiner Besessenheit aufging, verdankte sich regelmäßigen Fahrten nach Süden, um mit Natsumi essen zu gehen. Seltsamerweise wuchs mit jeder Begegnung mein Bedürfnis, ihr mehr und mehr von mir zu erzählen. Als würde sich mein Verstand in zwei Teile spalten – den Eremiten und den Bekenner.

Natsumis Beobachtungsgabe trug dazu bei.

»Du gibst dir sehr viel Mühe, mich zum Mittelpunkt unserer Gespräche zu machen«, sagte sie eines Abends. »Was ich heute gemacht habe, wie es meiner Mutter geht, wie ich über die politische Lage denke. Mir gefällt diese Aufmerksamkeit. Du machst das sehr gut. Aber von dir höre ich nur winzige Häppchen, ehe du hastig das Thema wechselst. Übrigens sehr geschickt, sollte ich wohl sagen.«

»Mein Leben ist nicht besonders interessant«, sagte ich.

»Das zu beurteilen, solltest du lieber mir überlassen. Und außerdem sagen das die Leute immer, wenn sie einem nichts über sich verraten wollen.«

»Woher weißt du das? Kennst du so viele von diesen Leuten?«

»Siehst du? So machst du das. Sehr gerissen. Aber mach dir nichts draus. Ich mag dich trotzdem.«

»Ja? Wie interessant.«

»Deine Frau fehlt dir unheimlich«, stellte sie nüchtern fest. »Wie hieß sie?«
Ich spürte ein Reißen in der Brust, eine Reaktion auf die unheilige Mischung aus Kummer, Paranoia, Schuldgefühlen und Reue.
»Ich kann dir ihren Namen nicht sagen«, antwortete ich.
Sie streckte den Arm über den Tisch und nahm meine Hand. »Du willst dir nichts ausdenken. Aber ihren echten Namen darfst du mir nicht sagen. Weil ich dann weiß, wer du in Wirklichkeit bist.«
»Ich bin John Oswald.«
»Nein, das bist du nicht. Es gibt in ganz Connecticut niemanden namens John Oswald, der so aussieht oder so klingt wie du.« Ich versuchte, meine Hand wegzuziehen, aber sie hielt sie fest. »Bela Chalupnik ist verschwunden. Der Typ vom Sicherheitsdienst, mit dem wir in der Bar gesprochen haben, hat das in der Personalabteilung gemeldet, und Ron Irving hat mich in sein Büro bestellt, um mir Fragen über dich zu stellen. Meine Freundin hat ihm verraten, dass sie mir Belas Foto geschickt hat. Sie ist jetzt nicht mehr meine Freundin, wie du dir denken kannst.«
Ich erwiderte den Druck ihrer Hand.
»Was hast du Irving gesagt?«
»Dass ich dich an dem Abend im Sail Inn kennengelernt und danach nie wiedergesehen habe. Deshalb wollte ich mich heute mit dir in Old Saybrook treffen. Und deshalb habe ich versucht, dich im Internet zu finden.«
»Warum hast du ihm nicht die Wahrheit gesagt?«, fragte ich.
»Welche Wahrheit? Ich kenne die Wahrheit nicht«, sagte sie und schaffte es irgendwie, nicht anklagend zu klingen. »Aber ehrlich, ich treffe mich gern mit dir, auch ohne zu versuchen, dich zum Sprechen zu bringen. Es ist okay, ich wollte nur einfach

nicht, dass du glaubst, ich wäre zu blöd, um zu merken, dass du vermutlich nicht derjenige bist, der du zu sein behauptest.«

»Du bist alles andere als blöd«, sagte ich, während ich mich zurücklehnte und meinen Teller zur Seite schob.

»Es würde mich allerdings nicht stören«, meinte sie, »wenn du mir ein bisschen verraten würdest. Frauen mögen es nicht, wenn Männer sich nicht öffnen.«

»Hast du das in deinen Psychologiekursen gelernt?«

»Nein, das lernen wir von Geburt an von unseren Müttern. Übrigens, die Abschlussprüfungen sind nächste Woche. Wenn ich die dicke Arbeit abgeschlossen habe, habe ich meinen Titel.«

An diesem Punkt demonstrierte ich erneut mein Talent für Ablenkungsmanöver oder eher ihre Bereitschaft, sich ablenken zu lassen, indem ich mit ihr über Psychologie plauderte. Und so verlief der weitere Abend in einvernehmlicher Stimmung und endete wie immer auf dem Parkplatz, wohin ich sie zu ihrem Auto begleitet hatte. Sie öffnete den Wagen mit der Fernbedienung, und ich hielt ihr die Fahrertür auf.

Ehe sie einstieg, umfasste sie mein Gesicht mit beiden Händen und zog mich zu sich heran.

»Eines Tages musst du mich zu dir nach Hause einladen«, sagte sie beinah flüsternd. »Betrachte das als Anreiz.«

Und dann fuhr sie davon und ließ mich in einem Wust wirrer Gefühle zurück.

Collingsworth Machine Tools & Metals war 1854 gegründet worden und deshalb in Hartford etabliert, ein schlichter Betrieb, der großen Wert auf Langlebigkeit legte. Ursprünglich eine große Schmelzhütte, hatte er sich im Lauf der Jahre weiterentwickelt, nach und nach den Maschinenbau eingestellt und sich auf Recycling verlegt, insbesondere von exotischen

Metallen. Im ausgehenden zwanzigsten Jahrhundert vollzogen sie den logischen Übergang und konzentrierten sich auf das Scheiden von Edelmetallen aus Elektronikschrott, was letztendlich zu ihrem Kerngeschäft wurde.

Die CMT & M in West Hartford war nicht nur der lukrativste Halt auf meiner Tour, sondern auch der, an dem ich unbedingt meine Zeit verbringen wollte. Billy Romeros Imbiss auf dem Parkplatz war zur Kaffee- und Kuchen-Pause um 16 Uhr immer ein beliebter Anlaufpunkt gewesen, weshalb die Belegschaft sich freute, dass Billy zu verlieren keine Unterbrechung des Service nach sich zog. Nachdem diese Angst beschwichtigt war, hatte ich keine Mühe, Anschluss zu finden. Billy freute sich sehr darüber, da er überzeugt war, dass jeder persönliche Konflikt das Konzept ruinierte, eine Situation, die er ängstlich zu vermeiden suchte.

»Du kannst mit Leuten umgehen«, sagte er zu mir. »In der Truck-Gastronomie der Schlüssel zum Erfolg. Es gibt jede Menge Unterschiede, was die Qualität von Essen und Getränken angeht, aber wenn die persönliche Note fehlt, hilft alles nichts.«

Und so hatte ich nach zwei Wochen des Verkaufs von Sandwichs, Donuts und Kaffee angefangen zu lernen, wie die Leute bei CMT & M hießen und welche Funktion sie in der Firma hatten. Besonders interessant fand ich einen Mann namens Leo Dunlop, der das Rechnungswesen leitete.

»Das bewundere ich«, versicherte ich ihm. »Wenn jemand mit Zahlen arbeiten kann. Ist nicht mein Ding.«

»Meins schon«, sagte Leo. »Hab noch nie eine Zahl gesehen, die mir nicht gefallen hätte.«

»Außerdem könnte ich auch nicht Tag für Tag am selben Platz sitzen«, fuhr ich fort, nachdem ich ihm Kaffee eingeschenkt hatte. »Man könnte sagen, ich bin eher eine Art Rumtreiber.«

»Heutzutage kann man überall arbeiten«, meinte er. »Besorg dir ’n Laptop, und die Reise beginnt.«
Ich tat desinteressiert, weshalb Leo keine Ahnung hatte, dass mich nichts mehr interessierte als er.

Ich wohnte seit einem Monat in Hartford, als Evelyn anrief, um mir zu sagen, dass der Verkauf von Florencias Agentur nur noch eine Unterschrift weit entfernt war.
»Ich glaube, ich kann es nicht länger aufschieben, ohne das Geschäft platzen zu lassen«, sagte sie. »Was meinst du?«
»Zieh es durch. Sie sollen das Geld auf ein Online-Konto überweisen, das du mit dem Laptop einrichtest, den ich dir schicke. Einen Rücksendeaufkleber lege ich dazu. Wenn du das Login eingerichtet hast, schickst du den Laptop an mich zurück. Danach nimmst du deinen Mac, um dich einzuloggen, dadurch sind beide Mac-Adressen unter deinem Namen registriert. Erschreck dich nicht, wenn es eine Reihe von Kontobewegungen gibt.«
»Es ist dein Geld, Arthur.«
Wir unterhielten uns noch eine Weile, hauptsächlich über meinen körperlichen Zustand, der sich merklich gebessert hatte, seit ich einen Food Truck betrieb. Selbst meine rechnerischen Fähigkeiten waren so weit gediehen, dass ich auf den Taschenrechner verzichten konnte. Und ich begann meine Schinken- und Käse-Croissants allmählich lecker zu finden. Ich gab Evelyn eine allgemeine Übersicht, ließ die Einzelheiten aber aus.
»Ich wünschte, ich könnte dir sagen, dass die Polizei mit den Ermittlungen weitergekommen ist. Mr. Maddox meldet sich regelmäßig, aber das ist auch alles.«
Ich bat sie, den Kontakt zu ihm nicht einschlafen zu lassen, einfach nur, weil dieser Kontakt eines Tages gelegen kommen

könnte. Ich warnte sie, dies nicht als optimistische Vorhersage zu interpretieren.

»Ich bin keine große Optimistin, Arthur, außer in dieser Angelegenheit. Ich glaube ganz fest, dass ich dich eines Tages wiedersehen werde, und zwar so, wie du früher warst.«

»Ich werde nie mehr so sein wie früher«, sagte ich, fügte aber rasch hinzu: »Aber vielleicht gefällt dir die neue Version ja besser.«

Ehe ich den Laptop abschickte, verwendete ich als zusätzliche Vorsichtsmaßnahme einen meiner ungenutzten Namen, um in einem der UPS-Läden ein Postfach einzurichten. Eine Woche später hatte ich ihn wieder und wurde dadurch zum einzigen wohlhabenden unabhängigen Food-Truck-Betreiber im Gebiet von Greater Hartford.

Ich musste nur eine Woche warten, ehe das Glück mir erneut zulachte. Ich servierte gerade Sandwichs und Soda und schenkte Kaffee aus, als ich Leo Dunlop in der Schlange sah, eine Laptop-Tasche über die Schulter gehängt. Ehe ich ihm seinen üblichen großen Eiskaffee reichte, streute ich einen speziellen Süßstoff aus einem speziellen, lange für diesen Zweck aufbewahrten Päckchen hinein.

Wie meine Recherche vorhergesagt hatte, trat die Reaktion beinah augenblicklich ein.

»Himmel«, stöhnte er und stolperte gegen die wartende Schlange.

»Alles in Ordnung, Leo?«, fragte die Frau hinter ihm.

»Keine Ahnung«, sagte er. »Mir ist schwindlig.«

Er begann schwer zu atmen und ging in die Knie. Ich kauerte mich neben ihn, hielt seine Schulter und nahm ihm den Eiskaffee ab. Er zitterte.

»Meine Arme werden taub. Jesus.«

»Wir brauchen einen Krankenwagen«, rief ich.
»Ich rufe einen«, brüllte eine Frau mit einem Smartphone. Als alle Blicke zu ihr hinüberwanderten, stach ich eine Spritze in Leos Seite und drückte zu. Wenige Augenblicke später stürzte er vollständig zu Boden, die Hände in die Brust gekrallt. Seine Augen waren weit aufgerissen, und Speichel tropfte aus seinem Mund.
»Schmerzen in der Brust. Ich glaube, ich habe einen verdammten Herzinfarkt«, krächzte er.
Ich blickte zu der Anruferin hinüber, die mit hoch in die Luft erhobener Hand die Adresse brüllte. Während alle Blicke auf ihr ruhten, schnappte ich mir die Laptop-Tasche und schob sie in eine Spalte neben der Obstauslage direkt hinter der Fahrerkabine.
Dann wartete ich auf einen Protest oder Warnschrei, aber die Menge hatte sich um Leo versammelt und redete beruhigend und ermutigend auf ihn ein. Leo wollte nichts davon hören.
»Ich glaube, ich sterbe. Jemand soll meine Frau anrufen«, stöhnte er und warf sein Handy auf das Pflaster. »Sie ist in der Kurzwahl.«
Alle wurden etwas ruhiger, während eine Frau die Nummer wählte. Es gab einiges Hin und Her, dann brüllte sie: »Welches Krankenhaus?«
»UConn«, rief die andere Anruferin zurück.
Wir konnten nicht viel mehr tun, als zu warten und Leo mit gutgemeinten Fragen und Mitleidsbekundungen zu quälen. Währenddessen gelang es mir, Getränke und Essen an die Unglücklichen zu verteilen, die hinter Leo in der Schlange gestanden hatten. Alle sprachen leise und wirkten vage schuldbewusst, doch niemand ging davon aus, dass die Situation es erforderte zu hungern. Trotzdem war ich froh, dass niemand sagte: »Leo hätte es so gewollt.«

Der Krankenwagen kam kurz darauf, und nachdem sie den aschegrauen Patienten mitgenommen hatten, leerte sich der Parkplatz und ich blieb mit Leos Laptop und dem nächsten Schritt des Prozesses zurück.
Ich nahm den Laptop mit in die Fahrerkabine, fuhr ihn hoch und schob die Boot Disk rein. Im Betriebssystem installierte ich dieselbe Spionagesoftware, die den Arbeitsplatz von Ethan in Florencias Agentur infizierte, und führte eine schnelle Passwortsuche durch, aber Leo war wesentlich sicherheitsbewusster als mein letztes Opfer. Egal. Sobald er wieder an seinem Gerät saß, was meinen Nachforschungen zufolge in ein paar Tagen der Fall sein würde, hatte ich alle.
Minuten später fuhr ich den Laptop herunter und wischte ihn mit einem verdünnten Bleichmittel ab. Dann nahm ich ihn mit zur Parkplatzeinfahrt und übergab ihn dem Sicherheitsdienst.
»In dem ganzen Chaos habe ich gar nicht gemerkt, dass ich Leos Tasche noch hatte. Ich hoffe, er ist okay«, erklärte ich dem Wachmann.
Er nahm die Tasche entgegen und verstaute sie unter seinem Tisch, als wäre sie in unmittelbarer Gefahr weiteren unautorisierten Zugriffs.
»Da denkt man dran, die Donuts aufzugeben und mit Joggen anzufangen«, meinte der Wachmann, dessen enormen Bauch ich vernünftigerweise nicht näher inspizierte.
»Wir zünden Kerzen für ihn an«, sagte ich und ließ ihn mit meinem digitalen trojanischen Pferd unter seinem Tisch zurück.

KAPITEL 16

Natsumi weckte mich um drei Uhr morgens, ihr Kreischen drang durch das Wegwerfhandy, das ich benutzte, um mit ihr zu kommunizieren.

»O mein Gott, John, ich habe solche Angst«, keuchte sie schluchzend.

Ich schoss senkrecht hoch.

»Was ist passiert?«

»Ein Mann. Er hatte ein Messer. Ich dachte, er bringt mich um. O Gott. Er war hinten auf dem Rücksitz in meinem Auto. Er hat mich an den Haaren gepackt und mir ein Messer an den Hals gedrückt. Er hat mich geschnitten. Er hat mir ins Ohr geflüstert. Es war grauenhaft.«

»Blutest du?«, fragte ich.

»Es ist nur eine kleine Wunde. Ich sitze vor dem Kasino im Auto. Ich hatte die Spätschicht von einem anderen Croupier übernommen. Der Türen sind verriegelt. Ich weiß nicht, was ich machen soll.«

»Fahr los. Sofort.«

Ich hörte den leisen Klang des anspringenden Motors. Dann war sie wieder in der Leitung.

»Er hat nach dir gefragt. Er hat dich den Typ genannt, der nach Bela Chalupnik sucht. Ich hab ihm deinen Namen gesagt. Ich habe gedacht, das macht nichts, weil ich nicht glaube, dass es dein echter Name ist. Was soll das alles?«

»Es tut mir so leid«, sagte ich, schloss in der Dunkelheit die Augen und verfluchte meine Dummheit.

»Ich habe ihm dasselbe erzählt wie Ron Irving. Ich habe ihm

beschrieben, wie du aussiehst. Ich habe gesagt, ich hätte dich seit dem Abend nicht mehr gesehen, aber du hättest versprochen, dich irgendwann mal bei mir zu melden, weil ich dachte, dann bringt er mich nicht um. Scheint, als hätte ich recht behalten.«

»Du hast ihn aber nicht gesehen?«

»Er hat mir befohlen, mich nach vorn aufs Armaturenbrett zu beugen. Und er hat gesagt, er würde mich erschießen, wenn ich versuche hochzusehen. Dann ist er verschwunden. Was mache ich jetzt?«

In meinem Kopf spulte ein kleiner Film im Schnelldurchlauf ab.

»Fahr nach Hause, pack die wichtigsten Sachen in einen Koffer, aber nicht mehr, als du tragen kannst. Laptop, Medikamente, Schmuck, Pass. Einen Satz Kleidung zum Wechseln. Dann fährst du nach New Haven und parkst am Bahnhof. Sobald ich den Schlüssel habe, sorge ich dafür, dass der Wagen abgeschleppt und untergestellt wird. Nimm den Zug nach Hartford und geh in dieses Hotel.« Ich nannte ihr den Namen und beschrieb den Weg vom Bahnhof. »Dort fährst du mit dem Aufzug in den fünften Stock. Ich werde da sein, und dann machen wir zusammen weiter.«

»Ich habe Angst.«

»Das ist alles meine Schuld. Aber ich mache es wieder gut. Im Augenblick musst du mir einfach vertrauen und genau das tun, was ich dir sage.«

»Ich vertraue dir. Auch wenn meine Mutter sagt, das sollte ich nicht.«

»Wo ist deine Mutter?«

»In Kyoto. Wir haben telefoniert.«

»Hat das Kasino ihre Adresse?«

»Nein. Ich habe ihnen gesagt, dass sie nicht in den Staaten

lebt, das war alles. Ich wollte nicht, dass die ihre Privatsphäre stören, wenn sie meinen Hintergrund prüfen.«

Ich dankte Gott für diesen glücklichen Umstand in dem ganzen Desaster.

»Keine anderen Verwandten?«, fragte ich.

»Nein. Du musst mir jetzt alles sagen. Du darfst mich nicht länger anlügen.«

Mit einem eigenartigen Gefühl des Vergnügens gab ich endlich nach und mein Schweigen auf.

»Florencia.«

»Wer ist das?«

»Das war der Name meiner Frau. Ihr wirklicher Name. Der Rest muss warten. Ruf mich an, wenn du im Zug sitzt.«

Als sie aufgelegt hatte, spürte ich, wie der vertraute Zorn in mir aufstieg, ein Gefühl, das sehr effektiv die ihn begleitende nackte Angst vertrieb. Falls es irgendetwas gab, das mich zu noch größeren Anstrengungen antreiben konnte, dann vermutlich dies. Ich sagte es laut, allein in meinem Zimmer, dann begann ich mit den nötigen Vorkehrungen.

Das Hotel lag in bequemer Laufweite vom Bahnhof. Ich nahm ein Zimmer, um meine Anwesenheit zu rechtfertigen, und nutzte die Zeit, um die Anlage zu inspizieren. Wie gehofft, gab es einen Lastenaufzug, zu dem man keinen Schlüssel brauchte. Der Zugang befand sich im Lagerraum, in dem Laken, Handtücher und winzige Flaschen mit Shampoo und Körperlotion aufbewahrt wurden. Ich hatte Natsumi gebeten, mich anzurufen, sobald sie im Zug nach Norden saß, was sie auch tat.

»Glaubst du, dass dir jemand nach New Haven gefolgt ist?«, fragte ich.

»Was für eine schreckliche Vorstellung.«

»Ja, tut mir leid. Und?«
»Ich weiß es nicht. Ich bin Psychologin, keine Spionin.«
»Demnach hast du dein Examen bestanden.«
»Ja. Es fehlt nur noch die Arbeit. Ich ändere das Thema in ›Die Auswirkungen von Messerattacken auf das Nervensystem‹.«
Ihr nächster Anruf kam, als die Dämmerung über den Horizont kroch.
»Ich bin unterwegs«, sagte sie. »Den Rollkoffer in der Hand.«
»Ist dir jemand aus dem Zug gefolgt?«
»Nein. Und hör auf, solche Sachen zu sagen, das macht mir eine Scheißangst.«
»Entschuldige. Wenn du im Hotel bist, fahr rauf zu Zimmer 535 und klopf an die Tür. Ich komme raus.«
»Falls das nur ein komplizierter Versuch ist, mich zu verführen, bring ich dich um.«
»So einfallsreich bin ich nicht.«
»Vielleicht solltest du das aber tun«, sagte sie. »Könnte mir gefallen.«
»In welchem Zimmer warte ich?«
Sie nannte die Nummer, und wir legten auf.

Ich hielt es nicht aus, im Zimmer zu warten, deshalb ging ich hinaus und stellte mich an den Aufzug. Sobald sie ihren Rollkoffer durch die Tür gezogen hatte, griff ich nach ihrer freien Hand, ignorierte ihren überraschten Blick und zog sie den Flur hinunter zum Lastenaufzug. Ich bat sie, nicht zu sprechen. Während wir warteten, konnte ich meinen Puls in meinen Ohren dröhnen hören. Die Türen glitten auf. Leer, Gott sei Dank.
Ich zog sie hinein und drückte auf den Knopf für das Untergeschoss. Wir sanken hinab, und die Türen öffneten sich in

eine düstere, schattige Betonwelt. Ich hielt die Türen auf und lauschte. Nichts.
Ich zerrte sie aus dem Aufzug zur Laderampe, wo das Schaumaterial für Tagungen angeliefert und abgeholt wurde. Dort saß ein Wachmann an einem kleinen Tisch und las beim Licht einer Arbeitslampe, die den höhlenartigen Raum nur spärlich erhellte. Ich winkte ihm im Vorbeirasen zu und rief, das sei eine lange Geschichte, aber er zuckte nicht einmal. Seine Aufgabe war es, nicht zugelassene Personen aufzuhalten; Menschen, die das Gebäude verließen, interessierten ihn nicht.
Ich drückte auf den Öffner für das große Rampentor, und wir schlüpften hinaus, sobald der Spalt groß genug war.
Am Straßenrand wartete der Subaru. Ich öffnete die Heckklappe und ließ sie unter die hinten liegende Decke kriechen. Ich stellte ihren Koffer in den Fußraum hinter den Fahrersitz, stieg ein und ließ den Motor an.
Niemand folgte uns, als wir die Straße hinunter und auf die Auffahrt zum Highway rollten. Es sei denn, sie waren unsichtbar. Ich raste die Auffahrt hoch in den anbrechenden Tag. Ich ließ Natsumi wissen, dass wir jetzt reden konnten.
»Mann, so was hab ich noch nie erlebt«, sagte sie, als sie sich die Decke vom Kopf streifte.
»Reicht es, wenn ich noch mal tut mir leid sage, oder möchtest du, dass ich mich für den Rest meines Lebens entschuldige?«
»Ich mag keine Entschuldigungen. Die Japaner entschuldigen sich so häufig, dass es schwerfällt, das überhaupt noch ernst zu nehmen.«
»Würdest die Stimme des Kerls, der dich überfallen hat, als hoch beschreiben oder tief, oder eher so dazwischen?«
»Dazwischen.«
»Hast du einen Akzent entdeckt?«

»Du sagst entdeckt, was heißt, dass jeder Akzent, den er haben könnte, subtil ist. Ich schätze, er ist aus New York, aber ich bin nicht sicher, aus welchem Stadtteil, weil ich bisher nur in Connecticut gelebt habe und alle New Yorker für mich gleich klingen. Wo fahren wir hin?«
»Zu meiner Wohnung. Dort wartet ein Zimmer auf dich.«
»Hoffentlich mit Zimmerservice.«
»Selbstverständlich.«
»Ich muss wissen, wie du wirklich heißt«, sagte sie.
»Arthur. Aber mir wäre lieber, du nennst mich Alex. Das ist der Name, den ich normalerweise benutze. Meistens.«
»Ich bin immer Natsumi.«
»Nicht mehr. Du brauchst einen neuen Namen.«
»Du wirst mir das alles erklären, nicht wahr?«
»Ja. Sobald wir irgendwo sind, wo ich dir dabei in die Augen schauen kann, damit du siehst, dass ich die Wahrheit sage.«
»So schlimm?«
»So schlimm.«

Ich fuhr direkt zu der Wohnung über der Garage und trug Natsumis Koffer in ihr Zimmer. Ich entschuldigte mich dafür, dass sie kein eigenes Badezimmer hatte, und sie erinnerte mich, dass wir Entschuldigungen abgeschafft hatten. Ich bat sie, mich in der Küche zu treffen, sobald sie sich bereit dazu fühlte.
Eine halbe Stunde später tauchte sie frisch geduscht in einem dunkelblauen Trainingsanzug dort auf.
»Ist es noch zu früh für Wein?«, fragte sie. »Nur ein Witz. Aber ein Kaffee wäre gut.«
Während ich Kaffee kochte, begann ich meine Geschichte, angefangen bei dem Mord an Florencia und dem Mordversuch an mir. Ich hielt nichts zurück, da ich entschieden hatte,

dass alles andere sinnlos war. Da sie jetzt involviert war, musste sie absolut Bescheid wissen. Das sagte ich ihr.

»Danke«, erwiderte sie. »Glaube ich.«

Ich erzählte ihr von meiner Schwester Evelyn und wie sie meinen Tod vorgetäuscht hatte, und von meinem Freund Gerry Charles und seiner Gitarrensammlung. Von Henry Eichenbach, Madame Francine de la Croix und Sebbie »The Eyeball« Frondutti. Ich schilderte meine Begegnung mit Fred Tootsie und wie ich dadurch zum Clear-Water-Kasino gelangt war und mit ihrer Hilfe Bela Chalupnik alias Pally Buttons gefunden hatte.

»Und dummerweise habe ich meine Verbindung zu dir offenbart, als wir im Sail Inn mit dem Wachmann gesprochen haben«, sagte ich. »Und durch die Bitte, mir Belas Foto zu beschaffen. Ich weiß nicht, warum ich nicht vorher darüber nachgedacht habe.«

Ich ließ nichts aus, als ich ihr mein Verhör von Pally Buttons in dem alten Bürogebäude der verlassenen Kiesgrube und mein folgendes Gespräch mit Shelly Gross schilderte. Und schließlich den Verkauf von Florencias Versicherungsagentur, meine Reise nach Hartford und den Erwerb von Billy Romeros Food Truck.

»Zu welchem Zweck?«, fragte sie.

»Um ins organisierte Verbrechen vorzudringen. Es ist der einzige Weg zu Austin Ott.«

Sie nahm alles sehr ruhig auf, mit unbewegter Miene. Gelegentlich nickte sie an den passenden Stellen, um mir zu signalisieren, dass sie zuhörte.

»Ich wusste, dass etwas mit dir nicht stimmt«, sagte sie.

»Du bist eine scharfsinnige Person.«

»Aber du bist immer wieder aufgetaucht, obwohl ich so misstrauisch war.«

»Stimmt. Ich wusste, dass du ein guter Mensch bist, der mir nie weh tun würde. Ich bin auch scharfsinnig. Zumindest war ich das mal.«

»So was hab ich mir allerdings nie vorgestellt«, sagte sie.

Ich fuhr einen meiner Laptops hoch, während ich ihr meine Geschichte erzählte. Ich suchte nach Arthur und Florencia Cathcart und stellte das Gerät vor sie hin, damit sie das Material durchsehen konnte. Sie blickte ein paarmal auf, während sie las.

»Du bist wesentlich dünner und kahlköpfiger, aber ich erkenne die Ähnlichkeit«, sagte sie. »Deine Frau war wunderschön. Man sieht, was für ein wunderbarer Mensch sie war. Es tut mir unendlich leid.« Sie las weiter, dann sah sie mich wieder an. »Was hat das alles zu bedeuten?«

»Es bedeutet, dass ich die Leute finden muss, die das getan haben. Und jetzt ist es nicht länger meine Privatsache, weil ich dich mit hineingezogen haben, und deshalb ist es noch zwingender, das Ganze bis zum Ende durchzuziehen.«

»Was meinst du mit ›das Ganze‹? Was ist ›das Ganze‹?«

Ich wusste keine Antwort, weil es außer mir nie jemanden gegeben hatte, der diese Frage stellte.

»Ich weiß nicht«, sagte ich. »Ich versuche, es herauszufinden, während ich weitermache.«

»Was ist falsch daran, zur Polizei zu gehen? Warum glaubst du, du müsstest das persönlich tun?«

Eine weitere unbeantwortbare Frage.

»Niemand wird sich so reinhängen wie ich, und niemand ist so interessiert am Ergebnis. Ich bin sowieso tot, wer wäre also besser geeignet?«

Sie runzelte die Stirn.

»Du bist nicht tot. Vielleicht ein bisschen durchgeknallt, aber nicht tot.«

»Du solltest eine Weile deine Mutter besuchen. Du wirst deine Stelle verlieren, aber ich werde dir den Lohnausfall ersetzen. Du könntest schon morgen fliegen.«
»Du willst mich loswerden«, sagte sie in einem Tonfall, der im Widerspruch zur Brutalität ihrer Worte stand.
»Ich will dich in Sicherheit wissen. Ich habe dich in diese Lage gebracht.«
»Schluss mit den Schuldgefühlen. Solcher Mist passiert eben. Ich bleibe bei dir. Ich verdiene 45 000 Dollar im Jahr, über die darfst du mir gern einen Scheck ausstellen. Was machen wir als Nächstes? Ich unterschreibe.«
Sie stand auf und machte sich daran, die Küche aufzuräumen, keine schwere Aufgabe, da ich sie peinlich sauber hielt. Ich sah ihr eine Weile zu, bis ich merkte, dass ich kurz davor war, einzuschlafen, die Aufregungen der Nacht endlich ihren Tribut forderten. Natsumi sagte, ich solle mich hinlegen, sie würde sich damit beschäftigen, die Speisekammer zu inspizieren und eine Einkaufsliste zu schreiben.
»Das wird ein teurer Spaß für dich, Kumpel«, sagte sie. »Du hast noch nie meine monatliche Mascara-Rechnung gesehen.«
»Im anderen Zimmer stehen Kartons mit Make-up. Du könntest mir vermutlich dabei helfen.«
»Ich kann dir bei einer Menge Dinge helfen«, sagte sie. »Mehr, als du denkst.«
Kurze Zeit später schlief ich tief und fest, erlaubte einer kurzen Gnadenzeit, eine weitere riesige Verschiebung in der Natur des Universums zu verschlucken.

Zu meiner Erleichterung überlebte Leo Dunlop seinen vermeintlichen Herzinfarkt, denn das war trotz meiner Vorsicht bei der Dosierung keineswegs klar gewesen. Ich wusste, dass es ihm gutging, weil er sich achtundvierzig Stunden nach dem Vorfall wieder einloggte. Ich machte mir nicht die Mühe, die Login-Informationen zu kopieren. Ich konnte darüber verfügen, wann immer ich wollte.

Als Erstes beantwortete er eine Reihe von Mails, erzählte mehr oder weniger immer dieselbe Geschichte, bedankte sich bei den Leuten für die guten Wünsche und erklärte, dass er vermutlich etwas Falsches gegessen hatte. Er gab nicht direkt meinem Eiskaffee die Schuld, was mich erleichterte. Er schrieb, dass die toxikologischen Tests Spuren von Dobutamin nachgewiesen hätten, was zu Herzrhythmusstörungen und Schmerzen in der Brust führen konnte, aber niemand wusste, wie es in seinen Blutkreislauf gelangt war.

Seine Korrespondenz nahm viel Zeit in Anspruch, und die Geschichte wurde mit jeder Mail dramatischer. Dann besuchte er eine bikinilastige Website mit dem harmlosen Namen *Sonne und Wonne,* die vermutlich mit knapper Not durch die Firmenzensur gerutscht war.

Nachdem seine voyeuristische Glut endlich erloschen war, begann er tatsächlich zu arbeiten. Ich war froh, dass er mich über seine Tätigkeit bei CMT & M nicht belogen hatte, als das firmeneigene Buchhaltungssystem hochfuhr und er sich sofort an die Debitorenkonten machte. Er war einer von fünf Buchhaltern, die die Kunden nach deren geographischer Lage und Größe unter sich aufteilten. Zu meinem Glück gehörten Leos Kunden zu den größten, und sein Bereich war das Industriegebiet unterhalb der Großen Seen.

Sobald er in Gang kam, war er allerdings beeindruckend fleißig. Er tippte schnell und sicher und wesentlich präziser, als ich jemals sein würde. Vermutlich hatte er deshalb so viel Zeit für die Bikinis.

Wie bei den meisten Industriebetrieben garantierte ein Drittel der Kunden den meisten Umsatz, die anderen zwei Drittel bestellten nur unregelmäßig und in kleinen Mengen. Jeder Einzelne war vom Büro des Controllers überprüft und mit derselben Bonität freigegeben worden, Zahlungsziel bequeme sechzig Tage.

Ich ließ die Spionagesoftware im Hintergrund weiterlaufen, wo sie alle eingehenden Daten aufzeichnete, und suchte nach Diensten, bei denen man ein kleines Verkaufsbüro eröffnen konnte oder zumindest ein Postfach einrichten, das die Ehrbarkeit einer echten Postadresse beinhaltete. Ziemlich weit unten auf der ersten Google-Seite fand sich eine Website namens spacejockeys.com, die mir sofort ins Auge sprang. Den Namen hatte ich schon einmal gesehen, als ich in Florencias privatem Finanz-Ordner buddelte, den sie in einem abgeschirmten Unterbereich des allgemeinen Agentursystems führte. Ich unterbrach meine momentane Tätigkeit und ging zurück in diesen Ordner, um den Verweis wiederzufinden.

Es war eine Buchung in den Kreditorenkonten, die die Vermietung einer hundertfünfzig Quadratmeter großen Bürofläche an einer Adresse in Scottsdale, Arizona, betraf. Der Dienstleister gewährte Rabatt, wenn man vierundzwanzig Monate im Voraus bezahlte. Die Auftraggeberin, Florencia Cathcart, hatte diese Option gewählt. Nach dem Datum zu schließen, lief der Vertrag noch sechs Monate. Ich kopierte die Informationen zur späteren Prüfung in ein Worddokument und wandte mich dann wieder meiner ursprünglichen Aufgabe zu.

Auf der Homepage der Spacejockeys konnte man aus verschiedenen Adressen mit unterschiedlicher Ausstattung wählen und mit einer gewöhnlichen Kreditkarte bezahlen. Ich nahm eine der selten verwendeten Visakarten von meinen toten Freunden und belastete sie bis an das Kreditlimit.

Ich wählte Evanston, Illinois, als Ort und mietete ein einfaches Postfach in einem am Stadtrand liegenden Gewerbegebiet. Ich nannte es First General Metallurgy Associates.
Zum Angebot der Spacejockeys gehörte auch die Organisation der Logistik. Man konnte Pakete und Briefe schicken lassen und dann an einen anderen Ort weiterleiten. Deshalb eröffnete ich eine weitere Firma, diesmal in einem Lagerhaus in der Nähe von Gerrys Werkstatt in der Uhrenfabrik, wo man kleine Lagerräume mieten konnte.
Natsumi kam ins Zimmer und schaute mir über die Schulter auf den Bildschirm.
»Ich darf doch?«, fragte sie.
»Warum sollte ich das meiner Partnerin beim Handel und Vertrieb kostbarer Metalle untersagen?«
»Klingt teuer.«
»Nicht, wenn man sie klaut.«
»Okay. Kapiert.«

Leo machte Überstunden, aber schließlich loggte er sich aus. Ich wartete noch eine Stunde, dann loggte ich mich ein und begann mich umzusehen.
Das Buchhaltungssystem von CMT & M war ordentlich aufgebaut und nahezu ungeschützt. Leo hatte Zugriff auf jedes Programm außer auf die Firmenfinanzierung und die Personalakten, was das absolute Schutzminimum war. Es war das reinste Kinderspiel, das eigentliche Programm unter der Benutzeroberfläche zu öffnen, wo ich auf einer tieferen, unauffälligeren Ebene meine Änderungen einfügen konnte.
Als Erstes versah ich First General Metallurgy mit der höchsten Bonität und einer Anmerkung über die Makellosigkeit ihres Ratings. Ich datierte den Eintrag ein Jahr zurück.
Dann prüfte ich den Lagerbestand von CMT & M auf verfüg-

bare Produkte und entdeckte erfreut einen hübschen Vorrat an Palladium, Iridium und Gold, deren Feinunzenwert, die Standardeinheit, immens hoch war. Höllisch schwer, aber leicht zu transportieren.

Es war nicht kompliziert, Waren im Wert von mehreren hunderttausend Dollar in Pakete zu verpacken, die nicht größer waren als ein paar Zigarrenkisten.

Die Seite mit dem Lagerbestand war direkt mit dem Bestellformular verlinkt, also klickte ich mich weiter und plazierte meine Bestellung. In der Bestätigung, die an die neue Mail-Adresse von First General Metallurgy ging, stand, dass die Metalle am nächsten Tag versendet würden.

Natsumi saß die ganze Zeit neben mir und starrte auf den Bildschirm.

»Ich hätte nie geglaubt, dass man das einfach so machen kann«, sagte sie. »Ich dachte immer, das wäre so eine von diesen Hollywood-Erfindungen.«

»Hollywood weiß nicht mal die Hälfte.«

Danach gingen wir auf eine Expedition, um Lebensmittel sowie Kleidung und andere Notwendigkeiten einzukaufen, die Natsumi nicht hatte mitnehmen können. Meine Rolle beschränkte sich darauf, ihr zu folgen und Begeisterung für jeden ihrer Einkäufe zu zeigen. Das war vollkommen neu für mich, da Florencia es unter Verweis auf meine wenig gezügelte Ungeduld vorgezogen hatte, allein einkaufen zu gehen.

Es war nichts, was ich jeden Tag hätte tun mögen, aber ich musste zugeben, dass die Erfahrung ein gewisses Spannungspotenzial beinhaltete, den befriedigenden Kreislauf von Suchen und Entdecken. Das vertraute ich Natsumi an.

»Vielleicht sollten wir dir morgen eine andere im einundzwanzigsten Jahrhundert übliche Tätigkeit vorstellen«, sagte sie.

Wir aßen in einem angenehm schlecht beleuchteten Restaurant im Einkaufszentrum zu Abend. Es war spät, und das Lokal bereitete sich auf die Schließung vor. Dennoch fühlten wir uns gut betreut und nicht gedrängt und glitten mühelos in den Rhythmus unserer gemeinsamen Restaurantabende, seltsam unberührt von dem kürzlichen Tumult und den Enthüllungen.
In dieser Nacht bewegten mich beim Einschlafen Gefühle, die vormals undenkbar gewesen waren.

KAPITEL 17

Innerhalb der nächsten Wochen entwickelten wir eine allgemeine Routine. Ich stand früh auf und fuhr mit dem Food Truck die Tour im Gebiet Hartford ab, Natsumi schlief aus und arbeitete an ihrer Examensarbeit, bis ich nachmittags zurückkehrte. Dann setzten wir uns zusammen vor den Computer, und sie sah zu, wie ich verschiedene Aufgaben durchführte, einschließlich des Handels mit wertvollen Industriemetallen.

Mein Ziel war, knapp fünf Millionen Warenwert zu erreichen, ehe ich die Operation einstellte. Ich wollte unbedingt innerhalb der maximalen Handelsspannen und dem Zahlungsziel von sechzig Tagen bleiben, um Spielraum für zukünftige Kontingente zu behalten. Ich verfolgte diese Taktik, indem ich für die erste Lieferung bezahlte und so nicht nur meine Bonität bewies, sondern mir auch zwei Wochen erkaufte, ehe irgendjemand Notiz von unbezahlten Rechnungen nahm.

Sobald ich die Summe erreicht hatte, war es Zeit für eine Feldexpedition.

»Du bist schon zu lange drin, du brauchst Training, und das kann kein anderer machen«, sagte ich zu Natsumi, als ich von meiner Tour wiederkam. »Wie bist du in Gewichtheben?«

»Ich bin klein, aber gut in Form«, meinte sie.

Wir fuhren mit dem Outback zu dem Lagerhaus der Spacejockeys in einem tristen, fast vergessenen Gewerbegebiet in New England. Ich glich die Lagerliste mit den schweren kleinen Kartons ab und nahm erleichtert zur Kenntnis, dass nichts fehlte. Ich fragte mich, ob die Paketboten wussten, was sie beförderten – ob einer von ihnen am College Chemie gehabt hatte und sich an das Periodensystem der Elemente erinnerte, in dem jedes Element seiner Masse gemäß aufgeführt war. Was innerhalb der Erdschwerkraft Gewicht bedeutete.

»Mein Gott, sind die Dinger schwer«, stöhnte Natsumi, als ich ihr den ersten Karton anreichte.

»Die einzige Möglichkeit, etwas noch Wertvolleres in noch kleinere Päckchen zu packen, sind Edelsteine«, erklärte ich, »und das ist eine ganz andere Masche.«

Es dauerte fast eine Viertelstunde, den Outback zu beladen, dessen Federung bemerkenswert gut mit dem Gewicht fertig wurde. Wir fuhren zu Gerrys Werkstatt und luden aus. Die Federn hielten besser durch als wir.

»Hoffentlich hab ich mir nicht den Rücken gezerrt«, klagte Natsumi, nachdem wir das letzte Paket in dem Raum hinter Gerrys Staubsammler verfrachtet hatten. »Ich bin zu jung, um in der Gegend herumzuhumpeln.«

»Ich humpele schon seit Monaten«, sagte ich. »Man gewöhnt sich dran.«

»Du hast mehr geschleppt als ich, ich hab ein ganz schlechtes Gewissen.«

»Hab ich nicht. Nur meinen Anteil. Genau wie du.«

»Klingt nach Kollektivismus.«

»Buddhismus.«

Ich behielt einen der Goldbarren zurück, nach Feinunzen das schwerste und wertvollste Metall. Dann erläuterte ich Natsumi die nächste Phase des Plans. Zu ihren Gunsten muss ich sagen, dass ihre Stimme nichts von dem Schrecken verriet, der in ihren Augen zu lesen war.

»Das klingt ein bisschen gefährlich«, sagte sie.

»Das ist es auch, aber wirklich nur ein bisschen. Ich tue stets alles, was ich kann, um mich abzusichern. Mein Ziel ist es,

weiterzukommen, nicht irgendwelche Heldentaten zu vollbringen.«
»Ich weiß. Die Welt an sich ist gefährlich. Wo ist der Unterschied?«
Ich erklärte ihr die vor uns liegenden Schritte, dessen erster war, via FedEx eine Nachricht an Little Boy Boyanov zu schicken:

Mr. Boyanov,
ich habe eine Möglichkeit, in den Besitz einer großen Menge von Kilo-Goldbarren zu gelangen, die ein Käufer mit entsprechenden Mitteln zu einem Preis von fünfundsiebzig Prozent unter dem Marktwert erwerben kann. Sie sind dieser Käufer.
Angesichts der sensiblen Natur dieser Transaktion stelle ich unumstößliche Forderungen bezüglich des Ablaufs.
Zum ersten Treffen gehört ein Warenmuster. Ich werde einen Kilobarren mitbringen. Sie bringen Materialien mit, um die Echtheit des Musters zu prüfen, das aus 24-karätigem Gold besteht. Achten Sie darauf, dass Ihr Testverfahren präzise ist. Das liegt in Ihrem Interesse.
Wir treffen uns um 22 Uhr am Donnerstagabend, den 26. des Monats, in der Sauna des Capital City Gym an der Trumbull Street. Das Fitnesscenter schließt um 23 Uhr, weshalb die Sauna um diese Zeit fast leer ist. Bitte nur Handtücher.
Ich werde allein kommen und fordere Sie auf, dasselbe zu tun. Ich werde eine Sporttasche mit mir führen. Ich werde Sie erkennen.
Wenn Sie einem ersten Treffen zustimmen, rücken Sie bitte bis Mittwoch, den 25., den Blumentopf vor Ihrer Haustür von links nach rechts.

Ich unterschrieb mit Auric G.
»Du wirst praktisch nackt mit einem Bandenchef allein sein, während du ein Kilo Gold mit dir herumträgst«, fasste Natsumi die Situation zusammen.
»Es ist schwierig, eine Waffe unter einem Handtuch zu verstecken«, sagte ich. »Außerdem macht es für ihn keinen Sinn, einen Barren zu stehlen, wenn er einen Lastwagen voll für fünfundzwanzig Cent den Dollar kaufen kann.«
»Guter Einwand.«

Little Boys Adresse in der Franklin Avenue lag ein wenig abseits meiner Tour mit dem Food Truck, aber den Umweg nahm ich in Kauf. Der Blumentopf wanderte lange vor dem Endtermin von links nach rechts, was weniger ermutigend gewesen wäre, wenn ich besser gewusst hätte, was Little Boy wirklich vorhatte.

Das Capital City Gym befand sich in einem renovierten Industriegebäude am Nordrand der Grenze zwischen Hartfords innenstädtischer Ansammlung von Bürogebäuden und dem Rand des geschäftigen, wenn auch verarmten North End.
Der Club hatte hohe Mitgliedsbeiträge und die Aura eines altmodischen Sportvereins, was bedeutete, dass die meisten Mitglieder Männer in mittleren Jahren mit einem Ring um die Hüfte waren. Ich hatte eine vierzehntägige Probemitgliedschaft in bar bezahlt und das Fitnesscenter häufig genug besucht, um einigermaßen sicher zu sein, dass die Sauna ab einundzwanzig Uhr praktisch leer war.
Ich hatte meine Uhr im Umkleideraum gelassen, weshalb ich nicht genau wusste, wie spät es war, aber für mein Gefühl hatte ich so lange dort gesessen, dass es nach zweiundzwanzig

Uhr sein musste. Ich wollte gerade gehen, als ein sehr großer Mann, begleitet von zwei unwesentlich kleineren Männern – einer davon mit eigener Sporttasche –, die Sauna betrat. Sie setzten sich mir gegenüber, und der größte der drei, Little Boy, sagte mit deutlichem Akzent: »Tut mir leid, ich habe Gesellschaft mitgebracht. Allein fühle ich mich immer so einsam.«

Little Boys Kopf war so groß wie ein Medizinball und wirkte durch den rebellischen Schopf brauner Locken noch riesiger. Seine Wangen standen hervor wie zwei fleischige Halbkugeln, und seine tiefliegenden Augen waren von einem gläsernen hellen Grün. Er lächelte die ganze Zeit vage, wie leicht verstört, aber nach einer Weile begriff ich, dass dies sein natürlicher Gesichtsausdruck war.

»Was für Geschäfte soll ich mit jemandem machen, der sich nicht einmal an die einfachsten Anweisungen hält?«, fragte ich.

»Ein anderer Freund von mir steht am Ausgang Wache. Damit uns niemand stört. Niemand wird hören, wenn wir Ihnen die Scheiße aus dem Leib prügeln und das Ding aus den toten Händen nehmen.«

»Sie wollen also wirklich lieber den einen Barren als einen ganzen Laster voll? Ich hätte Little Boy für klüger gehalten«, trug ich ihm dieselbe Hypothese vor wie zuvor Natsumi.

»Ich mag keine Leute, die an meinem Haus vorbeifahren. Ich mag nicht, wenn sie behaupten, mein Gesicht zu kennen. Und ganz besonders mag ich keine Leute, die mir Bedingungen diktieren«, sagte er. »Das ist mein Job.«

»Keine Bedingungen, nur Vorsichtsmaßnahmen«, sagte ich. »Sie würden dasselbe tun, wenn Sie die Schlüssel zu einer Goldmine besäßen. Ganz wörtlich. Ich halte Sie für einen klugen Mann, Boyanov. Sonst würde ich gar nicht mit Ihnen

reden. Also bauen Sie bitte keinen Scheiß, indem Sie wütend auf einen Typ werden, der Sie reicher machen kann, als Sie sich jemals hätten vorstellen können.«
Little Boy schien einigermaßen überzeugt, obwohl sich das nur in seinen Augen zeigte.
»Ich kann mir verdammt viel vorstellen. Aber ich höre.«
»Haben Sie die Sachen zum Prüfen?«
Little Boy stupste den Typ mit der Sporttasche an, der einen Akkubohrer, einen Prüfstein und einen Halter mit kleinen Säurebehältern auspackte, mit denen man die Reinheit des Goldes von zehn Karat aufwärts bis vierundzwanzig Karat ermitteln konnte. Er reichte die Sachen an Little Boy weiter, der sie auf einer Bank aufbaute. Der Anblick freute mich, da damit sowohl Karat gemessen als auch die Reinheit des Barrens bewiesen werden konnten. Man konnte dasselbe mit einem speziellen Schwerkrafttest erreichen, für den man eine Wanne Wasser und eine präzise Waage brauchte, aber ich hatte zu Recht angenommen, dass Bohrer und Säurefläschchen eher Little Boys Stil waren.
Ich holte den Goldbarren heraus und legte ihn neben den Aufbau. Er sicherte ihn mühelos mit seiner gewaltigen Hand und benutzte die andere, um einen schlanken Kern herauszubohren. Dann nahm er den Stein und rieb den Kern über die rauhe Oberfläche. Im letzten Schritt ließ er zwei große Tropfen Säure darauffallen.
Wir starrten auf die feuchten Kleckse, die fünf Minuten später noch immer feucht waren, was bewies, dass das Gold im Kern des Barrens den höchsten Reinheitsgrad besaß – vierundzwanzig Karat. Little Boy sah mich an.
»Wie viel können Sie beschaffen?«
»Die Menge ist nicht das Problem, sondern die Zeit. Die Masche hat ein Mindesthaltbarkeitsdatum. Wenn Sie mitmachen

wollen, sagen Sie ja, und zwar jetzt. Ich wüsste nicht, warum Sie das nicht tun sollten. Ich trage das komplette Risiko, Sie übernehmen nur die Ware und realisieren automatisch einen Gewinn von fünfundsiebzig Prozent, indem Sie das Zeug auf dem freien Markt verkaufen.«

Die beiden Typen rechts und links von ihm starrten mich an wie angespannte Pitbulls. Es war schwer, unter den Handtüchern eine Waffe zu verbergen, aber ich hätte wetten können, dass sie es geschafft hatten. Sie beteiligten sich nicht am Gespräch, und man konnte erkennen, dass sie nicht interessierte, worüber wir sprachen. Ihre Aufgabe war es, mich zu beobachten und Little Boy zu schützen.

»Bezahlung und Übergabe könnten schwierig werden«, meinte Little Boy und wies damit auf das Element dieses Konzepts hin, das nur in geringer Menge vorhanden war: Vertrauen.

»Ich habe null Absicht, Sie zu betrügen«, sagte ich. »Mein Gewinn sind die fünfundzwanzig Prozent. Das reicht mir. Sie könnten versuchen, mich zu betrügen. Sie könnten mich berauben. Sie könnten mich töten. Aber das wäre das Ende des Projekts. Weil nur ich die Ware liefern kann. Das ist mein Standpunkt, und er stirbt mit mir.«

Little Boy versuchte, sich skeptisch zu geben, aber seine Augen verrieten ihn.

»Okay. Versuchen wir es«, sagte er. »Wie geht es weiter?«

»Bevor wir dazu kommen«, antwortete ich, »noch eine andere Sache.«

Little Boy blickte von dem Gold auf, das er vom Barren geschält hatte. Sein Blick war der eisigste, den ich jemals gesehen hatte. Gleichzeitig lebhaft und reglos.

»Worum geht es?«

»Ich habe noch andere Edelmetalle. Ungewöhnlichere wie Palladium und Rhodium. Schwerer abzusetzen als Gold, das ich auch noch in alltäglicheren Reinheitsgraden anbieten kann, zum Beispiel in achtzehn und zehn Karat. Ich will Sie nicht beleidigen, aber dafür brauche ich jemand anderen. Und zwar Austin Ott. Sie können mich bei ihm einführen. Ihnen kann das egal sein, Sie bekommen so viel reines Gold, wie Sie vertragen können.«

Plötzlich wirkte Little Boy weniger energiegeladen, weniger wie ein kleiner Junge und mehr wie ein vorsichtiger Mann mittleren Alters.

»Ott ist eine Erfindung«, sagte Little Boy. »So ein Typ existiert nicht.«

»Bei allem Respekt, das ist Bullshit. Ich habe Ihnen ja schon gesagt, dass diese Operation zeitlich begrenzt ist. Sind wir schnell genug, gewinnen alle. Ott ist Teil des Deals. Keine Nachricht an Ott, kein Deal. Töten Sie mich, wenn Sie wollen, meine Leute werden einfach mit dem nächsten potenziellen Kandidaten weitermachen, und Sie sind für immer draußen.«

Little Boy lehnte sich zurück und schlang die Arme um sich, als wollte er eine Umarmung imitieren.

»Okay, wir sagen es einem Typen, der es wieder einem anderen Typen erzählt, und vielleicht kann der nächste Typ die Nachricht dann weiterreichen. Ich erledige meinen Teil, aber ich garantiere für nichts.«

»Warum diese Angst vor Ott?«, fragte ich. »Alle Welt hat Angst vor Ihnen. Ich habe Angst vor Ihnen.«

Little Boy runzelte die Stirn. Die wenigsten wissen mit einer Beleidigung, selbst einer indirekten, umzugehen, wenn sie in ein Kompliment verpackt ist.

»Das ist keine Angst. Wir wissen einfach nicht, ob er wirklich existiert.«

»Vielleicht ist es kein Mann, sondern eine Gruppe von Männern. Oder eine Frau. Wen interessiert das? Dort draußen gibt es jemanden mit einer sehr ausgefeilten Organisation, der sich selbst Austin Ott nennt. Wegen ihm sind Leute gestorben. So viel weiß ich.«

Ich hatte eigentlich nicht vorgehabt, Erfahrungen meines wirklichen Lebens in die Rolle einfließen zu lassen, die ich spielte, aber vermutlich war das gut so. Die Aufrichtigkeit schien durchzudringen.

Little Boy rollte seinen Kopf, wie es starke Männer tun, die ihre überentwickelten Nackenmuskeln entspannen wollen. Seine Begleiter wichen zur Seite aus.

»Okay, Mr. G.«, sagte er und gab einen Teil seiner Zurückhaltung auf, indem er mich mit Namen anredete. »Wir können eine Nachricht schicken und um Antwort bitten. Aber wir können nicht garantieren, dass eine Antwort erfolgt. Ich schreibe Ihnen einen Brief, Sie antworten nicht. Was mache ich? Ich fahre zu Ihrem Haus, halte Ihnen eine Waffe ins Gesicht und sage ›Schreib zurück, du Mistkerl‹. Aber ich weiß nicht, wo dieser Mann wohnt – wenn es überhaupt ein Mann ist. Deshalb geht das nicht.«

Ich nickte, erkannte die neue Ebene der Vertraulichkeit an.

»In Ordnung. Treffen wir uns in der Mitte. Wir machen das Geschäft. Für Sie hunderttausend als Ausgabe, vierhundert als Umsatz. Sie geben die Nachricht weiter, aber der Deal gilt, egal was passiert. Dann werden wir ja sehen, ob das Phantom Ott auftaucht. Ich glaube schon, dass er das tut, wenn er die Summen sieht, die zusätzlich durch Ihren guten Namen abgesichert sind. Übrigens, wenn Sie die Verbindung zu Ott herstellen können, bekommen Sie eine Kommission für jedes Geschäft, das danach läuft. Ich rede über Geschäfte mit einem Wert von Hunderten Millionen Dollar. Vielleicht sollten Sie mindestens fünf Prozent kriegen. Und zwar zusätzlich zu unserer anderen Vereinbarung. Echte Kohle.«

Es war ziemlich offensichtlich, dass der Haken in seinem Mund Little Boy zu gefallen begann, obwohl er sich große Mühe gab, das nicht zu zeigen. Ich lehnte mich zurück und wartete auf seine Reaktion.

Er hielt die Probe hoch.

»Wegen der Sache hier mache ich mir keine Sorgen. Ich mache mir Sorgen um den Rest«, sagte Little Boy.

»Sie können einen Metallurgen und so viele Testverfahren wie Sie wollen zur ersten Übergabe mitbringen«, erwiderte ich. »Etwas Blödes wie die Produktqualität wird sicher nicht dazu führen, dass die Sache explodiert.«

»Sonst explodiert Ihr Gesicht«, knurrte Little Boy. »Und von da machen wir dann weiter.«

Ich versuchte, enttäuscht zu wirken.

»Erfolgreiche Beziehungen kommen ohne solche Drohungen aus«, sagte ich. »Auch ich verfüge über Möglichkeiten, Ihnen schreckliche Dinge anzutun. Aber warum ständig darauf hinweisen? Besser, man bleibt höflich und wickelt seine Geschäfte ab.«

Little Boy starrte mich an, als hätte ich ein Gedicht auf Altgriechisch rezitiert. Doch irgendwie schien der Sinn meines Vortrags durchzusickern.

»In Ordnung. Wie setzen wir uns in Verbindung? Wieder Gestrüpp durch die Gegend schieben?«

Seine Begleiter fanden das witzig, ebenso wie ich. Wir lachten. Ich gab ihm ein Wegwerfhandy, den besten Freund des Schurken.

»Rufen Sie mich damit an. Meine Nummer ist bereits gespeichert. Sie sagen mir, wie viel Sie investieren wollen, und ich bringe die entsprechende Menge Ware zum Treffpunkt. Sie bringen Bargeld und die Messverfahren, um Qualität und Quantität zu bestätigen. Das ist nicht kompliziert. Metall ist

Metall. Ihre Kids können den Karatwert testen. Der Preis wird vom internationalen Markt bestimmt. Wir schauen ihn im Internet nach, und Sie zahlen ein Viertel der Summe. Und dann werden wir uns fröhlich verabschieden.«

Er war einverstanden, gab sich aber nach wie vor hartnäckig argwöhnisch. Ich war sehr zufrieden mit Little Boy, den ich für einen ganz gewöhnlichen Kriminellen gehalten hatte. Bei ihm war eine gewisse bösartige Gerissenheit und gleichzeitig Subtilität des Denkens zu erkennen. Dennoch konnte man ihn lenken und mit simplen Vorschlägen ködern.

Nachdem sie gegangen waren, blieb ich bis zur Schließung der Sauna dort sitzen, dann duschte ich und zog mich an. Ich verließ das Fitnessstudio durch den Hintereingang, der auf eine Gasse hinausging, die wiederum zu einem versteckten Parkplatz führte, wo mein Subaru stand. Die Nacht war pechschwarz, weder Fahrzeuge noch Menschen in Sicht. Falls Little Boys Leute mir folgten, waren sie die besten Beschatter der Geschichte.

Ich fuhr vom Parkplatz nach Hause. Natsumi wirkte erleichtert, als ich durch die Tür kam.

»Sehr gut, du bist nicht tot.«

»Noch nicht, obwohl die Möglichkeit erörtert wurde. Ekrem Boyanov ist ein sehr kräftiger Mann.«

»Steigt er ein?«

»Ich glaube, er ist nicht völlig überzeugt, aber nahe dran. Aber es war ein guter Anfang.«

»Ich habe Abendessen gemacht.«

»Wirklich?«

Es war ein seltsamer Augenblick für mich. Eine Person, die mit mir zusammenlebte, eine Mahlzeit zubereitete und dann mit dem Essen auf mich wartete, war ein völlig neues Konzept für mich. In meinem Leben mit Florencia hatte ich alle

Mahlzeiten selbst gekocht, die vorgegebene Arbeitsteilung zwischen zwei Partnern, von denen der einer zu Hause arbeitete und der andere häufig Überstunden machte und erst nach einem ermüdenden Zehn-Stunden-Tag heimkehrte.

»Was, hätte ich das nicht tun sollen?«, fragte Natsumi.

»Nein, ich bin nur nicht daran gewöhnt. Hab wohl zu lange allein gelebt.«

»Es ist kein Bankett. Nur Hühnerpastete und Salat. Und Wein, wenigstens für mich. Du kannst Leitungswasser trinken.«

Beim Essen erzählte ich ihr mehr von meinem Treffen mit Little Boy und seinen beiden Muskelmännern.

»Wie willst du die Übergabe bewerkstelligen?«, fragte sie.

»Ich arbeite noch daran. Irgendwelche Vorschläge?«

Sie dachte nach.

»Mach es doch auf dem Parkplatz der Balkan-Bäckerei. Du hast mir gesagt, Little Boy würde in seinem eigenen Viertel keine Verbrechen begehen. Aus demselben Grund wird euch auch niemand stören oder zur Kenntnis nehmen, dass etwas vor sich geht. Das würde auch für ihn mehr Sicherheit bedeuten. Du wärst mehr als verrückt, wenn du versuchen würdest, ihn mitten im bosnischen Viertel zu bescheißen.«

»Fällt das nicht auch unter Verbrechen?«

Sie zuckte die Achseln.

»Es ist ein Geschäft. Versuch's einfach. Hör, was er sagt.«

Die Gelegenheit dazu erhielt ich am nächsten Tag, als Little Boy mich mit dem Handy anrief, das ich ihm gegeben hatte. Er teilte mir mit, dass er in der ersten Runde 100 000 Dollar einsetzen wollte. Um das Konzept zu testen und die Abnehmer aufzubauen. Ich schlug ihm Natsumis Idee für die Übergabe vor und erklärte ihm aufrichtig die Gründe. Er überraschte mich, indem er anstandslos zustimmte.

»Klar, wir würden Sie nicht in unserem eigenen Hinterhof

umbringen«, bestätigte er. »Vielleicht vertrauen wir uns ja später mehr, eh?«

Wir vereinbarten ein Treffen für dreiundzwanzig Uhr, eine Stunde nach Ladenschluss der Bäckerei. Er würde die hundert Riesen in bar, eine Waage und das Test-Set mitbringen, ich das Gold.

Bei meiner Heimkehr sagte ich Natsumi eine große Zukunft in krimineller Handelsorganisation voraus. Sie war sehr stolz auf sich.

»Zusammen mit meiner Karriere als Kartengeberin beim Black Jack lässt mich das echt finster wirken.«

Wir redeten nicht mehr großartig über den Plan, weil es nicht viel zu sagen gab. Ich hatte alles durchdacht, und wir hatten alles unternommen, um mich zu schützen, deshalb gab es keinen Grund, noch einmal über die offensichtlichen Sorgen zu sprechen. Stattdessen arbeitete Natsumi an ihrer Examensarbeit weiter, die mittlerweile von zehn auf fünfzig Seiten angeschwollen war, was sie zu der Frage führte, ob sie damit das Klischee der asiatischen Arbeitsbiene bestätigte.

»Achtunddreißig Jahre, und du machst endlich deinen College-Abschluss?«

»Ich hab's kapiert.«

Ich selbst gab mich wieder meiner Lieblingsbeschäftigung hin und überprüfte Florencias Finanzen. An diesem Abend fiel mir der Mietvertrag für das Büro in Scottsdale wieder ein, den sie mit Hilfe der Spacejockeys abgeschlossen hatte. In einem anderen privaten Ordner fand ich die Adresse: 358 Jacaranda Boulevard, Suite 35. Ich rief Google-Maps auf: Sie lag in einem lebhaften Einkaufsviertel in der City. Google fragte, ob ich eine Straßenansicht wünschte, und ich dachte, klar, warum nicht.

Es handelte sich um einen ziemlich neuen Backsteinbau innerhalb eines Komplexes, zu dem auch ein Marriott Hotel und Morton's Steakhouse gehörten. Florencias Büro lag im obersten Stock am Ende eines langen Gangs. Ich googelte die Adresse und stellte fest, dass dort die Hausverwaltung – ein Maklerbüro – und drei weitere Firmen gemeldet waren: eine Werbeagentur, ein Vermessungsbüro und ein Börsenmakler. Keine davon in Suite 35.

Ich schrieb an die Verwaltung und fragte, wer Suite 35 gemietet hatte. Ich war überrascht über die fast unmittelbare Reaktion, eine Entschuldigung, dass diese Informationen vertraulich wären, es aber noch viele äußerst attraktive leere Räume in dem Gebäude gäbe, die sie mir gern zeigen würde. Würde mir morgen um zehn Uhr passen?

Sie hatte eine Datei mit Fotos und Beschreibungen angehängt. Die kleinste Einheit war hundertfünfzig Quadratmeter groß, und dreizehn der zwanzig Einheiten standen leer.

Ich wandte mich wieder dem Vertrag mit Spacejockeys zu und las ihn gründlicher. Ich sah, dass die Miete mit jeder Dienstleistung stieg, die der Mieter zusätzlich buchte. Florencia hatte mehrere Ziffern ausgewählt, mit denen diese Leistungen codiert waren, also kehrte ich auf die Homepage der Spacejockeys zurück und öffnete das Menü, in dem man die Optionen auswählte.

Ihre Ziffern standen für Sicherheitsüberwachung, monatliche Hausmeisterdienste und Postweiterleitung. Dieselben drei, die ich auch für mein Büro in Evanston gewählt hatte, da ich weder Möbel noch Telefondienst oder Breitbandkabel und Empfangsdame benötigte. Warum auch, wenn die Adresse nur eine Durchgangsschleuse war?

Das Buchhaltungsprogramm, das ich für Florencia installiert hatte, war webbasiert, arbeitete über den Browser und war durchsuchbar, Eigenschaften, dir mir gut gefallen hatten, als ich die einzelnen Angebote gegeneinander abwog. Man musste nur in eine der Kontenklassen wie Forderungen und Verbindlichkeiten, Bilanz oder Hauptbuch gehen. Ich gab in allen die Adresse in die Suchmaske ein und erhielt überall dasselbe Ergebnis: »nicht vorhanden«.

Damit blieben nur zwei weitere Möglichkeiten, Florencias Privatkonto und das Premiumkonto. Ich begann mit Florencias Konto und fand den Vertrag mit den Spacejockeys sofort. Weitere Anmerkungen schien es nicht zu geben, deshalb machte ich mit dem Treuhandkonto weiter.

Wie ihre persönlichen Unterlagen war auch das Treuhandkonto verriegelt und verrammelt. Nur eine andere Person, der Controller Damien Brandt, hatte Zugang, aber nur, um Kundengelder darauf zu überweisen, Abhebungen waren ihm nicht gestattet. Diese durfte nur Florencia tätigen, und nur sie durfte die monatliche Kontenabstimmung durchführen, insbesondere den Kontenabschluss. Zusätzlich zu den Konten für Ein- und Auszahlungen listete das Programm die Versicherungsträger, deren Policen die Auszahlungen betrafen. Die meisten der Unternehmen waren für den elektronischen Transfer der Summen ausgestattet. Bankleitzahlen und Kontonummern waren im System gespeichert, so dass sie einfach nur einen Kunden anklicken musste, um die entsprechende Aktion zu veranlassen.

Fünf Versicherungsträger, von denen ich vier kannte, bestanden auf Schecks. Der fünfte war eine Firma namens Deer Park Underwriters mit Sitz in Scottsdale, Arizona, 358 Jacaranda Boulevard, Suite 35.

Die verbleibende Zeit benötigte ich vollständig für die Abholung des Goldes und die Fahrt zum Treffpunkt mit Little Boy.

Ich versprach Natsumi, sie anzurufen, sobald ich mit dem Geld auf dem Heimweg war.

»Wenn du nichts hörst, ruf auf keinen Fall die Polizei. Es ist durchaus möglich, dass sie mich festhalten und versuchen, mich zur Preisgabe meiner Quelle zu zwingen. Es könnte eine Weile dauern, das zu klären.«

Die Nacht war eisig. Wir hatten Neumond, die Luft war knackig und knochentrocken, die Sterne kleine Nadelköpfe und die Milchstraße ein schwarzes Tuch, gesprenkelt mit schillernden Flecken.

Ich nahm meine eigene Waage mit zu Gerrys Werkstatt. Ehe ich die Wohnung verließ, sah ich im Internet den Preis nach und rechnete die Goldmenge aus, die ich einladen musste. Die mit Barren gefüllten Kartons brauchten auf der Ladefläche bemerkenswert wenig Platz.

Ohne den dichten Verkehr dauerte die Fahrt zur Bäckerei nur zwanzig Minuten. Auf dem Parkplatz standen zwei große SUVs und ein Lieferwagen. Alle schwarz. Im trüben Schein einer Laterne standen Männer herum oder lehnten am Lieferwagen und rauchten, die Schultern gegen die Kälte hochgezogen. Ich schaltete die Scheinwerfer aus, ehe ich auf den Parkplatz einbog.

»Hey, Mr. G.«, grüßte Little Boy. »Sie haben Mut, das muss ich Ihnen lassen.«

»Außerdem hab ich Ihre Ware. Haben Sie meine Bezahlung?«

»Darum sind wir ja hier. Kommen Sie mit in mein Büro, damit wir es hinter uns bringen.«

Er ging hinüber zum Lieferwagen, öffnete die Hecktüren und winkte mich hinein. Da es keine Möglichkeit gab, sicherzustellen, dass ich mein Geld während oder direkt nach Übergabe des Golds erhielt, öffnete ich einfach die Heckklappe und befahl dem nächsten Bosnier, es in den Lieferwagen zu transpor-

tieren. Ich sah zu, wie er und ein anderer Mann die kleinen Kartons hinüberschleppten. Als sie fertig waren, zogen sie sich wieder zurück, und ich folgte Little Boy in den Lieferwagen.
Er war bemerkenswert schön eingerichtet. Auf der einen Seite des Fahrzeugs standen zwei niedrige weiche Ledersessel, auf der anderen ein langes Sofa aus demselben Material, in der Mitte dazwischen ein großer runder Couchtisch. Der Teppich auf dem Boden und die Vertäfelung der Wände waren von zurückhaltender Eleganz.
Little Boy packte das Gold aus und stapelte die Barren auf den Tisch. Er nahm Waage und das Test-Set aus einem Fach vorn im Wagen und machte sich an die Arbeit. Ich wartete in einem Ledersessel, den man drehen konnte, und sah zu.
»Ich bin schon oft in Gold bezahlt worden, aber ich habe nie daran gedacht, selbst ins Geschäft damit einzusteigen«, erzählte Little Boy heiter. »Aber warum nicht? Klar, es ist schwer, aber man kann eine Menge Gold in sehr kleinen Päckchen verstauen.« Er schaute zu mir herüber. »Und es tut keinem weh. Nicht wie Drogen, Mädchen oder Glücksspiel oder das Klauen von Zigarettentransportern. Das sind nicht nur Sünden, sie sind auch schlecht für die Menschen.«
»Ich stimme Ihnen zu«, sagte ich. »Ich hoffe auf eine langandauernde Geschäftsbeziehung. Und falls meine Quelle sich erschöpft, suche ich eine andere. Es gibt kein Limit. Und für Sie sehr wenig Risiko, wenn überhaupt.«
Wir plauderten weiter und diskutierten schließlich über Profi-Basketball, ein Thema, von dem ich absolut keine Ahnung hatte. Glücklicherweise war Little Boy so geschwätzig, dass er eigentlich eher vor sich hin dozierte. Er verstummte erst, als der letzte Barren analysiert war. Er sah mich mit strenger Miene an.
»Mr. G., ich bin sehr enttäuscht von Ihnen.«

Ich spürte, wie mir das Herz bis zum Hals schlug.
»Warum sagen Sie das?«
»Das ist nicht die Menge, auf die wir uns geeinigt hatten«, sagte er mit einer wegwerfenden Geste auf die Barrenstapel. »Wofür halten Sie mich?«
»Die Menge ist korrekt. Sie müssen sich irren. Das kommt vor. Sie müssen noch einmal alles prüfen.«
»Ich habe sehr lange gebraucht, und jetzt wollen Sie, dass ich es noch einmal mache?«
Ich zeigte ihm den Zettel, auf dem ich das gesamte Gewicht der Barren addiert hatte, ehe ich sie in den Subaru lud.
»Und die liegen dort«, sagte ich mit zorniger, aber verhaltener Stimme. »Geben Sie mir Ihre Waage, dann beweise ich es.«
Little Boys Dauerlächeln verwandelte sich in ein breites Grinsen.
»Ich habe nicht gesagt, dass etwas fehlt. Es ist alles da. Ich sage, dass die Barren mindestens tausend Dollar mehr wert sind als der momentane Unzenpreis. Sie haben zu viel geliefert, Mr. G.«
Ich lehnte mich zurück. Ich hatte vergessen, dass ich zur Sicherheit ein bisschen mehr eingepackt hatte, damit ich auf keinen Fall zu wenig hatte, je nachdem, wie die Preise seit meiner letzten Kontrolle fluktuiert waren. Ich hatte geplant, ihm den Überschuss als Beweis meines guten Willens umsonst zu überlassen. Stattdessen hatte ich Little Boy den perfekten Vorwand geliefert, mich zu Tode zu erschrecken. Das sagte ich ihm.
»Danke, Mr. G. Sie wollten mich also gar nicht auf die Probe stellen, eh?«
»Nein. Obwohl es vielleicht eine gute Idee gewesen wäre.«
Er lachte und klopfte mir mit dem Handrücken auf die Brust. Es tat weh, aber ich tat so, als spürte ich nichts.

»Sehr gut. Das gefällt mir. Jetzt möchten Sie Ihr Geld, nehme ich an.«

»Das ist so üblich.«

»Sie reden nicht wie jemand, der Gold stiehlt«, bemerkte er, als würde er mich von etwas in Kenntnis setzen, das ich vielleicht noch nicht wusste.

»Ich glaube, Menschen, die Gold stehlen, gibt es in allen Spielarten. Es ist ein universelles menschliches Gebrechen.«

»Sehen Sie, jetzt tun Sie es schon wieder.«

»Das Geld«, mahnte ich.

Er stand auf, holte eine kleine Ledertasche aus demselben Fach wie vorher das Test-Set und ließ sie in meinen Schoß fallen.

»Amerikanische Dollar«, sagte er. »Echt, nicht gefälscht. Nicht gekennzeichnete Hunderter. Zählen Sie nach.«

Und das tat ich, aber nicht, weil ich dachte, er würde mich betrügen. Nicht zu zählen wäre ein Zeichen von Schwäche gewesen. Er wartete schweigend, bis ich fertig war, was ich mit erhobenen Daumen bestätigte. Er grinste wieder breit und streckte mir seine riesige Hand entgegen. Ich griff zu.

»Ich brauche etwas Zeit, um meine Vorräte aufzustocken«, sagte ich. »Ich melde mich bei Ihnen. Und vergessen Sie die Nachricht an Austin Ott nicht.«

Er schüttelte weiter meine Hand, nachdem ich meinen Griff gelockert hatte, wobei er seinen verstärkte.

»Es ist nicht gerade fair, dass Sie wissen, wo ich wohne, aber ich nicht, wo Sie wohnen«, sagte er.

»Es ist nicht fair, dass Sie eine liebende Familie haben, eine Bruderschaft, zu der Sie gehören, eine komplette Gemeinschaft, die Sie schützt. Ich habe nur mich selbst. Wenn mein Leben nicht geheim bleibt, bin ich schutzlos.«

Er ließ meine Hand fallen und schürzte die Lippen, das Sinnbild angestrengten Nachdenkens.

»Ich beginne Sie zu mögen, Mr. G., wider besseres Wissen. Nehmen Sie Ihr Geld und machen Sie, dass Sie rauskommen, ehe Sie mich enttäuschen. Ich kann mit Enttäuschungen nicht besonders gut umgehen.«

Ich tat wie geheißen, während ich mir in meinem Innersten eingestand, dass ich Little Boy ebenfalls zu mögen begann, ohne auch nur einen vernünftigen Grund dafür zu haben.

KAPITEL 18

Am nächsten Morgen wachte ich gegen fünf Uhr auf, kochte mir eine große Kanne Kaffee und setzte mich wieder an den Computer. Ich öffnete erneut das Premium-Treuhandkonto von Florencias Agentur und begann die Summen zu addieren, die an Deer Park Underwriters ausgezahlt worden waren. Ich ging sieben Jahre zurück, dort endete die Spur mit der Installation des neuen Systems. Die Berichte der vorhergehenden acht Jahre waren auf Magnetbändern gespeichert, die irgendwo in einem Lagerhaus untergebracht waren, dem Zugriff des World Wide Web entzogen.

Doch allein die Addition der letzten sieben Jahre ergab 6,5 Millionen Dollar.

Ich schloss das Buchhaltungsprogramm und wechselte zu »Transaktion«, wo ich die Kunden suchte, deren Policen von Deer Park Underwriters abgesichert worden waren. Es gab keine.

Ich hatte früher für eine Versicherungsagentur gearbeitet, die Managerhaftpflichtpolicen verkaufte. Eingeschlossen waren der Schutz vor Betrug oder Unterschlagung durch Angestellte, die in einer Anklage gegen das Management wegen fehlender Einrichtung angemessener Kontrollen münden konnten. Meine Aufgabe war es gewesen, die verschiedenen Wege festzustellen und zu dokumentieren, auf denen Angestellte ihre Hand in die Firmenkasse stecken konnten. Einige davon waren sehr gerissen und kompliziert, andere simpel und in ihrer Einfachheit brillant. Ich erkannte sofort, wohin das hier gehörte. Irgendwo dazwischen.

Ich rief den Vertrag mit Spacejockeys auf und forderte eine Dokumentation der Vorgänge an. Im Besonderen wollte ich die Zieladresse der von Deer Park Underwriters weitergeleiteten Post.

Die Antwort erfolgte umgehend: Blue Hen National Bank in Newark, Delaware. In den Informationen zur Weiterleitung fanden sich Kontonummer und Zugangscode. Ich sprang zur Blue-Hen-Seite für Onlinebanking und verbrachte zwei angespannte Stunden damit, mich in den Account zu hacken. Am kompliziertesten war, eine Mail von Florencia durch ihr privates Mailsystem zu schicken, mit der sie einen neuen Benutzernamen und ein neues Passwort anforderte. Als ich es endlich hineingeschafft hatte, war das Ergebnis wie erwartet. Die auf Deer Park Underwriters ausgestellten Schecks waren einem Konto der Blue Hen namens »Tilgung« gutgeschrieben. Alle drei Monate wurde das Konto geräumt und die Summe auf ein Konto bei einer anderen Bank auf den Caymans überwiesen.

Ich wusste, was das bedeutete. Vor mir tat sich ein Spalt im Boden auf, und beinah fiel ich hindurch. Mein Herz schien Feuer zu fangen, während es sich seinen Weg in meinen oberen Brustbereich krallte. »Nein, nein, nein, das kann nicht sein«, flüsterte ich, während das kalte, berechnende Tier im Zentrum meines Verstands sagte: Oh, doch, das kann es. Es ist genau das, wofür du es hältst.

In diesem Moment wusste ich, was die Leute meinten, wenn sie sagten, ihre Welt hätte sich auf den Kopf gestellt. Sie meinten es wörtlich. Ich rutschte vom Stuhl und lag eine halbe Stunde rücklings auf dem Boden, ehe ich mich wieder rühren konnte.

Ich ging in die Küche, wo Natsumi auf ihrem Laptop vor sich hin tippte, um sie herum auf dem Küchentisch aufgeschlagene

Bücher, auf den Stühlen Stapel von Papieren, CD-Hüllen und weiteren Büchern. Sie blickte zufrieden auf, doch als sie mich ansah, änderte sich ihre Miene.
»Was ist los?«, fragte sie.
»Ich weiß nicht. Es ist zu frisch. Ich brauche Zeit, um es zu verarbeiten.«
»Okay. Krieg ich eine Kurzfassung?«
»Ich bin nicht sicher, aber ich glaube, ich bin in ein Paralleluniversum geschlittert.«
»Tatsächlich.«
Ich kniff die Augen zu und zog die Schultern hoch, als wollte ich mich gegen einen Schlag wappnen.
»Ich wünschte, ich könnte meinem Hirn trauen«, sagte ich.
»Ich glaube, das kannst du. Es ist ein gutes Hirn.«
»War.«
»Erzähl mir von dem neuen Universum.«
»Es ist ein Ort, an dem Florencia Geld aus ihrer eigenen Agentur stiehlt.«
»Wirklich?«
»Wirklich.«
Ich ließ sie stehen, ging in mein Schlafzimmer und legte mich hin. Ich versuchte, mich zu entspannen, meinen Körper von der schmerzhaften Realität der Schwerkraft zu befreien, die Umklammerung verkrampfter Muskeln und entzündeter Gelenke zu lockern. Draußen ging die Sonne auf, aber die Blende war unten, und das Zimmer blieb düster und schattig.
In meinem Kopf lief immer wieder derselbe Film. Die Eröffnungsszene: Jahresende, und ein großer Kunde möchte den Rest des Budgets nutzen, um seine Prämie weit vor Fälligkeit zu bezahlen. Florencia akzeptiert großzügig einen Scheck, der auf ein Anderkonto eingezahlt werden soll. Als ein anderer Großkunde die Prämienzahlung überweist, geht die

Hälfte an Deer Park Underwriters. Die andere Hälfte geht an einen legalen Versicherungsträger, und die Differenz wird aus dem Anderkonto des ersten Kunden beglichen.

Im folgenden Monat wird einiges von den eingehenden Geldern dazu verwandt, das Defizit auf dem Anderkonto auszugleichen, einiges davon geht für volle Deckungsbeiträge drauf, aber ein wenig schlüpft zu Deer Park Underwriters und von dort in die Karibik. Das wiederholt sich Monat für Monat, Jahr für Jahr. Im Lauf der Zeit wächst Florencias Unternehmen, bis wirklich große Summen über das Treuhandkonto wandern. Glück sorgt dafür, dass alle Policen ausgezahlt werden können, wenn der Versicherungsfall eintritt, während weiterhin Teile abgeschöpft werden.

Natsumi kam herein und setzte sich zu mir aufs Bett. Ich schlug die Augen auf.

»Du musst mir nichts erzählen, was du nicht erzählen willst«, sagte sie.

»Doch. Ich habe dich mit hineingezogen. Es wäre unfair, etwas zu verschweigen, das sich auf dich auswirken könnte.«

»Du hast etwas nicht begriffen«, sagte sie. »Vielleicht deshalb, weil ich es nicht ausgesprochen habe. Deshalb bin vermutlich ich diejenige, die etwas verschweigt.«

Ich stützte mich auf die Ellbogen.

»Was ist es?«

»Ich bin froh, dass ich hier bin. Ich hätte es mir so nicht ausgesucht, aber die Ereignisse scheinen irgendwie vorherbestimmt. Ich habe meine Arbeit im Kasino geliebt. Ich habe mein Studium geliebt. Aber jetzt habe ich meinen Abschluss und kann nicht zurück in meinen Job. Ich hatte begriffen, dass es an der Zeit war, meinem Leben eine neue Richtung zu geben, aber ich brauchte den großen Knall, um es zu tun.«

Sie nahm meine Hand. »Als du dich an meinen Kartentisch

gesetzt hast, haben mich deine Not und dein Kummer fast umgeworfen. Ich konnte deinen angeschlagenen, kalkulierenden Verstand spüren. Frag mich nicht wie, aber den Abschluss in Psychologie gab's nicht umsonst.«

»Ich habe es zugelassen«, sagte ich. »Ich konnte nicht anders.«

»Weil das hier vorbestimmt war. Es war nicht deine Entscheidung.«

Ich hatte mein Leben mit der Suche nach empirischen, quantifizierbaren, verifizierbaren Wahrheiten verbracht. Darin hatte es nie Platz für Mystik oder Spiritualität gegeben. Zufälle, ja. Mathematik würde nicht funktionieren, wenn das Zufallselement nicht Teil der Gleichungen wäre. Selbst Mathematik wurde von Wahrscheinlichkeiten regiert und von wiederholbaren Ergebnissen. Die einzige Hand, die den Ausgang bestimmte, war die blinde Hand unerbittlicher Logik und Vernunft.

Wenn man jedoch spürt, wie sich die Gewissheiten des eigenen Lebens wie tektonische Platten verschieben, um niemals wieder in ihren Ursprungszustand zurückzukehren, können Logik und Vernunft wie vollkommen inkompetente Schiedsrichter der Realität wirken.

Ich setzte mich auf, nahm ihren Kopf in meine Hände und küsste sie auf den Mund. Sie wehrte sich nicht.

Erst nachdem ich spät an diesem Tag von meiner Imbisstour wiederkehrte, wandten wir uns erneut dem Thema Unterschlagung zu.

»Man nennt es abschöpfen und weiterleiten«, sagte ich. »Eine klassische Betrugsform, bei dem man einen bescheidenen Prozentsatz des Geldflusses umleitet und die Differenz mit neuen Eingängen abdeckt. Wenn man nicht gierig wird und zu viel abschöpft und nichts eintritt, was auf die Unregelmäßigkeiten aufmerksam macht, kann man das sehr lange durchziehen. Ewig, wenn man selbst derjenige ist, der alle Informationen kontrolliert und die Aufsicht führt.«

»Und wer war das in Florencias Agentur?«

»Florencia.«

Natsumi sah mich eindringlich an.

»Sicher?«

»Niemand anders hätte es tun können. Sie hatte die absolute Vollmacht über das Treuhandkonto. Sie war als Einzige berechtigt, Entnahmen zu veranlassen und die Zahlungen an den entsprechenden Versicherungsträger anzuweisen. Sie nahm die monatlichen Kontenabstimmungen vor und manipulierte die Zahlen so, dass sie dem Buchprüfer nicht auffielen. Sie gründete eine Scheinfirma, die wie einer der Versicherungsträger der Agentur wirkte. Sie richtete ein Konto ein, auf das die Schecks für die Scheingesellschaft eingezahlt wurden, und dann eines auf den Cayman Islands, um das Geld zu verstecken.«

»Warum Geld aus dem eigenen Betrieb abziehen?«, fragte Natsumi, eine Frage, die in meinem Kopf so viel Raum einnahm, dass sie beinah körperlich schien.

»Ich weiß es nicht«, sagte ich. »Aber ich weiß, dass die Zahlungen an das Scheinunternehmen in dem Monat aufhörten, in dem sie ermordet wurde. Jeder, der die Bücher prüft, wird alles bestens finden. Der Betrug fliegt nur auf, wenn ein Kunde einen Versicherungsfall meldet, dessen Police abgelaufen ist, weil die Prämie nicht voll gezahlt wurde. Kurz gesagt, von der Flut erwischt, weil Florencia nicht mehr da ist, um neues Geld abzuschöpfen – aber das ist offensichtlich nie passiert. Die einzige andere Möglichkeit wäre, alle Unternehmen, mit denen die Agentur jemals Geschäfte gemacht hat, auf ihre

Legalität zu überprüfen. Es gibt Hunderte davon; viele sind spezielle Geldgeber, die nur ein einzelnes Risiko finanziert haben. Die meisten sind mittlerweile gar nicht mehr aktiv. Es gibt keinen Anlass für eine solche Prüfung.«

»Was hat das zu bedeuten?«, fragte sie.

»Diese Frage würde ich gern Austin Ott stellen.«

Little Boy Boyanov meldete sich über unsere private Handyverbindung bei mir im Food Truck.

»Das wird Ihnen gefallen«, sagte er, als ich mich meldete.

»Okay.«

»Raten Sie mal, an wen ich mein Gold verkauft habe?«

»Den Papst?«

»Austin Ott«, sagte er.

»Ist nicht wahr!«

»Natürlich nicht an ihn direkt, sondern an einen seiner Lakaien, der sich bei mir gemeldet hat, nachdem ich die Nachricht verbreitet habe, dass ich seinen Boss sprechen will. Normalerweise arbeiten die nicht so schnell, deshalb glaube ich, Sie haben mächtig Eindruck gemacht.«

»Wie geht's weiter?«, fragte ich.

»Der Lakai hat Jenkins angerufen. Er will mit Ihnen reden, unter vier Augen. Das war nicht meine Idee. Zu gefährlich. Selbst wenn Sie nur Handtücher tragen.«

»Was schlagen Sie vor?«

»Sie verabreden sich, aber wir tauchen dort auf, und dann nehmen wir Jenkins zu einer Fahrt im Lieferwagen mit.«

»Das wird Ott vermutlich nicht besonders gefallen.«

»Es ist nur eine Schutzmaßnahme. Er wird das verstehen.«

»Und Sie schützen Ihre Investition.«

»Nein, wir sind einfach gern mit Ihnen zusammen, Mr. G.«

Er gab mir den Namen eines Diners am Berlin Turnpike, einer

klassischen vierspurigen Gewerbestraße, die früher, vor dem Bau der Interstate, der Nord-Süd-Highway gewesen war. Obwohl sie erste Anzeichen der Erholung zu zeigen begann, war sie nach wie vor Heimat von billigen Motels, Waffengeschäften und Prostitution. Little Boy nannte mir den Zeitpunkt des Treffens und die Nische, in die Jenkins sich setzen sollte, diejenige neben der Schwingtür zur Küche, die, wie er mir versicherte, nicht besetzt sein würde.

Ich akzeptierte den Plan ohne Änderungen, da ich keinen besseren hatte. Es war immer noch gefährlich, aber ich hatte begonnen, ihm zu vertrauen. Außerdem hatte ich vor langer Zeit gelernt, wie dumm es war, echte Profis zu korrigieren.

Ehe er auflegte, gab Little Boy mir Jenkins Handynummer.

Eine seidige junge Männerstimme meldete sich. »Ja, was gibt's?«

»Jenkins?«

»Am Apparat.«

»Mr. Boyanov sagte, ich solle Sie anrufen.«

»In der Tat. Wir haben einige gemeinsame Interessen, über die wir reden sollten.«

»Das ist richtig«, sagte ich. »Aber ich bin nur interessiert, wenn eine gewisse Partei, deren Name nicht genannt wird, involviert ist.«

»Das hängt davon ab, welche Vorteile die Arrangements für denjenigen haben, dessen Namen wir nicht nennen.«

»Er kennt das Potenzial. Ich schätze, er schaut es sich gerade an.«

»Schätzen ist nicht ratsam, Bruder. Wir müssen reden.«

»Wie sicher ist Ihr Handy?«

»Beleidigen Sie mich nicht.«

»Aber wir nennen keine Namen.«

»Dafür sind Treffen da«, sagte er.

Ich gab Little Boys ausführliche Anweisungen weiter und meinte, ich würde mich erst zeigen, wenn er Platz genommen und mindestens zehn Minuten gewartet hätte.
»Geht in Ordnung«, sagte er. »Ich hätte auch Angst vor mir.«
Wieder zu Hause, weihte ich Natsumi ein.
»Du machst Fortschritte«, sagte sie.
»Stimmt. Eines Tages stelle ich dir Little Boy Boyanov mal vor. Wir könnten ihn und seine Frau zum Essen einladen.«
»Vertraust du ihm?«
»Nein. Aber seinem Eigennutz.«
»Und ich vertraue dir«, sagte sie.
»Das freut mich, ich gebe mir nämlich Mühe, dich über alles zu informieren«, erwiderte ich, »obwohl ich etwas ausgelassen habe.«
»Wirklich.«
»Warte hier.«
Ich ging in mein Schlafzimmer und holte eine Auswahl der hübschen Freizeitkleidung, die ich bei Preston Nestor erstanden hatte – eine braune Seidenhose, einen Kaschmirblazer und ein blau-weiß gestreiftes Baumwollhemd.
»Bist du eine heimliche Schwuchtel?«, fragte Natsumi.
»Das ist Teil eines groß angelegten Plans. Ich wollte dir nichts verheimlichen, ich wusste nur nicht, in welche Richtung sich die Dinge entwickeln würden.«
Ich erzählte ihr, was ich erreichen wollte. Natsumi war sehr gut darin, ihre Gedanken hinter einer unbewegten Miene zu verbergen, aber jetzt blitzte etwas wie Überraschung oder vielmehr Unglauben in ihren Augen auf.
»Mit anderen Worten, du willst alles, was du seit deinem Erwachen aus dem Koma getan hast, wieder rückgängig machen«, sagte sie.
»Ja, mehr oder weniger. Ich weiß nur sehr wenig über Austin

Ott, aber ich habe Theorien aufgestellt. Er hat ein funktionierendes Geschäftsmodell, dessen Basis persönliche Anonymität ist. Davon wird er nicht abweichen, gleichgültig wie verlockend die Gelegenheit ist. Jedoch wird er eine Möglichkeit finden, über hochrangige Mittelspersonen einzusteigen, wenn er überzeugt ist, dass es sich lohnt. Aber einen längeren Prozess kann ich mir nicht leisten. Mit jedem Tag, der vergeht, bekommt meine Unverwundbarkeit Risse. Und die werden immer tiefer, womit die Wahrscheinlichkeit eines tiefen Bruchs steigt. Ich muss die Dinge beschleunigen, aber es ist schwierig, aggressiv zu operieren, ohne meine eigene Anonymität zu riskieren.«

»Eine Zwickmühle«, bemerkte Natsumi.

»Ich muss meine Taktik ändern, sowohl strategisch als auch geographisch. Shelly Gross hat mir versichert, er sei nicht besser als jeder gewöhnliche Gauner, warum also der schicke Name, die Allüren, die Vorliebe für Fairfield County? Weil er Jay Gatsby ist. Ein hochkarätiger Krimineller, der sich unwiderstehlich von den oberen Zehntausend angezogen fühlt. Nicht aus Liebe, wie Gatsby, sondern wegen des Status, der damit verbunden ist. Zumindest in seinen Augen.«

»Demnach willst du die Schlacht auf seinem Terrain austragen«, sagte sie.

»Es ist Zeit, dass der Prophet zum Fuß des Berges geht.«

»Ich dachte, du wärst Buddhist.«

Während Natsumi unser Abendessen zubereitete, zog ich die hübschen Sachen an und verbrachte einige Zeit mit Recherchen am Computer. Wie so häufig war ich mit dem Thema nur oberflächlich vertraut und verbrachte deshalb die meiste Zeit damit, die Grundregeln zu lernen.

»Wow, jetzt hab ich das Gefühl, ich müsste mich umziehen«, rief Natsumi, nachdem sie mich zu Tisch gebeten hatte.

»Nach dem Essen kannst du mir mit der Perücke helfen.«
Wie vermutet, besaß Natsumi eine künstlerische Ader, die viel dazu beitrug, meine erst im Entstehen begriffenen kosmetischen Fähigkeiten zu verbessern. Sie wählte eine hellbraune Perücke mit distinguierten weißen Schläfen. Dann verpasste sie mir mit Hilfe eines Bräunungsmittels einen schönen Teint, als wäre ich kürzlich von einem Golfausflug aus Arizona zurückgekehrt.
Ich machte eine dementsprechende Bemerkung, als ich mich im Spiegel betrachtete.
»Nächstes Mal nimmst du mich mit«, sagte Natsumi.
»Wir brauchen andere Namen. Ich habe die Sozialversicherungsnummer eines Toten namens Henri Grenouille. Das passt zu Mr. G., dem Namen, den Little Boy gegenüber Jenkins benutzt hat. Wegen meiner Unterschrift – Auric G. Henri ist nicht Auric, aber es reicht.«
»Wusstest du, dass Grenouille Frosch bedeutet?«
»Sollte keine Beleidigung sein.«
Ehe ich aufbrach, zeigte ich ihr, was ich am Computer tat, und fragte, ob sie eine Weile weitermachen könnte.
»Heißt das, ich kann mir aussuchen, was ich will?«
»Unbedingt. Nur keine Hemmungen.«

Auf dem Weg zum Treffpunkt mit Little Boy und seinem Hofstaat rief ich ihn an.
»Ich werde anders aussehen«, sagte ich. »Zeigen Sie keine Überraschung. Ich tue es wegen Jenkins.«
»Verstanden«, sagte Little Boy. »Wir machen uns bereit.«
Er wiederholte den Standort des Lieferwagens, den ich bequem rechtzeitig erreichen würde. Er sagte, er würde den Mann, der mit ihm wartete, auf meine Erscheinung vorbereiten.

»Sonst erschießt er Sie womöglich, und dann ist der Plan im Arsch.«
Der Lieferwagen erwartete mich wie versprochen auf dem Parkplatz eines Strip-Lokals und Motel-Komplexes am Berlin Turnpike, ein paar Meilen nördlich des Diners. Ich klopfte an die Tür, und einer von Little Boys wortkargen Bosniern ließ mich rein.
»Scharfe Klamotten«, bemerkte er, nahm auf einem der Ledersessel Platz und wandte seine Aufmerksamkeit wieder einer Ausgabe der *Elle* zu.
Schweigend warteten wir auf den Rest der Bande.

Jenkins, der den Lieferwagen als Erster betrat, wirkte wie Anfang dreißig, obwohl sich um seine Augen die ersten tiefen Falten zeigten. Afroamerikaner, mit langen, schlaksigen Gliedern und einem Zahnstocher im Mund, schien er vollkommen entspannt. Er klatschte meinen Babysitter ab und ließ sich auf das Sofa fallen. Little Boy und ein dritter Bosnier gesellten sich zu ihm.
»Entschuldigen Sie die Änderung«, sagte ich. »Nur eine Vorsichtsmaßnahme.«
»Ich kenne diesen Scheiß«, antwortete er. »Erstes Treffen und so.«
»Er hat gelacht, als wir aus der Küche kamen«, berichtete Little Boy. »Wusste gleich Bescheid. Kluger Bursche, Jenkins.«
»Richtig. Genauso klug wie Ihre Männer, die wissen, dass sie bis zum Hals in der Scheiße stecken, wenn mir hier irgendwas passiert.«
Little Boy schien leicht gekränkt.
»Warum sollte es?«, sagte er. »Wir sind alle erwachsen.«
»Richtig«, sagte ich, und die allgemeine Aufmerksamkeit ver-

lagerte sich auf mich. »Folgendes Szenario: Ich habe die Mittel, an eine riesige Menge kostbarer Metalle zu unschlagbaren Preisen zu gelangen. Nämlich umsonst. Das erlaubt mir, es ernsthaften Interessenten zu lächerlichen Discount-Preisen anzubieten. Ich suche nach einer stabilen, langwährenden Geschäftsbeziehung und bin deshalb gern bereit, zugunsten dieser Beständigkeit und Sicherheit auf einen größeren Gewinn zu verzichten.«

»Little Boy hat mir schon alles erklärt«, sagte Jenkins. »Erzählen Sie mir mehr über die Ware.«

»Ich habe Gold und Silber, aber außerdem noch Platin, Palladium, Iridium, Rhodium, Osmium und Ruthenium.«

Jenkins fischte einen Stift und ein kleines Notizbuch aus seiner Jacke.

»Das müssen Sie noch mal wiederholen. Bis ›ium‹ bin ich mitgekommen. Buchstabieren Sie den Rest.«

Nachdem ich das getan hatte, fuhr ich fort: »Der Vertrieb dieser Metalle in den von mir beabsichtigten Mengen erfordert eine Operation mit internationalen Beziehungen. Ich denke ganz eindeutig an Asien und Lateinamerika. Wachsende Volkswirtschaften mit einer gierigen Industrie.«

»Richtig«, sagte Little Boy. »Wir operieren größtenteils zwischen New York und Boston. Sonst würden wir uns alle 'ridiums schnappen, die wir in die Finger kriegen können.«

Jenkins warf ihm einen schrägen Blick zu und machte sich dann weiter Notizen.

»Ich habe Verständnis für Mr. Otts Verlangen nach Anonymität«, sagte ich. »Ich hege denselben Wunsch. Aber ich brauche Bestätigung, dass ich wirklich mit seiner Organisation verhandle und nicht mit einer Gruppe von Möchtegernen.«

»Wir sind echt, Mann«, sagte Jenkins. »Hier tut niemand so als ob.«

»Bei allem Respekt, aber ich brauche mehr als das. Eine Geste des Vertrauens. Ich werde Mr. Ott entscheiden lassen, wie diese aussehen soll.«

Bald darauf endete die Besprechung. Jenkins hatte bereits von meinem früheren Anruf eine meiner Handynummern, die Verbindung stand also. Ich sagte ihm, es sei an ihnen, den nächsten Schritt zu tun, aber dass ich aufrichtig hoffte, wir würden rasch zu einer befriedigenden Vereinbarung kommen.

»Ich ziehe es vor, nur mit den Besten eines Schlags zu handeln«, sagte ich, als wir uns die Hand gaben, »wie Sie an meiner Beziehung zu Mr. Boyanov erkennen. Bitte geben Sie das an Mr. Ott weiter.«

Einer von Little Boys Männern fuhr Jenkins zurück zu dem Diner, so dass wir das Treffen in Ruhe besprechen konnten.

»Das mit den Besten eines Schlags hat mir gefallen«, sagte Little Boy. »Auch wenn wir die einzigen Bosnier in der Stadt sind.«

»Auf Sie wartet erneut Gold im Wert von 100 000 Dollar«, sagte ich. »Mit einem üppigen Überschuss. Sie haben es verdient.«

»Dann kann ich mir ja vielleicht die neue Kleiderordnung leisten.«

Natsumi wartete mit einer Flasche Jim Beam und einem Bier auf mich, als ich in die Wohnung zurückkehrte. Sie trug den Rock ihrer Kasino-Uniform und einen Lambswoolpullover. Mit Wachstropfen auf Unterteller geklebte Kerzen brannten überall im Wohnzimmer. Das Radio war auf einen Collegesender eingestellt, der Jazz spielte.

»Mehr habe ich in der kurzen Zeit nicht hingekriegt«, sagte sie, während sie ihre Schuhe abstreifte und sich mit untergeschlagenen Beinen neben mich auf das Sofa setzte.

»Was ist der Anlass?«

»Meine Arbeit ist fertig.«
»Glückwunsch«, sagte ich.
»Sie gehört zu dieser Wohnung. Es schien verkehrt, woanders zu feiern. Es war der richtige Zeitpunkt.«
»Du bringst mich noch dazu, an kosmische Einflüsse zu glauben.«
»Um ehrlich zu sein, war ich die Sache mittlerweile echt leid. Wie viel muss man als Bachelor über das Münchhausen-Stellvertreter-Syndrom wissen?«
»Erheblich weniger als du«, sagte ich.
»Und wie war dein Abend, mein Lieber?«, fragte sie. »Was machen deine Kriminellen vom Balkan?«
»Das weiß ich erst in ein paar Tagen. Aber egal, was bei dem Treffen herauskommt, wir gehen wie geplant vor.«
»Das ist gut, ich habe nämlich das perfekte Ding gefunden, glaube ich. Unwiderstehlich«, fügte sie mit aufgesetztem Oberschicht-Akzent hinzu. Sie zog die Schuhe wieder an, lief in ihr Schlafzimmer und kam mit ihrem Laptop zurück, den sie mir in die Hände drückte.
Auf dem Bildschirm sah man das Foto eines eingerichteten Landsitzes mit 3000 Quadratmeter Wohnfläche, der auf einem fünf Hektar großen Grundstück in Greenwich stand. 1928 von einem Börsenmakler erbaut, der nicht geahnt hatte, dass er ein Jahr später pleite sein würde. Ein Schicksal, das vom gegenwärtigen Inhaber, einem Nachfahren John D. Rockefellers, geteilt wurde, der das bemerkenswerte Pech gehabt hatte, sein finanzielles Schicksal den Geschicken eines Mannes namens Madoff anzuvertrauen. Es wurde zur Miete mit Kaufoption angeboten.
»Du hast gatsbyesk verlangt«, sagte sie.
»Es gefällt mir.«
Den restlichen Abend aßen wir Kleinigkeiten und planten die

Aktivitäten der nächsten Tage. Dabei schluckte Natsumi eine beträchtliche Menge Jim Beam, ohne dass es Auswirkungen auf sie zu haben schien, und ich ließ es auch richtig krachen und trank zwei Bier. Das zweite hatte die Wirkung einer Vollnarkose.

»Du siehst aus, als würdest du gleich einschlafen«, bemerkte Natsumi.

»Ja, weil ich das tue. Mir fehlt deine Übung beim Unter-den-Tisch-Saufen von Motorradbanden.«

Nachdem wir gute Nacht gesagt hatten, entledigte ich mich vorsichtig der ganzen Seide und des Kaschmirs und fiel wie ein Stein ins Bett. Ich löschte die Nachttischlampe und wollte mich gerade auf die Seite drehen und einschlafen, als sich die Tür öffnete und Natsumi ins Zimmer trat. Sie stupste mich an und sagte, ich solle Platz machen. Das Bett war ein Doppelbett, es war also genug davon da. Sie schlüpfte unter die Decke. Ich spürte nackte Beine, Höschen und ein T-Shirt.

»Nur zum Schlafen«, sagte sie.

Was wir auch taten, bis ich spät in der Nacht aus den Tiefen des Schlafs in ihren Armen auftauchte – unbekleidet, die Zukunft unwiderruflich verändert.

KAPITEL 19

Ich versprach meiner Vermieterin Señora Colon-Cordero eine Provision in Höhe von dreißig Prozent, wenn sie den Truck für mich verkaufte. Ich schlug ihr vor, Billy Romero anzurufen für den Fall, dass er vielleicht doch noch einmal über den Ruhestand in Florida nachgedacht hatte.

»Das ist aber viel Provision«, sagte sie.

»Ich möchte Sie motivieren.«

»Vielleicht kaufe ich ihn selbst.«

Das hielt ich für eine großartige Idee.

»Ich kann Sie aber leider nicht einweisen wie Billy mich. Ich habe anderswo dringende Geschäfte. Bei dem Preis, den ich Ihnen anbiete, können Sie ihn aber einfliegen lassen, damit er Sie berät.«

»Das Imbissgeschäft ist also nicht so gelaufen, wie Sie gehofft hatten?«

»Ehrlich, es hat mir gefallen, aber es ist nicht meine Welt. Dennoch werden Sie feststellen, dass ich die Tour sehr ordentlich bedient habe.«

Ich erzählte ihr nichts von Leo Dunlops scheinbarem Herzanfall, nachdem er einen Schluck von meinem Eiskaffee getrunken hatte.

Wir brauchten nur wenige Stunden, um unsere Habseligkeiten zusammenzupacken und in den Outback zu verfrachten. Außerdem nutzte ich die Zeit, indem ich die für den Landsitz zuständige Maklerin anrief und einen Besichtigungstermin vereinbarte.

»Ein faaaabelhaftes Anwesen«, versicherte sie mir. »Sie werden es einfach lieben, lieben, lieben!«
Auf dem Weg nach Greenwich hielten wir an Gerrys Werkstatt und nahmen ein Muster von jedem Metall auf der Liste mit. Obwohl im Verhältnis zum Gewicht bemerkenswert wertvoll, waren die Kartons ebenso bemerkenswert schwer.
»Nächstes Mal handeln wir mit exotischen Drogen«, ächzte Natsumi.
Ich mietete ein Zimmer im besten Hotel, das ich in Greenwich finden konnte, um von Anfang an den richtigen Eindruck zu erwecken. Die Entscheidung fiel nicht besonders schwer.
»Die Präsidentensuite wäre noch frei«, sagte die Empfangsdame, »aber es gibt leider kleinere Probleme mit dem Whirlpool.«
Natsumi verlieh ihrer Enttäuschung Ausdruck, aber wir nahmen sie dennoch, nachdem die Empfangsdame uns einen Preisnachlass bis knapp unter die Wuchergrenze gewährt hatte.
Die Suite war doppelt so groß wie unsere Wohnung in West Hartford und wesentlich besser ausgestattet.
»Wusstest du, dass du gleichzeitig eine Aromatherapie anwenden und dir die Zähne reinigen kannst?«, fragte Natsumi, über ein Flechtkörbchen mit Kosmetika und Hygieneartikeln gebeugt.
Wir bestellten beim Lieferservice eines örtlichen Restaurants und mussten die restliche Nacht ein Bett erleiden, das es schaffte, gleichzeitig fest und flauschig zu sein. Beim Frühstück planten wir den vor uns liegenden Tag, wobei wir uns auf den Besichtigungstermin und die Aufrüstung unserer Garderobe konzentrierten. Eine Aussicht, die Natsumi, wie sie selbst zugab, nicht besonders unangenehm fand.
»Außerdem brauchen wir ein schickeres Auto«, sagte ich.
Ein paar Stunden später fuhren wir in einem neuen T-Modell

der E-Klasse von Mercedes-Benz über die lange Zufahrt zum großen Haus, wo die Limousinen-Version dieses Modells schon auf uns wartete. Dem Wagen entstieg eine kleine, etwas übergewichtige Frau mit hochtoupierten Haaren, gekleidet in einen weißen, bodenlangen Ledermantel mit Pelzbesatz, und begrüßte uns.

»Wie ich sagte, faaaabelhaft«, flötete sie, griff nach meiner Hand und stöckelte dann zu Natsumi, die sie in eine bärenhafte Umarmung zog. Natsumi vollzog eine charakterliche Kehrtwende und erwiderte die Umarmung doppelt so heftig, wobei sie der närrischen Frau beinah die Luft abdrückte.

»Nun, wir freuen uns auch, Sie kennenzulernen. Sollen wir hineingehen?«

Das Innere des Hauses war gleichzeitig großartig und anheimelnd. Es war makellos sauber, nirgends auch nur der Hauch einer Staubflocke oder eines Putzmittels. Die eichengetäfelten Wände waren mit traditionellen, repräsentativen Bildern geschmückt. Perser auf Eichenparkett und Fliesen. Räume mit massiven bequemen Möbeln, die nach Zitronenpolitur dufteten. Auf Beistelltischen sprossen Lampenschirme aus überdimensionierten chinesischen Vasen, über dem Kamin ein riesiger Farn unter Glas. Eine Bibliothek mit bis an die Kiemen vollgestopften Bücherschränken, die bis in den Himmel reichten – den Rest musste ich gar nicht erst sehen.

»Wir zahlen für sechs Monate im Voraus«, teilte ich der Maklerin mit. »Ist morgen zu früh, um den Vertrag zu unterzeichnen?«

Als wir die unendlich lange, baumgesäumte Zufahrt hinunterfuhren, sagte Natsumi: »Ich weiß, dass das Ganze aus taktischen Gründen nötig ist, aber es macht auch Spaß, das musst du zugeben.«

»Ich geb's zu.«

Als wäre der Tag nicht extravagant genug gewesen, verbrachten wir den Nachmittag und frühen Abend in New York, wo wir Kleidung und Accessoires in den Nobelgeschäften Manhattans erwarben.
Nach einem vergnüglichen, überteuerten Abendessen in Soho kehrten wir kurz vor Mitternacht ins Hotel zurück.
»Okay, das war ein weiteres erstes Mal«, bemerkte Natsumi, die sich auf dem Wohnzimmersofa fläzte.
»Das Ganze dient einem strategischen Ziel«, sagte ich.
»Das hatte ich angenommen.«
»Ich will kein Spielverderber sein.«
»Dann sei auch keiner. Ich kenne das Ziel. Lass mich doch ein bisschen phantasieren. Du weißt ja gar nicht, wie traumhaft das alles ist.«
Ich bedauerte meinen Mangel an Mitgefühl und Verständnis, trat zum Sofa und strich ihr das seidige schwarze Haar aus dem Gesicht.

Den größten Teil des nächsten Tages verbrachte ich mit dem Versuch, mich in Florencias Nummernkonto bei der Bank auf den Cayman Islands zu hacken. Das Problem war teuflisch simpel. Ich hatte Bankleitzahl und Kontonummer, aber weder Benutzernamen noch Passwort. Ohne diese konnte man sich aber, außer mittels eines bewaffneten Überfalls, keinen Zugriff verschaffen.
Ich hätte einige Kombinationen, die mit Florencia zusammenpassten, ausprobieren können, aber die Chancen standen nicht gut, und nach fünf vergeblichen Versuchen würde das Sicherheitssystem der Bank meinen Computer für alle Ewigkeit sperren. Selbstverständlich konnte ich mit einem anderen weitermachen, aber das Ergebnis würde vermutlich dasselbe bleiben.

Das raffinierte Bankensystem der Caymans rechnete mit der gelegentlichen Verwaisung von Konten, von denen einige vor illegalem Geld geradezu aus allen Nähten platzten. Man ließ einige Zeit verstreichen, dann schluckte man das Geld. Sollten verletzte Inhaber oder deren Erben doch noch auftauchen, fand man eine Lösung, normalerweise, indem man den Bittstellern einen stattlichen Prozentsatz pro Dollar zahlte. Ein weiteres ausgezeichnetes Beispiel für den Ehrenkodex unter Dieben.

Erst als ich mich an Florencias Computer erinnerte, den ich zusammen mit einem Haufen weiteren Zubehörs in meinem Outback herumgefahren hatte, kam ich auf die Lösung.

Ich holte den Computer aus dem Auto, baute ihn auf, fuhr ihn hoch und schob die MattBD-Disc ins Laufwerk. Innerhalb weniger Minuten hatte ich die Kontrolle über das Gerät übernommen.

Florencia war nicht besonders technisch veranlagt gewesen, aber ich ging nicht davon aus, dass sie den Code für ein geheimes Nummernkonto auf Grand Cayman einfach auf ihrer Festplatte herumliegen ließ. Ich konnte anfangen, nach alphanumerischen Kombinationen zu suchen, aber das wäre zu zeitaufwendig gewesen.

Ich ging an meinen Computer und ließ mir eine Liste der Bankleitzahlen aller Banken auf Grand Cayman anzeigen. Ich kopierte sie auf einen USB-Stick und dann in Florencias Computer. Dann setzte ich die Zahlen in eine Suchmaske, die die komplette Festplatte durchstöberte.

Zwanzig Minuten später wurde ein Ordner namens »Rezepte« angezeigt, und in dem fand ich ein Worddokument mit der Bezeichnung »Receta para estofado de cordero a la ostra«. Ich öffnete die Datei. Die Bankleitzahl der First Australia Bank (Cayman) Limited in George Town stand ganz oben.

Darauf folgten die Kontonummer und die Worte »Eagle House«.
Ich stand vom Tisch auf und ging ans andere Ende des Raums, von wo ich den Garten überblicken konnte. Eagle House war der heruntergekommene Apartmentblock in der Nähe des Universitätscampus gewesen, als sie an der Wharton studiert hatte. Meine Lebensumstände waren damals nur wenig besser, ich wohnte mit drei Zimmernachbarn in einer verkommenen Etagenwohnung in South Philly, von der ich kaum Notiz nahm, so absorbiert war ich von meiner Abschlussarbeit in fortgeschrittener statistischer Analyse.
Wieder stand ich vor einem undurchdringlichen Rätsel. Mit einem Verstand, der sein Wissen um die Sprache der Lösungen verloren hatte.
Der Zugangscode musste relativ lang sein. Eagle House hatte zehn Buchstaben. Falls A eins war und Z sechsundzwanzig, konnte der Code 51 712 581 521 195 lauten. Doch das schien zu lang und zu einfach, selbst für Florencia.
Zehn Stellen. Die Länge einer Telefonnummer.
Die Telefonnummer ihres Apartments im Eagle House. Verdammt, dachte ich, wie zur Hölle war die noch mal?
Ich begab mich zurück an meinen Computer und fing an, Mails zu schreiben, was bis zum Abend dauerte.

Die letzte Mail ging an Evelyn, der ich mitteilte, dass wie angekündigt eine bedeutende Summe von dem gemeinsamen Konto abfließen würde.
Ich verriet ihr weder warum noch sonst besonders viel, abgesehen davon, dass ich mich körperlich besser denn je fühlte und Fortschritte machte. Sie hatte diese Schwammigkeit nicht verdient, und ich schämte mich dafür, aber wenn ich anfing, ihr die ganze Geschichte zu erzählen, hätte ich nicht mehr

aufhören können. Außerdem ging es auch um ihre Mitwisserschaft vor und nach der Tat, ich wollte sie auf keinen Fall weiter hineinziehen.

Ich war schwer versucht, ihr alles über Florencias Unterschlagungen zu erzählen. Aber auch hier wusste ich nichts mit absoluter Sicherheit – die Angelegenheit war nach wie vor völlig ungeklärt. Ich beschloss, den Schock und die Enttäuschung zu verschieben, bis ich überzeugt war, die ganze Wahrheit zu kennen.

Deshalb blieb ich bei nichtssagenden Beschwichtigungen und fiel mit dem Gefühl ins Bett, zwar unaufrichtig, aber gleichzeitig auch fürsorglich zu sein.

Wir stellten die Redensart, dass Leute umso mehr Müll anhäufen, je mehr Raum ihnen zur Verfügung steht, unter Beweis, indem wir fast eine Woche brauchten, um uns und das, was wir für unsere dürftigen Habseligkeiten gehalten hatten, in das riesige Haus umzuziehen.

Die angelieferte Kleidung war Teil des Problems, doch das größte Hindernis war die Installation meiner Computer samt Zubehör, früher überall verteilt in Gerrys Werkstatt, dem kleinen Haus in der Nähe der Kiesgrube in Wilton und der Wohnung in West Hartford. Ich konnte aus zwölf Räumen wählen, um alles zusammen aufzubauen, aber überraschenderweise wurde es durch dieses Überangebot noch schwieriger. Schließlich entschied ich mich für das Billardzimmer über der Garage mit den drei Stellplätzen, hauptsächlich wegen des Fehlens eines Billardtischs, wodurch genug Platz für eine Reihe von Klapptischen und einen Bürodrehstuhl blieb, mit dem man von Arbeitsplatz zu Arbeitsplatz rollen konnte.

Die kostbaren Metalle lagerte ich ebenfalls dort, in einem kleinen Stapel Pappkartons in einer der Ecken. Für einen Safe

waren es zu viele; und ohnehin war ein Safe der sicherste Weg, der Welt mitzuteilen, dass man etwas zu verstecken hatte.
Natsumi stürzte sich auf die Haushaltsangelegenheiten, ohne sich um die Bestätigung von Geschlechterklischees zu scheren. Konfrontiert mit einer Küche doppelt so groß wie ihre frühere Wohnung, stockte sie die Vorräte auf, füllte den Geschirrschrank und dekorierte die Arbeitsflächen mit allen Spielarten moderner Küchengeräte.
Sie sprach mit Reinigungsunternehmen und Gartenbaubetrieben – Letzteres zu einer Zeit im Jahr, die dem Räumen der Zufahrt und dem Entfernen abgebrochener Äste aus dem Garten vorbehalten war – und entschied sich endlich für ein Ehepaar aus Kolumbien, das sich um alles kümmern sollte.
In einem der freien Räume installierten wir ein Solarium, in dem ich einige entspannte Tage verbrachte und so das tägliche Schminken überflüssig machte. Die Perücke war ein notwendiges Übel, das durch Natsumis geschickte Hand ein wenig erträglicher wurde.
Es war ein absolut befriedigendes Zwischenspiel, und ich genoss die Annehmlichkeiten trotz meiner beständigen Erschöpfung und Angst.

Eine der Freuden des Recherchierens ist die Entdeckung atemberaubender unbekannter Terrains. Zu behaupten, meine Kenntnis der oberen Zehntausend von Greenwich sei rudimentär gewesen, hieße, die Situation vollkommen zu untertreiben. Wie bei jeder anthropologischen Studie einer menschlichen Teilpopulation musste man als Erstes einiges Grundwissen über ihren Lebensraum, die ihnen eigene Ausdrucksweise und ihre Verhaltensmuster zusammentragen.
Weshalb ich mich gegen den natürlichen Ekel, den diese Form des Kommentars in mir erzeugte, stählte und mit einer guten

Primärquelle begann: Klatschkolumnen. Ich verglich New Yorker Quellen mit denen Connecticuts, baute eine Liste von Schlüsselwörtern auf, die die Suche vereinfachten, und hatte nach mehreren Stunden konzentrierter Arbeit eine kurze Namensliste in der Hand.

Darauf schrieb ich an Henry Eichenbach und hängte meine Liste an: »Wir wissen, wie beschlagen Sie im Feld des organisierten Verbrechens sind, wie sieht es mit Philanthropen aus? Ich weiß, dass es sich oft um ein und dasselbe handelt (den Witz müssen Sie nicht mehr reißen). Wie würden Sie die Personen gewichten, und wen würden Sie auf die Liste setzen oder entfernen?«

Eine Stunde später schrieb er zurück: »Nur in Greenwich? Interessant. Ihre Liste ist prima. Ich kann ein paar hinzufügen, aber die Spitze ist unbestritten – Esme ›Nitzy‹ Bellefonte und Aidan Pico. Pico ist ein großes Tier in der Investmentbranche – wie überraschend. Nitzys Familie hat die Galerie Bellefonte in Greenwich gegründet, basierend auf einer Sammlung abstrakter Expressionisten, die ihr Großvater in den Fünfzigern erworben hat, als der Rest der Welt diese Künstler für eine Bande von Trunkenbolden hielt, die in den Hamptons mit Farbe herumschmierte (in meinen Augen eine vollkommen korrekte Beschreibung). Heute ist sie ein öffentliches Museum, doch die Stiftung deckt kaum den Unterhalt. Nitzy hegt größere Ambitionen. Sie veranstaltet regelmäßig Spendengalas für den Ankauf zeitgenössischer Arbeiten in dem Glauben, sie wäre die rechtmäßige Erbin des legendären Geschmacks ihres Großvaters. Was, um fair zu bleiben, zum größten Teil stimmt. Ich nehme nicht an, dass Sie mir verraten werden, warum Sie fragen.«

»Ich möchte eine Party geben. Sie sind eingeladen.«

»Immer gern, ich suche meinen guten Anzug raus.«

Ich ging wieder online und las über das bezaubernde Paar Nitzy und Aidan, ihr Museum und die fortlaufenden Spendengalas. Es war schwierig, einen Ball vom anderen zu unterscheiden, die stets unter einem Motto standen, dennoch schienen »Kommen Sie als Ihr Lieblingsbösewicht«, »Ein Abend in der Oper« oder »Triff mich auf dem Forum« größere Mengen an- und ihnen das Geld aus der Tasche zu ziehen. Diese Erkenntnis teilte ich Natsumi mit.

»Absolut brillant, Alex. Du hast die sozio-rituelle Gruppendynamik der wohlhabenden amerikanischen Philanthropen durchschaut.«

»Höre ich da ein bisschen Sarkasmus?«

»Ich habe zwar selber noch nie eine Spendengala für die Oberschicht ausgerichtet, aber ich konnte im Kasino einige coole Gesellschaften beobachten. Das ist genau meine Kragenweite. Auch wenn ich überzeugt bin, dass so was der Höhepunkt der Oberflächlichkeit, Banalität, ja des Reaktionären und Dekadenten ist.«

»Okay. Denk dran, du brauchst einen neuen Namen. Ein Pseudonym.«

»Mir hat Eiko immer gut gefallen, aber nicht so sehr wie Charlene.«

»Charlene?«

»Ich bin in New London groß geworden. Was erwartest du?«

»Dann nehmen wir Charlene. Charlene Grenouille.«

»Wir sind also verheiratet«, stellte sie fest.

»Es hilft, die Täuschung aufrechtzuerhalten.«

»Dann brauche ich einen Ring. Du auch.«

»Besorgen wir«, sagte ich.

»Und einen Verlobungsring«, sagte sie. »Um die Täuschung perfekt zu machen.«

»Du treibst die Kosten ganz schön hoch.«

»Du hast doch gesagt, wenn man betrügen will, dann ganz oder gar nicht.«
»Würde es dir etwas ausmachen, den Kauf zu erledigen?«, fragte ich.
»Das passt mir gar nicht, aber na gut.«
Ich schätzte Natsumi umso mehr für ihre Bereitschaft, alle diese lästigen Aufgaben zu übernehmen. Das gestattete mir, meine Aufmerksamkeit einem Thema zu widmen, über das ich absolut nichts wusste: moderne Kunst.
Das Vorurteil ist der Feind der Recherche. Menschen wie ich sind nicht nur darauf trainiert, unvoreingenommen an etwas heranzugehen, wir sind geradezu priesterhaft in unserer Hingabe an Objektivität. Anders kann man nicht arbeiten. Ich hatte mich noch nie mit irgendeinem Thema auseinandergesetzt, ohne Überraschungen zu erleben. Das hatte mich gelehrt, dass man nichts wusste, es sei denn, man lernte. Man musste offen für absolut alles sein. Es gab keine bessere Vorbereitung für die Erkundung der Kunstwelt.
Da ich erst vor kurzem Ranglisten professioneller Killer und Philanthropen aufgestellt hatte, nahm ich an, ich wäre bestens gerüstet, um dasselbe mit lebenden Künstlern zu tun. Ein paar Stunden später hatte ich festgestellt, dass das einzige allgemein verbindliche Kriterium für Erfolg die Verkaufszahlen waren, obwohl finanzieller Erfolg Hohn und Spott nach sich zu ziehen schien. Nachdem ich zahllose Bilder und Präsentationen studiert hatte, konnte ich das Problem erkennen. Während die Konkurrenz zwischen einzelnen Künstlern und ihren Mäzenen unzweifelhaft heftig war, gab es wenig Hinweise auf Vorgaben einer übergeordneten Autorität – wie die Académie française im 19. Jahrhundert. Form und Inhalt, Stil und Thema variierten endlos und schienen meinem ungeübten Auge von völlig absurd bis herzzerreißend vollendet zu reichen.

Viele dieser Arbeiten hatten den Weg in die Galerie Bellefonte gefunden, was mir eine gute Übersicht verschaffte. Einer der Künstler schien besonders geschätzt zu werden, ein in Mailand lebender Nordafrikaner namens Joshua Etu, der Elektrokabel zu Skulpturen verwob. Sie gefielen mir außerordentlich. Weniger dagegen die karikierten Versionen historischer Gestalten, die eine Frau namens Shree aus der Kleidung in Obdachlosenheimen Verstorbener fertigte. Jedoch waren Wilson Franklins fotorealistische Gemälde von Kindern mit ausdruckslosen Gesichtern, farbig in schwarzweißer Umgebung – in der U-Bahn, beim Einkaufen, bei der Parade der königlichen Familie –, merkwürdig fesselnd.

»Ich glaube, du solltest mich begleiten«, sagte ich zu Natsumi.
»Wohin?«
»Zu meinem Besuch bei Nitzy Bellefonte und ihrem Mann.«
»Ich habe keine Ahnung von Kunst.«
»Das musst du auch nicht. Die Bürde trage ich. Du bist für den sozialen Aufstieg zuständig.«
»Darüber weiß ich noch weniger!«
»Ich schick dir ein paar Links. Du musst dir einfach nur ein paar Namen merken.«
Am Tag zuvor hatte ich per Boten einen handgeschriebenen Brief an Nitzy überbringen lassen, in dem ich um eine Audienz in der Galerie bat. Im Brief stand, dass meine Frau und ich neu in Greenwich wären, das alte Rockefeller-Anwesen gemietet hätten, während wir uns nach einem Kaufobjekt umschauten, und hofften, Aufnahme in die hiesige Gesellschaft zu finden. Ich kündigte unsere Absicht an, zugunsten der Galerie eine große Spendengala auszurichten. Selbstverständlich würde ich die Spenden um eine sechsstellige Summe aus meinem Privatvermögen ergänzen.

Der Bote kehrte mit einer Antwort zurück, die gleichzeitig irgendwie begeistert und respektvoll zurückhaltend schien. Die Verabredung war auf fünfzehn Uhr am nächsten Tag festgesetzt.
»Was passiert, wenn alle anfangen, uns zu googeln?«
»Sie werden nichts finden.«
»Und das ist nicht verdächtig?«
»Doch, sicher. Aber ebenso faszinierend, was unserem Ziel dient.«
»Das da lautet?«
»Die Aufmerksamkeit von Austin Ott dem Dritten zu erregen.«
»Das ist sehr riskant«, sagte sie.
»Großes Risiko, große Belohnung oder großes Dekolleté. So was ist in Greenwich ganz alltäglich.«

Die Galerie Bellefonte, die man nur anhand einer diskreten Messingtafel erkannte, lag in einem Viertel mit alten, von Hecken und dicken Ziegelmauern umgebenen Anwesen. Einige der Grundstücke waren unterteilt worden, und dort sprossen modernere, aber nicht weniger grandiose Beispiele der Form. Der die Galerie umgebende Park war unberührt geblieben, ein Umstand, der Nitzy mit Stolz erfüllte, wie man der Homepage des Museums entnehmen konnte.
Ehe wir aus dem Mercedes stiegen, fragte Natsumi: »Wie hoch ist mein Budget?«
»Für was?«
»Die Party.«
»Weniger als fünf Millionen Dollar«, erwiderte ich.
»So viel brauche ich nicht.«
»Wie viel brauchst du denn?«
»Zweihundertfünfzigtausend«, antwortete sie.

»Okay, gib sie aus. Wir brauchen die Freunde.«

Die Galerie schloss offiziell um fünfzehn Uhr, was den Termin erklärte. Der Eingang stand offen, und Nitzy Bellefonte empfing uns in einem kleinen Raum mit einem Ticketschalter und einem Holzregal voller Kunstbände und Bücher über die Geschichte der Galerie.

Ihr Haar war eine so perfekte Mischung aus schwarz und grau, dass es unmöglich gefärbt sein konnte, obwohl Google mir verraten hatte, dass sie erst neununddreißig Jahre alt war. Sie wirkte größer als auf den Fotos, die ich in Erinnerung hatte, und ihr olivfarbener Hautton ein wenig dunkler. Ihr Gesicht war jugendlich, sein Ausdruck munter und aufmerksam, wie bei einem Terrier auf der Jagd. Sie trug nur ein schlichtes Sweatkleid und flache Schuhe, aber die zahllosen Diamantringe waren schwer zu übersehen, als sie Natsumi die Hand entgegenstreckte.

»Charlene, Sie sind entzückend.«

Natsumi deutete ungerührt eine kleine Verbeugung an.

»Danke schön. Von Ihnen bedeutet mir das viel.«

»Und Sie sind Auric«, wandte sie sich mit einem festen Händedruck an mich.

»Es ist mir ein Vergnügen, Ms. Bellefonte.«

»Nitzy, bitte. Sollen wir einen kleinen Rundgang machen, ehe wir uns unterhalten?«

Was kurz hätte sein können, dauerte beinah zwei Stunden, da Nitzy uns nicht nur die Bedeutung eines jeden Werks erklärte, sondern auch die jeweiligen Umstände der Akquise, bei denen häufig knifflige Verhandlungen und erstaunliche Eskapaden ihres Großvaters und später von ihr und ihrem Mann Aidan eine Rolle spielten. Man konnte es allerdings nicht wirklich als unverhohlenen Hochmut bezeichnen, da ihr Vortrag so charmant und unbelastet von Selbstverliebtheit war.

Natsumi und ich taten wenig, um sie aufzuhalten, da sie mit jedem Schritt durch das Museum herzlicher und gesprächiger wurde. Als wir endlich auf der bequemen Ledergarnitur in ihrem Büro saßen, alle mit einem Glas leichtem Weißwein in der Hand, glühte die Atmosphäre praktisch vor Wohlwollen.

»So, Sie müssen mir bitte unbedingt erzählen, was Sie sich ereignistechnisch vorstellen«, sagte sie, während sie zur Sesselkante vorrutschte, symbolisch an ihrem Saum zupfte und viel von ihren wohlgeformten nackten Oberschenkeln sehen ließ, damit wir uns daran erfreuen konnten.

»Feuer und Eis«, antwortete Natsumi, nachdem sie ein paar Sekunden gezögert hatte, um die Spannung zu steigern. »Selbstverständlich bleibt es jedem selbst überlassen, aber wir werden jedes Paar bitten, sich in feuriges Gold oder eisiges Silber zu kleiden. Schmuck ist natürlich optional.«

Sie und Nitzy kicherten gemeinsam kurz über die absurde Vorstellung, dass irgendeine Frau bei einer solchen Steilvorlage ohne Juwelen erscheinen würde.

»Im Haus«, fuhr Natsumi fort, »beginnen wir im großen Salon, dessen offener Kamin in gold-rotem Dekor erstrahlt. Hier trinken wir den Aperitif und plaudern ein wenig, ehe wir zum Abendmenü in den Bankettsaal wechseln. Ich denke, wenn wir zwei Tische aufstellen, wir können bequem fünfzig Personen unterbringen. Auch hier alles in Rot und Gold – wussten Sie, dass es Fackeln gibt, die ohne giftige Rückstände brennen? Nach dem Essen ziehen wir uns in den gigantischen verglasten Salon zurück. Wir öffnen alle Türen und Dachfenster und in der Mitte ein großer Tisch mit Skulpturen aus Eis, Getränken und Gelato – ich kenne ein Geschäft in der Stadt, das direkt aus Venedig importiert. Was meinen Sie dazu?«

Sie sah Nitzy an wie eine Bewerberin bei einem Cheerleader-Casting.

»Oh, Charlene, ich bin unsterblich verliebt. Sie sind so klug.« Ich seufzte heimlich auf. Ob es nun ihr Ernst war oder nicht, die Sachverständige der hiesigen Oberschicht für Geschmacksfragen musste hinter dem Konzept stehen.
»Sie sind wirklich ein glücklicher Mann«, fügte sie mit einem Blick zu mir hinzu. Ich versuchte, bescheidenen Stolz auszustrahlen.
Nitzy begann eine Fülle logistischer Einzelheiten zu besprechen, an die ich in einer Million Jahren nicht gedacht hätte. Natsumi meisterte die Herausforderung brillant, diskutierte eifrig mit, ohne ihre Unsicherheit zu verraten. Ich hoffte nur, dass sie sich an alles erinnern würde.
Wir tranken zur Feier noch ein Glas Wein, ehe Nitzy uns zur Tür in den anbrechenden Abend begleitete. Unterwegs nahm sie mich beim Ellbogen und fragte in dick aufgetragenem entschuldigendem Ton: »Was soll ich den Leuten über Ihre Tätigkeit sagen, Auric?«
»Handel mit kriegswichtigen Gütern«, antwortete ich ohne Zögern. Ich blieb stehen und sah sie direkt an. »Es ist wichtig für Charlene, dass wir in der Gesellschaft willkommen geheißen werden. Aber ich ziehe es vor, meine geschäftlichen Angelegenheiten diskret zu behandeln. Es dringt nur wenig davon an die Öffentlichkeit, und ich habe Leute, die täglich dafür sorgen.«
Nitzy schien über den ersten Teil meiner Antwort erleichtert, vom zweiten fasziniert.
»Selbstverständlich, ich verstehe vollkommen.«
Sobald wir das offene Tor hinter uns gelassen hatten und auf der Straße standen, stieß Natsumi einen Laut irgendwo zwischen Pfiff und Lachen aus.
»Wir sind im Club, Alex. Wir sind im geheimen Club.«
»Noch nicht. Erst müssen wir die Party überstehen.«

»Kein Problem. Sie hat mir alles gesagt, was ich wissen musste. Hat es mir auf dem Silbertablett serviert. Silber und Gold. He, was war das? Habe ich da ein kleines Lächeln gesehen? Hab ich. Versuch nicht, es zu leugnen. Ich habe dich zum Lachen gebracht.«

»Ich trainiere nur ein Repertoire von Verhaltensweisen, die bei der Party von Nutzen sein können.«

»Nein, tust du nicht. Ich habe dich zum Lachen gebracht, ha!«

Es war ein seltsames Gefühl, von Natsumis guter Laune angesteckt zu werden, ihrer natürlichen Unbeschwertheit. Trotz all meiner Bemühungen unterbrach sie andauernd meinen inneren Standard-Dialog, meinen unablässigen Drang zu Konzentration und Berechnung.

Ich weiß nicht, was mich mehr überraschte. Dass sie diese Wirkung auf mich hatte oder dass mir das so gut gefiel.

Doch die größte Überraschung von allen – es war mir egal.

KAPITEL 20

Auf der Fahrt zum großen Haus rief ich Little Boy an.

»Tut mir leid, Mr. G., er will nicht direkt verhandeln. Entweder Jenkins oder niemand. Mich überrascht das nicht. Three Sticks ist ziemlich eigen, was seine Privatsphäre betrifft.«

»Danke, dass Sie es versucht haben. Könnte sein, dass Sie trotzdem in den nächsten Wochen von ihm hören. Nur als Vorwarnung.«

»Haben Sie was vor?«

»Könnte sein«, sagte ich.

»Brauchen Sie Hilfe?«

»Vielleicht. Verstehen Sie mich bitte nicht falsch, aber warum sollten Sie mir helfen wollen?«

»Dieser Three Sticks stinkt mir einfach. Komme ich ihm nicht in die Quere, lässt er mich in Ruhe. Aber ich zeige mich! Das ist ein Risiko, aber das einzig ehrenhafte. Er ist sich also zu fein, sich mit mir hinzusetzen und zu reden? Das ist beleidigend. Sie, Mr. G., passen auf Ihren Arsch auf, aber Sie haben Respekt. Dafür habe ich Verständnis. Vielleicht bin ich zu empfindlich, aber versuchen Sie es mal als Muslim in Bosnien, eine Bevölkerungsgruppe, die beinah ausgelöscht wurde wie die Juden im Zweiten Weltkrieg. Sie wissen gar nicht, wie schnell Verachtung zum Tod führen kann, so schnell, dass man ihn nicht kommen sieht.«

»Ich weiß, wie überraschend der Tod kommen kann«, sagte ich, ohne es zu wollen.

»So viel dazu. Rufen Sie mich an, wenn Sie etwas brauchen.

Und noch ein bisschen Gold wäre auch nicht schlecht. Meine Käufer sind ganz scharf darauf.«

Um zehn Uhr am nächsten Morgen rief Nitzy an, um zu fragen, ob wir an diesem Abend vorbeikommen und ihren Mann kennenlernen wollten.

»Ich habe ihm alles über Sie erzählt. Er besteht darauf.«

»Selbstverständlich«, versicherte ich ihr, »wir sind entzückt.«

Den Rest des Tages schmiedeten wir Angriffspläne für die Party. Sie sollte in einem Monat stattfinden, was uns ein wenig kostbare Zeit für dieses ambitionierte Ereignis ließ. Und dennoch kam es uns vor wie gefährliche Zeitverschwendung. Natsumi, zwar ohne jede Erfahrung, aber eine Frau von sicheren Entscheidungen, erwies sich als ausgezeichnete Planerin, was half, die Ängste ein wenig zu dämpfen.

Unser kolumbianisches Haushälter-Ehepaar, Jorge und Adelita Costello, von Natsumi zu Überstunden verdonnert, waren von unschätzbarem Wert. Wir hatten beide noch nie Angestellte gehabt, deshalb spielten wir nach Gehör und verlegten uns auf überschwengliches Lob, verbunden mit großzügiger Entlohnung. Die Costellos reagierten darauf wie erhofft, weshalb sie immer noch auf langen Leitern in der Eingangshalle standen – wo sie bis in den Abend hinein eine gigantische, rotgoldene Girlande an den Abschlussleisten befestigten –, als wir zu unserer Verabredung mit Nitzy Bellefonte und Aidan Pico aufbrachen.

Ich benutzte das eingebaute Navi des Mercedes, um ihre Adresse zu finden. Sie lag in der nördlichen, bewaldeten Region von Greenwich, am Ende einer langen, absichtlich kurvenreichen Zufahrt. Das Haus selbst bestand aus einer lockeren Ansammlung weißer Würfel mit vertikaler Verkleidung und riesigen Panoramafenstern.

Nitzy begrüßte uns an der Tür, gekleidet in einen äußerst

großen Pullover oder ein sehr kurzes Strickkleid, schwarze Strumpfhosen und schwarze, pelzbesetzte Stiefel. Hinter ihr stand ein winziger Mann mit beginnender Glatze, mindestens zehn Zentimeter kleiner als seine Frau, in einem seidenen T-Shirt und Sportsakko, die beide farblich perfekt auf Nitzys rotbraunes Strickdings abgestimmt waren. Beide hielten riesige Weinkelche in der Hand, die nicht mal zu einem Viertel gefüllt waren.

»Aidan, darf ich dir die Grenouilles vorstellen«, eröffnete Nitzy und winkte uns ins Haus.

Er verbeugte sich, als wir uns die Hand gaben, und sagte etwas auf Französisch, das ich nicht richtig verstand. Etwas über die Ehre, Landsleute in seinem bescheidenen Heim begrüßen zu dürfen. Ich antwortete freundlich, aber wesentlich weniger geschliffen, dass ich Amerikaner mit französischen Vorfahren war, was mein furchtbarer Akzent sicher bestätigte.

Er lächelte und antwortete: »Was ist schon ein Akzent, nur eine Art zu sprechen. Meine Eltern emigrierten von Lyon nach Mexiko City, als ich zehn Jahre alt war. Während ich aufwuchs, wurden meine Fragen ständig von Franzosen auf Spanisch beantwortet. *Du vin?*« Er hob sein Glas und nannte den Namen, ein weiterer Beweis seines linguistischen Könnens. »Einer von unseren Lieblingsweinen im Winter.«

Ehe sie uns in das Wohnzimmer geleiten konnten, nahm ich mir einen Moment, um ihnen Komplimente über den vier mal vier Meter großen Wilson Franklin zu machen, der in der zweistöckigen Eingangshalle hing. Motiv war ein junges Mädchen als Zuschauerin in der ersten Reihe bei einem Boxkampf. Nitzy stand hinter Natsumi und hielt sie an beiden Armen, während wir es ehrfürchtig bewunderten.

»Einige davon muss man einfach mit nach Hause nehmen, finden Sie nicht auch?«, sagte Nitzy. »Wenn ich nicht von schönen Dingen umgeben sein könnte, wäre das Leben für mich nicht lebenswert.«

»Sie haben wirklich ein schönes Haus«, schmeichelte Natsumi.

»Alle glauben, es sei von Le Corbusier, aber tatsächlich ist es von Willa Petersen, einer seiner Schülerinnen«, erklärte Nitzy. »Offen gestanden finde ich sie um Längen besser, aber wer ist schon objektiv, wenn es um das eigene Heim geht?«

Wie im restlichen Haus waren auch die Wände, Böden und Decken des Wohnzimmers satinweiß, um Gemälde, Wandbehänge und Skulpturen besser zur Geltung zu bringen. Einige der Künstler erkannte ich wieder, weil ich sie in der Galerie gesehen oder bei meinen Recherchen entdeckt hatte, aber die meisten waren mir unbekannt. Ein Umstand, dem prompt mit einem einstündigen Vortrag über die Ursprünge und Feinheiten moderner Kunst abgeholfen wurde. Diese Aufgabe übernahm Nitzy allein. Aidan konzentrierte sich auf den Wein und ein bewunderndes und bewundernswertes Schweigen. Als sie fast am Ende schien, warf er ein: »Nitzy sagte mir, Sie hätten eine wahrhaft großartige Party in Planung?«

Nitzy machte eine Geste, als erteilte sie uns die Erlaubnis zu sprechen.

»Das stimmt«, antwortete Natsumi. »Es ist so aufregend, dass die Galerie Bellefonte eingewilligt hat, der Begünstigte zu sein.«

»Für uns ist es nicht weniger aufregend«, sagte Aidan. »Um auf diesem Niveau zu sammeln, benötigt man eine Menge Geld. Und dank der Russen, Chinesen und Brasilianer schießen die Preise für Kunst in der letzten Zeit in ungeahnte Höhen.«

»Wir helfen nur zu gern«, sagte ich.

»Sie kennen den Preisdruck doch aus Ihrer eigenen Tätigkeit, Auric«, sagte Aidan. »Rohstoffhandel, richtig?«

»Richtig.«

Er wartete darauf, dass ich mich weiter ausließ, und als ich das nicht tat, fuhr er fort: »Der Rohstoffhandel schüchtert mich offen gestanden ein. Dazu fehlt mir der Nerv. Zu viel Wilder Westen. Ich bin nur ein langweiliger alter Wertpapierhändler. Sie handeln mit Öl, Weizen, Schweinebäuchen …?«

»Edelmetalle«, sagte ich. »Aber nicht auf dem freien Markt. Ich nenne es gern strategischen Handel.«

»Das klingt interessant«, sagte Nitzy mit einem Blick auf ihren Mann, der zu sagen schien, irgendwie ist der Kerl faszinierend.

»Es ist ziemlich esoterisch und ehrlich gesagt auch langweilig, wenn man es genau nimmt«, sagte ich. »Sie haben recht, der Wein ist ausgezeichnet. Charlene, erzähle unseren Gastgebern doch noch mehr von deinen Partyplänen.«

Was sie tat und dabei reichlich Dankbarkeit dafür verströmte, dass Nitzy sowohl beim Konzept als auch bei den geplanten Arrangements geholfen hatte. Nitzy nahm den Dank mit einer »Aber selbstverständlich«-Miene entgegen.

»Das Thema ist also Gold und Silber, Feuer und Eis«, sagte Aidan. »Scheint mir angemessen für einen Edelmetall-Händler. Werden Sie auch etwas von Ihrer Ware verschenken?«

»Nun, genau darauf hatten wir uns eigentlich vorbereitet«, antwortete ich in möglichst verschwörerischem Ton. »Vielleicht wird das Gerücht einer solchen Möglichkeit ein gutes Ergebnis bringen.«

Nitzy Bellefonte auch nur kurz sprachlos zu machen war keine leichte Aufgabe.

»Meine Güte«, sagte sie schließlich. »Was für ein entzückender Spaß. Ich werde die Nachricht ganz bestimmt verbreiten. Entschuldigung – das Gerücht.«

Sie dehnte das letzte Wort in einem lauten Flüstern, setzte sich zurück und klatschte in die Hände. Auch Natsumi klatschte. Ich sah sie bewundernd an, und Aidan musterte mich aus zusammengekniffenen Augen.

»Auric Grenouille ist ein faszinierender Name«, meinte er. »Und so ungewöhnlich. Tatsächlich hat Google noch nie von Ihnen gehört.«

»Das ist Absicht«, antwortete Nitzy. »Das habe ich dir doch erzählt.«

»Sie müssen mir unbedingt die Namen der Leute nennen, die Ihre Privatsphäre schützen«, sagte Aidan. »Man hat heutzutage viel zu wenig davon.«

»Charlene, Sie lieben doch bestimmt Vintage-Kleider«, sagte Nitzy, sprang von ihrem Sitz auf und fasste Natsumi bei der Hand. »Kommen Sie, ich zeige Ihnen, was ich oben in meinen Schränken horte.«

Natsumi folgte ihr gehorsam, und ich blieb allein mit Aidan Pico zurück. Er beugte sich dichter zu mir herüber, als könnte seine Frau ihn sonst hören.

»Genug von dieser Plörre. Wie wäre es mit was Richtigem?«

Ich schüttelte den Kopf.

»Tut mir leid, ich vertrage nicht mehr als ein Kleinkind. Aber bitte, tun Sie sich keinen Zwang an.«

»Das werde ich auch nicht.«

Er schritt auf eine erhaben vertäfelte Wand zu und drückte auf eine der Tafeln, woraufhin diese aufschwang und den Blick auf ein Regal mit winzigem Eisschrank, ein paar klobigen Gläsern und einer Flasche Maker's Mark Bourbon freigab. Er schenkte sich großzügig ein.

Nachdem er wieder auf der ausladenden weißen Couch Platz

genommen und ein gutes Drittel gekippt hatte, sagte er: »Auf welcher Handelsebene arbeiten Sie? Ich kann mir nicht helfen, ich bin einfach neugierig. In welcher Größenordnung? Und sagen Sie mir, ich kann es mir in den Arsch stecken, falls ich zu neugierig bin.«

»Sieben- bis zehnstellig, das hängt von einer Menge Variablen ab. Die Wirtschaftskrise verzerrt den Markt, was nicht unbedingt schlimm ist, wenn man weiß, was man zu tun hat. Die meisten Waren stammen aus üblen Gegenden, das ist also ein weiterer Joker. Doch das kann man managen. Und ich gehe nie aufs Ganze. Man stürzt zu leicht ab. Nicht gierig sein, sich im Hintergrund halten und verrückte Anstiege ignorieren. Auf die folgt immer ein Absturz.«

»Interessant.«

»Profitabel«, entgegnete ich, dann bat ich ihn, mir alles über seine Geschäfte zu erzählen, was er sehr detailliert tat, unterstützt von meiner vielgeübten Fragetechnik. Er war so vertieft in seine eigene Geschichte, dass er beinah die Rückkehr von Nitzy und Natsumi übersehen hätte, die anders gekleidet waren als bei ihrem Verschwinden.

Natsumi trug eine relativ bescheidene weiße Bluse unter einer roten Jacke, die ihr kaum bis zur Taille reichte, einen engen schwarzen Rock und Pumps, in denen sie beinah auf Zehenspitzen stand. Wie unwohl sie sich fühlte, war für mich deutlich zu erkennen, entging Nitzy und Aidan jedoch offensichtlich.

»Ist sie nicht einfach hinreißend«, sagte Aidan, ehe er wieder einen großen Schluck Bourbon trank. »Und du, Nitzy, bist eine Augenweide.«

Was stimmte. Sie trug ein bodenlanges Kleid, aus dem von oben bis unten Tuchknäuel quollen, mit engem Ausschnitt, der dennoch so weit herabfiel, wie anatomisch möglich war.

Sie warf sich in Pose, die sie noch einmal leicht nachkorrigieren musste, weil sie die Balance verlor.

»Wir dürfen die Böden nicht mehr wachsen lassen, Aidan. Sie sind zu glatt.«

Nüchtern wie ein Richter, war ich in der Lage, den Zeitpunkt unseres strategischen Rückzugs zu bestimmen. Natsumi, ständig in Alarmbereitschaft, half beim Abgang.

Nach mehreren Runden Dankesbezeugungen, Händeschütteln, Wangenküsschen und Umarmungen waren wir draußen – Natsumi, auf ihren Absätzen schwankend, in der Hand eine Stofftasche von Gucci mit der Kleidung, die sie bei unserem Eintreffen getragen hatte und einigen Dingen mehr, und ich, der sie stützte.

»Tja«, meinte Natsumi, die in ihrem Sitz zusammenschrumpfte, als erwarte sie einen tödlichen Kugelhagel vom Rücksitz, »das war interessant.«

»Tolle neue Klamotten.«

»Frauen tragen die bewusst«, sagte sie, während sie die Schuhe abstreifte. »Das würde ich nie tun, selbst wenn meine Mutter es mir nicht verboten hätte. Von der Höhe kann man ja Nasenbluten kriegen.«

»Ich glaube, sie mag dich.«

»Als kleine asiatische Puppe. Ich bin zu allem bereit, Alex, aber mit Nitzy Bellefonte verkleiden zu spielen steigert den Unheimlichkeitsfaktor erheblich.«

»Das war nur ein Vorwand, um mich mit Aidan allein zu lassen, damit er mich aushorchen konnte.«

»Wie war es?«, fragte Natsumi.

»Für uns gut. Für ihn vermutlich nicht.«

»Korrumpiert Geld eigentlich jeden?«

»Ich glaube nur die, die ohnehin korrumpierbar sind. Aber ich kenne nicht alle Fakten«, antwortete ich.

Wir schwiegen eine Weile. Dann sagte sie. »Du bist nicht korrumpierbar. Das weiß ich genau, auch ohne Fakten.«
Ich dankte ihr, und wir kehrten zu unserem Anwesen und unseren fleißigen Kolumbianern zurück, dankbar für die Annehmlichkeiten des normalen Lebens, auch wenn Phantasie und Täuschung um uns wogten wie eine wirbelnde, unkontrollierbare Flut.

Die Wochen vor der Party rasten mit unerbittlicher Geschwindigkeit vorbei. Größtenteils, weil so viel zu tun war und so wenig Zeit dafür. Wir hielten an unserem Plan fest, was bedeutete, dass jeder gleichmäßig überlastet war, aber er erfüllte unzweifelhaft seinen Zweck.
Während der ganzen Zeit behielt Natsumi ihren lebhaften Gleichmut und ich meine hartnäckige Entschlossenheit.
Meine vielleicht einzige unkluge Entscheidung war die Begutachtung und Buchung der Feuertänzer. Keine Internetrecherche kann jemanden auf den Anblick attraktiver, spärlich gekleideter Menschen vorbereiten, die mit brennenden Fackeln jonglieren und riesige lodernde Feuerbälle in die Luft spucken. Trotzdem heuerte ich eine der Gruppen an, eher wegen ihrer Bereitschaft, die Geheimnisse ihrer Kunst zu teilen, als wegen des Nervenkitzels ihres Auftritts.
Dass sie Frankokanadier waren, tat ein Übriges. Sie versprachen mir die beste Party aller Zeiten.
»Monsieur Grenouille, nous allons présenter un spectacle le plus stupéfiant du monde.«
»Das reicht mir.«

Beschäftigt, wie ich war, hatte Evelyn vollkommen recht, wegen meines langen Schweigens wütend auf mich zu sein.
»Du hast auf meine letzte Mail nicht geantwortet«, sagte sie.

»Stimmt. Ich wollte, aber dann habe ich es vergessen.«
»Das sieht dir gar nicht ähnlich.«
»Es wird immer schwieriger zu sagen, was mir ähnlich sieht und was nicht.«
»Soll mich das beruhigen?«
»Ich habe eine neue Komplizin, deren Existenz ich blödsinnigerweise einer sehr gefährlichen Person bekanntgemacht habe, deshalb musste ich sie mitnehmen.«
»Sie?«
»Ja, und ja, ehe du fragst.«
»Meine Güte. Jetzt weiß ich, warum du nicht du selbst bist.«
»Es ist mehr als das, aber vermutlich hast du recht. Es ändert die Lage.«
»Ich wünschte, du könntest mir mehr erzählen.«
»Ich kenne den Namen der Person hinter dem Mann, der den Abzug gedrückt hat. Es ist natürlich nur ein Pseudonym. Sein Modus operandi besteht darin, unsichtbar und unerreichbar zu sein, aber ich habe einen Plan. Er hat noch nicht endgültig Gestalt angenommen, aber ich bin dran. Wir müssen einfach abwarten.«
»Aber warum, Arthur? Warum sollte so jemand etwas mit Florencia zu tun haben?«
Ich zögerte kurz, ehe ich antwortete, was die Formulierung der Antwort noch schwieriger machte.
»Ich glaube, ich weiß es. Aber ehe ich nicht sicher bin, will ich nicht darüber sprechen. Nicht am Telefon.«
»Du hast mir gesagt, diese Wegwerfhandys wären sicher.«
»Solange niemand Grund hat, sie abzuhören«, erwiderte ich.
»Ich könnte das mittlerweile nicht mehr mit Sicherheit behaupten.«
»Das ist sehr beunruhigend.«

»Ich kann dir nichts erzählen, wenn du nichts Beunruhigendes hören willst.«
»Okay, du hast recht«, sagte sie.
»Ich habe eine Frage an dich. Sind dir in den letzten Jahren irgendwelche Veränderungen an Florencia aufgefallen? Verhalten, Stimmung, irgendetwas?«
»Nein. Nie. Sie hatte diese großartige südländische ›Die Welt ist verrückt, Evelyn, genießen wir sie‹-Einstellung. Immer. Ich vermute, du wirst mir nicht erzählen, warum du das wissen willst.«
Ihre Imitation von Florencias spanischem Akzent war schmerzhaft akkurat.
»Noch nicht. Übrigens, was machen die neuen Agenturbesitzer? Schon was gehört?«
»Absolut nichts. Bruce hatte reichlich Zeit, die Übergabe vorzubereiten. Er sagt, es sei alles glattgelaufen. Er hat sich jetzt komplett in den Ruhestand zurückgezogen, in sein Haus auf den Virgin Islands. Gott segne ihn.«
Ich blieb noch lang genug in der Leitung für ein paar schwächliche Beruhigungsversuche und eine weitere Entschuldigung. Dann legten wir versöhnt auf.

An diesem Abend traf eine neue Mail in dem Postfach ein, das ich bei der Videoüberwachung von Shelly Gross verwendet hatte.
Darin stand: »Wollen Sie den Mercedes noch verkaufen, Alex?«
Ich spürte, wie eine Hitzewelle durch meinen Körper raste und mein Kopf zu dröhnen begann. Ich holte tief Luft, um meinen Verstand zu klären und einen Ansturm panischer Reaktionen abzuwehren, der mich zu leichtsinnigem Handeln getrieben hätte.

Theoretisch konnte er über alles Bescheid wissen, was ich unter dem Namen Alex Rimes getan hatte. Über alle Bankkonten, alle Kreditkarten, alle Käufe und Mietverträge. Er konnte wissen, dass die Identität von einem unglücklichen Kerl in Alaska entwendet worden war. Er konnte alles bis zu Gerrys Werkstatt in der alten Fabrik zurückverfolgen. Indem er an dieser Stelle Kontakt zu Gerry in Amsterdam aufnahm, konnte er die Verbindung zu einem anderen Toten namens Arthur Cathcart herstellen.

Er konnte feststellen, dass Alex erst neulich einen Food Truck erworben und kurz danach wieder abgestoßen hatte. Dass er eine Verbindung zu dem Raub von Edelmetallen bei Collingsworth Machine Tools & Metals herstellte, war unwahrscheinlich, da CMT & M noch gar nichts von dem potenziellen Raub wusste. Ebenso konnte er nicht wissen, dass Alex Rimes mittlerweile umgezogen war und eine neue Identität angenommen hatte, da ich Alex sorgsam von »Mr. Frosch« abschirmte.

Andererseits, argumentierte mein klügeres Ich, erforderte die Einrichtung dieses Kontos nicht mehr als ein Bündel erfundener Daten. Keine Sozialversicherungsnummer, keine Kreditkarte, nur die Registrierung. Es war denkbar, dass die Website meine IP-Adresse gespeichert hatte, aber wenig wahrscheinlich. Und selbst wenn, ich hatte den Computer bar bezahlt und im Laden nur falsche Informationen angegeben, also war er nicht bis zu mir zurückzuverfolgen.

Deshalb konnte er theoretisch nicht mehr haben als den Namen Alex Rimes.

Trotzdem war das schlecht, weil ich nicht mit Sicherheit wusste, was er wusste, nicht wusste, was mich gefährdete und deshalb entsorgt werden musste, und selbst das beinhaltete ein neues Risiko.

Da mir nichts anderes übrigblieb, schrieb ich zurück.
»Diese Autos sind selten, aber vielleicht nicht für den entschlossenen Jäger.«
Seine Antwort erfolgte innerhalb weniger Minuten. Und der Dialog begann.
»Ich möchte Ihnen helfen«, schrieb er.
»Wobei?«
»Ihr Ziel zu erreichen.«
»Ich will nicht, dass die Kavallerie eingreift«, schrieb ich. »Das würde alles kaputt machen.«
»Im Augenblick geht es nur um mich.«
»Woher soll ich das wissen?«, schrieb ich.
»Das können Sie nicht. Aber ich arbeite nicht länger für diese Typen. Ich habe keine Verpflichtung, mein Wissen weiterzugeben.«
»Und was ist für Sie drin?«
»Das Angebot, das Sie mir bereits unterbreitet haben«, schrieb er. »Den großen Fisch am Ende der Schnur zu fangen.«
»Woher haben Sie diese Adresse?«
»Auf dem Objektiv der Kamera war eine weitere Seriennummer. Man muss das Gehäuse aufbrechen, um sie zu finden. Einfach, sie mit dem Sender und der Homepage der Naturbeobachter abzugleichen. Ein Besuch beim Webmaster mit meiner alten Dienstmarke, und fünf Minuten später hatte ich Ihren Namen und Ihre Mail-Adresse.«
Ich konnte nicht einschätzen, ob das nun alles war, was er hatte, oder ob er mir das nur vormachte. Ich musste meine eigene Realität wählen.
»Können Sie mir mehr als das sagen?«, schrieb ich.
»Nein.«
»Aber, bei allem Respekt, wie wollen Sie mir dann helfen?«
»Eventuell gibt es ein Foto«, schrieb er.

Ich zögerte mit meiner Antwort länger, als mir lieb war.
»Eventuell?«
»Es ist zehn Jahre alt, nicht besonders scharf und unbestätigt. Aber der Typ, der es aufgenommen hatte, versuchte es noch einmal. Ohne Erfolg, wir haben ihn Stück für Stück gefunden.«
»Haben Sie es?«
»Nein, ich muss es erst besorgen«, schrieb er. »Das ist nicht so einfach. Den Ärger nicht wert, wenn Sie nicht mitspielen.«
»Spiel? Wie lauten die Regeln?«
»Keine Formalitäten. Nur ein bisschen Vertrauen.«
»In diesem Spiel existiert kein ›bisschen‹«, schrieb ich. »Nicht für mich.«
»Sie haben mir Frondutti geliefert. Ich habe nicht wirklich begriffen, was das bedeutet, aber jetzt tue ich es. Beweis des Vertrauens. Okay, das Foto wird in vierundzwanzig Stunden in diesem Postfach landen.«
»Nein, das Postfach ist tot. Schicken Sie es hierher.«
Ich gab ihm Anweisungen für das Senden an wallbox.com, dann klinkte ich mich aus. Ein paar Minuten später löschte ich das Postfach, obwohl ich wusste, dass immer noch ein verräterischer kleiner Tunnel von dort zu mir führte, falls ein offizieller Internetexperte mit den richtigen Geheimkarten sich damit beschäftigte.
Ich verließ mein Computerzimmer als leicht veränderter Mann. Ich entdeckte Natsumi in dem großen Wintergarten vor dem Bankettsaal, wo in ein paar Wochen die Silber- und Eis-Phase der Festlichkeiten stattfinden sollte. Sie und die Costellos schoben Tische herum. Ich erkundigte mich in scherzhaftem Ton, ob ich meine Frau ausborgen könnte. Sie sagten »Sì, sì«, und ich führte sie in die überquellende Bibliothek, wo ich ihr die Neuigkeit zumindest in bequemen

Ledersesseln mitteilen konnte, in Gegenwart der großen Werke der westlichen Zivilisation.
Sie hörte aufmerksam zu, ohne eine Reaktion zu zeigen.
»Du weißt es nicht, aber was hast du für ein Gefühl? Manchmal sind Gefühle klüger als der Verstand«, sagte sie.
»Ich fühle, dass er mehr an meiner Beute interessiert ist als an mir. Ich habe ihm Grund zur Neugier gegeben, aber mich zu finden kann nicht sein oberstes Ziel sein. Er hat das organisierte Verbrechen in Connecticut praktisch im Alleingang von hinten aufgerollt, mit Ausnahme von Little Boy, Sebbie Frondutti, den ich ihm geliefert habe, und Jason Three Sticks, den ich ihm liefern könnte. Warum nicht mitspielen?«
»Ich gebe dir recht. Manchmal versteckt man sich am besten in der Öffentlichkeit, und der beste Weg, sich zu schützen, ist, sich zu exponieren.«
»Japanische Philosophie?«
»Psychologiekurs 401. Unterdrückung natürlicher Instinkte zur Entwicklung ausgewogener Lebensstrategien.«
»Sag, dass du das erfunden hast.«
»Stimmt. Aber ich hatte schlimmere.«
Sie ging zurück in den Wintergarten, und ich blieb allein in der Bibliothek sitzen und versuchte, meine sich überschlagenden Gedanken zu ordnen. Ich näherte mich dem Punkt, an dem die Komplexität des Plans zu Kontrollverlust führte. Selbst mit meinen reduzierten mathematischen Fähigkeiten wusste ich, wie die Chancen wissenschaftlich gesehen standen. Ich hatte Wahrscheinlichkeiten berechnet und die Chaostheorie studiert, laut der ein winziges statistisches Detail mit der Zeit die dominante Gleichung zerstörte.
Ich stellte mir eine Kurve vor, deren eine Achse meine persönliche Sicherheit darstellte und Zeit die andere. Sie zeigte an, dass mir die Zeit davonlief. Rasend schnell.

Ich traf zwei Entscheidungen. Ich würde Shelly Gross vertrauen, und ich würde meinen Gefühlen vertrauen, wie mir Natsumi Fitzgerald geraten hatte, deren eigene Gefühle sich bis jetzt als besonnen und klug erwiesen hatten.

KAPITEL 21

Selbst jemand, der so absolut rational ist wie ich, hegt den Verdacht, dass dort draußen mystische Wesen existieren, die ihre Zerstörungskräfte gegen meine Ziele richten. Deshalb begrüßte ich voller Dankbarkeit und Erleichterung die frostig-klare, aber nicht unerträgliche Kälte, die für die Nacht der Party vorhergesagt wurde.

Falls man den Zusagen glauben konnte, hatten Nitzy und Aidan es fertiggebracht, die wichtigsten Mitglieder der Schickeria von Fairfield County zum Kommen zu bewegen, knapp fünfzig Personen. Das Ereignis war der Aufmerksamkeit der *New York Times* entgangen, aber die Lokalzeitung brachte es in der Sonntagsausgabe als Aufmacher des Gesellschaftsteils, inklusive einer Beschreibung der Gastgeber als »attraktives und äußerst wohlhabendes Ehepaar aus Werweiß-woher«.

Natsumi und die Costellos waren grau vor Erschöpfung, und ich sah vermutlich nicht besser aus. Wir alle hatten in der vergangenen Woche achtzehn Stunden am Tag geschuftet, und immer noch warteten unerledigte Aufgaben auf uns, die unseren flüchtigen Schlaf überschatteten.

Am Morgen des Ereignisses stahl ich mich eine Stunde weg, um ins Internet zu gehen. Shelly stand zu seinem Wort. Bei wallbox fand ich das Schwarzweißfoto eines Mannes und folgende Nachricht:

»Es wurde bereits so weit wie möglich bearbeitet, ohne das Gesicht zu verzerren. Man kann nur die Pixel verarbeiten,

die man hat. Außerdem müssen Sie sich zehn Jahre dazu denken.«
Seine Haut war eher hell, sein schwarzes Haar aus der hohen Stirn nach hinten gekämmt. Erste Anzeichen beginnender Kahlköpfigkeit zeichneten sich ab. Er trug eine Sonnenbrille, und der Kragen seines weißen Hemds war hochgeschlagen, die ersten beiden Knöpfe geöffnet. Nicht gerade ein Hemd, das man mit dem Namen Austin Ott der Dritte in Verbindung brachte. Auf dem Foto trat er aus einer Tür, durch die er ein Restaurant oder Geschäft verließ.
Die Größe war schwer zu bestimmen, eine gewisse Fleischigkeit um die Kinnlinie deutete auf eine von der Tür verdeckte Wampe hin. Das Alter zu jenem Zeitpunkt lag irgendwo bei Mitte bis Ende fünfzig. Shelly hatte recht gehabt, meine Erwartung zu dämpfen.
Man konnte nicht viel damit anfangen, aber besser als nichts.

Die Gäste trafen im schimmernden Licht der Laternen ein, die an den Bäumen vor der Hausfassade und auf dem als Parkplatz abgeteilten Rasenstück installiert waren. Die meisten nahmen das Angebot eines Parkservice in Anspruch, aber einige wenige bestanden darauf, es selbst zu tun.
Mein Platz war am Eingang, wo ich jedermann die Hand gab und Mäntel entgegennahm, die ich an die Garderobenmannschaft weiterreichte. Dann führte ich die Gäste zu einer Reihe von Bars, an denen Grog und Hors d'œuvres gereicht wurden, die große, in Rot und Gold gekleidete Männer über offenen Grills zubereiteten.
Zwischen den einzelnen Begrüßungen blieb mir gerade genug Zeit, um die Namen der Männer hinzukritzeln, die möglicherweise die Austin-Ott-Kriterien erfüllten. Als der letzte Wagen eintraf, hatte ich fünfzehn Namen.

Natsumi kümmerte sich um das Haus. Nach dem Spießrutenlauf durch Getränke- und Grillstationen in der Eingangshalle wurden die Gäste in den großen Saal geführt, an dessen Wänden schmale Plattformen aufgebaut waren, auf denen die frankokanadischen Feuertänzer Kunststücke darboten, die von Poi-Tanz mit riesigen Fackeln bis hin zum Feuerspucken reichten.

Die Band spielte selbstverständlich Songs mit dem Thema Feuer, aber in einer Lautstärke, die der Konversation zuträglich war, was nun nicht gerade eine Jimi-Hendrix-Atmosphäre aufkommen ließ.

Ich fand Natsumi in ein Gespräch mit einem meiner Kandidaten vertieft, der von einer Frau im goldenen Bodysuit begleitet wurde, der so eng saß, dass ich ihn zunächst für Farbe hielt.

Natsumi erklärte, dass die Frau den Anzug für eine James-Bond-Party bestellt hatte, wo sie als unglückliches Opfer von Goldfingers Rache aufgetreten war.

»Und Sie heißen Auric«, sagte die Frau zu mir. »Finden Sie den Anblick beunruhigend?«

»Ich finde ihn brillant«, erwiderte ich. »Sie nicht auch?«, fügte ich, an ihren Begleiter gewandt, hinzu.

»Ich bin als Ernst Stavro Blofeld gegangen, deshalb finde ich sie selbstverständlich brillant«, sagte er. »Sehr coole Feier, Auric. Sie wissen, wie man eine Party schmeißt.«

»Das Lob gebührt allein Charlene«, sagte ich und legte den Arm um ihr silbernes Tanktop.

Dasselbe Gespräch mit leichten Abwandlungen wiederholte sich durch die gesamte Cocktailphase, während wir in der Menge umherwanderten. Da die meisten Besucher einander kannten, plauderte man offen und freundlich. Als ich endlich auf Nitzy traf, packte sie meinen Arm und führte mich herum, stellte mich vor und deutete dabei versteckt ihre Urheberschaft für das dem Abend zugrundeliegende Konzept an. Ihr Kleid war aus bemerkenswert weichem roten Samt, gehalten von einer Kette aus vierzehnkarätigem Gold, wie sie mir unaufgefordert mitteilte.

»Ich glaube bestimmt, Aidan hat sie von einem Gangster in Harlem gekauft. Nur ein Scherz.«

Ich hatte einige der Kandidaten von meiner Liste gestrichen, nachdem ich mehr über ihr Leben erfahren hatte, aber nicht Aidan. Er erfüllte zu viele der Kriterien. Was allerdings auch nicht viel zu bedeuten hatte. Das Ganze war ohnehin hochspekulativ – doch wie Natsumi bemerkt hatte, Gefühle sind manchmal klüger als der Verstand.

Irgendwann zerrte Nitzy mich zu einem Kellner mit einem Tablett voll essbarer Goldblatt-Kanapees. Dort bediente sich gerade Elliot Brandt, der neue Besitzer von Florencias Versicherungsagentur.

»Und noch mal hallo«, grüßte ich, ihn daran erinnernd, dass ich mich schon an der Haustür vorgestellt hatte.

»Ein sehr schöner Abend, Mr. Grenouille«, sagte er. »Wirklich beeindruckend, selbst in diesem Teil der Wälder.«

»Nennen Sie mich doch Auric. Wir sind sehr geschmeichelt von dem Ergebnis. Was hat Sie veranlasst zu kommen, wenn ich fragen darf?«

»Ein Anruf von Nitzy natürlich. Jene welche, der man nicht widersprechen darf.« Nitzy knickste, eine seltsame Geste, selbst für sie. »Sie war voll des Lobes für Sie und Ihre Frau. Die ich absolut göttlich finde, wenn Sie mir die Bemerkung gestatten.«

»Selbstverständlich.«

»Ich habe mehrere Jahre in Tokio gelebt, als Vertreter von Goldman. Japanische Frauen, was soll ich sagen.«

»Was treiben Sie denn heutzutage?«, erkundigte ich mich.
Er schilderte mir eine Reihe von Investment- und Spekulationsobjekten, an denen er arbeitete. Alle gesichtsloser industrieller Natur, alle im Hundert-Millionen-Bereich und damit weit jenseits des unbedeutenden Kaufs einer acht Millionen teuren Versicherungsagentur.
»Haben Sie Kinder?«, fragte ich.
Brandt verströmte den üblichen elterlichen Stolz.
»Meine Tochter Elise und meinen Sohn Damien. Elise studiert in New York Tanz und ein wenig Schauspiel, Damien ist Geschäftsführer. Bei einer Versicherungsagentur. Unterschiedlicher geht es kaum, nicht wahr?«
»Ich habe selbst keine Kinder, aber das höre ich häufig von Eltern in meinem Bekanntenkreis.«
»Schon verdammt merkwürdig.«
»Lebt Damien auch in New York?«
»In Stamford. Die kleine Stadt ist voll mit Finanzmaklern. Vermutlich der Grund, warum Sie in der Gegend sind, oder?«
»Man muss dort angeln, wo die Fische sind.«
»Sie machen in Metallen? Absolut nicht mein Ding«, sagte er mit einem schnaubenden Feixen und trank einen Schluck von seinem Scotch mit Eis.
»Ich dachte, Sie wären stets an den höchsten Profitmargen interessiert«, sagte ich.
»Das stimmt auch.«
»Was ich mache, ist Ihr Ding – hoch zwei«, erklärte ich, gab ihm die Hand und spazierte weiter. Ich ging zu einem Paar am Rand, das sich weder die Feuerkünstler noch die anderen Partygäste ansah, sondern das Haus selbst. Ich erinnerte mich an seinen Namen, der auf meiner Liste stand, aber nicht an ihren.
»Sie sind also Larry«, begann ich und wandte mich dann an seine Frau, »und Sie sind …?«

»Jennifer. Leicht zu vergessen. In meiner Kindheit war der Name selten, aber heutzutage heißt jede Tussi in der Stadt so.«

»Ich freue mich, dass Sie gekommen sind«, sagte ich.

»Nicht so ganz unsere Szene«, sagte Larry. »Aber in Ihrem Fall haben wir eine Ausnahme gemacht.«

»Ich bin geschmeichelt.«

»Die meisten unserer Freunde wohnen nach wie vor in Queens«, warf Jennifer, um eine Erklärung bemüht, ein. »Wir sind wegen der Schulen hergezogen.«

»Dann freut es mich besonders, dass Sie sich die Mühe gemacht haben«, sagte ich.

»Vielleicht war es Ihr Name, der mir aufgefallen ist«, bemerkte er mit einem Zucken, das beinah seine gesamte linke Gesichtshälfte in Mitleidenschaft zog.

»Kennen Sie noch andere Auric Grenouilles?«

»Nein, aber das ist genau der Punkt, oder?«

»Ich habe Ihren Nachnamen vergessen.«

»Antonelli, geborener Anderson, aber ich habe ihn aus beruflichen Gründen in Antonelli geändert«, sagte er mit einem erneuten Zucken, was, wie mir allmählich bewusst wurde, sein Ersatz für ein Lächeln war.

»Was machen Sie denn beruflich, Larry?«

»Verschiedenes. Ein bisschen dies, ein bisschen das. Ich langweile mich rasch, wenn ich immer dasselbe mache.«

»Ich handle mit Metallen«, sagte ich. »Mir gefällt die Konzentration.«

»Davon habe ich schon gehört. Was mich, wie ich zugeben muss, ein wenig neugierig gemacht hat.«

»Immer gern bereit, mit einer interessierten Partei zu sprechen«, antwortete ich.

»Musst du nicht deine Nase pudern oder irgend so einen Mist?«, wandte er sich an Jennifer.

Sie verstand die Botschaft und ließ uns allein, ohne sich die Kränkung anmerken zu lassen.
Larry musterte mit schräg gelegtem Kopf die Menge, die sich von Serviertisch zu Serviertisch schob oder sich in kleinen Gruppen sammelte, mit Gläsern und Hors-d'œuvres-Tellern jonglierend.
»Tja, wir sind wegen der Schulen hergezogen. Schulen für die Reichen«, sagte er mit einem erneuten Zucken. »Die Leute dort? Einige der Gerissensten der Welt. Mehr Hirnschmalz als der Rest des Universums zusammen. Und jedes Megawatt auf ein einziges Ziel konzentriert: Geld. Keiner von denen gibt auch nur einen Scheiß auf das Museum dieser närrischen Frau. Sie sind wegen Ihnen hier, weil Aidan Pico gesagt hat, es täte sich eine Gelegenheit auf, und keiner will der Trottel sein, der vom Spielfeldrand zusieht.«
»Ich weiß Ihre Offenheit zu schätzen«, sagte ich. »Sehr erfrischend. Ich muss mich um die Party kümmern, aber ich würde mich freuen, die Möglichkeiten irgendwann in der nächsten Woche mit Ihnen zu erörtern.«
»Klar, gern. Aber um was geht es unter dem Strich?«, fragte er mit einem Blinzeln.
Ich blinzelte zurück.
»Alle sind fasziniert von Gold und Silber, weil sie das kennen, weil sie es kaufen, um es ihren Frauen um den Hals zu hängen. Woran sie nicht denken, ist das exotische Zeug, Iridium, Palladium und Rhodium. Sie wissen nicht, dass diese Stoffe unabdingbar zur Produktion der einzigen Ware gehören, die Leute heutzutage noch kaufen – Laptops, Smartphones, Tablets und Spielkonsolen. Und woher stammen sie? Aus Gegenden mitten im Scheiß-Nirgendwo, aus Staaten, in denen die Leute einem ebenso ungerührt die Hand abschlagen, wie sie einen anschauen. Innerhalb der nächsten zehn Jahre werden

wir in Afrika einmarschieren, nur um zu garantieren, dass Suzie weiterhin mit ihren idiotischen Freundinnen simsen kann.«

Damit ließ ich ihn stehen und begrüßte den nächsten Gast in Sichtweite, einen jungen Dandy in goldener Breitkordhose und den schönsten italienischen Schuhen, die ich jemals gesehen hatte. Seine Begleiterin trug ein rotes bodenlanges Röhrenkleid mit dürftigem Schlitz, das sie bedenklich in ihrer Bewegungsfreiheit einschränkte. Sie nahm es gelassen, ohne Würde oder Gleichmut zu opfern.

Die nächste Person, der ich begegnete, war Natsumi in ihrem glitzernden silbernen Disco-Ensemble, wunderbar sexy, aber unangenehm anzufassen.

»Wie machen wir uns?«, erkundigte ich mich.

»Es hat erst ein Gast Feuer gefangen, demnach liegen wir noch nach Punkten vorn, denke ich.«

»Haben wir einen Krankenwagen gerufen?«

»Nein, aber ich glaube, wir müssen einen neuen goldenen Blazer kaufen. Ich schlage etwas schwer Entflammbares vor.«

»Was redet man denn so?«, fragte ich mit einem Blick über die Menge.

»Das kannst du bis hier hören. ›Wer sind diese Leute? Was machen sie? Man findet sie nicht mal auf Google. Aber sie sieht umwerfend aus.‹ Stimmt nicht, das Letzte habe ich erfunden.«

»Hast du nicht. Du bist umwerfend«, sagte ich.

»Die perfekte Antwort. Für einen Typen mit Loch im Kopf bist du ganz schön schlagfertig.«

»Hat irgendjemand versucht, dich auszuhorchen?«

»Der Typ da drüben in dem grünen Blazer und der karierten Hose, der ganz offensichtlich die Einladung nicht gelesen hat, hat mir eine Belohnung angeboten, wenn ich ihm ein

Exklusivgespräch vermittle. Zehn Prozent, was ich überaus großzügig finde. Ich hätte es auch für fünf getan.«

Im pulsierenden Licht des flammenerfüllten Saals konnte ich einen besseren Blick auf den Mann im grünen Blazer werfen, der ebenfalls auf meiner Liste stand. Nach den Kriterien war er ein bisschen zu alt, aber sein Gesicht hatte die richtige Form, und sein Haaransatz wich zurück. Ich ging hinüber und stellte mich noch einmal vor.

»Nathan Charles«, erwiderte er mit einem Händedruck. »Geborener Chomsky, wie der geniale Radikale, aber mit so einem Namen wird man an der Wall Street nichts.« Ganz allmählich fragte ich mich, ob überhaupt einer der Partygäste noch seinen Ursprungsnamen trug. »Ich zerbreche mir den Kopf über Sie, wie alle anderen hier. Und ich bin wirklich im Warentermingeschäft. Ich kann Ihnen auswendig alle Eröffnungs- und Schlusspreise jeder Ware aufzählen, mit der man handeln kann. Öl, Weizen, Kaffee, Eisenerz, Schweinebäuche. Edelmetalle? Wie geht das?«

Ich lieferte ihm die technischere und weniger umgangssprachliche Version dessen, was ich Antonelli erzählt hatte.

»Okay, das Konzept leuchtet mir fast ein«, meinte er. »Aber inwiefern unterscheidet sich das vom freien Markt?«

»Ein fast unerschöpflicher Vorrat zu Preisen, die Sie nicht mehr gesehen haben, seit man aus Iridium Füllfedern produzierte«, versicherte ich ihm, ehe ich meinen nächsten Abgang hinlegte.

Ich wiederholte diese Geschichte mit leichten Abwandlungen mehrmals, ehe der erste Abschnitt der Gala in den zweiten überging, ein Menü im Bankettsaal. Auf meine Bitte gab Nitzy die Gastgeberin und hielt eine kurze, nur leicht vom Champagner beeinträchtigte Rede, in der auch meine sechsstellige Spende an das Museum Erwähnung fand, eine Geste

des guten Willens und der Ermunterung für andere, es mir gleichzutun.
Die meisten der am Tisch Sitzenden schauten, Nitzys Blick folgend, zu der Stelle, wo Natsumi und ich neben der Tür zur Küche standen. Ich winkte bescheiden, als sie applaudierten.
Während das Menü seinen Fortgang nahm, gingen Natsumi und ich von Tisch zu Tisch und halfen den Kellnern beim Einschenken des Weins und dem Servieren der Teller. Nitzy war so angetan von der Idee, den Hilfen zu helfen, dass sie sich zu uns gesellte, wobei es ihr indes misslang, auch Aidan dazu zu bewegen.
Die Feuerkünstler hatten sich verabschiedet, aber der mannshohe Kamin am anderen Ende des Saals entschädigte uns reichlich. Das Thema des Abends wurde auch von dem gemieteten, vergoldeten Geschirr und Besteck aufgenommen. Die Costellos hatten alles sorgsam gezählt, als wir die Kartons des Verleihers öffneten, eine Tatsache, die sie den Kellnern unmissverständlich mitteilten.
An strategisch gewählten Punkten schnitten Köche das Roastbeef auf und plazierten die Scheiben auf Tellern mit golden gebratenen Kartoffeln, Roter Bete und, als Konzession an gesunde Ernährung, rohem Spinat. Sobald jedermann Platz gefunden hatte und aß, konnte ich eine kurze Pause machen und die Individuen gründlicher inspizieren. Ich hatte mit jedem auf meiner Liste gesprochen, doch bis jetzt hatte sich nichts ergeben, was mich veranlasst hätte, sie zu erweitern. Gleichzeitig aber auch nichts, weswegen ich einen der Männer hätte streichen können.
Sobald die Teller abgeräumt waren, kündigte Nitzy das abschließende Element des Abends an, Dessert und Digestif im Wintergarten. Den Gästen bot sich die Möglichkeit, in Kunstpelze und zarte Glacéhandschuhe zu schlüpfen, da wir alle

Türen und Lüftungsfenster geöffnet hatten, um die Temperatur unter dem Gefrierpunkt zu halten, zum Teil, damit die Eisskulpturen nicht dahinschmolzen.

Nachdem jeder mit Pelz und Handschuhen versorgt war und sich mit silbernem Eis und anderen Köstlichkeiten bedient hatte, brannten die Kellner Wunderkerzen ab und schossen mit Luftpistolen silberne Bänder quer durch den Raum. Bei jedem Knall jubelte die Menge gedämpft auf. Ein tapferer Keyboardspieler stürzte sich in die Jazz-Version von »Baby, It's Cold Outside« und spielte dann die Titelmelodie von »Ice Age«.

Larry Antonelli kam mir entgegen und versuchte, mir seine Visitenkarte aufzudrängen. Ich lehnte höflich ab, wie schon Dutzende Male zuvor.

»Wenn Sie gern über Handelsmöglichkeiten reden würden, nutzen Sie einfach die Mail-Adresse auf der Einladung, um eine Verabredung zu treffen«, sagte ich. »Ich bin nicht für jeden zu erreichen.«

Er blinzelte mich wieder an.

»Einige Leute würden das als ein bisschen arrogant betrachten.«

Ich hoffte, dass ich angemessen betroffen wirkte.

»Das wäre äußerst bedauerlich. Ich will einfach nicht den Eindruck erwecken, ich sei um potenzielle Investoren verlegen. Ein Geschäft wird abgeschlossen. Die einzige Frage ist die Höhe des Angebots. Und die Bedingungen.«

»Ziemliches Selbstvertrauen.«

»Ja, aber niemals arrogant. Ich weiß um das Privileg, mit Leuten dieses Kalibers zu verkehren«, sagte ich, wandte mich ab und breitete die Arme aus, als wollte ich den Saal umarmen. Dann drehte ich mich wieder zu ihm zurück. »Leuten wie Ihnen.«

Er schenkte mir ein Zucken.

Ich klopfte ihm auf die Schulter, die sich wie aus Beton gegossen anfühlte, und begab mich zurück in das Gedränge im Wintergarten.

Obwohl es in Hinsicht auf meine Ziele vollkommen irrelevant war, freute ich mich, dass alle sich gut zu amüsieren schienen. Ich hatte noch nie im Leben eine Party gegeben, deshalb gestattete ich es mir, die Ironie zu genießen, dass ein ehemaliger Mathe-Nerd und eine gesellschaftliche Außenseiterin eine Karriere als Partylöwen auf höchstem Niveau begannen und sogleich beendeten.

Nitzy fing mich wieder einmal ab und bestätigte meine Beobachtung.

»Diese Party ist einfach die *beste*«, nuschelte sie, während sie sich schwankend an meinen Bizeps klammerte. »Sie und Charlene sind *brillant.*«

»Meine Brillanz erschöpft sich in meiner Bitte an Charlene, dies alles zu organisieren.«

Nitzy schlang die Arme um meinen Hals und flüsterte mir ins Ohr.

»Sie ist so einzigartig, Sie glücklicher, glücklicher Mann.«

»Aidan hat's auch nicht schlecht getroffen«, flüsterte ich zurück.

Sie legte den Kopf in den Nacken und versuchte, mich direkt anzusehen.

»Versuchen Sie den Preis als erstaunlichster Mann des Jahres zu gewinnen?«

Während ich noch an einer passenden Antwort feilte, wurde ich von Natsumi gerettet, die mir mitteilte, die Eingangshalle sei nun bereit für die Schlusszeremonie. Nitzy ließ unbefangen meinen Hals los und fragte Natsumi, was das bedeutete.

»Das werden Sie gleich sehen«, antwortete Natsumi, ergriff meine Hand und führte mich davon.

»Haben wir die betreffenden Gläser gesichert?«
»Haben wir.«
Wir gingen hinaus in die Eingangshalle, die von allen Grillständen, Dekorationen und Künstlern geräumt war. Die rotgoldene Girlande war entfernt worden, und an ihrer Stelle schwebten silberne und goldene Ballons an zierlichen silbernen und goldenen Ketten. Die Anker jeder Kette bildeten kleine Geschenkpäckchen, die auf einem Regal über der Täfelung ruhten.
Ich stand mit dem Rücken zur Eingangstür und wartete, bis Natsumi unsere Gäste aus der Veranda, den Leihpelzen und in die Eingangshalle gescheucht hatte, die geräumig genug war, um uns fünfzig bequem zu beherbergen. Es wurde munter über die Ballons spekuliert, die einige schon zaghaft zu beanspruchen begannen.
Ich läutete eine kleine Silberglocke, um die Aufmerksamkeit der Menge zu erregen.
»Lassen Sie mich als Erstes Nitzy Bellefonte und Aidan Pico danken, die uns erlaubt haben, ihr wunderbares Museum zu unterstützen. Wir wissen, dass viele von Ihnen unserem Beispiel mit einer großzügigen Summe folgen werden.«
Alles applaudierte.
»Charlene und ich danken Ihnen außerdem von Herzen für das herzliche Willkommen in Ihrer reizenden Gemeinde.«
Mehr Applaus. Selbstverliebtheit schwängerte die Atmosphäre.
»Einige von Ihnen werden ein oder zwei Ballons bemerkt haben.«
Gelächter.
»Nun, es gibt einen für jeden zum Mitnehmen. Achten Sie darauf, das kleine Päckchen am Ende der Schnur nicht zu vergessen. Darin werden Sie einen Frosch entdecken, eine

Kreatur, die, wie Sie alle wissen, aber höflich verschwiegen haben, mein Namensvetter ist.«
Mehr Gelächter.
»Alle Frösche sind von identischer Gestalt, doch aus unterschiedlichem Material. Während Mr. Antonellis Frosch möglicherweise aus verchromtem Messing besteht, könnte der seiner Frau Jennifer aus massivem Gold sein. Jeder ist einzigartig, wenn auch vielleicht auf exotische Art. Der Ihre ist vielleicht aus einer Palladium- oder einer Osmiumlegierung. Oder aus reinem Platin.«
Einige der Leute, die sich bereits einen Ballon geschnappt hatten, ließen ihre erste Wahl fahren und suchten nach einem anderen. Sehr bald hatte jeder, ohne großartig gegen den guten Ton zu verstoßen, seinen Ballon samt Päckchen gefunden. Mehrere Diener gingen umher, nahmen die Garderobenwünsche entgegen und brachten Arme voller Pelze, Kaschmir und Lambswool. Wie ich an der Tür willkommen geheißen hatte, verabschiedete ich mich nun, drückte Hände und verteilte Wangenküsse.
Die glühendste Verabschiedung blieb den letzten Gästen vorbehalten, Nitzy und Aidan. Während Aidan geduldig danebenstand, wiederholte Nitzy ihre überschwenglichen Ausrufe des Dankes und Lobes für Natsumis exzellenten Geschmack und umwerfende Erscheinung. Ich bedankte mich, so dass Natsumi sich auf ein zurückhaltendes, bescheidenes Lächeln beschränken konnte.
Sobald sich die Tür geschlossen hatte, machte Natsumi auf dem Absatz kehrt und lief zurück in die Säle, um den Abbau der Party und das Aufräumen des Hauses zu überwachen. Ehe ich mich zu ihr gesellte, machte ich einen Abstecher in meinen Computerraum über der Garage. Obwohl der Raum mit schweren Schlössern gesichert war, ließ ich mehrere

Programme laufen, die jede Art von Spionage- und Überwachungssoftware, wie ich sie in Florencias Agentur und bei CMT & M installiert hatte, entdeckt und zerstört hätten.
Aber obgleich kein Schutz jemals vollkommen ist, erwies sich alles als sauber und unberührt.
Deshalb ging ich wieder nach unten, um bei der Wiederherstellung des Hauses zu helfen.

KAPITEL 22

Alex!« Natsumi fing mich oben an der Treppe ab. »Du musst unbedingt mitkommen.« Ich folgte ihr den langen Flur hinunter zu der Tür, die zur großen Schlafzimmersuite führte. Wir gingen durch ein kleines Wohnzimmer, vorbei an den begehbaren Kleiderschränken. Auf der Tagesdecke des riesigen Doppelbetts lag ein kleines Bündel Ästchen, wie man sie im Garten fand.

»Wie viele?«, fragte ich.

»Drei!«

»Hast du sie angefasst?«

»Nein.«

Ich stand vor dem Bett und musterte die Stöckchen, die mit einem Stück Silberband zusammengeschnürt waren, von dem ungefähr ein Kilometer erst vor kurzem die Partyräume geschmückt hatte. Mit verschnürt war ein Zettel. Leer – aber man konnte sehen, dass etwas auf der anderen Seite stand, der Seite, die auf dem Bett lag.

»Ich hole Gummihandschuhe«, sagte ich. »Schließ hinter mir ab und warte hier.«

Außerdem brachte ich einen Müllbeutel mit. Ich zog die Handschuhe an, hob das Bündel an der Spitze des längsten Zweigs auf und drehte es um, damit ich den Zettel lesen konnte.

Die Nachricht war mit der Hand geschrieben, in kritzeligen Blockbuchstaben. »Von Angesicht zu Angesicht ist ausgeschlossen. Aber falls Sie Umsatz wollen, machen wir so viel Umsatz mit Ihnen, wie Sie liefern können. Bedingungen:

Niemand erhält bessere Konditionen. Unsere Bestellungen werden vorrangig bedient. Keine Leerverkäufe. Denken Sie darüber nach. Wir melden uns bei Ihnen.«

Ich gab Natsumi Gelegenheit, alles zu lesen, dann hob ich das Bündel wieder auf, steckte es in die Plastiktüte und band sie zu.

»Ich schätze, es hat funktioniert«, meinte sie.

»Sieht so aus.«

»Sonst wäre ich auch stinksauer gewesen. Wenn man an die viele Arbeit denkt.«

»Ich auch.«

»Und jetzt?«

»Wir gehen runter, räumen auf und gehen schlafen«, sagte ich.

»Machen wir das?«

Mein Bein schmerzte, meine Sicht verschwamm, die Perücke und das Make-up fühlten sich an, als würden sie sich auflösen. Ich konnte an nichts anderes mehr als das riesige Bett und die Daunendecken denken.

»Ich bin erschöpft«, sagte ich. »Das war das Anstrengendste, das ich jemals gemacht habe.«

»So zu tun, als seist du ein geselliger Typ?«

»Genau.«

»Bei mir ist es das Gegenteil«, sagte sie. »So zu tun, als wäre ich schüchtern. Ich bin alles andere als das.«

»Es tut mir leid, dass du das tun musstest.«

»Aber wenigstens hat es funktioniert.«

»Es ist ein Anfang. Mit dem Rest beschäftigen wir uns morgen.«

Tatsächlich schafften wir es erst am Morgen gegen halb vier ins Bett, und auch dann konnte ich erst eine Stunde später einschlafen. Ein emsiger Verstand ist der Feind des Schlafs, eine Tatsache, die mir schon fast mein ganzes Leben lang ver-

traut war. Das einzige Gegenmittel, das mir jemals geholfen hatte, war die ausschließliche, zwanghafte Konzentration auf ein Thema, gleichgültig wie obsessiv, und die restlichen Probleme auf einen anderen Tag zu verschieben. Oder eine andere Nacht.
In dieser Nacht dachte ich über Florencia nach. Ich versuchte, die Florencia, die mir so intim und vertraut war, mit der Person in Einklang zu bringen, die Geld aus ihrer eigenen, höchst profitablen Firma abzog und auf ein Nummernkonto auf den Caymans überwies.
Es war unmöglich. Ich konnte es nicht.

Am nächsten Morgen schrieb ich als Erstes eine Mail an Shelly Gross.
»Wie stehen die Chancen, etwas auf DNS testen zu lassen? Und ist es Ihnen möglich, die Polizeiakten einiger der reichsten und gesellschaftlich angesehensten Leute aus Greenwich, Connecticut, einzusehen?«
Ich musste bis Mittag warten, ehe ich eine Antwort erhielt.
»Das geht. Aber ich muss wissen, warum.«
»Wir müssen uns treffen.«
»Wollen Sie mir nicht mal wieder folgen? Und aus irgendeiner Gasse springen?«
»Die Bulldog Lounge im Green Club in New Haven. Heute, sechzehn Uhr dreißig?«
»Sie haben ja Vertrauen.«
»Es würde keinen Sinn machen, mich jetzt hochgehen zu lassen. Darauf vertraue ich.«
»In Ordnung«, schrieb Shelly. »Wir treffen uns um sechzehn Uhr dreißig. Wie erkenne ich Sie?«
»Das müssen Sie nicht. Ich erkenne Sie.«
Natsumi und ich setzten uns in das riesige Wohnzimmer und

besprachen die Implikationen. Wir waren nie sichtbarer gewesen, auf beiden Seiten des Gesetzes. Unser einziger Schutz war der Eigennutz derjenigen, die uns Schaden zufügen konnten. Diese Logik hätte uns eigentlich trösten sollen, tat es aber nicht.

»Ich habe Angst um deine Sicherheit«, sagte ich.

»Und ich um deine.«

»Du könntest mit mir nach New Haven fahren. Ich setze dich irgendwo ab und sammle dich wieder ein, sobald ich mit Shelly fertig bin.«

»Inwiefern wäre das sicherer, als hierzubleiben?«, fragte sie.

»Das ist es nicht. Es fühlt sich nur so an.«

»Ich habe eine bessere Idee.«

Die Bosnier kamen in einem dunkellila Minivan, der aussah wie eine Aubergine auf Rädern. Sie waren zu viert, einschließlich Little Boy. Das Haus beeindruckte sie sichtlich, obwohl sie versuchten, sich nichts anmerken zu lassen. Natsumi, die Costellos und ich eilten hinaus, um sie zu begrüßen, ihnen Essen und Getränke anzubieten und uns aufrichtig zu bedanken.

»Ich hoffe, Sie haben Kabel«, sagte Little Boy. »Die Celtics treten auf, als wäre ihnen gerade wieder eingefallen, wie man Basketball spielt.«

Nachdem er seine Mannschaft im flugzeughangargroßen Wohnzimmer vor einem Fernseher von der Größe einer durchschnittlichen Werbetafel plaziert hatte – die Costellos nervös auf Abruf für eventuelle Wünsche –, nahm ich Little Boy zur Seite und erläuterte die Lage.

»In ungefähr zehn Minuten springe ich ins Auto und fahre zu einem wichtigen Treffen. Three Sticks weiß, dass wir hier wohnen. Ich könnte mir vorstellen, dass er meine Frau entführt, um Druck auf mich auszuüben. Oder uns beide, um uns unsere Ware abzunehmen. Das wäre verdammt kurzsichtig, aber möglich. Aber wie gesagt, ich kenne ihn nicht gut genug, um ihn einschätzen zu können.«

»Nach allem, was ich gehört habe, ist er pragmatisch«, sagte Little Boy. »Aber absolut grausam, wenn er glaubt, man wolle ihn bescheißen.«

»Bereitet Ihnen das Sorge?«

Seine Miene zeigte Verachtung.

»Wissen Sie, was wir durchgemacht haben? Damals? Die Ängstlichen sterben als Erste. Dann die Verrückten. Die Glücklichen überleben, so lange ihr Glück anhält. Wenn man klug ist und Eier hat, lebt man weiter. Nach einer Weile sind nur noch die am Leben, die keine Angst haben.«

Instinktiv drückte ich seine Hand, was genau das Richtige war. Die Geste schien ihn aufzurichten, seine hoch aufragende Gestalt schien um einen weiteren Zoll zu wachsen.

»Stellen Sie eine Wache auf«, sagte ich. »Sie wollen doch nicht mitten im Freiwurf abgeschlachtet werden.«

Ehe ich zum Green Club aufbrach, rief ich Evelyn an.

»Du musst etwas für mich tun«, sagte ich, als sie sich meldete, »obwohl es dir nicht gefallen wird.«

»Red nicht drum herum.«

»Du musst dich mit Bruce Finger in Verbindung setzen und ihm sagen, du hättest von Unregelmäßigkeiten in Florencias Konten erfahren, die bei der Kaufprüfung von Brandts Leuten nicht entdeckt worden sind. Sie könnten ernsthafte Auswirkungen auf das bereits abgeschlossene Geschäft haben, womöglich sogar einen Rücktritt, der den Verkaufspreis ruinieren würde. Er soll für dich ein persönliches Gespräch mit den Käufern arrangieren, um die Situation zu erklären.«

Ein langes Schweigen folgte.
»Okay«, antwortete sie schließlich gedehnt. »Was für Unregelmäßigkeiten?«
»Das ist der schwierige Teil. Das kannst du ihm nicht erzählen. Du sagst nur, er müsse das Treffen arrangieren. Und dir vertrauen. Es würde alles geklärt.«
»Das ist alles?«, fragte sie.
»Wird er es tun?«
»Nein. Nicht ohne weitere Erklärungen. Er mag mich, aber nicht so sehr.«
Ich wusste, dass sie recht hatte. Ich hoffte nur, es wäre anders.
»Sag ihm, dass sich jemand mit den Einzelheiten bei ihm melden wird. Ich denke mir was aus. Hauptsache es gelingt, ihm die Wichtigkeit dieser Angelegenheit deutlich zu machen. Dass du ihn wirklich brauchst, um dieses Treffen zu arrangieren.«
»Du klingst ein bisschen angespannt. Das kenne ich gar nicht von dir«, sagte sie.
»Tut mir leid. Die Lage wird allmählich ein wenig kompliziert. Zu viele wirbelnde Teller, zu wenig Hände.«
»Okay, Arthur. Ich werde mein Bestes tun.«

Der Green Club war nicht länger ein Club im traditionellen Sinn. Jedermann konnte hingehen und sich an die Bar setzen oder mit Blick auf das New Haven Green etwas essen. Aber wie jedes hochklassige Etablissement zog auch dieses eine gewisse Klientel an – Menschen, die sich Harris Tweed und braunen Budapestern verschrieben hatten und sich gern an ihre glorreiche Vergangenheit an Elite-Universitäten erinnerten.
New Haven lag ungefähr in der Mitte zwischen Greenwich und Rocky Hill, was ich nur gerecht fand, und der Club mit

seiner Grabesstille und der Achtung vor diskreten Gesprächen war der ideale Treffpunkt.

Unterwegs musste ich anhalten und ein Motelzimmer mieten, in dem ich meine Erscheinung von Auric Grenouille zu Alex Rimes änderte, zumindest den Alex, den Shelly im Restaurant getroffen hatte. Ich hatte meinen blauen Blazer, eine graue Hose und die rot-blau gestreifte Krawatte der University of Pennsylvania eingepackt, an der ich meinen Master in Angewandter Mathematik gemacht hatte. Natürliche Tarnung.

Shelly hingegen hatte sich für eine leuchtend gelbe Windjacke über einem Polohemd und eine orange Baseballkappe entschieden. Falls irgendwelche Jäger durch die Bulldog Lounge streiften, würde er auf keinen Fall mit einem grasenden Hirschen verwechselt werden.

Ich setzte mich und legte die Plastiktüte auf den Tisch.

»Eine Nachricht von Three Sticks«, sagte ich. »An drei Zweigen befestigt.« Ich erzählte ihm, was auf dem Zettel stand. »Ich habe ihn dazu provoziert«, sagte ich, ohne das Wie zu erklären. »Ich bin ziemlich sicher, dass er selbst die Zweige eingesammelt, den Zettel geschrieben und auf das Bett gelegt hat. Ein bisschen Angeberei als Reaktion auf meine Provokation, die Art, wie ich ihn gereizt habe. Ich bin zwar kein Handschriftenexperte, aber ziemlich sicher, dass er die Nachricht mit links geschrieben hat. Wenn er keine Latexhandschuhe dabeihatte, müsste der Zettel mit DNS getränkt sein.«

»Müsste er«, bestätigte Shelly.

»Außerdem hab ich eine Liste mit Kandidaten, reiche Männer aus Greenwich, bei denen die Möglichkeit besteht, dass sie die modernere Version des Manns auf Ihrem Foto sind. Ich bin ziemlich sicher, dass einer dieser Männer die Nachricht hinterlassen hat. Falls nicht, war es ein Untergebener, was auch reichen könnte.«

Ich gab ihm den USB-Stick.
»Hier drauf finden Sie die Namen, Adressen, Firmeninformationen und Mail-Adressen. Und die Namen der Ehefrauen oder Geliebten. Dazu neuere Fotos von allen und einige ältere Bilder, die ich aus dem Internet geladen habe.«
»Nicht schlecht«, sagte Shelly.
»Es kommt noch besser.«
Ein Kellner erschien, um die üblichen Rituale zu vollziehen, was ich abkürzte, indem ich direkt Eistee und einen Cheeseburger bestellte. Shelly nahm dasselbe. Nachdem der Kellner gegangen war, stellte ich einen Karton auf den Tisch.
»Cocktail- und Weingläser. Fingerabdrücke und DNS. An jedem klebt ein Heftstreifen mit dem Namen des Benutzers.«
Er schaute verblüfft, dann begann er zu grinsen.
»Sie haben sie ins Restaurant eingeladen«, folgerte er. »Oder zu einer Party.«
»Was glauben Sie, wie schnell sie die überprüfen können?«
Er lächelte.
»Meine Freunde beim FBI würden diese Frage amüsant finden. Selbst bei den wichtigsten Fällen des Landes können Monate vergehen, ehe die Laborresultate vorliegen.«
»Ich habe nicht mal Tage. Das Unternehmen hat ein Ablaufdatum.«
»Je mehr ich von Ihnen fordere, umso mehr wollen Sie wissen.«
Ich lehnte mich im Stuhl zurück und überlegte, was ich sagen sollte. Die Kalibrierung war wichtig. Wie auch immer, er kam mir zuvor.
»Soweit ich das überblicken kann«, sagte er, »existieren Sie gar nicht. Was nicht bedeutet, dass Sie keine Identität besitzen. Ich wette, Sie haben mehrere, aber keine davon sind Sie selbst. Sie gehören Verstorbenen. Ehe Sie nervös werden: Ich

weiß das nicht mit Sicherheit, es ist einfach das Ergebnis von vierzig Berufsjahren. Aber ich bin ziemlich sicher, dass wir einige interessante Dinge erfahren würden, wenn meine Leute den Namen Alex Rimes durchlaufen ließen.«

Er trommelte mit den Fingern auf den Gläserkarton, als wollte er seine neu erworbenen Besitzrechte bekräftigen.

»Sie stecken in einer Zwickmühle«, fuhr er fort. »Sie brauchen mich, weil ich Dinge tun kann, die Ihnen verwehrt sind, zumindest in Ihrem Zeitrahmen. Aber je weiter Sie sich mit mir einlassen, je mehr ich erfahre, umso schwieriger wird es, unsichtbar zu bleiben.«

»Sie haben recht«, antwortete ich. »Mein Risiko ist das Vertrauen in Sie. Aber falls Sie andere hinzuziehen, ist Ihr größtes Risiko, die Kontrolle über die beste und letzte Gelegenheit zu verlieren, die Sie haben, um den großen Fisch zu fangen, der bis jetzt davongekommen ist.«

Er trommelte noch ein wenig auf dem Tisch und schien auf seinen Wangen zu kauen. Ich stellte mir vor, wie seine ehemaligen Angestellten daran seine Stimmung abgelesen hatten, ohne dass es Shelly bewusst gewesen war.

»Interessante Situation«, bemerkte er.

»In der Tat.«

»Ich habe kein Problem damit, heimlich vorzugehen«, sagte er. »Vermutlich muss ich jeden Gefallen eintreiben, der mir noch geschuldet wird, aber wir machen es auf Ihre Weise. Sollte ich aber merken, dass Sie mich zu bescheißen versuchen, ist die Sache geplatzt. Ab diesem Moment werde ich hinter Ihnen her sein wie der Teufel hinter der armen Seele.«

»Wie schnell können Sie die Ergebnisse besorgen?«

Das gefiel ihm.

»Wer zum Teufel sind Sie eigentlich?«, fragte er.

Der Drang, ihm alles anzuvertrauen, mein Herz auszuschütten und alle Verfehlungen zu bekennen, war nahezu unerträglich. Es liegt in der menschlichen Natur zu bekennen, intime, schmutzige Informationen weiterzugeben. Ich selbst hatte diese Neigung schon häufig ausgebeutet, deshalb war ich vorgewarnt. Dennoch bedurfte es großer Willensstärke, dem Impuls zu widerstehen.

»Wer ich bin, ist ohne Bedeutung«, sagte ich. »Ich weiß es selbst kaum noch. Es zählt nur, was ich tue.«

Kurz darauf wurde unser Essen serviert, und wir verbrachten die restliche Zeit mit dem Vergleichen unserer Erfahrungen in und um New Haven. Ich erfuhr eine Menge über Shellys erfolgreichen Feldzug gegen lokale Verbrechensorganisationen, und er erfuhr etwas über den historischen und heutigen demographischen Aufbau der Stadt und ihrer Umgebung.

Als er mich fragte, woher ich solche Dinge wusste, antwortete ich: »Ich merke mir ständig alle möglichen unwichtigen Details. Eine schlechte Angewohnheit von mir.«

Eine Erklärung, die er nicht anzweifeln konnte, ob er sie nun glaubte oder nicht.

Zurück zu Hause, stellte ich erfreut fest, dass sich nichts verändert hatte. Die Kolumbianer hatten sich solidarisch zu den Bosniern gesellt, um das Spiel der Celtics zu schauen, bei dem die favorisierte Mannschaft gesiegt hatte, und nun wurde rundum gefeiert, mit Unterstützung der üppigen Reste der gestrigen Party.

Little Boy, meine Miene interpretierend, versicherte mir, dass sein bester Mann stocknüchtern draußen die Peripherie überwachte, vollständig bewaffnet und in ständiger Kommunikation mit seinem Zweitbesten – der ein wenig betrunken war, aber berühmt dafür, einst ein Messer genau in das Auge eines serbischen Verräters geschleudert zu haben, nachdem er eine ganze Nacht lang Tequila getrunken hatte, womit er den Saufwettbewerb zwar verloren, den Kampf aber gewonnen hatte.

Ich entdeckte Natsumi in der Bibliothek, wie eine Katze in einem Sessel zusammengerollt. Sie las in einer Ausgabe von *Stolz und Vorurteil,* die sie aus den vollgestopften Regalen ringsumher gezogen hatte.

»Oh, fein, du bist wieder da«, sagte sie und sah von ihrem Buch auf. »Das freut mich.«

»Mich auch. Es scheint, als hätten unsere Gäste sich eingelebt.«

»Ich habe noch nie so höfliche Leute kennengelernt. Wir Japaner bilden uns einiges auf unsere Umgangsformen ein, aber ich halte sie oft für aufgesetzt. Diese Typen sind wirklich so.«

»Du solltest doch wissen, dass ich nur die kultiviertesten Verbrecherbanden in unser Heim bitten würde«, sagte ich, dann erzählte ich ihr alles von meinem Treffen mit Shelly Gross.

»Glaubst du, er wird Wort halten?«

»Wahrscheinlich schon, und sei es auch nur, weil er nichts zu verlieren hat. Ich bin sicher, dass er genug über uns weiß, um uns verfolgen, wenn nicht sogar mit Hilfe des FBI erwischen zu können, falls er es wirklich versucht. Mir ist bewusst, dass meine Analyse seiner Motive laienhaft ist, aber das ist alles, was ich habe.«

»Ich finde deine Analyse sehr nachvollziehbar, und ich bin immerhin ein frischgebackener Bachelor der Psychologie.«

»Du siehst nicht aus wie ein Bachelor.«

»Hast du deinen Sinn für Humor genutzt, um mit deiner Frau zu flirten?«, fragte sie.

Ich brauchte einen Moment, um die Haarnadelkurve des Gesprächs zu nehmen. Ich gab mir große Mühe, aufrichtig zu antworten.

»Ja, das habe ich«, sagte ich. »Es war vermutlich die Basis unserer Beziehung. Etwas anderes könnte es auch nicht gewesen sein.«
»Wahrscheinlich stellst du dein Licht unter den Scheffel, aber das ist egal. Sie ist fort, du bist zurück von den Toten und versuchst, dein Leben wieder aufzubauen. Alles, was vorher war, ist irrelevant. Zumindest sollte es das sein.«
»Wir haben uns immer ein bisschen gekabbelt. Bis zu einem gewissen Punkt gefiel mir das. Aber sobald sie sich wirklich aufgeregt hat, habe ich nachgegeben.«
»Aus Konfliktscheuheit«, sagte sie.
»Ja.«
»Demnach hast du bewusst alles vermieden, was die Beziehung hätte gefährden können. Du hast die Grenzen nie ausgelotet.«
»Nein. Florencia war eine atemberaubend schöne und erfolgreiche Frau. Ich habe meinen Teil zum Haushalt beigetragen, aber in Wirklichkeit war ich nur der alberne Trottel, der sein Glück nicht fassen konnte, dass die Zuneigung einer so erstaunlichen Frau ihm gehörte. Man kann es nicht anders ausdrücken. Wenn man sich in einer so asymmetrischen Situation wiederfindet, stellt man keine Fragen, sondern dankt einfach den Göttern und macht weiter.«
»Stellst du dir jetzt Fragen?«
»Ja, ich stelle alles in Frage.«
»Wie fühlst du dich dabei?«
»Als würde ich dich lieben, aber du solltest mich lieber nicht analysieren. Obgleich ich deine gute Absicht zu schätzen weiß.«
»Du bist nicht nur ein alberner Trottel«, sagte sie.
»Nicht nur?«

Die nächsten Tage brachten nichts Außergewöhnliches, abgesehen von unseren Mühen, die vier bosnischen Gangster in unseren Haushaltsablauf zu integrieren. Little Boy und seine Männer stellten das Betragen fröhlicher Proleten zur Schau, die gerade einen All-inclusive-Urlaub in einem Traumhaus gewonnen hatten, was im Wesentlichen zutraf.

Ich verbrachte die meiste Zeit im Internet, lud Daten herunter, verfolgte Greenwichs Millionäre und spukte wie ein Geist durch die Buchhaltungskonten und das Betriebssystem von Florencias Agentur.

Natsumi war weniger häuslich, obwohl sie nie ohne Little Boy oder einen seiner Bosnier im Schlepptau nach draußen ging.

Keine Nachricht von Shelly Gross. Ich verbrachte Stunden im Web, um meinen Verstand zu beschäftigen und um emotionale Kurzschlüsse zu vermeiden. Doch nach einer Weile kann selbst ich es leid werden, auf einen Monitor zu starren. Die einzige Kur bestand in einem Spaziergang draußen in der Natur, wo die frische Luft meinen Kopf klären konnte.

Und so hielt ich es eines Nachmittags, an dem Natsumi und drei der Bosnier einkaufen waren, für eine gute Idee, zum Long-Island-Sund zu fahren, um dort aufs Wasser zu schauen und nachzudenken. Ich zog mir Jeans und eine schmutzige Arbeitsjacke an und nahm den Subaru als moderate Tarnung. Es war kalt, aber klar, und obwohl die Sonne noch einen niedrigen Bogen am Himmel beschrieb, wurde das Licht wärmer, weniger grell. Aus irgendeinem unklaren Grund hatte ich ein Bier mitgenommen, wohl in der Vorstellung, ich könnte am Strand aufs Ganze gehen, das Bier kippen und so vielleicht verborgene Pforten der Wahrnehmung öffnen.

Ich schaffte es bis Greenwich Point und wollte gerade das Bier öffnen, als ein Brecheisen gegen das Seitenfenster schmetterte.

Das Sicherheitsglas fing viel von der Wucht ab, aber ein Wirbelsturm winziger Scherben flog in die linke Hälfte meines Gesichts. In dem Wissen, dass der nächste Schlag durchbrechen würde, warf ich mich über die Mittelkonsole und bedeckte meinen Kopf. Ich hörte das feuchte durchdringende Geräusch, mit dem das Brecheisen durch das Fenster drang, und dann das Öffnen der Fahrertür. Kalte Luft und kräftige Hände strömten herein.

Sie zerrten mich aus dem Subaru und schleiften mich ein paar Meter über den Parkplatz. Einer von ihnen trat mir in den Magen, was eher Schock als Schmerzen auslöste. Ich rollte mich zusammen und wartete darauf, was passieren würde.

»Wir haben gesagt, wir würden uns bei Ihnen melden«, sagte eine Stimme, die ich als die von Jenkins erkannte. »Was wollen Sie mit den beschissenen Europäern? Verdammt, das ist so unnötig.«

»Ich versuche nur, vorsichtig zu sein«, antwortete ich, ohne meine Embryonalhaltung aufzugeben. »Das tun Sie doch auch.«

»Nicht vorsichtig genug, was, Bruder?«

»Mir Schmerzen zuzufügen hat doch keinen Zweck«, sagte ich.

»Doch, das hat es. Es lehrt Sie, ein bisschen mehr Respekt zu zeigen«, erwiderte Jenkins, ehe er mich ins Kreuz trat. Die größte Wucht wurde von den kräftigen Muskeln rechts von meinem Rückgrat aufgefangen, aber etwas davon erreichte meine Niere. Ich stöhnte, behielt jedoch meine Schutzhaltung bei.

»Ich hab's verstanden«, sagte ich, während ich den Kopf vom Asphalt hob. »Von jetzt an werde ich Sie höher schätzen. Ich bin kein sonderlich kräftiger Mensch. Mehr davon, und Sie müssen dem Boss erklären, warum sein Geschäftspartner tot ist, ehe das Geschäft anlaufen konnte.«

»Ich würde Sie am liebsten abknallen.«
»Nur zu, aber Sie treffen nur sich selbst. Falls Three Sticks Ihnen den Ungehorsam durchgehen lassen sollte, wird sich sicherlich einer der Bosnier Ihrer annehmen.«
Einen Moment herrschte Stille, dann sagte Jenkins: »Sie sind echt ein seltenes Arschloch«, wobei er ein Lachen unterdrückte, was ich als ermutigend empfand. Mehrere Hände zerrten mich an meiner Kleidung hoch. Ich hatte Probleme, aufrecht zu stehen, mein Magen war wund und verkrampfte sich wie eine wütende Faust. Sie drängten mich gegen den Subaru und durchsuchten meine Taschen, in denen sie eins meiner Wegwerfhandys fanden. Glücklicherweise ohne wichtige Nummern in der Wahlwiederholung. Ich hatte auch eine Brieftasche, aber in der steckte nur ein wenig Bargeld und eine Kreditkarte auf den Namen Auric Grenouille. Ein kleiner Sieg der paranoiden Vorsichtsmaßnahmen.
Jenkins quetschte mich auf den Beifahrersitz und befahl einem seiner Jungs, einem pockennarbigen Weißen mit unnatürlich schwarzen Haaren in einem Pelzparka, den Wagen zu fahren. Das Einzige, was der Fahrer zu mir sagte, war: »Ein Mucks, und ich bring dich um.«
Die Anweisung war eindeutig genug.
In einer Karawane folgten wir Jenkins' Escalade die Küste entlang nach New York. Die Aussicht änderte sich rasch von üppigem Küstenstreifen zu heruntergekommenem Industriegebiet, mit Bahngleisen und Wellblechschuppen, geschlossenen Tankstellen und Backsteinmonumenten der industriellen Revolution. Mein Fahrer schwieg, und mir war es recht, da ich so Gelegenheit hatte, mich in ganzen Bandbreiten von Selbstbezichtigungen zu ergehen.
Wir folgten dem Cadillac nach Süden in ein vorstädtisches Viertel aus den fünfziger Jahren – eng nebeneinanderstehende ein-

stöckige Häuser, Carports, kurvenreiche Straßen. Wir fuhren in eine der Einfahrten. Sie war schlicht, aber in besserem Zustand als die meisten. Am Bordstein standen zwei Mülltonnen. Die Sträucher, sofern vorhanden, waren ordentlich beschnitten. Ein weiterer SUV, ein Range Rover, parkte im Carport.

Jenkins stieg aus dem Escalade und ging zum Eingang. Unterwegs hob er eine Zeitung in blauer Plastikschutzhülle auf. Er klingelte und wurde eingelassen. Kurze Zeit später kam er heraus und winkte uns und die Männer in dem anderen Wagen hinein. Mein Fahrer stieg aus, ging zur Beifahrerseite und öffnete die Tür. Von ihm angetrieben, ging ich allen voraus zum Hauseingang.

Das Innere spiegelte dieselbe karge Ordnung wie der Außenbereich. Man trat direkt ins Wohnzimmer, an dessen einer Wand ein langes Sofa stand, begleitet von zwei Clubsesseln. Zwei Holzstühle im Kolonialstil vervollständigten den Sitzbereich, in dessen Mitte ein großer Couchtisch stand. Auf dem Tisch befand sich das einzige Objekt, das fehl am Platz wirkte – ein futuristisches schwarzes Telefon, wie man es gemeinhin in Werbespots auf Konferenztischen sieht.

Ich setzte mich auf einen der Holzstühle, ehe sie eine Chance hatten, mich woanders zu plazieren. Jenkins nahm den zweiten mir gegenüber auf der anderen Seite des Tischs. Die großen weißen Jungs, einschließlich desjenigen, der die Tür geöffnet hatte, füllten die Polstermöbel.

»Gleich wird ein Anruf kommen«, erklärte Jenkins. »Wir werden über das Geschäft reden. Ich gebe Ihnen ein paar vertrauliche Informationen. Die Leute haben es satt, von Ihnen verarscht zu werden. Das ist Ihre letzte Chance. Ich empfehle Ihnen dringend, sich zusammenzureißen und die nötigen Zugeständnisse zu machen. Haben Sie mich verstanden?«

»Ja.«

Das schien ihn zufriedenzustellen.

»Gut«, sagte er mit einem Blick in die Runde. Die anderen Männer nickten, aber niemand sagte ein Wort.

Er sah auf die Uhr, dann zum Telefon, das wie auf Kommando zu läuten begann. Er beugte sich vor und drückte eine Taste.

»Wir sind hier«, sagte er.

»Mit unserem Gast?«, fragte der andere Teilnehmer. Es war eine Männerstimme, die von einem Gerät elektronisch verzerrt wurde, wie man es im Fernsehen bei Interviews mit Personen macht, deren Identität geheim gehalten werden soll; die Stimmen verzerrt, die Gesichter im Schatten.

»Korrekt. Er sitzt hier.«

»Hallo«, grüßte ich.

»Ich bin daran interessiert, mit Ihnen ein Abkommen zu treffen, aber wir müssen einige Dinge klarstellen.«

»Okay«, erwiderte ich.

»Sie müssen den Bedingungen zustimmen, die wir in der Nachricht genannt haben.«

»Ich stimme zu.« Am anderen Ende der Leitung herrschte Stille. Er hatte offensichtlich mehr Widerstand erwartet. Deshalb redete ich weiter. »Sie bekommen dieselben Konditionen wie Little Boy. Alle Waren sind zu einem Viertel des Eröffnungspreises am Verkaufstag erhältlich. Die vereinbarte Menge wird erfüllt. Ich ziehe Bargeld vor, aber eine elektronische Überweisung ist akzeptabel. Sie können Ihre Bestellung jetzt aufgeben oder sie von Jenkins zu meinem Haus bringen lassen, nachdem Sie Gelegenheit hatten, darüber nachzudenken. Ich würde empfehlen, dass er sich anmeldet, da sonst einige meiner Mitarbeiter unangenehm auf den unangekündigten Besuch reagieren könnten.«

»Was das angeht …«, sagte die verzerrte Stimme. »Aggressives Vorgehen wird nicht besonders wohlwollend aufgenommen.«

»Gut, dann sagen Sie Ihren Jungs, sie sollen die Finger von mir lassen.«

»Lassen Sie sich von den bosnischen Angebern nicht zu sehr in Sicherheit wiegen. Es wäre ein Kampf, den sie nicht gewinnen können.«

»Konflikte sind Geschäften nie besonders zuträglich«, versicherte ich ihm. »Ich erfülle meinen Teil, erfüllen Sie Ihren, dann profitieren *alle.*«

Jenkins kräuselte den Mund, eine Geste in meine Richtung, die eindeutig besagte: »Was für ein Haufen Scheiße.«

»Sie hören von uns«, sagte die Stimme, und die Verbindung brach ab.

Auf dem Weg nach draußen suchte ich nach der Hausnummer, musste mich aber mit denen des Nachbarn und des Hauses gegenüber begnügen. Ebenso ging es mir mit dem Straßenschild, das jemand vom Pfahl geschraubt hatte. Aber ich identifizierte den Namen der nächsten Straße und der übernächsten ebenfalls.

Obwohl wir eine andere Strecke als auf der Herfahrt benutzten, war es, als wir Larchmont erreichten, ganz einfach festzustellen, dass wir in New Rochelle gewesen waren. Ich lehnte meinen Kopf an die Stütze und schloss die Augen, ein einfaches Signal an meinen Fahrer, dass ich mich nicht für die Umgebung interessierte. Die Schauspielerei fiel mir nicht schwer. Ich war vollkommen erschöpft, und jetzt, da das Adrenalin in meinem Körper abebbte, begann mein Nervensystem zu knistern, als wäre es statisch aufgeladen.

Die ganze Zeit stellte ich mir im Stillen immer wieder dieselbe Frage: Wie hatte ich nach all diesen Monaten der Wachsamkeit und Vorsicht so blöd sein können?

KAPITEL 23

Zu Natsumis zahlreichen Vorzügen zählte ich auch ihre stete Weigerung, sich aufzuregen, egal wie berechtigt es gewesen wäre. Sie stellte das erneut unter Beweis, als ich ihr erzählte, wo ich gewesen war und was ich erlebt hatte.

»Und du hast keine Ahnung, warum du ganz allein gefahren bist?«, fragte sie.

»Eigentlich doch. Früher, unter normalen Umständen, war das eine meiner Angewohnheiten. Raus aus dem Haus und irgendeine unbedeutende Aufgabe erledigen, um den Kopf frei zu kriegen und ein bisschen frische Luft zu schnappen. Aber ich begreife nicht, warum mein Lebenserhaltungstrieb mir nicht auf die Schulter getippt und mich gewarnt hat. ›Hey Mann, das sind keine normalen Umstände. Du lebst nicht mehr in Stamford und betreibst Marktforschung zum Thema weibliche Hygiene.‹«

»Hast du das?«, fragte sie.

»Was?«

»Marktforschung über weibliche Hygieneartikel gemacht?«

»Ja, klar. Ich hab mindestens zwanzig Kontrollgruppen in verschiedenen Teilen des Landes befragt. Das Produkt war nicht direkt ein Hygieneartikel. Eher Kosmetik. Eine Art Parfüm für die unteren Regionen. Ich hab dabei eine Menge gelernt. Sobald eine Gruppe erst mal läuft, erzählen dir die Teilnehmer alles Mögliche.«

Nachdem ich Natsumi informiert hatte, wiederholte ich die ganze Geschichte vor Little Boy und seinen Bosniern. Ich hatte Angst, sie könnten die Angelegenheit als empörende

Provokation betrachten, die eine gnadenlose Antwort erforderte, die ich wiederum mühsam hätte unterdrücken müssen. Stattdessen erntete ich Grinsen und sanfte Hänseleien.

»He, zum Glück haben sie Ihnen nicht in die Eier getreten«, kommentierte Little Boy. »Das machen wir normalerweise.«

»Erst die Eier, dann den Kopf. Nicht unbedingt in dieser Reihenfolge«, warf einer der Jungs ein.

»Ich habe geglaubt, sie würden mich umbringen«, erwiderte ich, sachlich, wie ich hoffte.

»Sie umbringen? Die Gans, die goldene Eier legt? Ausgeschlossen. Sie haben nur ein bisschen Dampf abgelassen«, meinte Little Boy. »Vermutlich waren sie bloß gereizt, weil sie so lange warten mussten, bis Sie mal das Haus verlassen. Ich hab solche Überwachungen auch schon gemacht. Kann verdammt langweilig werden.«

Von ihrer überschwenglichen Besorgnis aufgeheitert, verdrückte ich mich, um einige Zeit in einer Gesellschaft zu verbringen, die meine Erwartungen nur selten enttäuschte.

An meinen Computer.

Ich stelle mir gern vor, dass Flugzeugingenieure niemals aufgehört haben, sich darüber zu wundern, dass Objekte, die schwerer sind als Luft, fliegen können. Aus demselben Grund findet es selbst ein Technikfreak wie ich schwierig zu glauben, dass eine winzige, im All kreisende Blechbüchse das Bild eines Hauses so deutlich übertragen kann, dass man den Grill auf der Terrasse erkennt. Und an einem klaren Tag sogar, ob man Hähnchenflügel oder Bratwürstchen grillt.

Genau von dieser Art Staunen und Dankbarkeit war mein Herz erfüllt, während ich nach dem Haus in New Rochelle suchte. Da ich zwei der Straßennamen in der Nähe kannte, brauchte ich nur wenige Minuten, um die Newbury Street zu identifizieren. Und mit der Kenntnis der beiden Hausnum-

mern in der Nachbarschaft war es ein Kinderspiel, die Nummer fünfundzwanzig zu finden.
Von da an reichte ein einfaches Telefonverzeichnis, um die Festnetznummer festzustellen. Ich hätte wesentlich mehr herausfinden können, den Marktwert des Hauses, die jährliche Steuerbelastung, die Anzahl der Schlafzimmer oder offenstehende Handwerkerrechnungen – doch mich interessierte nur der Besitzer. Es handelte sich um New Heritage Properties, eine Makler- und Hausverwaltungsfirma auf den Bermudas. Auch abgesehen von dem Oxymoron als Firmennamen sagte mir mein Verstand, dass ich absolut nichts über sie herausfinden würde. Firmen dort handhabten die Verschwiegenheit ähnlich eisern wie die Banken auf den Caymans.
Ich würde nicht besonders weit kommen, jemand anders dagegen schon.
Ich schrieb an Shelly Gross und schilderte ihm die Tagesereignisse. Ich fügte alle mir bekannten Informationen über das Haus hinzu und schloss mit einer weiteren Bitte: »Ich wette, Sie können die Telefonnummer des Kerls herausfinden, der dort heute angerufen hat. Er wird vermutlich Vorkehrungen getroffen haben, aber vielleicht auch nicht. Es könnte eine Menge Laborzeit sparen.«
Außerdem nannte ich ihm Modell und Baujahr der beiden SUVs sowie die Kennzeichen.
»Sicher wird es irgendeine Verbindung geben«, schrieb ich.
Er schrieb kurz darauf zurück.
»Haben Sie diesmal keine hochaufgelösten Fotos, DNS-Proben oder Fingerabdrücke von diesen Männern?«

Nicht lange danach rief Evelyn an.
»Ich habe mit Bruce geredet«, sagte sie. »Ich habe ihm erzählt, jemand vom Betrugsdezernat der Versicherungsaufsicht hätte

mich kontaktiert und mir eine Reihe Fragen gestellt, die ich nicht beantworten konnte. Ich behauptete, die Betrugsleute hätten mich gebeten, mit niemandem über das Telefonat zu sprechen, aber das wäre mir egal und deshalb würde ich ihn anrufen. Er klang sehr besorgt. Er hat viele Fragen gestellt, die ich nicht beantworten konnte, vor allen Dingen, weil ich mir das alles ausgedacht habe. Ich sagte, sie hätten mich befragen wollen, aber ich hätte Angst, das allein durchzustehen, könnte er mir also den Riesengefallen tun und mich begleiten? Als Jungfer in Nöten bin ich nicht so besonders, aber vielleicht hat ihn gerade das überzeugt.«

Vergleichbar mit Hillary Clinton und Margaret Thatcher war Evelyn der letzte Mensch auf Erden, der als Jungfer in Nöten irgendwie überzeugend wirken würde. Egal unter welchen Umständen.

»Vermutlich«, sagte ich. »Ausgezeichnete Arbeit.«

»Das hoffe ich. Jetzt bist du an der Reihe. Und halt mich auf dem Laufenden.«

Ich beendete das Gespräch mit widerstreitenden Gefühlen. Bewunderung für die Courage und den Einfallsreichtum meiner Schwester, gepaart mit einer vagen Panik davor, einen Trick durchzuziehen, den ich nicht selbst entworfen hatte.

Betrugsdezernat der Versicherungsaufsicht? Gab es das überhaupt?

Ich begab mich ins Netz und stellte fest, dass dem so war. Bruce sollte das wissen, da er den größten Teil seiner Laufbahn in Hartford verbracht hatte, dem Versicherungsmekka der Nation. Die Chancen standen gut, dass er den Geschäftsführer und die Hälfte der Mitarbeiter persönlich kannte. Zwei Minuten nach Evelyns Anruf hatte er vermutlich bereits gewusst, dass es weder laufende Ermittlungen gab noch welche in Planung waren. Zumindest musste ich davon ausgehen.

Mir fiel absolut keine Möglichkeit ein, meine Pläne ohne Bruce Finger zu verwirklichen. Und keine, ihn dazu zu zwingen, schon gar nicht ohne sein Wissen und seine Zustimmung.
Ich vergrub den Kopf zwischen den Händen und versuchte krampfhaft, mir eine Strategie auszudenken.
Es klappte nicht, weil es keine gab. Nichts Elegantes, Subtiles oder Risikofreies. Wobei mir wieder einfiel, was ein Vietnamveteran einmal bei einer Befragung zu mir gesagt hatte. Das ursprüngliche Thema hatte ich vergessen, aber ich erinnerte mich, dass die Diskussion eine radikale Wendung genommen hatte, als wir über die Grenzen menschlichen Durchhaltevermögens unter verzweifelten Umständen sprachen.
»Mann, manchmal bleibt einem nur die Flucht nach vorn«, hatte er zu mir gesagt.
Ich nahm mein Handy und rief Bruce Finger an.
»Mr. Finger?«, fragte ich mit meiner Clint-Eastwood-Stimme.
»Wer spricht?«, fragte er zurück.
Ich erzählte ihm, ich wäre Privatdetektiv im Auftrag eines Risikokapitalgebers, der die meisten von Florencias Klienten gedeckt hatte. Ich streute ausreichend Informationen ein, die ich den Akten der Agentur entnommen hatte, um meine Vertrautheit mit der fraglichen Firma zu beweisen, Informationen, die niemand anders besitzen konnte.
»Sie arbeiten demnach nicht für die Versicherungsaufsicht«, bemerkte er.
»Ich habe Ms. Cathcart angelogen. Ich glaube nicht, dass sie mit der Wahrheit zurechtkommen würde. Sie schon. Tatsächlich glaube ich, dass Sie meinen Anruf bereits erwartet haben«, sagte ich.
»Vielleicht sollten Sie mir erst mal verraten, worum es eigentlich geht«, antwortete er.
»Das wissen Sie.«

Am anderen Ende der Leitung setzte ein langes Schweigen ein. Ich kniff die Augen zusammen, fügte der Stille die Dunkelheit hinzu.

»Nein, das tue ich nicht«, behauptete er schließlich.

»Sie waren der geschäftsführende Vorstand der Agentur. Treuhänderisch verantwortlich für den korrekten Umgang mit Kundengeldern. Und Sie wissen nicht, dass etwas davon fehlt?«

Erneut langes Schweigen.

»Ich hatte keine Ahnung«, sagte er. »Ich bin im Ruhestand.«

»Glauben Sie, der Ruhestand wird Ihnen Immunität verleihen?«, fragte ich.

»Ich habe getan, was ich konnte«, sagte er. »Meine Erfahrung beschränkt sich auf Risikoübernahmen und Produktentwicklung. Ich habe noch nie im Vertrieb gearbeitet, ganz zu schweigen von einer Agentur. Selbstverständlich können mir Irrtümer unterlaufen sein. Aber keine absichtlichen Fehler. Haben Sie Kontakt zu dem gegenwärtigen Management aufgenommen?«

»Das werde ich noch.«

»Muss ich mich um einen Anwalt kümmern?«

»Das überlasse ich Ihnen. Meine Klienten würden eine stille und schmerzlose Lösung vorziehen. Für alle Beteiligten.«

»Wie darf ich das verstehen?«, fragte er.

»Wir veranstalten ein Treffen, bei dem alle Probleme auf den Tisch kommen. Wir schlagen eine Lösung vor, die Sie und die Gegenparteien diskutieren, modifizieren und freigeben. Ein Scheck wird ausgestellt, und das Leben geht für alle weiter wie bisher. Leute wie die Versicherungsaufsicht müssen nicht mal davon erfahren.«

»Ich weiß immer noch nicht, was man mir eigentlich vorwirft«, wandte er ein.

»Glauben Sie, ich würde mit Ihnen sprechen, wenn es keinen Diskussionsbedarf gäbe?«
»Sie sind ein Ausputzer«, sagte er. »Ich habe von Leuten wie Ihnen gehört, und ich finde Sie ekelhaft.«
Ich war doppelt überrascht. Dass ich nicht der Einzige war, der von diesen mythischen Wesen wusste, und dass ein Mann von Bruce Fingers Statur an den Mythos glaubte.
»Ekelhafter als einen vertrauenswürdigen Berater, der ruiniert, was man ihm anvertraut hat?«
»Was schlagen Sie vor?«, fragte er in dem erschöpften Ton eines Mannes, der sich zögernd in das bittere Alter begibt.
»Ein Treffen«, sagte ich. »Hier ist die Nummer, die Sie anrufen müssen.«

Ich kam kaum zum Luftholen, da klingelte schon das Handy, dessen Nummer ich Jenkins gegeben hatte. Sie waren zur Transaktion bereit.
»Waren im Wert von einer halben Million, zusammengesetzt wie folgt«, sagte er und las dann eine Einkaufsliste vor: fünfzig Prozent Gold, der Rest eine Auswahl von Exoten.
Wir vereinbarten die Übergabe an diesem Abend auf einem Parkplatz hinter einer leerstehenden Lagerhalle in einem alten Industriegebiet von North End in Hartford.
Sobald ich aufgelegt hatte, zerrte ich Little Boy vom Sportkanal weg und wies ihn an, einen seiner Jungs zu der Lagerhalle zu schicken, wo er mit ein bisschen Glück vor der Gegenseite eintraf. Bis zur Übergabe waren es noch vier Stunden, reichlich Zeit für einen fähigen Beschatter, dort einzudringen.
Der Rest von uns quälte sich mit der Aufgabe, die Waren in Little Boys Minivan zu laden. Glücklicherweise reichten meine Vorräte, um die Bestellung abzudecken. Aber nach der nächsten Runde musste ich wieder aufstocken. Ich schickte

eine Teilzahlung an CMT & M, um Zahlungsrückstände zu vermeiden und Spielraum zu gewinnen. Ich sah keinen Grund zu stehlen, solange ich nicht musste.

Nachdem wir den Wagen beladen hatten, schickte Little Boy eine weitere Vorhut, um den ersten Mann abzulösen. Mit Gewissheit konnte er es nicht sagen, aber der erste Mann war ziemlich sicher, dass niemand von der Gegenpartei dort herumschlich. Die Lagerhalle stand in einem gesichtslosen Industriegebiet, weit von anderen Gebäuden entfernt, von denen seiner Meinung nach keines als Versteck für einen Heckenschützen geeignet war. Angesichts der Erfahrung der Bosnier mit Heckenschützen vertraute ich seinem Urteil.

Die verbleibende Zeit hingen wir im Fernsehzimmer ab, die Bosnier rauchten, und ich kritzelte Notizen an mich in den kleinen Block, den ich immer in der Hosentasche mit mir herumtrug. Eine Gewohnheit, die ich in den ersten Tagen meiner Genesung angenommen hatte, als mein Gedächtnis lernte, wieder zu funktionieren, und meine Vorstellungskraft meinen organisatorischen Fähigkeiten noch weit voraus war.

In diesem Moment allerdings diente es keinem tieferen Zweck, als mich zu beruhigen und meine Zweifel und Ängste – die ständig im Hintergrund lauerten – im Zaum zu halten. Kontrolllisten und Arbeitspläne hatten diese Wirkung auf mich. Sie ordneten die Welt und drückten einen gewissen Optimismus aus. Warum eine Kontrollliste erstellen, wenn man glaubte, die einzelnen Punkte niemals abhaken zu müssen?

Endlich kam der Moment des Aufbruchs. Ich fuhr mit Little Boy in seinem Minivan, und die anderen folgten im Outback, den sie mit ihrem Zigarettenqualm vorübergehend verseuchten, aber ich war wohl kaum in der Lage, mich darüber zu beschweren.

Als wir auf dem Parkplatz eintrafen, lehnte Jenkins bereits an einem gemieteten Kastenwagen, auf dessen Seiten Werbebanner für billige Reisen nach Hawaii warben, angereichert mit Bildern von Palmen und Hula-Röcken. Jenkins, der wie die meisten seiner Männer eine Zigarette rauchte, wirkte leicht gelangweilt.
Er winkte träge, als wir vorfuhren, und ließ seine Zigarette in einem kleinen Funkenregen zu Boden fallen. Ich stieg aus dem Van, ging hinüber zu Jenkins und begrüßte ihn, gefolgt von Little Boy, der sich ein paar Schritte hinter mir hielt. Die übrigen Bosnier parkten an der Straße und überquerten dann, mindestens drei Meter Abstand zwischen sich lassend, den Parkplatz. Jenkins beobachtete all das mit einer Miene, die entweder widerwilligen Respekt oder unkontrollierbare Verachtung ausdrückte.
Little Boy ging hinüber zu Jenkins und begrüßte ihn mit zum Abklatschen erhobener Faust, eine Geste, die Jenkins erwiderte. Alle anderen hatten die Hände in den Taschen, atmeten Dampf und scharrten mit den Füßen. Das grelle Licht der Flutlichtanlage verwandelte uns alle in von hinten ausgeleuchtete Scherenschnitte. Schon bald zündeten sich die ersten Männer auf beiden Seiten Zigaretten an.
»Wir haben die schweren Kartons«, sagte Little Boy. »Haben Sie das Geld?«
Jenkins drehte sich um und zeigte uns seinen Rucksack, dann drehte er sich wieder zurück.
»Selbst in gebrauchten Hundertern ist eine halbe Million eine Menge Papier, wissen Sie«, sagte er.
»Ich muss wenigstens kurz nachsehen«, erwiderte Little Boy und schaltete eine kleine Taschenlampe ein.
»Nur zu«, sagte Jenkins und bot ihm erneut den Rücken.
Little Boy zog den Reißverschluss auf und spähte hinein.

Einen langen Moment später sah er zu mir herüber und hob den Daumen.

»Okay«, sagte ich und nickte Little Boys Mannschaft zu. Sie öffneten die Heckklappe des Subaru und begannen, die Metalle in Jenkins' Fahrzeug umzuladen. Mittendrin streckt Little Boy den Arm aus und packte Jenkins' Rucksack.

»Brr, Kumpel, nicht so hastig«, knurrte Jenkins.

»Wir liefern gerade«, sagte Little Boy. »Sie sind dran.«

Jenkins gab weder nach noch trat er außer Reichweite. Wir blieben einfach alle so stehen und beobachteten den Umzug der kleinen Kartons. Als der letzte entladen wurde, rüttelte Little Boy sanft an dem Rucksack.

In diesem Moment griff Jenkins in seinen Blazer und zog einen silbernen Revolver heraus.

Little Boy ließ sich zu Boden fallen und hielt schneller, als man denken konnte, eine gigantische vergoldete Automatik in beiden Händen, die auf Jenkins' Kopf zielte. Einer von Jenkins' Jungs hielt das für den geeigneten Moment, seinen Ellbogen einem der Bosnier ins Gesicht zu rammen, woraufhin der Bosnier vorhersehbar reagierte, indem er den Ellbogen mit dem linken Arm abwehrte und einen rechten Haken mitten im Gesicht des anderen Kerls plazierte.

Von da an ging es bergab.

Jenkins brüllte mit erhobenen Händen: »Alles cool, alles cool«, die einzig vernünftige Reaktion, wenn eine Kanone auf die eigene Stirn zielt. Doch seine eklige kleine Waffe hatte er noch in den Händen. Seine Kollegen waren nicht so geneigt, sich auch nur halbwegs zu ergeben. Mindestens zwei Schlägereien hatten eingesetzt, die Gegner gleichwertig, jeweils um die hundert Kilo schwer, erfahren und nicht bereit, nachzugeben.

Es war eine seltsam lautlose Angelegenheit. Man hörte nur das gelegentliche Klatschen einer auftreffenden Faust und das durch den körperlichen Kontakt erzeugte Scharren und Knirschen. Das Stöhnen und Knurren zorniger Männer in einem tödlichen Kampf.

Little Boy zog einen winzigen Revolver aus der Jacke und warf ihn mir zu. Er gestikulierte in Jenkins' Richtung.

»Falls er sich rührt, knallen Sie ihn ab«, kommandierte er.

Ich hatte nur selten eine Waffe in der Hand gehalten, aber ich hatte viel ferngesehen. Ich wusste, wie man aussehen musste, als wüsste man, was man tat.

Little Boy schritt in das Durcheinander und landete einen brutalen Schlag im ersten Gesicht, das sich ihm bot. Als der Kerl zusammenbrach, verpasste er den nächsten seinem eigenen Mann.

Zwei Männer am Boden.

Die anderen Typen, Jenkins' wie Little Boys Männer, drehten sich instinktiv zur neuen Bedrohung um und nahmen die Hände runter, damit Little Boy auch ihnen Strafschläge verpassen konnte. Innerhalb von zehn Sekunden waren alle Kämpfer gefechtsunfähig am Boden.

Dann schoss Jenkins auf Little Boy.

Ein bisschen langsam am Abzug, schoss ich sogleich Jenkins nieder, mehr oder weniger.

»Scheiße, Mann, das geht doch nicht«, rief Jenkins, mit der Hand seinen Oberschenkel umklammernd, wo ihn meine Kugel gestreift und ihn zu Boden geschickt hatte. Mit den Armen rudernd, versuchte er, wieder auf die Beine zu kommen, was ihm schließlich gelang, und richtete die Waffe auf mein Gesicht. Doch ehe er den Abzug drücken konnte, hatte Little Boy auf ihn geschossen, diesmal in die Körpermitte. Er sackte zusammen, panisch das Einschussloch zudrückend. Ich erkannte rasch den Grund, als ich den Blutschwall über seine dunklen Finger strömen sah.

»Scheißkerl«, fluchte er mit einem Blick auf seinen Magen. »Ich hasse es, wenn man auf mich schießt.«

In puncto letzte Worte waren diese vermutlich genauso gut wie alle anderen. Er zuckte noch ein paarmal, dann regte er sich nicht mehr.

Little Boy kauerte auf dem Boden, die Waffe fest in einer Hand, die andere Hand an eine muskulöse Stelle seines Brustkorbs unter der Achselhöhle gepresst. Seine Jacke war voll Blut, aber er grinste.

»Der Blödmann konnte nicht schießen, das ist mal sicher«, sagte er.

Ich ging zu ihm hinüber.

»Was zum Teufel ist hier gerade passiert?«, fragte ich.

»Reine Geschäftssache. Geht halt manchmal ein bisschen wild zu. Sind welche von unseren Jungs tot? Ich will mich nicht zu viel bewegen, sonst würde ich selbst nachsehen.«

Ich schaute mir das Gemetzel näher an.

»Sieht nicht so aus«, antwortete ich. »Aber Jenkins ist auf jeden Fall hinüber.«

»Blöder Hund. Versucht, mich abzuknallen. Wofür hält er mich, für einen Touristen?«

»Wie schlimm ist es?«, fragte ich.

»Kann nicht besonders schlimm sein, ich rede ja mit Ihnen, oder?« Er tastete den Wundbereich ab, und als er die Hand wegzog, tropfte Blut herab. »Aber vielleicht sollte ich das hier stopfen lassen. Oder?«

Ich ließ Little Boy allein und nahm Jenkins den Rucksack ab, dann ging ich zu dem Einzigen von Jenkins' Mannschaft, der noch am Leben und bei Bewusstsein war. Obwohl es nicht sicher schien, dass dies so bleiben würde. Ich drückte ihm den Lauf ins Gesicht.

»Betrachten Sie die Übergabe als abgeschlossen«, teilte ich

ihm mit. »Richten Sie Three Sticks aus, wir würden es begrüßen, wenn es bei der nächsten Transaktion nicht wieder zu einem Schusswechsel käme. Sie könnten lügen und behaupten, wir hätten angefangen, aber Sie wissen, dass dies nicht stimmt. Dass Sie die Ware behalten dürfen, ist ein Zeichen meines guten Willens. Haben Sie mich verstanden?«

Er nickte zögernd. »Haben Sie mich verstanden?«, wiederholte ich, mit der Waffe zuckend.

Er nickte nachdrücklicher.

»Ich hab's verstanden«, antwortete er. »Jenkins war ein Vollpfosten.«

Als wir alle wieder im Minivan saßen, sagte ich Little Boy, er müsse ins Krankenhaus.

»Nicht nötig«, wehrte er ab. »Unser Typ aus Hartford ist schon unterwegs. Er ist schneller bei Ihnen zu Haus, als man mich in der Notaufnahme durchchecken könnte. Es ist besser so. Das hier ist gar nichts«, fügte er mit einem Nicken auf seine Wunde hinzu.

Dann wurde er bewusstlos. Ich war versucht, die Situation auszunutzen und ihn einfach zum nächsten Krankenhaus zu fahren, aber einer seiner Jungs ahnte es und befahl mir zu tun, was Little Boy gesagt hatte. Ich gehorchte.

Als wir eintrafen, war der Arzt noch eine halbe Stunde weit entfernt, weshalb wir Little Boy bei laufendem Motor und hochgedrehter Heizung im Minivan ließen. Sein Atem ging ruhig und regelmäßig, und soweit wir sehen konnten, hatte er aufgehört zu bluten. Einer der Männer hielt Little Boys Kopf in seinem Schoß, streichelte ihm hin und wieder über die widerspenstigen Haare und sagte etwas in ihrer Muttersprache. Keiner von ihnen schien sonderlich besorgt.

Als ich mich danach erkundigte, erhielt ich zur Antwort: »Leute mit Kugel im Körper schlafen. So bewahren sie Kraft.

Und Gott entscheidet, was er tut«, fügte er achselzuckend hinzu. »Warum aufregen?«
Natsumi brachte Decken für Little Boy und Wasser für die Männer im Van und draußen auf dem Grundstück, die den Eingang und das Gelände überwachten. Außerdem übernahm sie die Kommunikation mit dem Arzt, der sie alle zehn Minuten über seinen Verbleib unterrichtete. Jeder Bericht an den Van wurde mit einer Dosis Optimismus geliefert.
Als der Arzt endlich eintraf, war ich überrascht: ein sehr junger Chinese in einem teuren Parka mit einer Reisetasche voller Medikamente, Instrumente und einem Laptop. Die Bosnier gaben ihren Verteidigungsring um Little Boy auf, und der Arzt kniete sich hin und begann mit der Arbeit. Nachdem ich für helleres Licht, eine Schüssel mit heißem Wasser und Desinfektionsmittel gesorgt hatte, blieb mir nicht mehr viel zu tun, deshalb zog ich mich zurück und ging hinauf in meinen Computerraum.
Natsumi blieb zurück, nur für alle Fälle.

Als Erstes schrieb ich eine Mail an jeden, der bei unserer Spendengala gewesen war, weil ich davon ausging, dass Three Sticks auf der Gästeliste gestanden hatte.

> Im Namen der Bellefonte Galerie möchte ich zum Ausdruck bringen, dass ich aufrichtig überrascht war von Ihrer Reaktion. So unerwartet. Ich hoffe, wir werden in nicht allzu ferner Zukunft wieder zusammentreffen. Es gibt vieles, was zur gegenseitigen Vertrauensbildung beitragen kann, und wir müssen einander besser kennenlernen.

Dann schrieb ich an Shelly Gross:

> Jetzt wäre der absolut geeignete Zeitpunkt für die Ergebnisse Ihrer Analysen. Die Lage spitzt sich zu.

Bruce Finger war der Nächste:

> Haben Sie bereits ein Treffen vereinbart? Je länger wir warten, umso schlimmer wird es. Für Sie. Mir ist es egal.

Ich ging wieder nach unten, um nach Little Boy zu sehen. In der Einfahrt stand ein Krankenwagen. Im Van versorgten Sanitäter den Bosnier auf Anweisung des Arztes. Ich blieb stehen und wartete, bis sie ihn auf die Trage verfrachtet und in den Krankenwagen geschoben hatten. Ehe der Arzt wieder in seinen Wagen steigen konnte, packte ich ihn an der Schulter. Er drehte sich um und sah mich erschrocken an.

»Entschuldigung«, sagte ich und ließ die Hand fallen. »Wie lautet die Prognose?«

»Sieht gut aus«, antwortete er. »Er hat nur eine Menge Blut verloren. Er hängt jetzt am Tropf. Alles in Ordnung.«

»Wo bringen Sie ihn hin?«

Der Arzt schüttelte den Kopf.

»Wenn Mr. Boyanov das Bewusstsein wiedererlangt hat, werden wir darüber reden.«

»Okay, klar«, sagte ich.

Dann fuhr er mit dem Krankenwagen davon und ließ uns bis auf einen mit Little Boys Truppe zurück. Natsumi tat das einzig Kluge und trieb alle ins Haus, in die Mammut-Küche, wo sie und die Costellos einen Berg Essen zubereitet hatten – vieles davon mit leichten Anklängen an den Balkan –, den

Boyanovs Mannschaft mit einem stetig fließenden Strom von amerikanischem und Importbier hinunterspülte.
Glücklicherweise umschloss dieses Arrangement nicht die beiden humorlosen Scharfschützen, die nach wie vor das Grundstück überwachten. Während das Gelage noch andauerte, ging ich nach draußen und lockte sie unter Lebensgefahr aus ihren Schützennestern. Nachdem ich sie von der Situation in Kenntnis gesetzt hatte, stimmten beide zu, weiterzumachen, bis Little Boy in der Lage war, ihnen neue Anweisungen zu erteilen.
In Abwesenheit von Little Boy würden sie ihre Pflicht bis in alle Ewigkeit erfüllen, deshalb wussten wir, dass ihnen zu danken bedeutungslos war, aber sie wussten es dennoch zu schätzen. Ich drückte ihnen die Hände, und ihr förmliches kurzes Nicken sagte mehr als eine Million Worte.

Der Anruf erreichte mich am nächsten Tag.
»Das ist nicht meine Art, Geschäfte zu machen«, sagte die Stimme.
»Ihr Mann hat angefangen«, entgegnete ich. »Es lag nicht an uns. Es lag an Ihrem Geld.«
»Ich habe eine Menge anderer Leute«, sagte er.
»Gut. Ich sehe keinen Grund, warum uns dieser Blödsinn beim Geschäft in die Quere kommen sollte.«
»Wir müssen unsere Auslieferung prüfen. Wir melden uns.«
»Verstanden.«

Die nächste Woche verbrachten Natsumi und ich mit dem Kauf von Gitarren. Ich hatte es nicht für möglich gehalten, dass dabei das ganze Bargeld draufging, aber wir waren nah dran. Die Aufgabe erforderte einige Reisen, einschließlich mehrerer Tage an der Westküste. Unterwegs entwickelten wir uns allmählich zu echten Gitarren-Experten, während wir mehr über die Resonanz tropischer Harthölzer, Leimzusammensetzung, Frets, Verstärker und die Handfertigung von Musikinstrumenten lernten, als wir jemals gehofft hatten.

Auf unseren Beutezügen wurden wir immer von einigen Bosniern begleitet, von denen einer, ein Mann namens Kresimir, ein ziemlich guter Gitarrist war. Zur großen Erleichterung Natsumis, die meine Wiederholungen von »Stairway to Heaven« allmählich leid war.

Ich sorgte dafür, dass unsere Ankäufe zu dem Lagerhaus in Danbury geschickt wurden. Dem Typ, der das Lagerhaus führte, schrieb ich einen fetten Scheck für seine Hilfe beim Katalogisieren und Organisieren des Bestands. Er schickte mir mit dem Smartphone aufgenommene Fotos von mit Gitarren gefüllten Regalen, die sämtlich mit laminierten Etiketten versehen waren.

Da diese ungeheuer erweiterte Sammlung offiziell meiner Schwester Evelyn gehörte, dachte ich mir, ich sollte ihr davon berichten. Und da wir uns ans Reisen gewöhnt hatten, beschloss ich, dass der richtige Zeitpunkt für einen persönlichen Besuch gekommen war.

»Ich soll was tun?«, fragte sie.

Ich nannte ihr den Namen des Restaurants in Norwalk, in dem ich mich mit Henry Eichenbach getroffen hatte.

»Stell den Wagen an der Straße ab. Geh ins Restaurant und verlass es durch den Hintereingang. Dort wird ein weißer Toyota auf dich warten. Der Schlüssel liegt unter der Fußmatte auf der Fahrerseite. Du fährst über Nebenstraßen zur Route One nach Westport.« Ich nannte ihr Namen und Adresse eines weiteren Restaurants. »Dort treffen wir uns. Gegen neunzehn Uhr. Das Essen geht auf mich.«

»Du glaubst doch nicht wirklich, dass ich beschattet werde?«

»Nein. Aber als ich das letzte Mal meine Paranoia ignoriert habe, bin ich beinah umgebracht worden.«
»Okay.«
»Such nach dem aufgemotzten Typ mit der asiatischen Begleiterin.«
Ich buchte zwei Tische im Abstand von mehreren Metern. Einen für uns und den anderen für Kresimir und seine Kumpane, die eine halbe Stunde vor uns eintrafen. Falls der Person, die unsere Reservierung entgegengenommen hatte, auffiel, dass wir kein Wort miteinander sprachen, sagte sie nichts darüber.
Ich stellte erfreut fest, dass Evelyn ziemlich gut aussah, fast genauso, wie ich sie in Erinnerung hatte. Über mich hätte sie das nicht sagen können.
»Arthur?«, fragte sie, als sie an den Tisch trat.
»Nicht diesen Namen«, sagte ich.
»Das ist seine Paranoia«, erklärte Natsumi, stand auf und streckte die Hand aus. »Aus demselben Grund sollten Sie mich Charlene nennen.«
Evelyn gab ihr die Hand, aber dann setzte sie sich und starrte mich an.
»Wie geht es dir?«, fragte sie.
»Eigentlich ganz gut«, erwiderte ich. »Körperlich. An die verzerrte Wahrnehmung habe ich mich gewöhnt, meine mathematischen Fähigkeiten entsprechen mittlerweile wieder denen eines Sechstklässlers. Ich hinke noch ein bisschen, aber den Stock brauche ich nicht mehr. Ich hatte viel zu tun, daran liegt es vermutlich.«
Sie sah zu Natsumi hinüber. Ich wusste, dass sie gern die zweite Hälfte der Frage gestellt hätte. Wie ging es mir emotional, psychisch? Ich ersparte ihr die Verlegenheit.
»Ich bin ich, Evelyn«, versicherte ich ihr. »Nur eine andere Version. Wir alle werden mit mehr Potenzial geboren, als wir

einsetzen. Die Lebensumstände führen zu einer Auswahl. Meine Umstände haben sich geändert.«
Natsumi bat sie, ihr mein früheres Ich zu beschreiben. Nach einigem verlegenen Räuspern wagte Evelyn einen Versuch. Und obwohl ihre Wahrnehmung sich von meiner unterschied, hatte ich nichts daran auszusetzen.
Natsumi hörte aufmerksam zu, dann sagte sie: »Er hat recht. Derselbe Mann, eine andere Ausgabe. Ich glaube, bei mir ist es dasselbe. Mir gefällt diese Ausgabe außerordentlich gut.«
Ich fasste für Evelyn zusammen, womit ich mich beschäftigt hatte, wobei ich eine Menge Euphemismen verwendete und bei der Schilderung des illegalen Teils eher unpräzise blieb. Ich wusste nicht, was eine Person zum Mitwisser nach der Tat machte, aber ich hatte sie schon weiter mit hineingezogen, als ich es wollte. Sie bedrängte mich nicht, weder zu diesem Thema noch zu irgendeinem anderen, vermutlich, damit ich nicht sagen musste, das könne ich ihr nicht erzählen.
Deshalb floss unser Gespräch nicht eben leicht dahin, aber ich freute mich, sie zu sehen, und war froh, dass sie Natsumi kennenlernte, die auch nicht gerade der unbeschwerteste Gast im Restaurant war, was man allerdings kaum bemerkte. Evelyn umarmte uns beide fest, was für mich neu war. Ich hatte niemals erlebt, dass sie jemanden umarmte.
»Wenn wir das nächste Mal zusammen Essen gehen, würde ich lieber mit meinem eigenen Auto fahren«, sagte sie auf dem Weg zu dem weißen Toyota. »Enttäusch mich nicht.«

Als wir wieder zu Hause eintrafen, saß Little Boy mit seiner Truppe im Wohnzimmer und schaute fern. Als er sich vom Sofa erhob, waren seine Bewegungen noch ein bisschen steif, aber ansonsten konnte man ihm nicht anmerken, dass er vor kurzem angeschossen worden war.

»Es war wirklich nur eine Fleischwunde«, erklärte er. »Keine wichtigen Organe verletzt. Nur ein Kratzer an der Rippe. Die tut allerdings höllisch weh.«

Ich nahm ihn mit ins Arbeitszimmer, wo ich ihm von Three Sticks' Anruf erzählen konnte. Nicht, weil seine Jungs nichts davon wissen sollten, sondern weil ich wusste, dass er gern die Kontrolle über wichtige Informationen hatte. Das Vorrecht des Anführers.

»Er will also keinen Krieg«, meinte Little Boy.

»Das weiß ich nicht genau«, sagte ich. »Aber vermutlich nicht jetzt. Was aber nicht bedeutet, dass wir unsere Vorsichtsmaßnahmen beim nächsten Mal nicht verdoppeln sollten.«

»Kaum zu glauben, dass Jenkins auf eigene Rechnung gehandelt haben soll.«

»Meiner Meinung nach ausgeschlossen. Ich denke, es war ein Einschüchterungsversuch, der nach hinten losgegangen ist.«

»*Uns* einschüchtern?«, fragte Little Boy ungläubig.

»Er weiß jetzt, aus welchem Holz ihr Männer geschnitzt seid. Beim nächsten Mal geht es richtig zur Sache.«

Ehe ich zu Bett ging, kontrollierte ich meine elektronischen Maulwürfe in Florencias Agentur und bei CMT & M. Nichts von Bedeutung. Außerdem überprüfte ich alle meine Postfächer und fand auch hier nichts Besonderes. Zu aufgedreht, um schlafen zu können, besuchte ich noch eine weitere Seite, die ich ohnehin jeden Tag kontrollierte: den Online-Auszug für das Nummernkonto der Blue Hen National Bank in Delaware.

Zum ersten Mal seit Florencias Tod war eine Gutschrift eingegangen. Fünfzigtausend Dollar.

Ich wandte den Blick ab und starrte dann wieder auf die Summe, als wäre sie eine Halluzination, die verschwinden könnte. Die fünfzig Riesen waren immer noch da, an diesem Morgen überwiesen.

Ich öffnete das Spionageproramm in der Agentur und durchsuchte alle Computer nach dem Passwort, eine Reihe von Zahlen und Buchstaben, mit der alle Aktionen für das Blue-Hen-Konto freigegeben wurden. Den Zeitraum begrenzte ich auf die Stunde vor der Gutschrift.

Innerhalb von Sekunden hatte ich ihn entdeckt. Florencias Rechner.

Ich durchsuchte ihren Computer nach allen Bewegungen dieses Kontos bis zurück zum Zeitpunkt ihres Todes. Die Einträge zeigten mein Eindringen vor einigen Wochen, als ich über die Unterschlagungen gestolpert war. Aber bis zu diesem Morgen war der Computer nicht mehr angerührt worden. Jemand hatte ihn hochgefahren, sich mit Florencias Benutzernamen und Passwort ins Netz eingeloggt, dem Nummernkonto einen zehnsekündigen Besuch abgestattet und sich dann ausgeloggt.

Ich wechselte zum Premium-Treuhandkonto. Am Tag zuvor hatte eine Überweisung an Deer Park Underwriters stattgefunden.

Fünfzigtausend Dollar.

Am nächsten Morgen marschierte ein hochgewachsener Weißer mit langen, zu einem Pferdeschwanz gebundenen Haaren die Einfahrt hinauf, die Hände auf dem Kopf. Trotz der Kälte trug er nur ein T-Shirt und lange Unterhosen, da die Kälte weniger bedrohlich schien als die Möglichkeit, erschossen zu werden.

Die wachhabenden Bosnier begriffen sofort und ließen ihn bis zum Eingang durch. Wir warteten im Haus, bis einer von ihnen hinter dem Mann auftauchte und ihm die Mündung einer Waffe in den Rücken drückte. Dann öffneten wir die Tür. Trotzdem er nichts am Körper verborgen haben konnte,

wurde er von Little Boy gefilzt. Dann erlaubten wir ihm, die Hände herunterzunehmen.
»Was hast du ausgefressen, dass man dich zu diesem Stunt verdonnert hat?«, erkundigte sich Little Boy bei dem Mann.
»Ich mach nur, was mir gesagt wird. Ich überbringe eine Nachricht.«
»Lassen Sie hören«, forderte ich ihn auf.
»Dem Boss gefällt Ihre Ware. Er will noch eine Runde. Aber diesmal keine dummen Sachen.«
Er nannte Datum, Uhrzeit und einen Treffpunkt für die Übergabe – einen Pavillon inmitten eines weiten offenen Geländes in Easton, Connecticut. Einst eine der letzten Milchfarmen von Fairfield County, war es heute ein Park, in dem Sommerkonzerte und Lesungen stattfanden. Zu dieser Jahreszeit lag er vollkommen verlassen und war somit der zurückgezogenste Ort, den man sich wünschen konnte.
Der Pavillon war aus mehreren Richtungen zugänglich. Er sagte, sie würden aus östlicher Richtung kommen, wir könnten den Westzugang nehmen.
»Das entscheide ich selbst«, sagte ich.
Der Mann zuckte die Achseln, als wollte er sagen, mach wie du willst.
»Dieses Mal nur er und ich. Das sollte die dummen Sachen auf ein Minimum reduzieren.«
Der Kerl schüttelte den Kopf.
»Auf keinen Fall«, sagte er. »Niemand sieht ihn. Nie.«
»Wenn er kommt, reduziere ich den Preis noch mal um die Hälfte.«
»Das ist ihm egal.«
»Fragen Sie ihn.«
Er zuckte erneut die Achseln, genau wie zuvor. Ich versicherte, ich würde – so oder so – zur angegebenen Zeit vor Ort sein.

Er legte wieder die Hände auf den Kopf.
»Das ist nicht nötig«, sagte ich.
»O doch, das ist es«, rief er nach hinten, während er die Zufahrt hinunterging, gefolgt von dem bosnischen Scharfschützen.
»Was ist ihre maximale Reichweite?«, fragte ich Little Boy.
»Der Scharfschützen? Mit unseren Waffen weniger als zweitausend Meter. Geben Sie ihnen eine bessere Waffe, dann schießen sie weiter.«
»Hm.«

An diesem Abend rief mich Bruce Finger an. Er sagte, das Treffen sei für siebzehn Uhr am folgenden Tag anberaumt. Er würde am nächsten Morgen ein Flugzeug nehmen, um garantiert pünktlich zu erscheinen.
»Wir treffen uns im Konferenzraum der Agentur, so wie Sie gefordert haben.«
»Die Brandts?«, fragte ich.
»Sie werden dort sein. Es bedurfte einiger Überredung.«
»Was haben Sie ihnen erzählt?«
»Die Wahrheit, auf Grundlage dessen, was Sie gesagt haben. Dass ein Privatdetektiv von einem der großen Versicherungsträger eine schwerwiegende Unregelmäßigkeit in den Büchern entdeckt hat, die die Zeit vor dem Verkauf betreffen. Dass es in jedermanns Interesse läge, die Situation sofort und diskret zu bereinigen. Aber persönliches Erscheinen sei unabdingbar. Das hat sich nicht geändert, oder?«
Ich bestätigte. Dann legte ich auf.
Ich tätigte einen zweiten Anruf, ehe ich meinen Computerraum verließ, um gemeinsam mit Natsumi vor dem Kamin Tee zu trinken.
Ich erzählte ihr von dem ersten Telefonat, aber nicht von dem zweiten.

KAPITEL 24

Für den Nachmittag hatte ich mir viel vorgenommen. Als Erstes, mein letztes Gold im Wert von einer Million für zweihundertfünfzigtausend Dollar in bar zu verkaufen. Dann nach Hause zu rasen, um meine Tarnung für ein geschäftliches Treffen in Florencias Versicherungsagentur abzuändern. Ein weiterer Beweis, dass Terminplanung häufig die größte Herausforderung für das moderne Multitalent ist.

Natsumi fühlte sich, wie so viele zu Haus bleibende Partner, ein wenig ausgeschlossen.

»Könnte ich dich nicht als deine Sekretärin begleiten? Ich könnte Notizen machen.«

Ich versicherte ihr, dass es für mich wichtiger war, sie in Sicherheit zu wissen. Ansonsten würde ich mich nicht konzentrieren können.

»Warum sollte das für mich anders sein? Ich *weiß*, dass du nicht in Sicherheit bist.«

»Ich nehme Little Boy zu beiden Treffen mit. Er ist zehn andere Männer wert, selbst mit einem Loch in der Brust.«

»Komm einfach zurück nach Hause, ja?«

Als ich ihr versprach, dass sie sich hundertprozentig darauf verlassen könnte, glaubte ich es beinah selbst.

Der Plan war, die beiden bosnischen Scharfschützen als Vorhut zu schicken, die den Schutz der Bäume nutzen sollten, die das Feld säumten. Dort hätten sie außer Reichweite sein sollen, aber wir wussten es besser. Three Sticks war ein verschlagener amerikanischer Gangster, aber er hatte nicht im Balkankrieg gekämpft.

Wir alle trugen Bluetooth-Ohrstöpsel, die mit unseren Handys verbunden waren, und kommunizierten auf dem Weg zum Park über eine Konferenzschaltung.

Sobald sich jeder in der Leitung gemeldet hatte, mahnte Little Boy: »Nicht vergessen, ich höre alles, was gesagt wird. Also nicht über den Boss lästern.«

Jemand machte eine Bemerkung auf bosnisch, die eine Menge Gelächter nach sich zog, das von Little Boy eingeschlossen. Ich hütete mich, um eine Übersetzung zu bitten.

Ich verbrachte einige Zeit mit Little Boy im Auto, die ich mit Geplauder zu überbrücken versuchte. Da ich nicht jeden Tag mit Raub, Prostitution und Drogen zu tun hatte, war ich im Nachteil. Ich wusste fast nichts über Sport, ganz zu schweigen von Fußball, ein weiteres Hindernis. Ich hatte keine Kinder und kannte auch keine. Ich schaute nie fern und war auch noch nie auf dem Balkan gewesen. Deshalb fragte ich ihn nach seiner Heimat.

Was folgte, war eine Rhapsodie von Schilderungen über die Schönheit des Landes, die Vollkommenheit des Essens und die Herzlichkeit von Familien und Freunden. Er sprach über Hochzeiten und Feiertage, einige festlich, andere geprägt von Fasten und Gebeten. Er erzählte auch vom Leben unter Tito, als er ein Junge gewesen war, den sozialen Spannungen, die auf das Auseinanderbrechen Jugoslawiens gefolgt waren, und dann vom unaufhaltsamen Absturz in den ethnischen Krieg. Als wir diesen Punkt seiner Erinnerungen erreichten, erstarb die Freude am Erzählen, und die Geschichte gipfelte in einem einfachen Satz: »Es war sehr, sehr schlimm, belassen wir es dabei.«

Danach herrschte Schweigen, bis es vom Klingeln meines

Handys unterbrochen wurde. Ich schaute auf das Display. Es war Shelly Gross.

Ich unterbrach die Konferenzschaltung und nahm an.

»Ich habe einen Treffer«, verkündete Shelly.

Ich nannte ihm den Namen, ehe er weitersprechen konnte. Er schwieg einen Moment.

»Woher wussten Sie das?«, fragte er schließlich leicht misstrauisch.

»War seit einiger Zeit meine Arbeitshypothese. Aber die Bestätigung ist sehr wichtig.«

»Das Büro in New Haven hat Haftbefehle beantragt. Einige haben wir bereits. Ich nehme nicht an, dass Sie aussagen wollen?«, fragte er.

»Alles, was ich tun werde, ist, in Deckung zu gehen, bis Sie den Bastard hinter Schloss und Riegel gebracht haben«, erwiderte ich.

»Sehr klug. Und machen Sie sich keine Sorgen. Niemand kennt meine Quelle, und das wird auch so bleiben.«

»Ich weiß. Sie sind ein Ehrenmann«, sagte ich.

Ich legte auf und steckte das Handy zurück in die Halterung. Little Boy warf mir einen Blick zu.

»Worum ging's?«, fragte er.

»Planänderung.«

Ich fragte Little Boy, ob es okay wäre, wenn ich der Mannschaft Anweisungen erteilte. Er nickte und sprach in sein Handy: »Mr. G. und ich haben uns abgestimmt. Er hat jetzt das Kommando. Alle Mann zuhören.«

Sie antworteten auf bosnisch. Little Boy hielt den Daumen hoch.

Ich schaltete mich wieder in die Konferenz und bat jeden, sich zu identifizieren. Als alle sich gemeldet hatten, gab ich den Plan durch: Wir näherten uns in drei Wagen dem Park. Einer würde das Westtor decken. Der andere sollte uns zum Osttor folgen. Sobald Three Sticks' Fahrzeug auftauchte, würden wir mit dem Subaru in den Park fahren, Little Boy zusammengekauert auf dem Beifahrersitz, die Waffe im Anschlag.

Wenn Three Sticks den Pavillon erreichte, sollten die Scharfschützen seine Reifen zerschießen. Von da an würden wir übernehmen.

»Von da an übernehmen?«, wiederholte Little Boy, der die Stummtaste gedrückt hatte.

Als wir am Park eintrafen, schien der Osteingang sauber. Ich fuhr hindurch und hielt direkt dahinter. Unsere Eskorte überholte uns, kontrollierte den Bereich und gab Entwarnung. Die Männer am Westtor taten dasselbe.

Wir warteten.

Zum verabredeten Zeitpunkt erschien ein schwarzer Ford Expedition mit getönten Scheiben und durchquerte das westliche Tor. Er rollte langsam dahin, verströmte nicht so sehr Vorsicht als vielmehr Selbstbewusstsein, ja Arroganz, ein rumpelndes, unbesiegbares Schlachtschiff von Truck.

Ich legte den Gang ein und fuhr in den Park.

»Auf mein Kommando, Scharfschützen«, sagte ich. »Ihr Jungs an den Toren tötet jeden, der versucht, dem Ford zu folgen.«

Die Geländeformation machte es schwierig, sich aus der Gegenrichtung nähernde Fahrzeuge zu erkennen, bis man fast beim Pavillon war. Deshalb erfüllte der massige Kühlergrill des SUV beinah den Horizont, ehe ich das Kommando geben konnte.

»Scharfschützen, Feuer!«, kommandierte ich via Bluetooth.

Kleine graue Wolken stiegen rund um die Reifen des Fords auf. Der SUV kam abrupt zum Stillstand und sackte ungefähr fünfzehn Zentimeter ab. Ich knallte den Rückwärtsgang rein und schlug scharf nach rechts ein. Zwei Männer in Kampf-

montur sprangen aus dem Pavillon und begannen aus Automatikwaffen auf den Subaru zu feuern.
»Scharfschützen, schaltet sie aus!«, brüllte ich ins Handy.
Die in den Subaru einschlagenden Kugeln waren im Krach des Gewehrfeuers fast nicht zu hören. Doch Little Boy ließ sich nicht erschüttern. Er kurbelte seine Scheibe herunter, richtete sich auf und hielt nach Zielen Ausschau.
Ich war damit beschäftigt, im Rückwärtsgang um den Pavillon zu fahren in der Hoffnung, dass keine der Kugeln uns lahmlegte, ehe ich meinen Plan vollendet hatte. Little Boy hängte sich halb aus dem Fenster und begann auf die Männer in Kampfanzügen zu feuern. Bei dem Lärm der Waffen und dem gequälten Kreischen des Subaru-Motors hatte ich keine Ahnung, aus welcher Richtung Gefahr drohte, deshalb konzentrierte ich mich einfach darauf, weiter um den Pavillon zu fahren, bis das Heck des Subaru direkt auf die Fahrerseite des Fords zeigte. Dann richtete ich das Lenkrad aus und trat das Gas durch.
Ich zerrte Little Boy zurück ins Auto.
»Anschnallen!«, brüllte ich.
Er gehorchte gerade noch rechtzeitig, ehe wir den Ford so heftig rammten, dass er auf die Seite kippte.
Der Subaru stand noch, deshalb konnte ich sehen, wie unsere Scharfschützen die beiden Männer im Pavillon erledigten, Sekunden bevor es denen gelang, durch unsere Windschutzscheibe zu feuern.
Ich sah hinüber zu Little Boy, der im Sitz zusammengesackt war und sich die Brust hielt.
»Alles okay?«, fragte ich.
»Die Rippe tut scheißweh. Machen wir die Arschlöcher jetzt fertig?«
»Genau das«, antwortete ich.

Wir stiegen aus, und Little Boy kletterte hinauf und spähte in den Ford Expedition. Dann streckte er den Arm aus und zog mich nach oben, damit ich auch hineinschauen konnte. Nur eins der Arschlöcher war noch bei Bewusstsein, und er war nicht mehr in der Verfassung, etwas anderes zu tun, als ungläubig durch den Schleier von Blut zu starren, das von seiner Stirn herunterrann. Der Fahrer war gründlich ins Armaturenbrett integriert, und ein weiterer Kerl auf dem Rücksitz mit einer Kalaschnikow wirkte, als hätte man sein Skelett durch Knetgummi ersetzt.

Neben ihm lag ein Rucksack. Little Boy langte durch die zersplitterte Scheibe und zog ihn heraus. Darin befanden sich jede Menge mit Kabelbinder verschnürte Geldbündel.

»Warum haben sie Geld mitgenommen, wenn sie die Ware ohnehin klauen wollten?«, fragte ich Little Boy.

»Immer gut, auf alle Möglichkeiten vorbereitet zu sein«, meinte er.

Er muss es wissen, dachte ich.

Nachdem sie die Edelmetalle ausgeladen hatten, schleppten die Bosnier den Subaru auf die Straße. Erst als wir den Park ein gutes Stück hinter uns hatten, riefen sie einen Abschleppwagen. Den Ford, der mittlerweile nur noch Leichen barg, ließen sie liegen und seiner Entdeckung harren, wann immer die erfolgen mochte.

Little Boy und ich fuhren nach Stamford, das ungefähr eine halbe Stunde entfernt war. Unterwegs hielten wir an einer Raststätte, wo ich in den Toiletten die Perücke abnahm, die Kontaktlinsen durch eine Brille ersetzte, das Make-up entfernte und so meinem Gesicht sein natürliches, mit Makeln behaftetes Aussehen wiedergab. So hatte Little Boy mich bei unserem ersten Treffen kennengelernt.

»Dieser Mr. G. gefällt mir besser«, sagte er. »Sie sehen nicht so nach reichem Schnösel aus.«
Ich fasste kurz zusammen, worauf er bei dem Treffen gefasst sein musste. Ich erzählte ihm alles, was er meiner Meinung nach im Interesse seiner und meiner Sicherheit wissen musste, aber ich hätte ebenso gut alles erfinden können, denn er glaubte mir kein Wort.
»Was haben Sie in letzter Zeit geraucht, Mr. G.?«
»Bleiben Sie einfach wachsam und gehen Sie davon aus, dass ich recht habe«, sagte ich. »Für unser beider Wohl.«
Wir waren früh dran, deshalb parkte ich an der Straße, wo wir beobachten konnten, wer den Versicherungsparkplatz anfuhr oder verließ.
»Wer sind Sie denn nun wirklich, Mr. G.?«, fragte Little Boy, während wir dort saßen und nach eintreffenden Fahrzeugen Ausschau hielten.
»Früher war ich mal Marktforscher. Heute weiß ich es nicht.«
»Ich war früher Arborist, Baumexperte. Ich habe einen Abschluss in Agrikultur und Waldwirtschaft von der Universität Sarajewo. Hab in ganz Europa für einen großen Landschaftsarchitekten gearbeitet. Der Krieg hat mich ein bisschen abgelenkt.«
»Sie wollen mich verarschen.«
»Nein, das stimmt. Ihr habt schöne Bäume hier in Neuengland. Eines Tages kehre ich zum Wald zurück. Da geht's mir am besten.«
Ungefähr fünf Minuten vor dem vereinbarten Termin fuhr ein neuer Jaguar auf den Parkplatz. Ich folgte ihm. Elliot Brandt stieg aus, als wir in die Lücke daneben setzten. Ich wartete, bis er das Gebäude betreten hatte, ehe ich aus dem Auto ausstieg. Er hatte bereits den Empfang passiert, als wir dort anka-

men. Ich fragte nach Bruce Finger, und die Empfangsdame griff nach dem Telefon und kündigte unser Eintreffen an.
»Ihre anderen Gäste sind hier, Mr. Brandt«, sagte sie zu Damien, dem neuen Geschäftsführer der Agentur.
Wenige Augenblicke später kam er heraus, um uns zu begrüßen. Er war wesentlich kleiner als sein Vater, fleischiger um die Hüften, mit dunkleren, lockigeren Haaren. Doch die Familienähnlichkeit zeigte sich in der Form seines Gesichts und dem Befehlston in seiner Stimme.
»Sie sind die Ermittler«, sagte er, während er uns die Hand gab. »Ich glaube nicht, dass ich Ihre Namen kenne.«
»Stimmt«, bestätigte ich mit einem Blick zur Decke.
»Richtig«, sagte Damien. »Hier entlang.«
Wir folgten ihm den Flur hinunter zu dem offiziellen Konferenzraum der Firma, in dem Florencia Versicherungsnehmer und Kapitalgeber bezirzt hatte. Der Raum war seit dem letzten Mal, als ich ihn gesehen hatte, unverändert geblieben. Damals hatte ich zusammen mit Florencia Thunfischsandwichs gegessen und sie mit Geschichten über vertrauliche Befragungen von ernsten, geistig umnachteten Konsumenten irgendwelcher blödsinnigen Produkte zum Lachen gebracht.
Damien entschuldigte sich mit dem Versprechen, umgehend zurückzukehren. Er bat uns, uns selbst mit Kaffee aus der Maschine in der Ecke zu bedienen. Kurz darauf kam Bruce herein, unter dem Arm einen Stapel Akten, den er auf den Tisch fallen ließ, ehe er uns die Hand entgegenstreckte.
Während wir uns die Hände gaben, sagte er: »Ich bin die Finanzen durchgegangen. An diesem Ende sieht alles gut aus, es sei denn, mir ist etwas entgangen.«
»Das ist es«, entgegnete ich. »Aber lassen Sie uns auf die anderen warten.«
Wir warteten nicht lange. Elliot betrat den Raum mit unge-

duldiger Miene, seinen Sohn im Schlepptau, der eher verwirrt als verärgert wirkte. Sie nahmen uns gegenüber Platz, und der ältere Brandt begann, ohne sich mit Förmlichkeiten aufzuhalten. »Worum geht es?«

Da ich das Treffen erzwungen hatte, war es nur folgerichtig, dass alle Blicke sich auf mich richteten.

»Es geht um eine schöne, freundliche, junge Frau chilenischer Abstammung, deren Eltern in die USA emigrierten, um den politischen Unruhen ihres Landes zu entkommen«, sagte ich. »Und ihrer Tochter eine amerikanische Erziehung zu ermöglichen. Sie war eine brillante Studentin, die ihren Abschluss in Betriebswirtschaft machte. Ihre einzige Schwäche war ihre närrische Zuneigung zu diesem unglückseligen Mathematiker.«

Brandts Miene wurde noch finsterer.

»Wir wissen, auf wen Sie sich beziehen«, sagte Elliot, der mit den Fingern auf den Konferenztisch trommelte. »Die ehemalige Besitzerin dieser Firma und ihren Ehemann, die von einem Unbekannten ermordet wurden. Was zum Teufel hat das mit uns zu tun?«

»Alles«, sagte ich.

Ich griff in mein Jackett und zog ein quer gefaltetes Blatt Papier heraus. Ich klappte es auf und schob es den Brandts hin.

»Wie Sie hier sehen können«, erläuterte ich, »habe ich die Kontoverbindungen, die benutzt wurden, um Geld von dem Treuhandkonto der Agentur an eine als Deer Park Underwriters bekannte Firma zu überweisen. Von dort wird das Geld automatisch an ein Nummernkonto der Blue Hen National Bank in Delaware weitergeleitet. Auch diese Kontonummer habe ich, zusammen mit dem Benutzernamen und Passwort, die mir Zugang zu den monatlichen Auszügen ermöglichen.

Aber keinen Zugriff auf das Konto selbst. Die Summen darauf werden automatisch transferiert, und zwar auf ein Nummernkonto einer Bank auf Grand Cayman.«
Während ich sprach, starrte Damien auf das Blatt. Elliot starrte mich an.
»Auch diese Nummer kenne ich«, sagte ich, »ebenso wie den Ursprungscode, der für den Zugang erforderlich war. Sie können ihn hier am Ende der Seite sehen. Es ist die Telefonnummer der Wohnung, in der Florencia lebte, als sie an der Wharton studierte. AT & T bewahrt diese alten Unterlagen immer noch auf. Irgendwie erstaunlich.«
»Ursprungscode?«, wiederholte Elliot leise.
»Ich brauchte einen neuen, als ich das Geld zu einer anderen Bank transferiert habe. Aber erwarten Sie bitte nicht, dass ich Ihnen etwas *darüber* verrate. Auf dem Konto sind, wie viel, na, knapp elf Millionen Dollar. Richtig, Damien?«
Damien sah von dem Blatt auf, sein Gesicht eine leere weiße Wand des Elends.
»Wer sind Sie?«, fragte Elliot. »Sie arbeiten für keinen Kapitalgeber.«
»Das stimmt. Und Sie sind nicht Elliot Brandt.«
Sein Starren wurde eindringlicher, und er hörte auf, Little Boy zu ignorieren, der vom Tisch aufgestanden war und mit verschränkten Armen an der Wand lehnte.
»Sie«, wandte er sich an Little Boy. »Sagen Sie etwas!«
»Fick dich, Three Sticks«, antwortete Little Boy, und sein bosnischer Akzent tropfte von jedem Wort.
Ein Telefon am anderen Ende des Konferenztischs begann zu läuten. Bruce Finger und Damien zuckten zusammen.
»Mr. Brandt«, ertönte die Stimme einer Frau aus dem Lautsprecher. »Hier ist noch ein Gentleman, der Sie zu sprechen wünscht. Halt, Sir, nein, warten Sie, das dürfen Sie nicht.«

Ihre Stimme wurde immer lauter, obwohl sie nicht direkt in den Hörer sprach.
Elliot sprang auf und beugte sich quer über den Tisch.
»Das waren Sie, Sie Bastard«, sagte er zu mir, dann drehte er sich zur Tür des Konferenzraums und wollte verschwinden.
Auch Bruce erhob sich und stolperte dabei fast über seinen Stuhl.
»Was zum Teufel geht hier vor?«, rief er.
Die Tür öffnete sich, und Bela Chalupnik kam herein. In seiner rechten Hand hielt er eine schwarze Automatik mit Schalldämpfer, deren Lauf auf den Boden gerichtet war.
»O Gott«, sagte Bruce.
Elliot zeigte erst auf mich, dann auf Little Finger und kommandierte: »Eine Million, Pally. Du weißt, dass du dich auf mich verlassen kannst.«
Chalupnik hob die Waffe und schoss Austin Ott dem Dritten eine Kugel direkt durch die Nasenwurzel. Dann richtete er die Waffe auf Damien, der noch immer am Tisch saß, aber ehe er dazu kam, abzudrücken, hatte Little Boy ihm ein Fünfziger-Kaliber durch den Brustkorb gejagt, dessen Einschlag den Mörder von den Füßen riss und durch dessen eigenen Blutnebel gegen die Wand schleuderte.

KAPITEL 25

Wir brauchten ungefähr eine Stunde, um unsere wichtigsten Besitztümer, im Besonderen meine Computer und Natsumis Lehrbücher, und eine Tasche mit frischer Kleidung in den Mercedes zu laden.

Ehe Little Boy zurück nach Hartford raste, übergab ich ihm das Geld, das wir an diesem Morgen in dem Ford gefunden hatten, und er verteilte es an seine bosnischen Kameraden weiter.

»Also keine Träume mehr von goldenen Reichtümern?«, sagte er zu mir.

»Für den Moment nicht«, erwiderte ich, weil ich nicht wusste, was ich sonst sagen sollte.

Die Costellos, denen ich ebenfalls eine schöne Summe gegeben hatte, sagten, sie würden im Haus bleiben, bis die Verleiher auftauchten, um einige Möbel und die gemietete Küchenausstattung abzuholen. Dann wollten sie für ein oder zwei Monate ihre Verwandtschaft in Kolumbien besuchen. Oder, falls sie herausfanden, wie sie das Geld aus dem Land schmuggeln konnten, dort ein Geschäft aufmachen und niemals zurückkehren.

Natsumi und ich fuhren nach New York und nahmen uns ein Hotelzimmer im Zentrum. Natsumi bestellte beim Zimmerservice, und ich ging in ein Hotel auf der anderen Straßenseite, das in einem Raum neben der Lobby kostenlosen und nicht zurückverfolgbaren Internetzugang anbot.

Als erstes bezahlte ich von dem Konto in der Karibik meine Rechnung bei Collingsworth Machine Tools & Metals,

abzüglich der noch vorhandenen Bestände, für die ich eine Rückgabe arrangierte. Ich hatte bis jetzt keinen Anlass, das Haus aufzugeben, selbst wenn wir nicht vorhatten zurückzukehren. In den verbleibenden Monaten, die bereits im Voraus bezahlt waren, mochte es uns gelegen kommen.
Kurz nachdem Little Boy und ich an den verängstigten Angestellten der Agentur – an denen, die nicht unter ihren Tischen kauerten – vorbeigestürmt und in unser Auto gesprungen waren, um nach Greenwich zurückzufahren, hatte ich es geschafft, Evelyn eine SMS zu schicken.
»Bin okay, Erklärung folgt.«
Ich hatte alle Anrufe von Shelly Gross ignoriert, der mich in stündlichen Intervallen zu erreichen versuchte, seit die Medien die Nachricht von der Schießerei aufgegriffen hatten. Ich wartete mit meinem Rückruf, bis ich mich wieder im Hotelzimmer befand.
»Sie haben mich reingelegt«, sagte er, vor Aufregung keuchend.
»Ich hatte den Typ«, sagte ich. »Sie haben mich nur bestätigt.«
»Das ist richtig. Aber trotzdem haben Sie mich benutzt.«
»Stimmt.«
»Und erzählen Sie mir keinen Scheiß à la die Welt wäre jetzt ein besserer Ort. Ich habe Sie gewarnt, keine Selbstjustiz.«
»Das haben Sie«, sagte ich. »Aber immerhin können Sie zwei große Kästchen abhaken.«
»Ja. Und ein neues auf die Liste setzen. Ihres.«
Damit legte er auf.
Ich spülte das Telefon im Klo herunter und griff dann nach dem, das für Gespräche mit Evelyn reserviert war. Auch sie hatte vor kurzer Zeit angerufen. Ich rief zurück.
»Oh, Arthur«, sagte sie. »Was ist passiert?«
»Die Männer, die heute getötet wurden, waren für Florencias Tod verantwortlich. Elliot Brandt war außerdem bekannt als

Austin Ott der Dritte alias Three Sticks. Auch nicht sein richtiger Name, aber das ist jetzt irrelevant. Er hat diesen anderen Mann, Bela Chalupnik alias Pally Buttons, angeheuert, um uns beide umzubringen. Es war Chalupnik, der heute Three Sticks abgeknallt hat. Ein Verbündeter von uns hat sich dann um Chalupnik gekümmert. Das war es im Wesentlichen.«

»Warum sollte Chalupnik seinen Auftraggeber umbringen?«

»Er hatte es mit Ratten«, sagte ich. »Ich habe ihm durch seine Söhne die Nachricht überbringen lassen, er könnte die größte Ratte der Stadt erlegen.«

»Ratten?«

»Das ist eine lange Geschichte. Ich erkläre es später«, versicherte ich ihr, obwohl ich wusste, dass es vermutlich nie dazu kommen würde.

»Aber warum sollte jemand Florencia töten wollen?«, fragte sie.

»Sie hat seit Jahren Geld aus der Agentur unterschlagen, indem sie einen bescheidenen, aber stetigen Strom von Treuhandgeldern an eine Scheinfirma überwies, von dort an ein Nummernkonto auf den Caymans. Sie hätte vermutlich ewig so weitermachen können, wenn sie nicht das Pech gehabt hätte, Damien Brandt als neuen Rechnungsprüfer einzustellen, der, was sie aber nicht wusste, der Sohn des berüchtigsten Bandenchefs der Gegend war. Irgendwie ist Damien über den Betrug gestolpert – vermutlich hat er die Scheinfirma entdeckt, die in den Büchern der Agentur als seriöser Versicherungsträger geführt wurde. Er grub ein wenig tiefer und bemerkte, dass er eine Goldmine gefunden hatte. Er teilte sein Wissen mit seinem Vater, der wiederum Pally Buttons anheuerte, um die Codes für das Nummernkonto zu beschaffen und dann Florencia umzubringen. Auf diese Weise konnte er sowohl die gestohlenen Treuhandgelder an sich bringen als auch letzten Endes die Agentur selbst.

Nachdem er die Firma gekauft hatte, ließ Damien eine gewisse Zeit verstreichen, bis er glaubte, das alte Betrugsschema ohne Gefahr wieder aufleben lassen zu können. Ich habe das Gefühl, dass er Daddy nicht um Erlaubnis gebeten hat, aber das ist zu diesem Zeitpunkt nicht von Bedeutung.«

»Was passiert jetzt mit der Agentur?«, fragte sie.

»Keine Ahnung«, entgegnete ich. »Erst mal haben die Anwälte ihren großen Tag. Du musst dir unbedingt einen guten besorgen. Wir haben eine Firma verkauft, die massiv betrogen hat. Selbstverständlich waren die Käufer Kriminelle, die über den Betrug Bescheid wussten, ihn aber nicht gemeldet haben, ihn tatsächlich sogar fortgesetzt haben, nachdem sie die Firma erworben hatten. Ich würde annehmen, dass sie damit nicht als Geschädigte auftreten können, aber ich bin kein Anwalt.«

»Und was hast du jetzt vor?«

»Ich bin fertig mit den Leuten, die Florencia umgebracht haben, aber nicht mit dem Grund, aus dem sie es taten. Ich muss herausfinden, warum sie ihre eigene Firma bestohlen hat.«

»Du kommst also nicht nach Hause.«

»Noch nicht. Es besteht die Möglichkeit, dass ein pensionierter FBI-Agent namens Shelly Gross meine DNS und meine Fingerabdrücke hat, die ihn zu Arthur Cathcart führen könnten. Obwohl man mich nie verhaftet oder überprüft oder aus sonst einem Grund meine Fingerabdrücke genommen hat und ich demnach in keiner Datenbank zu finden sein dürfte. Aber er ist gut. Und entschlossen. Und er ist im Moment echt wütend auf mich.«

Ich teilte ihr mit, dass ich unsere Mail-Adresse jetzt löschen würde, und bat sie, das Handy zu zerstören, mit dem sie immer mit mir telefoniert hatte.

»Bleib wachsam«, sagte ich. »Ich lasse mir etwas einfallen und nehme wieder Verbindung zu dir auf, sobald der richtige Zeitpunkt gekommen ist.«
»Ich weiß nicht, ob ich glücklich oder enttäuscht sein soll«, sagte sie.
»Versuch es mit vorsichtig, aber hoffnungsvoll. Bei mir scheint das zu funktionieren.«

Ich wusste, dass es noch viele lose Enden gab, die verknüpft werden mussten, aber keine, die nicht warten konnten. Es gab wenig Grund, länger in New York zu verweilen, als es dauerte, ein paar neue Sozialversicherungsnummern zu stehlen, durch die wir an Führerscheine gelangten – und auf dieser Basis an eine Reihe neuer Bankkonten und Kreditkarten. Und letzten Endes, mit einer Menge kniffliger Arbeit – und Geschäften mit nicht ganz legalen Unternehmen –, an zwei neue Pässe.
Natsumi war die ganze Zeit über voller Vertrauen und stellte nicht besonders viele Fragen, aber irgendetwas an den frischen, neuen, dunkelblauen amerikanischen Pässen erweckte ihre Neugier wieder zum Leben.
»Also Alex oder Arthur oder wie immer du heißt, wo zur Hölle wollen wir hin?«
»Als ich endlich Florencias Konto auf Grand Cayman gehackt hatte, konnte ich die Kontohistorie herunterladen. Gutschriften und Überweisungen.«
»Überweisungen?«, wiederholte sie.
»Jede Menge. Ich weiß nicht, wofür das Geld bestimmt war, aber ich weiß, wohin es geflossen ist.«
»Und?«
»Kauf dir lieber Sonnencreme«, riet ich ihr. »Die Sonne brennt ziemlich stark in Chile.«

DANK

Die technischen Informationen in diesem Buch verdanke ich Gesprächen mit unterschiedlichen Quellen und intensiver Recherche, vorrangig online. Meine Fragestellung lautete: »Falls ich das alles im wirklichen Leben tun wollte, wie müsste ich es anfangen?« Rasch wurde mir vor allem eins klar: *dass es verdammt schwer ist, in Amerika nach dem 11. September 2001 vom Radar zu verschwinden.* Aber nicht unmöglich.

Einige Leser werden Details entdecken, von denen sie wissen, dass diese falsch sind, nicht funktionieren oder unzureichend beschrieben werden. Das ist nicht die Schuld meiner Quellen, sondern meine Fehlinterpretation oder fehlerhafte Darstellung. Sie sollten wissen, dass ich größtmögliche Genauigkeit angestrebt habe und mir Verbesserungen stets willkommen sind.

Im Folgenden meine unverzichtbaren Quellen:

Die Geschichte hätte ohne Steve Pedneault, Rechnungsprüfer in Glastonbury, Connecticut, der großzügig seine Zeit und sein Wissen um schmutzige Finanztricks mit mir teilte, eine andere Wendung genommen. Mein Sohn James, Künstler in Pittsburgh, gab mir eine Einführung in zeitgenössische Kunst, die ich modifizierte, um die Unschuldigen zu schützen, die mir aber als Inspiration für Nitzy Bellefontes Kunstgalerie diente. Paige Goettel, lange Zeit meine Französisch-Übersetzerin, hat ebenfalls dazu beigetragen. *Merci.*

Bob Rooney, IT-Magier bei Mintz & Hoke, der früher ein Ermittlungsteam gegen Computerkriminalität unterstützt hat, brachte mir das digitale Eindringen und Einnisten bei, ebenso wie alle anderen Dinge, die man zum elektronischen Betrug braucht. Dave Newell, Präsident der Wills Insurance Agency in Bennington, Vermont, beschrieb mir Dinge, die er selbst nie tun würde, und wenn Sie das Buch lesen, werden Sie wissen, warum. Von Dr. Peter King, ebenfalls aus Bennington, lernte ich weitere hinterhältige Methoden, um Menschen zu paralysieren und zu betäuben. Mit dem Typ sollten Sie sich auf keinen Fall anlegen. Courtney, Orr & Orr, mein erstklassiges Anwaltsteam, tat sein Bestes, um meinen Helden davon abzuhalten, sich selbst zu belasten. Mit welchem Erfolg, müssen Sie selbst beurteilen.

Alles Wissenswerte über Marktforschung, die auf vielerlei Weise die Grundlage dieses Romans bildet, lernte ich von Sean Cronin. Das gerissene Geldwäschesystem ersann Bob Willemin, führender Finanzberater bei Merill Lynch und Gitarrensammler. Mein hiesiger Banker Tom Griesing zeigte mir, wie man ein paar Finanztricks durchzieht, inklusive des Anlegens von Schwarzgeld, ohne aufzufliegen.
Janette Baxter, Long-Island-Mädel, verschaffte mir einen Überblick über die Bar-Szene am South Shore von Nassau County (obwohl ich keine Ahnung habe, wieso sie darüber Bescheid weiß). Der Mathematiker David Lampert steuerte einige mathematische Formeln und Konzepte bei, die ich nicht mal im Ansatz kapiert habe, aber sie klingen echt cool. Mein Freund Tim Hannon, ein Ninja der Tourismus-Industrie, gewährte mir einen Blick hinter die Kulissen eines großen Stadthotels. Ed Segal aus New York und Sag Harbor brachte mir viel über Gold und andere Edelmetalle bei – wie man sie erwirbt, prüft und für unredliche Zwecke einsetzt.
Randnotiz für das FBI: Alles im Dienst des Kriminalromans. Betonung auf *Roman.*

Danken möchte ich auch meiner Schar unerschrockener Leser – Bob Willemin, Sean Cronin, Randy Costello und Mary Jack Wald – für ihre unschätzbaren Vorschläge und Verbesserungen. Marty und Judy Shepard dafür, dass sie bei mir geblieben sind, Anne-Marie Regish und Stephanie Clason für ihre administrative Hilfe und wie immer Mary Farrell, der ich versprochen habe, auf dem Schirm zu bleiben, trotz meiner neuerworbenen Fähigkeit, einfach verschwinden zu können.